此书为北京市社科基金一般项目“宋代杜诗学研究”（15WYB047）成果

宋代杜诗学研究

左汉林　李　新　著

中国社会科学出版社

图书在版编目（CIP）数据

宋代杜诗学研究／左汉林，李新著．—北京：中国社会科学出版社，2022.5

ISBN 978－7－5203－7240－4

Ⅰ．①宋… Ⅱ．①左…②李… Ⅲ．①杜诗—诗歌研究—宋代 Ⅳ．①I207.227.423

中国版本图书馆 CIP 数据核字（2020）第 175581 号

出 版 人　赵剑英
责任编辑　顾世宝
责任校对　杨　林
责任印制　戴　宽

出　　版　中国社会科学出版社
社　　址　北京鼓楼西大街甲 158 号
邮　　编　100720
网　　址　http://www.csspw.cn
发 行 部　010－84083685
门 市 部　010－84029450
经　　销　新华书店及其他书店

印刷装订　北京君升印刷有限公司
版　　次　2022 年 5 月第 1 版
印　　次　2022 年 5 月第 1 次印刷

开　　本　710×1000　1/16
印　　张　16.75
插　　页　2
字　　数　266 千字
定　　价　96.00 元

凡购买中国社会科学出版社图书，如有质量问题请与本社营销中心联系调换
电话：010－84083683

序

杜甫诗歌对宋代的诗歌创作影响很大，两宋诗人多以杜诗为其诗歌创作的典范，也都不同程度地受到杜诗的影响。所以，人们经常说宋代是杜诗学史上的第一个研杜高潮期。在这个时期，杜诗的思想内容和艺术技巧都对宋人产生了影响，杜诗的风格、体裁、声律、对仗、用典等尤为宋人所关注。《宋代杜诗学研究》一书，即是一部讨论宋代杜诗学的专著。

此书主要从“宋人学杜”的维度，考察了杜诗对宋代诗歌创作的影响，总结出宋人学杜的阶段性特征。又从“宋人论杜”的维度，全面概括了宋代杜诗艺术批评的基本观点。尽管在此之前已有一两部专门讨论宋代杜诗学的著作，但我认为此书依然有其独特价值，因为它首次在以上两个维度较为系统和完整地勾勒出宋代杜诗学发展的基本情况和主要特征，这也是此书主要的学术贡献。

具体说来，首先，此书首次总结出宋代诗歌学杜的阶段性及各阶段的特征。如书中认为，北宋初期是宋人学杜的初始期，北宋中期是杜诗产生广泛影响的时期，北宋后期是杜诗的艺术继承期，南宋前期是宋代学杜的高潮期，南宋后期是宋诗的以诗存史期。著者认为在以上五个时期，宋人学杜各具特征。我认为以上的分期和归纳很有道理，因为对宋人学杜情况的分期，是著者在对宋代诗歌文本细致阅读的基础上完成的。宋代诗歌数量巨大，阅读其中主要诗人的别集已属不易。如果没有广泛细致的文本通读，这样的工作根本不可能完成。

其次，此书全面探讨了杜诗对宋代诗歌创作的影响，以及宋人学杜的成就和局限。以宋诗为基本材料，著者从诗学观念的角度完整梳理了宋代崇杜观念产生和发展的复杂过程，对苏轼提出的“一饭不忘君”及江西诗派的“一祖三宗”等皆有讨论。从诗歌内容的角度，书中梳理了宋代继承杜甫“诗史”精神、描写现实的诗歌的流变历程，特别是对江西诗派脱离现实的倾向以及南宋时期呼吁抗金、叙写离乱的诗歌尤为关注，又讨论了宋亡之际文天祥等人的诗歌创作。著者对宋人学习杜诗艺术技巧的情况进行了梳理，又首次依据宋诗文本对宋人使用杜诗典故的情况进行了全面分析，发现江西诗派中使用杜诗典故最多的是黄庭坚，而陆游则是两宋使用杜诗典故最多的诗人。此书从宋代诗歌中出现的“当句对”以及“时空并驭”的对仗出发，讨论了宋人对诗句的锤炼。此外，著者还对宋诗中重现杜诗风格的作品进行了全面考察，又以此为基础全面探讨了宋人学杜的成就和局限。著者认为陈师道、陆游等诗人的作品中不同程度地体现了杜甫五言诗沉郁顿挫的风格，而陈与义的七言律诗则具有杜甫七律浑涵汪茫、雄浑悲壮的风格。宋人学杜，以陈与义和陈师道的成就为最高。著者认为，宋人学杜也有其局限，那就是宋代并没有出现全面继承杜诗思想内容和艺术风格的诗人。而宋代诗人学杜在艺术技巧方面用力太过，即使是艺术技巧的继承，也多是得杜之一体。这些观点，大体是深思而后得，不中不远。以上探讨，均是以宋诗文本为基础完成的，我认为这几个方面大体可以涵盖宋代诗歌创作学杜的基本内容。

最后，此书全面总结了宋代杜诗艺术批评的主要观点。宋代的与杜诗批评相关的文献既繁且散，不易收集。为搜集资料，著者对宋代文献广泛查阅，其范围包括诗话、笔记、别集、论诗诗文、札记、杜诗注本等，可谓旁搜远绍，细大不捐。在对如此浩繁的材料进行认真梳理的基础上，作者从诗歌成就、艺术渊源、体裁特征、主体风格等多个方面，概括了宋代杜诗艺术批评的主要观点。其中的一些观点值得注意，如杜甫被称作“诗圣”始于宋代，杜诗的“集大成”说产生并定型于宋代，宋代的各种诗论对杜诗多持赞誉态度，宋人已总结出杜诗的主体风格和典型特征，等等。我认为此书对宋代杜诗艺术批评的总结，也基本概括了宋人对杜诗的认识。

需要说明的是，讨论宋人学杜，当然可以像现在这样按内容分类叙述，但如果变为按时间叙述，似乎也有其合理之处。无论是前半部分的“宋人学杜”，还是后半部分的“宋人论杜”，如果把时间因素考虑进去，比如按照从北宋各期到南宋各期的顺序进行叙述，似乎可以更多地看出宋人学杜观念和学杜特点的变化。这一点请著者认真思考。

本书的两位著者都曾跟随我学习杜诗，毕业后也都在从事与杜诗有关的研究和教学工作。我对他们的成果感到欣慰，故略书数语，以为鼓励。

韩成武

2020 年 10 月 25 日

于河北大学紫园寓所

目　　录

绪　论 …………………………………………………………………… (1)

第一章　宋人学杜总说 ……………………………………………… (18)

第一节　杜诗影响宋诗的阶段性及其特点 ……………………… (18)

第二节　杜诗影响宋诗的几个方面 ……………………………… (24)

第三节　宋代诗人学杜的成就和局限 …………………………… (29)

第二章　宋代崇杜观念的产生和发展 ……………………………… (33)

第一节　崇杜观念的产生及北宋的崇杜高潮 …………………… (33)

第二节　南宋崇杜观念的发展 …………………………………… (40)

第三章　杜甫“诗史”精神的继承与新变 ………………………… (46)

第一节　北宋反映现实诗歌发展的曲折历程 …………………… (46)

第二节　战乱中的南宋诗史 ……………………………………… (53)

第四章　宋诗中的杜诗风格 ………………………………………… (59)

第一节　宋人学杜与沉郁顿挫的诗风 …………………………… (59)

第二节　宋诗中老健疏放的七言律诗 …………………………… (65)

第三节　宋诗中雄浑悲壮的七言律诗 …………………………… (67)

第四节　宋诗中萧淡婉丽的诗风 ………………………………… (70)

第五章　杜诗艺术技巧与宋诗 ……………………………………… (73)

第一节　宋诗中的“当句对” ……………………………………… (73)

第二节 宋诗中“时空并驭”的对仗 …… (80)
第三节 宋代诗人对诗句的锤炼 …… (84)
第四节 宋诗句法和章法对杜诗的模拟 …… (89)

第六章 宋诗中的杜诗典故 …… (91)
第一节 北宋诗歌使用杜诗典故的特征 …… (91)
第二节 杜诗典故与南宋诗歌 …… (103)

第七章 宋代杜诗艺术成就论 …… (116)
第一节 “诗圣”说的产生及其内涵 …… (116)
第二节 杜诗艺术成就比较论 …… (123)

第八章 宋代杜诗艺术渊源论 …… (134)
第一节 “集大成”说的产生与确立 …… (134)
第二节 宋人论杜诗取法风骚及汉魏六朝 …… (138)
第三节 宋人论杜诗取法唐代诸家 …… (153)

第九章 宋代杜诗体裁艺术论 …… (161)
第一节 杜诗古体艺术批评 …… (162)
第二节 杜诗近体艺术批评 …… (173)

第十章 宋代杜诗艺术风格论 …… (181)
第一节 对“沉郁顿挫”风格的体认 …… (181)
第二节 对杜诗多样化艺术风格的批评 …… (195)

第十一章 宋代杜诗对仗艺术论 …… (202)
第一节 “偷春格”“地名对”“互体”与通篇对仗 …… (202)
第二节 杜诗借对艺术批评 …… (205)
第三节 杜诗流水对、当句对、扇对艺术批评 …… (208)

第十二章　宋代杜诗用典艺术论 …………………………（213）
第一节　宋代重视用典的社会文化背景 ……………………（213）
第二节　杜诗事典艺术批评 …………………………………（220）
第三节　杜诗语典艺术批评 …………………………………（223）
第四节　杜诗活用典故论 ……………………………………（236）

结　论 ……………………………………………………………（241）

参考文献 …………………………………………………………（247）

后　记 ……………………………………………………………（256）

绪　论

杜甫诗歌对后世的诗歌创作产生了巨大的影响，后世的诗人和文论家研讨杜诗也产生了大量关于杜诗的艺术批评。特别是在宋代，无论是在诗歌创作上学习杜甫，还是对杜诗的艺术批评，抑或是对杜诗的搜集整理和编年，均呈现出非常繁荣的态势。本书将依据宋代诗歌和宋代诗话类著作，从诗歌创作和艺术批评的角度，探讨杜诗对宋诗的影响及宋人对杜诗的基本认识。

一　宋代诗人学杜的研究概况

有许多学者对宋代的杜诗学和宋代诗人的学杜情况进行过比较深入的讨论，分述如下。

（一）综合研究

对该问题进行综合研究的主要有几部重要的学术著作。钱锺书《宋诗选注》在选注宋诗的同时，仔细梳理了“宋代诗歌的主要变化和流派”[①]，在介绍诗人的小序中，作者对其诗歌创作的内容和特色都有简要而精妙的介绍，其中涉及诗人学习杜甫的一些情况。比如在黄庭坚的小序中，钱锺书就对黄庭坚认为杜诗“无一字无来处”的观点发表了精辟的见解。[②] 钱锺书的《谈艺录》和《管锥编》也对宋人学杜多有涉及。钱锺书博览群书，目光普照，其学术见解深刻，引人深思。

许总的《杜诗学发微》是研究杜诗学的专书，也是构建杜诗学的重要著作。该书从学术史的角度研究和总结杜诗学在各个历史发展阶段的

---

① 钱锺书：《宋诗选注》，人民文学出版社 1958 年版，第 1 页。

② 钱锺书：《宋诗选注》，人民文学出版社 1958 年版，第 97 页。

总体特征、主要论点、代表学派和重要著作。许总归纳了杜诗学的发展概况，他把杜诗学分为四个阶段：中晚唐是杜诗学的肇始期，宋代是杜诗学的兴盛期，金元时期是杜诗学的过渡期，明清时期是杜诗学的总结期。许总指出：在宋代，“杜诗受到人们的极度推崇，杜甫被尊为‘诗圣’，杜诗被视同‘六经’，诗坛几乎无不尊杜、学杜。人们在对诗歌的本质、功能、价值及创作主张的论述中，往往集中于对杜诗的评论和分析上，在儒家政教诗学的极度发展中，强调杜诗的社会功用，宣扬杜诗‘忠君’说，即成为这一时期杜诗学的主要观点并对后世产生极大影响。同时，由于对杜诗的推崇，辑注杜诗更蔚为一代之风，所谓‘千家注杜’，可见其盛况”[①]。在该书“内编”部分，作者对宋代杜诗学有较为详细的论述。“宋诗宗杜新论”一节对宋代诗人宗杜学杜的总体倾向进行分析，并归纳了其中深刻的社会原因。作者认为，江西诗派和陆游、文天祥一样，既学习杜诗的形式，也学习杜诗的内容。[②] 作者还论述了宋学对杜诗的曲解和误解，作者指出：“杜诗地位在宋代的确立，很重要的因素之一就是理学的道统观在文学研究领域中的贯彻和集中表现……宋代的杜诗研究，在一定程度上和汉代的《诗经》研究一样，超越了自身的文学价值，成为儒家诗教的图解，几乎脱离了诗学的范畴而接近于经学……因而，对于在宋代理学的牢笼与支配之下，宋儒在杜诗研究中对杜诗本义的曲解和误解，也应当有一较为清醒的认识。”[③]“宋代理学的时代背景、实质内容就是宋人说杜的主要论点并影响千余年的杜诗‘忠君’说的植根土壤……宋代始尊少陵，原因正在于此。”[④] 许总还对宋代杜诗辑注的源流进行了详细考述。[⑤] 许总对宋代江西诗派的杜诗学进行讨论，结合理论和创作，讨论了江西诗派的论杜和学杜，指出不能简单地认为“江西诗派只追求艺术技巧、只学到杜诗格律形式”，“江西诗派在论杜中更多地从杜诗的缘情特征进而发现杜诗的美学价值”。[⑥]

---

① 许总：《杜诗学发微》，南京出版社 1989 年版，第 1 页。
② 许总：《杜诗学发微》，南京出版社 1989 年版，第 38 页。
③ 许总：《杜诗学发微》，南京出版社 1989 年版，第 43 页。
④ 许总：《杜诗学发微》，南京出版社 1989 年版，第 50 页。
⑤ 许总：《杜诗学发微》，南京出版社 1989 年版，第 65 页。
⑥ 许总：《杜诗学发微》，南京出版社 1989 年版，第 77 页。

胡可先对宋代的杜诗学研究多有发明，他在《杜甫诗学引论》中对宋代诗人学杜问题有所讨论。[①] 该书在“杜诗学史论”一章中讨论了宋末的杜诗学，在“杜诗学年表”一章中收集了北宋和南宋时期诸多的杜诗研究资料并予以编年。胡可先在《论宋末的杜诗学》一文中，对宋代理学与杜诗学的关系、南宋遗民的杜诗学和江湖诗派的杜诗学进行了论述，胡可先指出，“杜诗受到遗民的特别注意，杜诗的忠君爱国精神，得到遗民们的心灵呼应，杜诗的写实笔法，成为他们效法的楷模。他们在矛盾冲突中或避世隐居时，读杜诗，注杜诗，评点杜诗，以此作为精神寄托。杜诗精神在遗民中得到充分发扬”，“杜甫的诗史精神在他们的诗文中得到了大力的发扬”。[②]

赵仁珪《宋诗纵横》一书，“横向探讨宋诗与宋代社会文化诸方面的关系，纵向论述宋诗发展的过程”[③]，对宋诗的发展脉络有清晰准确的描述，对宋代诗人学杜也多有卓见。[④]

莫砺锋《江西诗派研究》是研究江西诗派的专著，该书讨论了江西诗派的产生、诗歌创作、诗歌理论和影响。该书在讨论黄庭坚、陈师道、陈与义的诗歌创作时探讨了他们诗歌的艺术渊源，其中涉及杜甫对他们诗歌创作的影响问题。莫砺锋认为，“黄庭坚学杜最特出的表现则有以下两点：第一，对前人语言艺术作有效的借鉴即所谓‘点铁成金’；第二，拗体七律”[⑤]。莫砺锋认为，杜甫在艺术上对陈师道的影响，一是用俚语俗字入诗，二是句法。[⑥] 他认为，陈与义在靖康事变以前的早期创作中受黄庭坚和陈师道的影响较大，南渡之后则直接向杜甫学习，陈与义学杜主要表现在“沉郁的艺术风格”“七言律诗的句法”“用七言绝句写时事”三个方面。[⑦]

钱志熙《黄庭坚诗学体系研究》在讨论黄庭坚的诗歌理论和诗学体

---

① 胡可先：《杜甫诗学引论》，安徽大学出版社 2003 年版。

② 胡可先：《论宋末的杜诗学》，《杜甫研究学刊》1998 年第 1 期。

③ 程杰等：《回顾、评价与展望——关于本世纪宋诗研究的谈话》，《文学遗产》1998 年第 5 期。

④ 赵仁珪：《宋诗纵横》，中华书局 1994 年版。

⑤ 莫砺锋：《江西诗派研究》，齐鲁书社 1986 年版，第 37 页。

⑥ 莫砺锋：《江西诗派研究》，齐鲁书社 1986 年版，第 69 页。

⑦ 莫砺锋：《江西诗派研究》，齐鲁书社 1986 年版，第 146 页。

系的同时涉及杜诗对黄庭坚诗歌的影响问题。钱志熙讨论了黄庭坚各体诗歌的渊源，认为杜甫对黄庭坚的诗歌创作产生了很大影响，“山谷学杜，不单只七律一体，七古、七绝乃至五古，都见学杜之功，更重要的是，他的学杜，最根本的是学习杜甫由传统中推陈出新的创造法则，所以杜甫对他的影响是整体性的……就体裁而言，山谷学杜，近体更多于古体，近体之中七律之学杜工夫最深，造就最大”①。

胡传安《诗圣杜甫对后世文学的影响》是研究杜诗对后世文学影响的专书，② 该书讨论了杜甫的生平及其诗歌成就，总结出杜诗“沉雄、工妙、比兴、用典、史笔、拗体、口语、拙句、叠字”等特色。该书讨论杜甫对唐宋诗人的影响，在宋代诗人中主要讨论了杜甫对王安石、黄庭坚、陈师道、陈与义和陆游的影响。该书指出，“荆公有子美之工致，但乏其悲壮；有工部之健峭，但少其沉郁；有少陵之精绝，而无其高远；有老杜之圆妥，而逊其自然”③。该书指出，“山谷喜以鄙语入诗……而杜甫每以鄙语入诗，不避粗硬”④，“杜诗布局之谨严，亦为鲁直所师法也”⑤，“山谷之贵用事，乃是以杜甫为圭臬而来”⑥，“山谷学问之渊博可上追子美，而无愧色”⑦，“他如诗体、句式，类杜甫者亦多”⑧。该书认为，“后山诗步趋庭坚，而上追杜甫”⑨，“其苦吟锻炼之精神，实可追踪子美，毫无愧色”⑩。胡传安论述杜甫对陈与义的影响，认为“（陈与义）之诗风，正是杜甫之精神所在”⑪，“诸如与义对仗自然，善于用事，工于吴体，亦均为子美之师法”⑫。他还认为，“放翁无论诗派、诗体、诗风乃

---

① 钱志熙：《黄庭坚诗学体系研究》，北京大学出版社 2003 年版，第 352 页。
② 胡传安：《诗圣杜甫对后世文学的影响》，台湾幼狮文化事业公司 1996 年版。
③ 胡传安：《诗圣杜甫对后世文学的影响》，台湾幼狮文化事业公司 1996 年版，第 187 页。
④ 胡传安：《诗圣杜甫对后世文学的影响》，台湾幼狮文化事业公司 1996 年版，第 120 页。
⑤ 胡传安：《诗圣杜甫对后世文学的影响》，台湾幼狮文化事业公司 1996 年版，第 120 页。
⑥ 胡传安：《诗圣杜甫对后世文学的影响》，台湾幼狮文化事业公司 1996 年版，第 118 页。
⑦ 胡传安：《诗圣杜甫对后世文学的影响》，台湾幼狮文化事业公司 1996 年版，第 116 页。
⑧ 胡传安：《诗圣杜甫对后世文学的影响》，台湾幼狮文化事业公司 1996 年版，第 123 页。
⑨ 胡传安：《诗圣杜甫对后世文学的影响》，台湾幼狮文化事业公司 1996 年版，第 128 页。
⑩ 胡传安：《诗圣杜甫对后世文学的影响》，台湾幼狮文化事业公司 1996 年版，第 127 页。
⑪ 胡传安：《诗圣杜甫对后世文学的影响》，台湾幼狮文化事业公司 1996 年版，第 137 页。
⑫ 胡传安：《诗圣杜甫对后世文学的影响》，台湾幼狮文化事业公司 1996 年版，第 140 页。

至句法、章法、创作态度均与杜甫神似……放翁诚杜甫之化身也”[①]，“放翁实为诗圣异代之衣钵传人”[②]。该书论述杜甫对后世文学的影响主要从文论出发，涉及的作品较少。

关于南宋遗民诗人，方勇的《南宋遗民诗人群体研究》不仅结合宗国覆亡的历史背景讨论了谢枋得、谢翱、林景熙、汪元量等诗人的诗歌创作，而且对南宋遗民诗人的布局结构、成员类型和不同心态、诗歌主题等进行了深入探讨。该书特别指出，南宋末年的遗民诗人，普遍存在“以诗存史”的观念，“使杜诗的‘诗史’精神得到了大力弘扬”。[③]

除以上著作外，还有很多论文对此问题进行过讨论。杨胜宽认为：“宋人不仅从根本上扭转了唐代诗坛在相当长一段时间对杜甫‘诗人或不尚之’的风气，而且充分发扬了杜甫的诗歌精神，使杜甫在中国诗歌史上不仅具有艺术上集大成的地位，还与历史上人格最杰出的诗人屈原、陶潜等享有同样的令誉，他不仅是最受尊崇的唐代诗人，也是中国几千年诗歌发展史上为数不多的几个里程碑式的人物之一。”[④] 杨胜宽还认为：“宋代士人这种强烈的忧患意识，最能在杜诗中找到感情上的共鸣。因此，杜甫在宋代之被重视，始于范欧等倡导‘庆历新政’之时；其后王安石、苏轼等均倡言革故鼎新，而杜甫的忠君忧国精神，正由他们淋漓尽致地发挥出来；在南北宋之交的靖康之难，南宋末的亡国之秋，有志之士如李纲、陆游、文天祥等人，对杜甫精神亦大肆赞扬，呼唤不已。”[⑤] 此外，杨胜宽还对宋代蜀人论杜进行详细梳理，他指出：“宋代蜀人论杜，既有鲜明的时代特色，又有显著的地域特色。苏轼的不少开创性观点，不仅相对前人发所未发，而且对宋以后‘杜学’的发展的基本思维格局，具有清晰的‘定调’作用。如杜甫在诗歌史上集大成的地位，杜甫一饭不忘君国，李杜不当优劣轩轾等观点，成为千载不可移易的定论。”[⑥] 苏轼首次标举杜诗的“集大成”，他说：“子美之诗，退之之文，

① 胡传安：《诗圣杜甫对后世文学的影响》，台湾幼狮文化事业公司 1996 年版，第 185 页。

② 胡传安：《诗圣杜甫对后世文学的影响》，台湾幼狮文化事业公司 1996 年版，第 188 页。

③ 方勇：《南宋遗民诗人群体研究》，人民出版社 2000 年版，第 223 页。

④ 杨胜宽：《唐宋人所体认的杜甫精神》，《杜甫研究学刊》2000 年第 3 期。

⑤ 杨胜宽：《唐宋人所体认的杜甫精神》，《杜甫研究学刊》2000 年第 3 期。

⑥ 杨胜宽：《宋代蜀人论杜》，《杜甫研究学刊》1995 年第 1 期。

鲁公之诗，皆集大成者也。”① 关于苏轼论杜，王文龙也指出，是苏轼提出杜诗“集大成”，杜诗有陋句，杜甫“一饭不忘君”的观点。②

此外，黄稺荃《杜诗在中国诗史上的地位》一文简略谈到杜诗对宋代诗人诗歌创作的影响。③ 刘开扬《论杜甫诗歌在文学史上的地位》一文涉及杜甫对宋代诗人如王安石、苏轼、黄庭坚、陈师道、陈与义、陆游、杨万里等诗歌创作的影响。④ 黄志辉《全面认识杜学发展的历史和现状》一文，对宋代的杜诗学发展概况有所论述。⑤ 刘新生著文讨论过杜诗对中唐至清代文学的影响，其中涉及的宋代诗人有杨亿、王安石、苏轼、黄庭坚、陈师道、陈与义、陆游、杨万里等，均有精略论述。⑥ 此外，一些文学史著作普遍涉及宋代诗人的学杜问题，如《中国大文学史》就有“黄诗源出杜甫”“师道为诗规模杜甫”等结论。⑦

关于北宋的学杜趋势，周裕锴认为：“杜甫在诗坛的崇高地位是在北宋中页后才真正奠定的。宋初诗人王禹偁尽管对杜诗保持着相当的敬意，但他的诗实际上走的是白居易浅切的路子。西昆体的首领杨亿则把杜甫目为鄙陋的‘村夫子’。宋仁宗以后，儒学思潮的复兴、诗文革新运动的崛起固然使人们重新认识到杜甫的政治伦理价值，但从道学家程颐不喜欢杜诗的‘闲言语’、诗文革新运动领袖欧阳修不好杜诗的奇怪现象中，可以窥见当时人们对杜诗的艺术精神还未引起真正重视……韩愈在诗文两个领域中，都在相当长一段时间内成为复兴儒学、讨伐西昆的旗帜。宋代诗坛由崇韩到崇杜的转移大约发生在熙宁、元祐年间，转变风气的人物首推王安石，辅之以王的政敌司马光、张方平、苏轼兄弟等等。”⑧ 所述颇有道理。也有学者认为，“作为宋诗最重要的诗歌典范的杜甫诗，

---

① 陈师道《后山诗话》引。按：关于杜诗集大成的说法，元稹首开其说，宋祁、苏轼继其说，秦观又加以发扬，此说遂成定论，为后人接受。

② 王文龙：《说东坡论杜》，《杜甫研究学刊》1994 年第 2 期。

③ 黄稺荃：《杜诗在中国诗史上的地位》，《草堂》1983 年第 1 期。

④ 刘开扬：《论杜甫诗歌在文学史上的地位》，《杜甫研究学刊》1988 年第 1 期。

⑤ 黄志辉：《全面认识杜学发展的历史和现状》，《杜甫研究学刊》1992 年第 3 期。

⑥ 刘新生：《杜诗对后世的启迪和影响》，《杜甫研究学刊》2001 年第 3 期。

⑦ 柳存仁：《中国大文学史》，上海书店出版社 2001 年版，第 450—453 页。

⑧ 周裕锴：《工部百世祖，涪翁一灯传——杜甫与江西诗派》，《杜甫研究学刊》1990 年第 3 期。

早在庆历时期，便已经被广为学习，庆历诗坛的主要诗人梅尧臣、苏舜钦、欧阳修等都曾深受其影响，而庆历诗歌的种种特点也与它有着密不可分的关系”①。

关于南宋的杜诗学，杨胜宽指出：“南宋时代相对北宋而言，杜诗研究的著述大幅增多，呈现出空前的繁荣局面……一方面侧重对杜诗艺术（其诗）的研究，另一方面侧重对杜诗人格（其人）的研究。”②

此外，金诤讨论了宋诗与陶诗、杜诗的关系。③ 段炳昌从宋人对杜甫的评价出发讨论了宋代诗风的演变。④ 聂巧平从学术史的角度全面阐释了宋代杜诗学兴盛的原因及其阶段性的特点，探讨了宋诗的特质在其形成过程中对杜诗研究的影响，进而揭示出宋人对杜甫诗歌典范意义的论述与宋诗的建设同步发展及其并行互动的因果关系。⑤ 罗山鸿认为：宋人以学问为诗“其源头可以追溯到唐代诗人杜甫”。⑥ 谷曙光对宋代诗人学杜也有所论述，并认为韩愈是宋人学杜的艺术中介。⑦

（二）具体研究

宋代是杜诗学发展的高峰期，许多学者对宋代不同时期诗人的学杜情况进行过比较深入具体的研究。

在著作方面，有两部专著值得特别注意。一部是魏景波的《宋代杜诗学史》，该书共分五章，以历史为线索，以诗人为专题，梳理源流，考辨得失，在宋代文化和诗学发展的背景下考察宋代的杜诗学，较为全面地勾勒出了宋代杜诗学发展的全貌。⑧ 另一部著作为邹进先的《宋代杜诗学述论》，该书分上、中、下三部分，上篇主要概述宋人尊杜学杜的基本历程，中篇主要讨论宋人对杜诗的阐释，下篇则讨论王安石等六位诗人

---

① 马东瑶：《论北宋庆历诗人对杜诗的发现与继承》，《杜甫研究学刊》2001 年第 1 期。

② 杨胜宽：《南宋杜学片论》，《杜甫研究学刊》1995 年第 3 期。

③ 金诤：《宋诗与陶杜》，《中州学刊》1988 年第 4 期。

④ 段炳昌：《从对杜甫的评价看宋代诗风的演变》，《思想战线》1990 年第 5 期。

⑤ 聂巧平：《宋代杜诗学论》，《学术研究》2000 年第 9 期。

⑥ 罗山鸿：《浅论宋诗“以学问为诗”的形成过程》，《上海师范大学学报》2001 年第 3 期。

⑦ 谷曙光：《艺术津梁与终极目标——论韩愈作为宋人学杜的艺术中介作用》，《杜甫研究学刊》2005 年第 1 期。

⑧ 魏景波：《宋代杜诗学史》，中国社会科学出版社 2016 年版。

学杜的诗学实践。[①] 以上两部著作均于2016年出版，是关于宋代杜诗学研究的最新成果。

在论文方面，也有一些文章对此问题进行讨论。如徐志啸在《王禹偁文学思想简论》一文中论述了王禹偁的文学思想，指出王禹偁"诗学李、杜、白"的特点。[②] 张忠纲认为："作为白体代表人物的王禹偁，主张学白而实亦崇杜。他的文学主张和创作实践，都受到杜甫的深刻影响。'子美集开诗世界'的卓识，在杜诗学史上有着划时代的意义。'两宋尊杜第一人'，王禹偁是当之无愧的。"[③] 陆德海则认为，王禹偁的"子美集开诗世界"关注点仍是杜诗集大成的特点，"身为白体诗人的王禹偁在杜诗并未受到普遍重视的条件下，既没有有意识地超越白体进而向杜再学习，也不可能留意于杜诗是否推陈出新"，"'开'字应理解为展开、呈现而非开辟开创"。[④] 关于杜甫对林逋的影响，钟婴认为林和靖在诗学观念上推崇杜甫。[⑤] 马茂军认为林逋诗的特点是平淡，"他的隐逸走的是儒家内圣之路"。[⑥]

关于梅尧臣学杜，刘开扬认为，其诗"得杜诗之一端"，"圣俞不仅写深远闲淡的诗，他也从老杜学写雄豪横绝的诗"。[⑦] 有学者指出，"梅尧臣早期的诗风是平淡的，发展到中期则变为雄肆古硬，后期显得圆熟和乐"，"梅尧臣正是以其学习'李杜韩'、雄肆古硬的创作，为议论化、散文化的宋诗拉开了帷幕，使宋诗显现出异于唐诗的独特风貌"。[⑧] 吴大顺则指出梅尧臣诗歌博采众长的特点。[⑨] 关于苏舜钦学杜，张晶认为："杜甫那种博大深厚的爱国忧民之情对苏舜钦影响很大。"[⑩] 也有学者指出苏

---

① 邹进先：《宋代杜诗学述论》，中国社会科学出版社2016年版。

② 徐志啸：《王禹偁文学思想简论》，《中州学刊》1985年第1期。

③ 张忠纲：《王禹偁——两宋尊杜第一人》，《齐鲁学刊》2004年第1期。

④ 陆德海：《"子美集开诗世界"新解》，《南京师范大学文学院学报》2006年第1期。

⑤ 钟婴：《林和靖其人其诗》，《杭州师范学院学报》1982年第3期。

⑥ 马茂军：《林逋的复远古思想与文学创作》，《四川师范学院学报》2003年第4期。

⑦ 刘开扬：《梅圣俞与杜诗》，《杜甫研究学刊》1990年第2期。

⑧ 艾思同：《论梅尧臣的诗风》，《山东师大学报》1996年第5期。

⑨ 吴大顺：《博采众长话宛陵》，《广西师院学报》2000年第3期。

⑩ 张晶：《论苏舜钦在宋诗发展中的地位》，《松辽学刊》1989年第1期。

舜钦的诗歌以豪放为主的特点。[①] 赵晓兰认为，王安石“尊崇杜诗，潜心学杜，善于学杜，刻意求新……宋诗的基本特色是在王安石学杜并积极创新的基础上，在王安石手中才逐渐奠定的”。[②] 吴中胜等认为：“王安石不但从内容上，而且从形式上学杜。在人格上汲取杜诗的精华，在风格技巧和表现方法上深入学习并不断创新，在文学主张上的一致性，影响了其诗的整体成就，人称‘东京之子美’。”[③] 杨胜宽指出：“苏轼早年在文学创作上推崇杜诗。”[④] 李凯《苏辙论杜》认为：苏辙“对杜甫多难的人生表示深切同情，指出杜诗成就的取得与其多难的人生有关；高度评价杜诗成就，特别推崇杜诗的叙事技巧，提出了诗歌叙事的典型问题”。[⑤] 也有学者认为苏辙的晚年诗作“是北宋末期诗歌史上的最重要的内容，也为‘主理’的宋诗开辟了一种别具深意的境界”。[⑥]

关于黄庭坚学杜，学界讨论最多，也有不同认识。谢思炜指出：“在诗艺解释方面，特别值得一提的是黄庭坚以及他所代表的江西诗派。”[⑦] 周裕锴认为黄庭坚学杜前后期有所不同，他青年时期“对杜诗的理解主要是从社会功能和伦理价值的角度着眼”，晚年则“发展了杜甫夔州后诗抒写个人感情和日常生活的创作倾向”，着眼点放在句法、句中有眼、点铁成金和拗体七律等方面。[⑧] 莫道才《黄庭坚论杜甫》论述了黄庭坚对杜甫诗歌的认识，指出黄庭坚钟爱杜甫，对杜诗的“忠义”“点铁成金”“大巧”等“认识甚深”。[⑨] 黄镇林《语不惊人死不休——略论黄庭坚学杜》讨论了黄庭坚在语言和诗歌技巧等方面对杜诗的学习。[⑩] 周金标认为

① 胡问涛、罗琴：《论苏舜钦诗歌的艺术特色》，《重庆师院学报》1995 年第 2 期。

② 赵晓兰：《王安石与杜甫》，《杜甫研究学刊》1991 年第 4 期。

③ 吴中胜、孙雨田：《东京之子美——论王安石诗学杜》，《杜甫研究学刊》2002 年第 4 期。

④ 杨胜宽：《从崇杜到慕陶：论苏轼人生与艺术的演进》，《四川大学学报》2004 年第 2 期。

⑤ 李凯：《苏辙论杜》，《内江师专学报》1996 年第 3 期。

⑥ 朱刚：《论苏辙晚年诗》，《文学遗产》2005 年第 3 期。

⑦ 谢思炜：《杜诗解释史概述》，《文学遗产》1991 年第 3 期。

⑧ 周裕锴：《工部百世祖，涪翁一灯传——杜甫与江西诗派》，《杜甫研究学刊》1990 年第 3 期。

⑨ 莫道才：《黄庭坚论杜甫》，《杜甫研究学刊》1997 年第 2 期。

⑩ 黄镇林：《语不惊人死不休——略论黄庭坚学杜》，《杜甫研究学刊》2000 年第 4 期。

黄庭坚的七绝变体继承了杜甫的诗歌艺术。[①] 郑永晓讨论了黄庭坚学杜方面的历史争议，认为“应该对黄山谷学杜的功绩予以确认，在一定意义上，黄庭坚是诗歌史上学杜得其精髓的重要诗人之一”。[②] 关于陈师道的诗歌创作学界也多有讨论，有学者认为陈师道的诗歌风格与黄庭坚有很大的差异，“将他纳入‘江西诗派’的阵营是不妥当的”。[③] 还有日本学者指出，“陈诗是直接学杜诗而形成了他自家的风格”，但“与杜相比，陈的忧患始终是个人的、内向的”。[④]

关于陈与义诗歌，胡明指出：“陈与义的诗尤其是南渡之后的诗，风格追绍老杜，沉郁悲壮，慷慨雄浑。”并且陈与义的诗与江西诗派有很大的不同。[⑤] 李琨认为：“陈与义无论思想内容和艺术风格都与江西诗派相去甚远，实不应为江西派中人。”[⑥] 施洪波在《论陈与义之学杜》中也指出：陈与义“完成了由表面学杜到内质同杜的飞跃，造成了后期诗歌与杜诗风神相近，显得悲慨雄浑，奇壮沉郁，在最大程度上改造、丰富了江西诗风”[⑦]。吴忠胜《“诗宗已上少陵坛”吗》一文认为陈与义诗歌沉郁似老杜，宏壮在杜陵廊庑，但他们之间也有种种差异，“杜甫的心理可以说是单一型的社会忧患，而陈与义则是双重心理。杜甫的心怀要比陈与义博大深广……（陈与义）沉郁忧患之时有退避有解脱，不如杜甫执着。所以其沉郁宏壮亦不如杜之深广，他们有着程度上的差异。陈与义终是似杜而不能比杜：‘简斋似于杜而全滞于色相矣’”。另外，“杜诗偏向‘社会史’，陈诗偏向‘心灵史’”。[⑧] 白敦仁指出陈与义七言律诗、五言律诗等与杜甫诗歌的相似性。[⑨] 吴中胜认为，杜甫重社会忧患，陈与义

---

① 周金标：《试论黄庭坚的七绝变体》，《江苏广播电视大学学报》2005 年第 2 期。

② 郑永晓：《关于黄山谷学杜的历史争议及重新认识》，《广州大学学报》2005 年第 8 期。

③ 曹凤前：《陈师道是江西派诗人吗——兼谈陈师道与黄庭坚诗风之差异》，《徐州师范学院学报》1987 年第 2 期。

④ ［日］横山伊势雄：《陈师道的诗与试论》，张寅彭译，《阴山学刊》1997 年第 2 期。

⑤ 胡明：《关于陈与义诗歌的几个问题》，《中州学刊》1989 年第 2 期。

⑥ 李琨：《陈与义属于“江西诗派”吗?》，《辽宁大学学报》1999 年第 4 期。

⑦ 施洪波：《论陈与义之学杜》，《浙江广播电视大学学报》2002 年第 2 期。

⑧ 吴忠胜：《“诗宗已上少陵坛”吗》，《杜甫研究学刊》1996 年第 1 期。

⑨ 白敦仁：《论陈简斋学杜》，《杜甫研究学刊》1993 年第 3 期。

则有社会忧患和个人忧患的双重负荷。[①] 关于陆游学杜，有学者指出，陆游人格理想似杜，风格技巧和表现手法似杜，文学主张似杜，但陆游功名之念甚于杜，词意句法重迭互见的缺点甚多。[②] 陆游的《示儿》流传千古，王晓祥论述了杜甫的示儿诗，认为杜甫的示儿诗是杜诗中的精品，“开示儿诗的先导”。[③] 曹栓姐认为：“陆游来到四川，随着阅历的丰富、眼界的开阔，其诗歌从思想内容、艺术风格、表现手法都开始向杜甫靠拢，成为宋代学杜最有成就的篇章。”[④]

学界对文天祥诗歌有较多的讨论。屈守元论及文天祥与杜甫的关系，指出杜甫对文天祥影响最大。[⑤] 有学者指出，文天祥“认真学习杜诗的‘诗史’传统”，并且“学习杜诗的沉郁顿挫，因而形成自己诗歌悲壮苍凉的风格”。[⑥] 邓晓琼从文学创作的角度探讨了文天祥学杜的成就。[⑦] 关于杜诗对文天祥诗歌的影响，钟树梁认为有以下几个方面，“一是诗篇意义重大，立大题目，写大题材”，“二是诗篇震撼力强，深入人心，感人至深”，“三是诗歌声气广，互相呼应，蔚然成风，同声相应”。他说：“文天祥学杜甫，其精神与杜甫一脉相承，其行谊与杜甫易地而皆然，其诗篇是为以陆游为代表的南宋人学杜的一派，而且较陆游更有所发展。”他还认为文天祥是“南宋一大家”。[⑧] 关于文天祥的《集杜诗》，莫砺锋指出，“文天祥的这些集杜诗是历代集句诗中最为成功的作品”，他把文天祥的《集句诗》二百首按照题材内容分为七大类，他指出，这七类之中有六类皆有佳作，尤其以咏宋末史事及有关人物和诗人自己抗元入狱经历的集句诗，成就最为突出。但其中有些诗歌“有支离破碎之病，读

---

① 吴中胜：《陈与义与陶杜心态比较论》，《赣南师范学院学报》1995 年第 2 期。

② 吴中胜、钟峰华：《“放翁前身少陵老”吗——论陆游学杜》，《杜甫研究学刊》1999 年第 3 期。

③ 王晓祥：《杜甫的示儿诗》，《草堂》1987 年第 2 期。关于杜甫的这类诗歌的研究，还可参见詹杭伦《杜甫的教子诗》，《杜甫研究学刊》1992 年第 4 期。

④ 曹栓姐：《诗外工夫与杜甫门墙——以川中诗为例谈陆游学杜》，《巢湖学院学报》2005 年第 2 期。

⑤ 屈守元：《文天祥与杜甫》，《杜甫研究学刊》2000 年第 4 期。

⑥ 龙霖：《少陵杜鹃心——文天祥学杜简论》，《吉安师专学报》1995 年增刊。

⑦ 邓晓琼：《“耳想杜鹃心事苦，眼看胡马泪痕多”——论文天祥学杜诗》，《中国韵文学刊》2006 年第 4 期。

⑧ 钟树梁：《杜甫与文天祥》，《草堂》1986 年第 1 期。

来不免有勉强拼凑成篇之感”，特别是《胡笳曲》十八首，“往往有诗意支离，词句芜杂之病”，“写得比较草率”，“艺术成就不如《集杜诗》二百首”。[①] 还有人讨论过文天祥《集杜诗》与《胡笳曲》的异同，指出“其相同处表现在诗歌中包含的主题精神和诗歌主张上，不同处表现在这两类诗的艺术形式和给我们提供的认识价值上”[②]。黄镇林则认为，文天祥的《集杜诗》，抨击权臣误国，深切怀念故旧妻儿，怆然为世道感叹，集杜诗而能“运用自如、得心应手。做到天衣无缝、形同己出”。[③] 关于汪元量学杜，方勇指出：“南宋遗民诗人汪元量诗学杜甫，遵循‘走笔成诗聊纪实’的创作原则，其诗全面真实而深刻地反映了宋末的历史现实。在叙事纪实的形式方面，他还继承了杜甫以联章组诗来全方位多角度多层次地反映社会现实的手法而又有重大突破，使我国的诗史创作又进入一个新阶段。”[④]

二　宋代杜诗艺术批评的研究概况

关于宋代的杜诗艺术批评，学界的研究不够深入，也没有出现较为重要的学术成果，仅有一些学术论文对此问题略有涉及。如林继中的《杜诗与宋人诗歌价值观》、杨胜宽的《南宋杜学片论》和《唐宋人所体认的杜甫精神》、刘文刚的《杜甫在宋代的魅力》、聂巧平的《宋代杜诗学论》等。[⑤] 这些文章多从杜甫和杜诗在宋代的思想价值和精神影响力方面展开研究，基本上未就宋人的杜诗艺术批评的角度进行讨论。

---

① 莫砺锋：《简论文天祥的〈集杜诗〉》，《杜甫研究学刊》1992 年第 3 期。

② 赵超、王渭清：《文天祥〈集杜诗〉与〈胡笳曲〉异同论》，《宝鸡文理学院学报》2006 年第 2 期。

③ 黄镇林：《善陈时事，同声相应——从文天祥〈集杜诗〉看杜诗对后世的影响》，《杜甫研究学刊》1999 年第 1 期。

④ 方勇：《走笔成诗聊纪实——简论南宋遗民诗人汪元量诗歌的特征》，《天中学刊》1999 年第 4 期。关于汪元量诗歌的诗史特色还可参见高明泉《宋亡之诗史，悠悠之哀情——汪元量诗歌简论》，《固原师专学报》1994 年第 4 期；章楚藩《略论爱国诗人汪元量的诗歌》，《杭州师院学报》1987 年第 3 期。

⑤ 林继中：《杜诗与宋人诗歌价值观》，《文学遗产》1990 年第 1 期；杨胜宽：《南宋杜学片论》，《杜甫研究学刊》1995 年第 3 期；杨胜宽：《唐宋人所体认的杜甫精神》，《杜甫研究学刊》2000 年第 3 期；刘文刚：《杜甫在宋代的魅力》，《文史杂志》2003 年第 1 期；聂巧平：《宋代杜诗学论》，《学术研究》2000 年第 9 期。

有一些学位论文对宋代的杜诗艺术批评有所涉及。博士学位论文方面，王红丽的《宋人唐诗观研究》曾论及宋人对杜诗字句精准独特、写物工巧以及诗学经典等问题的评述。梁桂芳的《杜甫与宋代文化》则从文化学视角出发，偏重于阐释杜甫对于宋代的文化史意义，其第四章较为宏观地论述了杜诗对于宋诗思想与艺术的影响，实际上还是偏重于对杜诗在宋代传播和接受情况的研究。[①]

硕士学位论文方面，郭月莲的《老成：杜诗风格与宋代诗学的“视界融合”》从两宋诗学理论及杜诗创作实际出发，探索了宋代诗学对于杜诗“老成”艺术特色的认同和继承。余思亮的《宋代诗话中的杜甫批评》从宋代诗话特别是江西诗派诗学理论入手，着重从思想文化角度研究了宋人崇杜现象，就宋人诗话中对于杜诗语言风格、炼字、句中眼、平仄、对仗等方面的批评有粗略论述。[②] 可见，学界对宋代的杜诗艺术批评关注不够。

三　一些与本论题相关的研究

除以上著作和论文外，还有一些成果与本论题紧密相关。我们注意到，许多学者论及宋代的杜甫研究，如廖仲安、王学泰指出，“有宋一代是杜诗研究的兴盛时代”，并分析了杜诗从不受重视到被重视的过程和原因，列举了宋人研究杜诗的盛况，以及宋人研究杜诗的成就和不足。[③] 王学泰归纳指出了宋代杜诗研究的主要成就，即“杜集定本的出现”，“杜甫生平的考证、杜甫年谱的编订已经无大差误”，“通过注解笺释基本上弄通了杜诗”。[④] 刘崇德指出，宋人的评杜、尊杜，“不仅造成了杜诗的种

---

① 王红丽：《宋人唐诗观研究》，博士学位论文，华南师范大学，2007 年；梁桂芳：《杜甫与宋代文化》，博士学位论文，山东大学，2005 年；梁桂芳的博士学位论文以相同题目于 2011 年在重庆大学出版社出版。

② 郭月莲：《老成：杜诗风格与宋代诗学的“视界融合”》，硕士学位论文，暨南大学，2004 年；余思亮：《宋代诗话中的杜甫批评》，硕士学位论文，暨南大学，2006 年。

③ 廖仲安、王学泰：《论唐宋时期的杜甫研究》，载人民文学出版社古典文学编辑室编《中国古典文学论丛》，人民文学出版社 1985 年版。

④ 王学泰：《杜诗的赵次公注与宋代的杜诗研究》，载中国杜甫研究会编《杜甫研究论集》，中州古籍出版社 1993 年版。

种曲解，也造成了对于杜甫这位唐代的伟大诗人形象的扭曲”。[①] 张忠纲论述过北宋和南宋时期的山东杜诗学的发展情况。[②]

关于宋代对杜诗的辑注，学界多有讨论。宋代辑注杜诗的简况如下：孙仅作《读杜工部诗集序》，此为宋人编辑杜诗的开始；苏舜钦于景祐三年（1036）编成《老杜别集》；王洙于宝元二年（1039）编成《杜工部集》；刘敞编有《杜子美外集》；皇祐四年（1052）王安石编成《杜工部诗后集》；嘉祐四年（1059）王琪等在王洙本的基础上编成《杜工部集》。南宋杜集的整理更为兴盛，绍兴年间有王祖宁本、吴若本、郑印本、鲁訔本、黄长睿本等，其中黄长睿编的《校定杜工部集》是最早的编年本。此后杜诗注本纷然而起，有所谓“千家注杜”之盛。淳熙八年（1181）出现了杜诗的集注本，即郭知达所辑《杜工部诗集注》（即《九家集注杜诗》）。在南宋末年，还出现了杜诗评点本，即高楚芳编辑的《集千家注批点杜工部诗》，为刘辰翁所评点。[③] 这一时期，还出现了专门的杜诗诗话，如方道深所辑《诸家老杜诗评》、蔡梦弼集录《杜工部草堂诗话》。[④]

除以上外，还有学者谈到杜诗与宋词的关系，如张志烈在文章中论及杜甫咏物诗与南宋人咏物词的关系。[⑤] 刘扬忠讨论过杜甫对辛弃疾、姜夔诗词创作的影响。[⑥] 吴明贤在《试论杜甫的“狂”》一文中对杜甫性格中的狂及其对创作的影响作了非常深入的探讨。[⑦] 韩成武讨论了杜甫精神和杜诗的文化意义。[⑧]

由以上可以看出，学界对宋代诗人学杜进行过较为深入的研究，但

---

① 刘崇德：《“诗史”与宋代诗风》，载中国杜甫研究会编《杜甫研究论集》，中州古籍出版社 1993 年版。

② 张忠纲：《山东杜诗学文献研究》，齐鲁书社 2004 年版，第 152—255 页。

③ 参见许总《宋代杜诗辑注源流述略》，《文献》1996 年第 2 期。

④ 参见张忠纲《杜甫诗话六种校注》，齐鲁书社 2002 年版。

⑤ 张志烈：《谈杜甫咏物诗与南宋人咏物词》，《杜甫研究学刊》1991 年第 1 期。

⑥ 刘扬忠：《稼轩词与老杜诗》，《文学遗产》1992 年第 6 期；蔡锦芳：《姜夔与杜甫》，《杜甫研究学刊》1994 年第 4 期。

⑦ 吴明贤：《试论杜甫的“狂”》，《杜甫研究学刊》1996 年第 3 期。

⑧ 韩成武：《弘扬杜甫精神，回应人类危机——纪念伟大诗人杜甫逝世 1230 周年》，《河北大学学报》2000 年第 6 期；莫砺锋：《论杜甫的文化意义》，《杜甫研究学刊》2000 年第 4 期。

是，许多学者是从宋人论杜的角度研究宋人对杜诗的态度，对他们的诗歌创作没有涉及或涉及较少；有一些问题争议较大，学界没有一致意见；一些问题未见论述或没有得到很好的解决；特别值得注意的是，学界对宋代诗人学杜的阶段性及各个阶段学杜的总体特点缺少论述。另外，学界对于宋代杜诗艺术批评的研究尚不够全面，缺乏深入系统的梳理，特别是对吴文治先生主编的《宋诗话全编》未能加以利用，诚为憾事。

四　研究方法与主要内容

关于宋人诗歌创作学杜问题，本书拟采用比较的方法进行探讨和考察。所谓比较，即通过通读主要的宋人别集，将宋诗与杜诗进行比较，考察宋诗对杜诗的学习、继承、模拟情况及其新变。

要进行以上比较，除通读宋人主要别集外，还应掌握杜诗在内容、形式和艺术上的基本特征。

本书认为，杜诗在内容上的特征是关心国事和民生，具有“诗史”意义。邓小军认为：杜甫的诗史精神是“诗人国身通一精神”“良史精神”“庶人议政贬天子精神”“民本精神”和“平等精神”，“杜甫诗史精神是对传统儒家思想的重大发展”。[①] 刘明华认为：“杜甫的人道主义精神是他成为‘诗圣’的一个重要因素。杜甫的‘民胞物与’情怀在中国古代诗人中是最突出的。作为社会良知，杜甫最终关心的是人，是一切人的生命、安全与幸福。在这一点上，诗人博大的胸怀得到最充分的表现。”[②] 杜甫的诗歌不仅反映了当时的时代，而且表达了对国事和民瘼的深切关怀。

从体裁上看，杜甫的七言律诗有较多的创新和创造，也体现出多种风格。杜甫有一种具有萧淡婉丽风格的七言律诗。裴斐认为，栖息草堂时期，杜甫的七律和五律都呈现出“萧淡婉丽，近似陶谢”的风格，特别是七言律诗，“真正达到纯熟完美的境界”，“萧淡婉丽，细入无间”。[③] 同时，杜甫的七言律诗也体现出老健疏放的风格。叶嘉莹就认为杜甫定

---

① 邓小军：《杜甫诗史精神》，《安徽教育学院学报》1992 年第 3 期。

② 刘明华：《论杜甫的“民胞物与”情怀》，《文学遗产》1994 年第 5 期。

③ 裴斐：《杜诗八期论》，《文学遗产》1992 年第 4 期。

居成都草堂的作品已从纯熟完美转变为老健疏放，杜甫进入夔州后，变体拗律横放杰出，正格七律则达到完全的从心所欲的化境。就技巧而言，此时的七律句法突破传统，意象超越现实，“七言律诗才得真正发展臻于极致”。[①] 杜甫的七言律诗更具有浑涵汪茫、雄浑悲壮的风格，这类七律悲壮苍凉，沉郁顿挫，亘古绝今，惊天动地，有极高的艺术成就。

杜甫的五言律诗则较多体现出沉郁顿挫的特征。杜甫的五言律诗有的极为壮美，如《登岳阳楼》，“仅二十字便囊括了整个人生、整个社会乃至整个宇宙，还包含那么多耐人寻思的言外意，而意境又是如此真切而生动，这才是艺术上的奇迹”[②]。从整体上看，杜甫的五言律诗虽具有多种风格，但他沉郁顿挫的五言律诗最具代表性，取得的成就也最高。

杜甫以《北征》为代表的五言古体诗取得了极高的成就。“这些作品的最大特色便是自身经历与社会时期、身世自叹与忧国伤时浑然相融为一体，普遍呈现出沉郁顿挫的风格”，“后世白居易等人能写出近似三《吏》三《别》的作品，却决写不出近似《赴奉先咏怀》和《北征》的作品”。[③] 除此之外，杜甫的山水纪行组诗、《同谷七歌》、联章七律和长篇排律等亦各具特色。

在诗歌句法上，杜甫擅用“当句对”和“时空并驭”的句法。杜甫诗中喜用“当句对”，如“戎马不如归马逸，千家今有百家存”，“南京久客耕南亩，北望伤神坐北窗”等。杜甫首次把“当句对”的对仗形式引入七律作品。[④] 杜甫还常用一种“时空并驭”的句法，使用得也非常成功，如“万里悲秋常作客，百年多病独登台”，“洛城一别四千里，胡骑长驱五六年”，“乾坤万里眼，时序百年心”，“吴楚东南坼，乾坤日夜浮”，“锦江春色来天地，玉磊浮云变古今”等皆是。韩成武先生认为：“杜甫‘时空并驭’的手法，还常用于表达漂泊岁月中的时局感受。每每在一联语中，兼出时、空两种意念。而且经常使用‘百年’、‘万里’、‘日月’、‘乾坤’等词语，极力扩展时、空的程度，造成悲壮

---

① 叶嘉莹：《论杜甫七律之演进及其承先启后之成就——〈秋兴八首集说〉代序》，《迦陵论诗丛稿》，中华书局 1984 年版，第 71 页。

② 裴斐：《杜诗八期论》，《文学遗产》1992 年第 4 期。

③ 裴斐：《杜诗八期论》，《文学遗产》1992 年第 4 期。

④ 韩成武：《杜甫在中国诗歌史上的十个创新之举》，《济南大学学报》2006 年第 2 期。

深沉的诗境。”[①]

除以上所述之外，杜诗的创新和特点还有一些，如杜甫变先前诗歌以抒情为主为以叙事为主，变先前的歌唱理想为描写实际人生；杜甫首创“即事名篇”的新题乐府；杜甫首次把时局题材引入七律；杜甫首次提出“创作心态自由论”；“丁卯句法”等。[②]

本书拟在前人基础上展开杜诗与宋诗的比较，拟重点讨论以下问题：宋人学杜的基本情况，特别是杜诗影响宋诗的阶段性及其特点，以及宋代诗人学杜的成就和局限；宋代崇杜观念的产生和发展情况；杜甫“诗史”精神在宋代的继承与新变；杜诗风格在宋诗中的再现；杜诗艺术技巧对宋诗的影响；宋诗使用杜诗典故的基本情况与特征等。

关于宋代的杜诗艺术批评研究，本书主要采用文献分析的方法。本书拟从整理和分析两宋时期的诗话、笔记、选集、论诗诗文、札记、杜诗注本等文献入手，首先对基本的文学批评史料进行钩沉。然后，在两宋社会文化思潮的大背景下，结合宋代文坛的创作宗尚，系统地梳理宋人对于杜诗艺术批评的主要观点，并对宋人关于杜诗艺术风格、艺术手法乃至艺术渊源、艺术成就等具体艺术批评进行深入研究。

在宋代的杜甫艺术批评方面，本书拟讨论以下问题：宋人对杜诗艺术成就的讨论；宋人对杜诗艺术渊源的主要观点；宋人对各类体裁杜诗的不同看法；宋人对杜诗艺术风格的评判；宋人对杜诗对仗和用典问题的讨论。

总之，本书将采用内容风格比较和文献分析的方法，对宋人诗歌创作学杜问题和宋代杜甫艺术批评进行全方位讨论。

---

① 韩成武：《杜诗艺谭》，河北教育出版社 2002 年版，第 45 页。

② 韩成武：《杜甫在中国诗歌史上的十个创新之举》，《济南大学学报》2006 年第 2 期。

第 一 章

宋人学杜总说

杜诗对宋代的诗歌创作产生了广泛而深远的影响，这种影响表现出比较明显的阶段性。宋代诗人学杜既取得了很高成就，也有很多局限。本书拟就杜诗对宋诗的影响及其阶段性进行讨论，并对宋代诗人学杜的成就和局限进行辨析。

第一节　杜诗影响宋诗的阶段性及其特点

通过对宋代诗人学杜情况的考察，可以把杜甫对宋诗的影响分为以下几个阶段。在不同的阶段，杜诗对宋诗的影响各具特点。

1. 北宋初期是学杜的初始期。① 杜甫在北宋初期还没有产生足够的影响，这个时期诗坛流行的是白体、西昆体和晚唐体。白体诗人如李昉、徐铉等主要学习白居易，晚唐体诗人九僧、潘阆等主要学习姚合和贾岛，西昆体诗人杨亿、钱惟演、刘筠等则学习李商隐。白体俚俗平易，晚唐体细碎单调，西昆体则纤巧虚浮，成就都不高。在这个时期的诗人中，王禹偁与杜甫在思想和经历上有着某些相似之处，他的诗歌在内容和艺术方面对杜诗有所继承。他继承了杜甫的“诗史”精神，其诗歌多反映社会现实和社会矛盾，他的一些五言诗直接学习杜诗，有些诗歌题目直接来源于杜诗，一些诗句直接从杜诗变化而来。但是王禹偁学杜而杂以

---

① 关于宋诗的分期，学界有三期说、四期说、五期说、六期说等多种划分方法，详见张毅《宋代文学研究》（上），北京出版社 2001 年版，第 227 页。本书对宋诗的分期基本按照程千帆、吴新雷的划分方法将宋诗分为北宋前期、北宋中期、北宋后期、南宋前期、南宋后期五个时期，详见程千帆、吴新雷《两宋文学史》，上海古籍出版社 1991 年版。

白体，所学并不纯粹，杜甫之沉郁顿挫、苍浑高华，王禹偁均难以企及。杜甫在这个时期虽然开始受到一些诗人的重视，但还没有产生广泛的影响。这是学习杜诗的初始阶段，杜甫还没有引起宋代诗人的广泛注意，杜诗的诗学地位也没有确立。

2. 北宋中期是杜诗的广泛影响期。北宋中期活跃在诗坛上的主要有梅尧臣、苏舜钦、欧阳修、王安石、苏轼等诗人，他们开始注重诗歌的思想内容，写出了许多反映社会生活的诗歌。他们的诗歌平易畅达，初步形成了带有散文化、议论化的宋诗风格。这个时期是杜诗产生深刻影响，得到广泛继承的时期。杜甫在诗坛的崇高地位在这个时期得以确立，杜诗在不同的方面对当时的诗人产生了较大影响。梅尧臣的诗作数量较多而佳作很少，七言律绝较有风致，几首七言绝句写得情辞婉转，略能得唐诗妙处。他的诗歌有明显的以文为诗的倾向，风格以平淡为主。他的几首五言古诗写得浑涵壮丽，一些写家庭生活的诗则感情真挚。梅尧臣在诗学观念上推崇杜甫，在诗歌内容上继承了杜甫的“诗史”精神，在语言上也化用了一些杜甫的诗句，但他总体上并不学杜。苏舜钦诗学杜甫并颇多相似之处，其七言律诗学杜最似，其五言诗也有杜甫的沉郁之气，他还整理过杜集。苏舜钦的诗歌在内容和风格上都学习杜甫，虽然他有的诗歌写得不够细致，锤炼不够，也有宋人好议论和以文为诗的毛病，但总体上他是北宋中期学杜最成功的一个。欧阳修是北宋的文坛领袖，他创作了一些关心百姓和国事的诗歌，继承了杜甫的精神实质。他的一些句法和诗句风格与杜甫相似，诗歌中也化用了一些杜诗。王安石的诗歌初学杜甫、韩愈，又转益多师，他对杜甫诗歌有很高的评价，他的诗中化用了许多杜诗，特别是他的集句诗中直接使用了很多杜诗。但是王安石的诗歌总体上与杜诗有很大差异，艺术性也与杜诗相去较远。苏轼是宋代最优秀的诗人，他的诗歌题材广泛，风格多样，既有富于才情、纵横流宕的优长，也有散文化、好议论、好表现学问的一面。他在诗歌创作上既受到李白、杜甫的影响，也受到白居易、陶渊明等诗人的影响。苏轼对杜甫非常推崇，他写了一些反映社会现实的诗歌，虽然很多是出于对新法的讥讽，但也透露出他对民生国事的关心。他的一些七言律诗老健疏放，与杜诗近似，他还有模仿杜甫的诗作，也大量化用杜诗。但是，从诗歌的整体风格上看，苏诗高妙流宕，而杜诗沉郁顿挫，苏诗之轻快流转胜过杜甫，但诗中所蕴含的力量却远远不及。苏辙的文学成就主要表现在散文方面，他的诗歌风格清淡朴实，平淡寡味，有以文为诗的倾向，不仅视野狭窄，风格也比较平白拘谨。他虽然最为推重杜甫，但他学习杜诗仅限于使用了一些杜诗中的典故。

从以上情况可以看出北宋中期诗人学杜的特点。在这个时期，杜甫在诗歌史上的典范地位已经确立，重要诗人都对杜甫和杜诗非常推重。苏轼甚至提出了杜甫“一饭不忘君”这一影响深远的命题。诗人们普遍继承了杜甫的“诗史”精神，写出了许多关心国事民生的作品。特别值得一提的是，这个时期出现了像苏舜钦这样在内容和风格上都学习杜甫的诗人。但是，杜诗虽然在北宋中期得到广泛继承，产生了很大影响，但这个时期并没有出现能全面继承杜诗精髓的诗人。

3. 北宋后期是杜诗的艺术继承期。北宋后期，黄庭坚、陈师道、秦观、张耒等诗人活跃于诗坛，以黄庭坚为首的诗人群体后来被称为江西诗派，对后世产生了极大的影响。这个时期杜甫被奉为诗学典范，江西诗派普遍注重借鉴杜甫的艺术成就，极为注重杜甫在炼字、炼句、谋篇等方面的艺术经验。黄庭坚在诗歌创作上强调出新，特别重视对诗歌艺术技巧的探寻，他在诗歌创作上推崇杜甫，诗中化用了大量的杜诗，学习了杜诗的艺术技巧，但他的诗总体上缺乏情韵。他号称学杜，他的诗与杜诗其实并不相似。杜诗之深沉有力，杜诗之沉郁顿挫，杜甫之仁厚忠爱，皆为黄庭坚所不能及。黄庭坚的诗讲究字句的锤炼，重视用典，但诗情寡淡，诗味贫乏。陈师道是北宋后期力学杜甫的重要诗人，取得了较高的成就，他是有宋以来学杜最成功的诗人，其学杜的成就超过了黄庭坚。他的五言律诗和五言古诗都有很像杜诗的作品，其他体裁的诗歌也学习杜诗并有相当的成就。虽然陈师道的人生境界不及杜甫，诗中关心民瘼的作品极少，但他的感情真挚与杜甫颇为相似，这是他学杜成功的重要原因。陈师道的诗沉郁孤峭，称得上学杜有得。秦观诗有唐人遗韵，其短处在于诗思孱弱，力量不够。他使用典故不像黄庭坚那样多，也不太使用僻典。他从苏轼那里学到了清新流畅的长处，但不像苏轼诗歌那样风格多样，变化多端。秦观诗歌不学杜，只有一首诗是模拟杜甫的。张耒诗的特点是平易舒坦，格宽语秀，有唐人风韵，他的诗注重情感的自然表达，而不太注重诗句的锻炼和雕琢。其诗较多地反映了民生疾苦，颇能表现出他对民生的关心，在这点上他继承了杜甫、白居易、张籍等诗人的传统。张耒诗歌的缺点是出语比较随意，不够精练，语言平易，风格不甚鲜明。他在诗学观念上尊杜，在诗歌创作上也有学杜之处，在句法上也受到了杜甫的一些影响。尽管如此，张耒的诗歌风格并不像杜甫，而是更接近白居易。他的诗歌有明显的粗疏之病，当然也有一些诗歌是平易中见秀美的。

从以上情况可以看出，北宋后期诗人学杜有其特点。在这个时期，杜甫在诗坛的地位无比崇高，宋代诗人最终选择杜诗作为诗歌的典范。这个时期的诗人非常注重对杜诗艺术技巧的学习，这方面以黄庭坚和陈师道为代表。艺术技巧是杜甫诗歌成就的重要方面，通过对杜诗艺术技巧的学习，特别是通过对诗歌字句的反复锤炼，宋代诗人创作出平淡瘦劲、平和内敛的诗歌。但片面学习诗歌技巧，也造成诗情寡淡，诗味贫乏。所以他们的诗歌虽然模仿杜诗的法度，却与杜诗相去甚远。这个时期的诗人关心的多是自己的生活，诗歌有脱离现实的倾向。值得注意的是，陈师道写出了感情真挚、沉郁孤峭的作品，在风格上很接近杜诗，这是这个时期诗人学杜的最重要的收获，陈师道也成为这个时期学习杜甫最有成就的诗人。

4. 南宋前期是学杜高潮期。北宋灭亡的痛苦刺激着诗人们敏感的心灵，南宋诗坛发生了很大的变化。江西诗派追求技巧、叙写日常生活的创作方法有了改变，呼吁抗金、描写现实、叙写离乱、反映爱国情怀的诗歌大量涌现。这个时期活跃在诗坛上的是陈与义、陆游、杨万里、范成大等诗人，他们的诗歌创作大都鲜明地打上了时代的印记，天崩地裂的现实使南宋诗人对杜诗有了更深刻的理解。这是宋人学杜的高潮期，在这个时期，陈与义等诗人终于写出了像杜甫那样的沉郁顿挫、苍茫高华的诗篇。陈与义亲身经历了北宋的灭亡和南宋的偏安，对国破家亡的屈辱有真实的感受，对乱世中流离漂泊的艰辛也有切身的体会。他的五言诗沉郁顿挫，七言律诗苍楚阔大，都继承了杜甫的优长。他从杜甫那里学习了句法，经常化用杜诗，他的诗歌在内容上也很接近杜诗。陆游的诗歌数量极多，内容也非常丰富。大体而言，陆游忧时念乱和写军中生活的诗作多作于早年，而写日常生活的流连光景之作则晚年较多。大体壮年从军之作风格较为豪壮，有略似高适、岑参之处。平居闲吟之什则诗风平易，似陶渊明、白居易。他的诗多为律诗，比较重视对仗和诗句的锤炼。陆游的诗歌在许多方面受到杜甫的影响，他的五言律诗偶有杜诗的顿挫，他对七言律诗的对仗也极为用心。但总体上说，他的诗和杜诗相去较远，杜诗之苍茫深厚，尤为其所不及。杨万里的诗被称为“诚斋体”，其诗歌的特点主要表现在写景诗上。他的诗以七言律绝为主，特别是七言绝句，最能表现他诗歌的特点，那就是新鲜、活泼、机智、精巧，能够非常绝妙地传达出景物的妙处。用钱锺书的话说，就是“用敏捷灵巧的手法，描写了形形色色从没描写过以及很难描写的景象”①，“如摄影之快镜，兔起鹘落，鸢飞鱼跃，稍纵即逝而及其未逝，转瞬即改而当其未改，眼明手捷，纵矢蹑风，此诚斋之所独也”②。杨万里写景，传神留影，既迅速又轻巧。他的诗歌从早年到晚年风格变化不大，早年略受江西诗派影响，但诗歌明白易懂，没有沾染江西诗派剽窃堆砌、晦涩难晓的毛病。晚年之作略显沉潜和烦冗，爱讲道理、发议论，但写景状物还是那种轻快的手法。他的诗歌不追求用典，虽然他的诗歌也用了一些杜甫的典故。杨万里学习杜甫，仅仅是使用了一些杜诗的典故，用杜甫诗句集句作诗，还学习了一些杜诗的句法，他的诗和杜诗并不相类。范成大最有特色的是《四时田园杂兴》六十首绝句和一组使金纪行诗，其诗歌的特点是古质朴素，温和秀丽。他晚年诗风有所变化，较以前更注重格律和对仗。除了那些写农村生活的诗歌和使金绝句，范成大的诗歌都不大能使人感动，也难以引起人的共鸣。杜甫对范成大产生了一些影响，如范成大在诗中使用了一些杜诗的典故，他的使金纪行诗和《四时田园杂兴》等描写农村生活的诗关心国事和民瘼，继承了杜甫的精神实质。但范成大不学杜甫，诗歌也不像杜诗。

总结南宋前期宋人学杜的特点可以看出，在这个时期诗人们对杜诗有了更深刻更亲切的认识。杜诗不仅是诗歌技巧上学习的典范，也是诗人们战火中的知音。这个时期是两宋学杜的高潮期，因为这个时期的诗人学杜取得了巨大成就。尤其是陈与义，其五言诗沉郁顿挫，七言诗雄浑阔大，继承了杜诗的风格，在内容上也接近杜诗，他是两宋学杜取得

---

① 钱锺书：《宋诗选注》，人民文学出版社 1958 年版，第 162 页。

② 钱锺书：《谈艺录》，中华书局 1984 年版，第 118 页。

最高成就的诗人。这也告诉人们，单纯学习杜诗的技巧、艺术、法度，不会写出有杜诗成就的诗。只有把学习技巧、锤炼语言，与学习其思想、境界结合起来，在适当的历史条件下，才能写出杜诗那样伟大的作品。陆游的诗尽管从整体上与杜诗相去较远，杜诗之苍茫深厚，尤为放翁所不及，但陆游诗的圆熟和注重句法锤炼的特点，陆游诗集大成的成就及其诗中的爱国精神，都明显受到杜诗的影响。范成大的使金纪行诗和《四时田园杂兴》等描写农村生活的诗继承了杜甫的精神实质。相比较而言，杨万里的诗不学杜诗，与杜诗差异也最大。这个时期的诗人，普遍受到江西诗派的影响。但陈与义的诗已经与江西诗派有很大差距，不能简单地把他归入江西诗派。陆游写得最多的是闲适诗，与江西诗派差距更大。杨万里是轻巧的唐体，范成大的诗平易古质，都与江西诗派不同。这说明这个时期江西诗派的势力和影响在逐步减小。江西诗派"点铁成金""夺胎换骨"的创作方法与宋诗平易的风格相结合，最终形成宋诗多用典、有筋骨、好议论、较平白的典型风格。

5. 南宋后期是宋诗的以诗存史期。南宋后期首先登上诗坛的是永嘉四灵，即徐照、徐玑、翁卷和赵师秀，他们摆脱江西诗派的束缚，开始转而学习晚唐诗，使唐体重新流行。再有就是姜夔、刘过、戴复古、刘克庄等江湖派诗人，成分比较复杂。宋亡之际，又出现了文天祥、谢翱、林景熙、汪元量、谢枋得、郑思肖等一大批诗人，用诗歌歌咏和记录着亡国的痛苦与悲哀。四灵诗风接近，实不甚佳，在形式上他们都惯于使用五言律诗，在内容上则大多是写景咏物、流连光景之作。四灵的咏物诗，所咏为花草树木、山水禽鸟之类。他们很少用典，即使用典也不佳。从风格上看，他们的诗均浅显细碎。他们的诗歌很少涉及社会现实，不仅内容单调狭窄，风格单一，艺术性也不高。文天祥的诗歌有明显的以诗存史的意味①，杜甫对文天祥的诗歌创作产生了一定的影响。林景熙只是使用了一些杜诗的典故，他只有极少作品稍有壮气，其诗的总体风格与杜诗并不相似。汪元量以诗记宋亡历史，其诗有诗史之称。他熟读杜诗，有些诗歌是刻意学杜之作，他的诗也化用了不少杜诗。但是，他对元朝统治者多有赞颂，对南宋朝廷则似怜似讽，这与杜甫的忠厚恳切大

---

① 方勇：《南宋遗民诗人群体研究》，人民出版社 2000 年版，第 223 页。

不相同。钱锺书云："汪元量《湖山类稿》卷五周方《跋》：'余读水云诗，至丙子以后，为之骨立。再嫁妇人望故夫之垄，神销意在，而不敢哭也'。"① 他的诗歌也过于流利畅达，带有明显的乐师色彩，这是他诗歌的不足之处。谢枋得欣赏杜诗，但其诗不似杜诗，受杜甫影响很小。郑思肖有两首诗写到杜甫，总体上看他的诗歌艺术性不强，也不似杜诗。

从文天祥等人的诗歌创作可以看出这个时期诗歌创作的一些特点。永嘉四灵和江湖诗派在诗歌创作中取得的成绩有限，但他们从晚唐入手的创作方法标示了宋诗向唐诗的复归，这也是宋代诗人对江西诗派创作方法不断反思的结果。在永嘉四灵之后登上诗坛的是宋末遗民诗人，他们虽然也创作了一些优秀的文学作品，但文学创作的总体成就不高，艺术性不强。除文天祥、汪元量以外，其他遗民诗人，如林景熙、谢枋得、郑思肖等，他们的诗歌受杜甫诗歌的影响很小。从文天祥、汪元量等诗人的诗歌可以看出，他们普遍有以诗存史的观念，这是杜甫"诗史"精神所产生的影响，也是这个阶段诗人学杜的最大特点。

第二节　杜诗影响宋诗的几个方面

杜诗在内容和风格等多方面对宋诗产生了影响，这些影响可归纳为以下几个方面：

1. 宋人在诗学观念上推崇杜甫和杜诗。宋人普遍推崇杜甫和杜诗，他们推崇杜甫的人格，并在诗歌创作实践中逐步把杜诗推为诗学典范。在北宋前期，王禹偁对杜诗极为喜爱，他说："本与乐天为后进，敢期子美是前身"，"子美集开诗世界，伯阳书见道根源"，"谁怜所好还同我，韩柳文章李杜诗"，② 表达了对杜诗的推崇。林逋的诗不学杜甫，但杜甫

① 钱锺书：《管锥编》，中华书局 1986 年版，第 1079 页。

② 陆德海先生认为，王禹偁的"子美集开诗世界"关注点仍是杜诗集大成的特点，他说："身为白体诗人的王禹偁在杜诗并未受到普遍重视的条件下，既没有有意识地超越白体进而向杜再学习，也不可能留意于杜诗是否推陈出新"，"'开'字应理解为展开、呈现而非开辟开创"。参见陆德海《"子美集开诗世界"新解》，《南京师范大学文学院学报》2006 年第 1 期。本书同意陆德海先生的意见。

是林逋比较推重的诗人。在北宋中期，梅尧臣明确认识到杜甫在诗歌史上的地位，王安石推崇杜甫也极喜杜诗，对杜甫的遭遇也多有感慨。苏轼认为杜甫有崇高的人格，并特别对杜甫的“一饭不忘君”表示钦佩，[①]对杜甫的诗歌也非常推重。苏辙不仅对杜甫有较高评价，对杜甫的遭遇也表示同情。在北宋后期，黄庭坚、陈师道对杜甫和杜诗非常推崇，既注重其思想意义，更推崇其艺术技巧，江西诗派以杜甫作为自己的诗学典范。这个时期的张耒也在诗学观念上尊杜。南宋诗人也推崇杜甫和杜诗，如杜甫在陆游心目中占有重要地位，陆游认为，诗骚以降最伟大的诗人就是杜甫，是杜甫独出才使斯文未丧。[②] 由此可知，杜甫在宋代具有崇高地位，无论从人格上看还是从诗歌艺术上看，杜甫在宋人心目中都是最伟大的诗人。

2. 继承杜甫“诗史”精神，宋诗中多有关心国事、反映民生的诗歌。王禹偁对百姓有深切的关心和同情，他的一些诗歌对历史事件的反映十分细微和真实。梅尧臣的诗歌表现了对社会不公的揭露和对国事的关注，苏舜钦与杜甫一样关心国事，同情百姓，与当时的诗人相比，他的这类诗歌感情真挚，发乎性情，最接近杜甫的诗歌，可称“诗史”。欧阳修、王安石也都创作了一些关心百姓和国事的诗歌，如王安石的《河北民》一诗，颇能反映社会现实。苏轼继承了杜甫以诗歌写时事的诗史精神，其诗歌真实地反映了当时的社会现实，但他的此类诗歌往往为王安石的“新法”而发，即通过对社会现实的描写，表现诗人对“新法”的不满。黄庭坚、陈师道对民生疾苦不太关心，反映民瘼的诗歌较少，他们的诗歌有脱离现实的倾向，而张耒诗中表现关怀民生的诗篇则较多。陆游诗歌数量极多，其诗反映的社会现实非常丰富，他的诗歌在一定程度上也可以称作那个时代的诗史。范成大的《四时田园杂兴》六十首及其使金途中写的一组纪行诗也有诗史意味。文天祥后期诗歌以诗存史，记录了那个刀光剑影的时代及诗人自己的心路历程，汪元量以诗记宋亡历史，

---

① （宋）苏轼：《王定国诗集叙》，《苏轼文集》卷十，中华书局 1986 年版，第 318 页；《与王定国四十一首》（之八），《苏轼文集》卷五十二，中华书局 1986 年版，第 1517 页。

② （宋）陆游：《宋都曹屡寄诗且督和答作此示之》，《剑南诗稿校注》卷七十九，上海古籍出版社 2005 年版，第 784 页。

他们的诗歌都有诗史之称。所以，宋代诗人在一定程度上继承了杜甫的诗史精神。

3. 宋代诗人在诗歌风格上学习杜诗。宋代诗人颇有能学老杜风格者，如苏舜钦的一些诗歌很接近杜诗，方回就认为苏子美壮丽顿挫，有老杜遗味。苏舜钦在苏州的作品明丽圆熟，也颇似杜甫的成都诗。欧阳修的诗总体上写得比较秀逸，但也有的诗句比较刚健，风格似杜。王安石晚年所作小诗明丽可喜，与杜甫的成都诗有暗合之处。苏轼是宋代诗人中写诗最好的一个，他的诗精细收敛，清秀细密，总体较为清逸，但也有老健疏放如杜诗者，他的出蜀纪行诗学习了杜甫的纪行诗。苏辙诗中亦偶有老健疏放似杜诗者，如《九月阴雨不止病中把酒示诸子三首》。黄庭坚五言诗略有杜意，他还有一些诗句与杜诗风格相似，如《登快阁》"落木千山天远大，澄江一道月分明"一联，[①] 阔大高华，与杜诗风格略似。陈师道有一些诗歌在整体风格上学杜，其《寄外舅郭大夫》《丞相温公挽词三首》都多有杜意，其五言古体亦多有学杜者。陈师道还有一些七言律诗与杜诗最似，如《九日寄秦观》，写得自然老健而又疏放不羁。黄庭坚、陈师道律诗都学习杜甫，但陈师道律诗尤精于黄庭坚。陈与义在宋代诗人之中是学杜最有成就的诗人，他比较全面地继承了杜诗的风格，国家的动荡与时局的变化，以及他自己不断漂泊的经历，使他对杜诗有了更真切的体会。其五言诗沉郁顿挫，深阔沉着，直逼杜甫。特别是他兵兴之后的诗篇，更是深得杜诗神韵。他的七言律诗继承了杜甫七律雄浑阔大的风格，宋人学杜很少有人能学杜甫之阔大，而陈与义能之。陈与义五言诗得杜甫沉郁顿挫之长，七言律诗有杜诗雄浑阔大之美，宋人学杜，陈与义当为第一。陆游也有的诗句颇近杜诗沉郁顿挫的风格，他的一些五言诗有杜甫沉郁顿挫之妙，七言诗也有豪壮似杜者。林景熙有极少的五言律诗与杜诗略似。宋代出现了在风格上接近杜甫的诗人，这是这个时期学杜的最大创获。

4. 宋代诗人注重学习杜诗的诗歌技巧。宋代诗人广泛学习杜诗的技巧，如陈与义作诗能学习和运用杜诗章法，其《对酒》诗中两组对仗，

---

① （宋）黄庭坚：《登快阁》，《山谷外集诗注》卷十一，《黄庭坚诗集注》，中华书局 2003 年版，第 1144 页。

一组言事，另一组写景，章法富于变化，即是从学习杜诗章法而来。[①] 在句法方面，陈与义也能向杜甫学习，如杜甫常在一联之中，上下句分别使用一个人名，以人名及其所包含的典故表达情感和思想，此种方法陈与义也频繁使用，这显然是他学习杜甫的结果。梅尧臣、苏舜钦、欧阳修、王安石、苏辙都使用了杜诗中常用的"当句对"，黄庭坚、陈师道、陈与义、杨万里、范成大更是大量使用这种句法。张耒不屑于语言的反复锻炼，他的诗锤炼剪裁不够，但他也从杜甫那里借鉴"当句对"的句法。黄庭坚、陈师道、陈与义、范成大也经常使用杜甫常用的"时空并驭"的手法，其诗歌在一联之中一句写时间，一句写空间。陆游诗歌中的对仗冠冕两宋，这是杜甫以来精心锤炼语言的传统所产生的影响。他也在诗中大量使用"当句对"和"时空并驭"的对仗，他还有一些句式明显从杜诗变化而来。

5. 宋代诗人多模拟杜诗。宋人作诗经常模拟杜诗，如王禹偁的长篇五言排律《谪居感事》长达一百六十韵，《酬种放征君》长达一百韵，其结构和语言风格都模仿杜甫的《北征》《自京赴奉先县咏怀五百字》等篇章。苏舜钦的《升阳殿故址》《览含元殿基因想昔时朝会之盛且感其兴废之故》《兴庆池》《游南内九龙宫》《宿太平宫》《望秦陵》《过下马陵》等一组诗歌，感前朝之兴废，可与杜甫《哀江头》对读。苏舜钦《大风》也是学习杜甫《茅屋为秋风所破歌》的结果。苏轼《广陵会三同舍各以其字为韵仍邀同赋》三首，同杜甫《八哀诗》相类，《秋兴三首》是对杜甫《秋兴八首》的模拟，《荆州十首》是对杜甫《秦州杂诗》的模拟。陈师道的《晁无咎张文潜见过》从杜甫《范二员外邈、吴十侍御郁特枉驾阙展待，聊寄此》变化而来，《送张衡山》模仿杜甫《九日登梓州城》，《十五夜月》模仿杜甫《倦夜》和《月》，《寄无斁》则模仿杜甫《路逢襄阳杨少府入城戏呈杨员外绾》。秦观诗歌不学杜，但他的《秋兴九首其七拟杜子美》显然是模拟杜甫的，但此篇学杜而终不太似。张耒也有刻意学杜、仿杜之作，如他的《冬后三日郊赦到同郡官拜敕回有感》即模仿杜甫《小

---

① （宋）陈与义：《对酒》，《陈与义集校笺》卷十二，上海古籍出版社 1990 年版，第 347 页。

至》。陈与义善用长篇古体写自己在战乱中的漂泊生活,[①] 这是他学习杜甫的《北征》等诗篇的结果。他的七言古体《冬狩行》学习杜甫《雷雨行》,《醉中》与杜甫《曲江二首》略似,《书怀示友十首》与杜甫《遣兴》组诗有异曲同工之妙,《咏清溪石壁》则直接模仿杜甫的《万丈潭》。陆游也有一些具体篇章在风格和内容上刻意模仿和学习杜诗中的具体诗篇,如《甲子晴》似杜甫《赠卫八处士》,《远游二十韵》全仿杜甫《壮游》,《三山杜门作歌》与杜甫《同谷七歌》非常相似。汪元量《浮丘道人招魂歌》九首,全效杜甫《同谷七歌》。模仿杜诗,是宋人学杜的另一个方面。

6. 宋代诗人使用杜诗典故极多。宋人作诗喜欢使用杜诗典故或化用杜诗。在北宋前期,王禹偁的一些诗句直接从杜诗变化而来,林逋也偶尔化用杜甫诗句。北宋中期,梅尧臣会在不经意中化用杜甫诗句入诗,欧阳修的一些诗句直接出自杜诗,王安石诗中化用了许多杜诗。苏轼对杜甫的诗歌非常熟悉和喜爱,他的诗亦多化用杜诗成句,杜诗对苏辙诗歌的影响也主要表现在苏辙使用和化用杜诗方面。北宋后期,黄庭坚和陈师道都在自己的诗歌中大量使用杜甫的典故。秦观虽不学杜,但也化用了一些杜诗。张耒诗歌用典不多,没有江西诗派掉书袋的毛病,但他同样化用了杜甫诗句。南宋的陈与义也在自己的诗歌中大量使用杜甫和杜诗的典故。在宋代诗人中,使用杜甫典故最多的是陆游,他除直接使用杜诗语典外,还在一诗之中多处使用杜诗典故。杨万里和范成大的江西诗派余习较少,但也使用了杜诗的典故。此外,林景熙、汪元量也都化用了一些杜诗。

7. 宋人还集杜为诗及集杜入乐。集句诗的出现较早,[②] 而集杜诗是集句诗的一种,宋人的集杜诗取得了一定的成就。如王安石在他的集句诗中大量使用杜诗。黄庭坚的集句诗,也多使用杜诗。杨万里《类试所戏集杜句跋杜诗呈监试谢昌国察院》是完整的集杜诗。文天祥的集杜诗数量最多,成就也最高,有些集杜诗达到了很高的艺术境界。文天祥还曾

---

① (宋)陈与义:《正月十二日自房州城遇金虏至奔入南山十五日抵回谷张家》,《陈与义集校笺》卷十七,上海古籍出版社 1990 年版,第 492 页。

② 参见张明华《集句诗的发展及其特点》,《南京师范大学文学院学报》2006 年第 4 期。

经集杜诗为《胡笳曲》，开创了集杜诗入乐的先河。

8. 宋人作诗常模拟杜诗题目或以杜诗为韵。宋人作诗经常模拟杜诗题目，王禹偁的一些诗歌题目就直接来源于杜诗，如杜甫有《八哀诗》，王禹偁则有《五哀诗》。苏轼有模拟杜诗的同名之作《倦夜》，风格极为相近。陈与义的《北征》是杜甫《北征》的同题之作，他的《十七日夜咏月》则是效法杜甫的《一百五日夜对月》。陈与义还有与杜甫的同题之作《月夜》。宋人作诗还以杜诗为韵，如黄庭坚作诗就曾以杜诗为韵。杨万里的《梦亡友黄世永梦中犹喜谈佛既觉感念不已因和梦李白韵以记焉二首》是以杜甫《梦李白二首》为韵，其《临贺别驾李子西同年寄五字诗以杜句君随丞相后为韵和以谢焉五首》，以杜甫诗句"君随丞相后"为韵。所以，作诗以杜诗为韵也是杜诗影响宋诗的一个方面。

除以上几个方面以外，杜诗对宋诗整体风格的形成也起到了很大作用。

第三节　宋代诗人学杜的成就和局限

宋代诗人普遍学杜，并取得了较大的成就。淡朴、瘦硬而有味，是宋诗的总体风格，[①] 这种风格的形成与杜诗不无关系。当然，宋人学杜也有其局限性。

1. 宋人学杜的成就

宋人学杜的成就首先表现在陈与义等诗人写出了在内容和风格上极似杜诗的诗歌。正如谢思炜先生所指出的那样，在南北宋之交，"时代给人们带来的收获便是，从自己身受的乱离中真正接近了杜诗的世界……出现了大量逼近杜诗风格的乱离诗、逃难诗"[②]。陈与义真正"恢张悲壮"，得老杜神髓，在宋代学杜的诗人中，他的成就最高。当然，杜诗和陈诗还是有不少不同。陈诗力弱，杜诗力大。陈与义也忧国忧民，但总不似杜甫那样真挚深切。杜甫时刻念及家国之痛，陈与义却总能于漂泊流离之中流连光景，乐而忘忧。尽管如此，陈与义的诗歌依然代表了宋

---

① 霍松林、邓小军：《论宋诗》，《文史哲》1989 年第 2 期。

② 谢思炜：《杜诗解释史概述》，《文学遗产》1991 年第 3 期。

人学杜的最高成就。

宋代诗人学杜的另一个收获是陈师道等诗人写出了杜甫那样沉郁顿挫的诗歌。陈师道与杜甫一样有着真挚朴质的情感，他的诗歌似杜既是学习的结果，也是天性的自然流露。他没有黄庭坚学问杂博，这正好使他可以写出语言朴素而感情真挚的诗歌。当然，陈师道学杜而最终不及杜，除了艺术和天分方面的原因之外，一个重要的原因是他的人生境界不及老杜，老杜于饥寒之中常能思及天下百姓和国家大事，此为陈师道所不及。

宋代诗人广泛学习杜诗技巧，这是宋代诗人学杜的另一个收获。在江西诗派影响和主宰诗坛的时期，杜诗被奉为诗学典范。江西诗派专心学习杜诗的法度，注重炼字炼句，夺胎换骨，点铁成金，他们的诗歌字斟句酌，法度井然，不仅支配了当时的文坛，而且对后世产生了极大的影响。关于宋代诗歌中的句法问题，王德明认为："宋代诗歌句法理论极为丰富，宋人所说'句法'含义宽泛……但中心意思是指诗歌语言的组织方法。宋人谈句法相当普遍，但基本上围绕杜甫诗来讨论，可说是杜诗句法学。宋代句法理论的重大意义在于，它标志着传统政治诗学向语言诗学的转变。"① 尽管江西诗派的诗歌题材狭窄，眼界不宽，特别是黄庭坚的诗，讲究字句的锤炼，重视用典，但诗味贫乏，不能打动人心，但是江西诗派普遍注重借鉴杜甫在炼字、炼句、谋篇等方面的艺术经验，对后世有很大影响。

此外，宋代诗人继承杜甫关心现实的精神，写出了许多有"诗史"意义的诗歌，这也是宋人学杜的一个收获。

2. 宋人学杜的局限

宋人学杜也有其局限。总体上说，杜诗虽然对宋诗有很大的影响，但在宋代并没有出现能和杜甫比肩的伟大诗人，也没有出现全面继承杜诗思想内容和艺术风格的诗人。

宋代诗人学杜，在艺术技巧方面用力太过。正如程杰所说："杜甫以其道德性和现实性的品格标志了一种新型诗学创作主体的出现"，杜诗的"意胜""直至北宋形成了'以议论为诗'的普遍倾向"。他特别指出：

---

① 王德明：《论宋代的诗歌句法理论》，《新疆大学学报》2000 年第 3 期。

“杜诗的成就集中到一点就是一个‘能’字……杜诗之‘能’既在博采，更在独造。杜诗之能对于后世诗艺方面的影响也主要表现在两个方面：一是‘尽得古今之体势，而兼人人之所独专’，是谓‘大’。一是‘他人不足，甫乃厌余’，是谓‘深’……晚期杜诗更具有纯粹的、自由的艺术意味。因此，它对于艺术意趣要求较高的宋诗影响最大。杜诗之‘能’的意义还不仅仅在于满足了人们对诗意追求的愿望，其自我作古，‘无复倚傍’的创作精神和‘开合变化、施无不宜’的艺术能力中包含了不断吸纳诗料发展诗意的艺术创造活力。遗憾的是，杜甫的这一精神在后世只是部分地被贯彻在类似杜甫‘老去诗篇浑漫与’那样的以日常生活内容为题材的创作中。与日益成为一种抽象的道德榜样相一致，杜甫的艺术影响愈来愈趋于一种技巧的典范。透过杜诗典范化的过程，我们看到的是封建社会后期诗歌艺术创造力的萎缩。这是历史的遗憾，又是历史的必然！”① 总之，后人并没有真正继承杜诗的精髓。

同时，即使是艺术技巧的继承，宋人也多是得杜之一体。如陈与义、陈师道等，他们均是得杜之一体，学杜之一面。正像叶嘉莹在论述杜甫七言律诗的影响时所指出的那样：“宋人之得于杜甫者虽多，而独未能于其意象化之一点上致力，即如北宋之半山、山谷、后山、简斋诸人，以及南宋之放翁、诚斋一辈……可以说都是学杜有得的作者，尤其他们的七言律诗，更可以从其中看出自杜甫深相汲取的痕迹。或者取其正体之精严，或者取其拗体之艰涩，或者得其疏放，或者得其圆熟，然后复参以各家所特具之才气性情，无论写景、言情、指事、发论，可以说都能有戛戛独造的境界，只是其中却没有一个作者，曾继承杜甫与义山所发展下来的意象化之途径更有开拓”②，“杜甫七律的影响虽大，沾溉虽广，得其一体的作者虽多，然而真正能意象化的境界悟入，而能深造有得的作者，却并不多见”③。这是宋人学杜给后人留下的大教训。

综上，杜诗对宋诗产生了很大影响，表现在宋人在诗学观念上推崇

---

① 程杰：《杜甫与唐宋诗之变》，《南京师范大学学报》1992 年第 3 期。

② 叶嘉莹：《论杜甫七律之演进及其承先启后之成就——〈秋兴八首集说〉代序》，《迦陵论诗丛稿》，中华书局 1984 年版，第 104 页。

③ 叶嘉莹：《论杜甫七律之演进及其承先启后之成就——〈秋兴八首集说〉代序》，《迦陵论诗丛稿》，中华书局 1984 年版，第 102 页。

杜甫和杜诗。他们继承杜甫“诗史”精神，写出了关心国事、反映民生的诗歌。宋代诗人在诗歌风格上学习杜诗，也注重学习杜诗的诗歌技巧。他们模拟杜诗，使用杜诗典故，集杜为诗并集杜入乐。宋人作诗还经常模拟杜诗题目或以杜诗为韵。杜诗影响宋诗有其阶段性：北宋初期是学杜的初始期，北宋中期是杜诗的广泛影响期，北宋后期是杜诗的艺术继承期，南宋前期是学杜高潮期，南宋后期是宋诗的以诗存史期。宋人学杜的成就表现在陈与义等诗人写出了在内容和风格上极似杜诗的诗歌，陈师道等诗人写出了杜诗那样沉郁顿挫的诗歌。宋代诗人广泛学习杜诗技巧，并写出了许多有“诗史”意义的诗歌。但总体上说，宋代并没有出现能和杜甫比肩的伟大诗人，也没有出现全面继承杜诗思想内容和艺术风格的诗人。宋代诗人学杜在艺术技巧方面用力太过，同时宋人学杜也多是得杜之一体，这是宋人学杜的局限所在。

第二章

宋代崇杜观念的产生和发展

宋代崇杜观念的产生和发展经历了一个复杂的过程。北宋初期，杜诗的地位并不甚高，宋人推崇的并不是杜诗。宋初诗坛流行的是白体、西昆体和晚唐体，宋代诗人最初选定的诗学典范是白居易、李商隐、姚合、贾岛等诗人，而不是杜甫。到北宋中期，杜甫逐渐受到推崇，地位逐步提高，并出现千家注杜和崇杜学杜的高潮。宋代崇杜观念的产生、发展、变化的过程是文学史上重要的文学现象，本章拟对这一复杂过程进行梳理和讨论。

第一节　崇杜观念的产生及北宋的崇杜高潮

北宋初期的白体诗人包括李昉、徐铉等人，主要学习白居易，内容多为流连光景，诗风浅俗平易。晚唐体的诗人包括学习姚合、贾岛的九僧、潘阆、魏野、林逋等人，诗歌多写幽静的山林景色和平静的隐居生活。西昆体则是学习李商隐的风格，深婉绮丽，讲究语言、对仗和用典，代表诗人有杨亿、钱惟演、刘筠等人。白体俚俗平易，晚唐体细碎单调，西昆体则纤巧虚浮，成就都不大。这个时期首开崇杜学杜风气的是王禹偁。

王禹偁是宋初著名的古文家和诗人，在诗文两方面都开创了新的风气。宋初文坛延续着五代以来的骈体文，气格卑弱纤丽，华而不实，是王禹偁等人首开复古风气，开始摆脱骈丽的束缚。正如《四库全书总目》所云："宋承五代之后，文体纤丽，偁始为古雅简淡之作。其奏疏尤极剀切。《宋史》采入《本传》者，议论皆英伟可观。在词垣时所为应制骈偶之文，亦多宏丽典赡，不愧一时作手。”① 在诗歌创作上，王禹偁在向白居易学习的同时学习杜甫，写出了关心民瘼、反映现实的诗歌。“是时西昆之体方盛，元之独开有宋风气”②，其诗与当时流行的纤丽诗风大不相同。王禹偁在诗文两个方面实现了文风的转变。在诗歌创作方面王禹偁自觉学习杜甫，他对杜甫的推崇在宋初诗人中非常引人注目。

王禹偁对杜甫非常推重，对杜诗也极为喜爱。他说：“本与乐天为后进，敢期子美是前身”③，表达了对杜甫的敬仰之情。他又说：“子美集开诗世界，伯阳书见道根源”，“谁怜所好还同我，韩柳文章李杜诗”。有学者检《小畜集》，发现语及杜甫者有十数条，④ 足见王禹偁对杜甫的推崇和热爱。可以说，北宋前期，是王禹偁首开崇杜、学杜的风气。

王禹偁的思想以儒家思想为主，虽然他在贬谪中不免用道家思想自我解脱，但儒家思想是他贯穿始终的思想主线。他从儒家思想出发，非常关心国家兴衰和百姓疾苦。王禹偁的崇杜、学杜，同他和杜甫在思想上的相通是分不开的。

北宋中期是杜诗产生深刻影响，得到广泛继承的时期。杜甫在诗坛的崇高地位在这个时期得到确立，杜诗在不同层面对当时的诗人产生了较大的影响，梅尧臣、苏舜钦、欧阳修、王安石、苏轼、苏辙等重要诗人都对杜甫和杜诗非常推重。苏轼甚至提出了杜甫“一饭不忘君”这一影响深远的命题。可以说，宋人大规模论杜、崇杜就是从北宋中期开始的。

这个时期，对杜甫评价最高的是苏轼、苏辙兄弟。苏轼认为杜甫有崇高的人格，他特别对杜甫的“一饭不忘君”表示钦佩。苏轼在《王定

---

① （清）永瑢等撰：《四库全书总目》卷一五二《小畜集提要》，中华书局 1965 年版，第 1307 页。

② （清）吕之振等选：《宋诗钞·小畜集钞序》，中华书局 1986 年版，第 13 页。

③ 按：此句被后人广泛引用，对其意义却存在误解。如清吕之振等选《宋诗钞·小畜集钞序》云：“（王禹偁）学杜而未至，故其《示子》诗云：‘本与乐天为后进，敢期子美是前身。’”见中华书局 1986 年版，第 13 页。细味诗意，王禹偁似是自嘲中带有自负。“敢”是“岂敢”之意，王禹偁表面上说“岂敢”，实际上却对自己的诗歌非常自信，因此似杜之处“卒不复易”。可知王禹偁自己似乎并没有“学杜而未至”之意。

④ 黄启方：《王禹偁研究》，台湾学海出版社 1979 年版，第 48 页。

国诗集叙》中说："若夫发于性止于忠孝者，其诗岂可同日而语哉。古今诗人众矣，而杜子美为首，岂非以其流落饥寒，终身不用，而一饭未尝忘君也欤?"① 又云："杜子美在困穷之中，一饮一食，未尝忘君，诗人以来，一人而已。"② 可知苏轼非常推崇杜甫的忠君思想。当然，苏轼"一饭不忘君"说的提出，有其特定的政治、文化、思想、历史背景。③ 又苏轼有诗名为《二月十九日，携白酒、鲈鱼过詹使君，食槐叶冷淘》④，此亦由杜甫《槐叶冷淘》而引发。苏轼自己有救国救世的理想，因此对杜甫以儒者自任的情怀表示钦敬。苏轼对杜诗极为熟悉，他在信函中多次引用杜诗。⑤ 苏轼读杜甫《负薪行》，云"海南亦有此风，每诵此诗，以谕父老，然亦未易变其俗耳"。⑥ 苏轼对杜诗评价很高，其《次韵张安道读杜诗》云："谁知杜陵杰，名与谪仙高。扫地收千轨，争标看两艘。诗人例穷苦，天意遣奔逃。尘暗人亡鹿，溟翻帝斩鳌。艰危思李牧，述作谢王褒。失意各千里，哀鸣闻九皋。骑鲸遁沧海，捋虎得绨袍。巨笔屠龙手，微官似马曹。"⑦ 苏轼曾对杜甫《杜鹃》《八阵图》《自平》《拨闷》《江畔独步寻花》《屏迹》《忆昔》进行仔细辨析⑧，亦喜考求杜诗中提到的草木⑨。苏轼对杜诗不是盲目推崇，他认为杜甫亦有陋句，但"亦

---

① （宋）苏轼：《王定国诗集叙》，《苏轼文集》卷十，中华书局1986年版，第318页。

② （宋）苏轼：《与王定国四十一首》（之八），《苏轼文集》卷五十二，中华书局1986年版，第1517页。

③ 孙微：《论杜甫的君臣观》，《河北大学学报》2000年第6期。

④ （宋）苏轼：《二月十九日，携白酒、鲈鱼过詹使君，食槐叶冷淘》，《苏轼诗集》卷三十九，中华书局1982年版，第2102页。

⑤ 参见（宋）苏轼《与鞠持正二首》（之一），《苏轼文集》卷五十九，中华书局1986年版，第1803页。

⑥ （宋）苏轼：《书杜子美诗后》，《苏轼文集》卷六十七，中华书局1986年版，第2119页。

⑦ （宋）苏轼：《次韵张安道读杜诗》，《苏轼诗集》卷六，中华书局1982年版，第265页。按：张安道原诗云："文物皇唐盛，诗家老杜豪。"亦是对杜甫钦敬之意，见《苏轼诗集》卷六引，中华书局1982年版，第265页。

⑧ （宋）苏轼：《辨杜子美杜鹃诗》《记子美八阵图诗》《书子美自平诗》《书子美云安诗》《书子美黄四娘诗》《书子美屏迹诗》《书子美忆昔诗》，《苏轼文集》卷六十七，中华书局1986年版，第2100—2105页。

⑨ （宋）苏轼：《题杜子美桤木诗后》，《苏轼佚文汇编》卷五，《苏轼文集》，中华书局1986年版，第2551页。

不能掩其善”。[①] 苏轼诗经常用到杜诗典故，也喜欢和朋友讨论杜诗，他曾与董传、参寥子、秦观、毕仲游等讨论杜诗的诗歌艺术。[②] 苏轼作诗，又多次以杜甫诗句为韵。[③] 杜诗成为苏轼生活的一部分。由此可以看出苏轼对杜甫和杜诗的推崇。

同苏轼一样，苏辙对杜甫也有较高的评价。苏辙《和张安道读杜集》云：“杜叟诗篇在，唐人气力豪。近时无沈宋，前辈蔑刘曹。”[④] 此诗表达了对杜甫的崇敬之情，对杜甫的诗歌造诣表示推崇，对其漂泊不遇表示同情。苏辙《鹊山亭》“更欲留诗题素壁，坐中谁与少陵偕”[⑤]，此亦以少陵为高标。又《送王巩兼简都尉王诜》“可怜杜老贫无食，杖藜晓入春泥湿。诸家厌客频恼人，往往闭门不得入”[⑥]，亦对杜甫的遭遇表示同情。苏辙论诗最为推崇李杜，他在《题韩驹秀才诗卷》中说：“唐朝文士例能诗，李杜高深得到希。”[⑦] 但他同时也认为李白不及杜甫，指出李白“华而不实，好事喜名，不知义理之所在”[⑧] 的缺点，认为李白的诗歌失其诚。而杜甫则有好义之心，此为李白所不及。可见，无论是诗歌还是为人，苏辙都更推重杜甫。苏辙对杜诗的纪事笔法甚为推重，[⑨] 以为白居易望尘莫及。这些都颇能表明杜甫在苏辙心目中的地位。

---

① （宋）苏轼：《记子美陋句》，《苏轼文集》卷六十七，中华书局 1986 年版，第 2104 页。

② （宋）苏轼：《记董传论诗》《书参寥论杜诗》《记少游论诗文》，《苏轼文集》卷六十八，中华书局 1986 年版，第 2136 页；《荔枝似江瑶柱说》，《苏轼文集》卷七十三，中华书局 1986 年版，第 2363 页。

③ （宋）苏轼：《人日猎城南，会者十人，以“身轻一鸟过，枪急万人呼”为韵，得鸟字》，《苏轼诗集》卷十八，中华书局 1982 年版，第 917 页。又苏轼《江月五首》乃以杜诗“残月水明楼”为韵，参见《苏轼诗集》卷三十九，中华书局 1982 年版，第 2140 页。又苏轼《戏题巫山县用杜子美韵》，参见《苏轼诗集》卷五十，中华书局 1982 年版，第 2784 页。

④ （宋）苏辙：《和张安道读杜集》，《栾城集》卷三，《苏辙集》，中华书局 1990 年版，第 54 页。

⑤ （宋）苏辙：《鹊山亭》，《栾城集》卷五，《苏辙集》，中华书局 1990 年版，第 88 页。

⑥ （宋）苏辙：《送王巩兼简都尉王诜》，《栾城集》卷七，《苏辙集》，中华书局 1990 年版，第 134 页。

⑦ （宋）苏辙：《题韩驹秀才诗卷》，《栾城后集》卷四，《苏辙集》，中华书局 1990 年版，第 938 页。

⑧ （宋）苏辙：《诗病五事》，《栾城三集》卷八，《苏辙集》，中华书局 1990 年版，第 1228 页。

⑨ （宋）苏辙：《诗病五事》，《栾城三集》卷八，《苏辙集》，中华书局 1990 年版，第 1228 页。

北宋中期，王安石对杜甫的评价也是比较高的，他对杜甫的遭遇也多有感慨，他说："诗人况又多穷愁，李杜亦不为公侯。"① 他推崇杜甫，也极喜杜诗。王安石对杜诗的认识见于他的《老杜诗后集序》：

> 予考古之诗，尤爱杜甫氏作者，其辞所从出，一莫知穷极，而病未能学也。世所传已多，计尚有遗落，思得其完而观之。然每一篇出，自然人知非人之所能为也，而为之者，惟其甫也，辄能辩之。
>
> 予之令鄞，客有授予古之诗世所不传者二百余篇。观之，予知非人之所能为，而为之实甫者，其文与意之著也。然甫之诗其完见于今者，自予得之。世之学者至乎甫，而后为诗不能至，要之不知诗焉尔。呜呼！诗其难惟有甫哉？自《洗兵马》下序而次之，以示知甫者，且用自发焉。②

可见，王安石十分喜欢杜诗，并且极为熟悉杜诗的风格，能辨别杜诗的真伪。王安石的崇杜亦见于其《杜甫画像》，从此诗中颇可以窥见王安石对杜甫的崇敬之情。

与王安石不同，欧阳修对杜甫偶有微讽，如他作诗说"相逢嘲饭颗"③。他评论李杜优劣，谓"杜甫于白得其一节，而精强过之。至于天才自放，非甫可到也"④。对杜甫的评价不甚高。其实，欧阳修也是欣赏和推崇杜诗的。欧阳修自己对杜集非常熟悉，他说："唐世一艺之善，如公孙大娘舞剑器……皆见于唐贤诗句，遂知名于后世。"⑤ 此"唐贤"当然指杜甫。他又说："自唐封演已言《峄山碑》非真，而杜甫直谓枣木传

---

① （宋）王安石：《哭梅圣俞》，《王安石全集》卷四十四，上海古籍出版社1999年版，第383页。

② （宋）王安石：《老杜诗后集序》，《王安石全集》卷三十六，上海古籍出版社1999年版，第323页。

③ （宋）欧阳修：《冬夕小斋联句寄梅圣俞》，《欧阳修全集》卷五十四，中华书局2001年版，第772页。

④ （宋）欧阳修：《笔说》，《欧阳修全集》卷一百二十九，中华书局2001年版，第1968页。

⑤ （宋）欧阳修：《诗话》，《欧阳修全集》卷一百二十八，中华书局2001年版，第1954页。

刻耳。”[①] 这也证明他十分熟悉杜集。欧阳修在《谢氏诗序》中说：“景山尝学杜甫、杜牧之文，以雄健高逸自喜。”[②] 说明他对李杜怀有敬佩之情。欧阳修说：“昔时李杜争横行，麒麟凤凰世所惊。”[③] 又说“歌诗唐李杜”[④]，“杜君诗之豪……死也万世珍”[⑤]，对李杜都有很高的评价。欧阳修对杜诗炼字比较佩服，如其《六一诗话》中就曾说杜甫“身轻一鸟过”中的“过”字当时人以为“虽一字，诸君亦不能到也”。[⑥] 又其《六一诗话》中说：“唐之晚年，诗人无复李、杜豪放之格。”[⑦] 说明他对杜诗的风格也有准确的认识和把握。欧阳修诗歌并不学杜，但他承认杜甫在诗歌史上的崇高地位。

梅尧臣与苏舜钦合称“苏梅”。梅尧臣同样认识到杜甫在诗歌史上的地位，他说：“既观坐长叹，复想李杜韩。”[⑧] 表明梅尧臣把杜甫看作唐代重要的诗人之一，这已经是比较公允的认识。苏舜钦则更为仰慕杜甫，他甚至以“子美”为字，还整理过杜集。他在《题杜子美别集后》中称赞杜诗“豪迈哀顿，非昔之攻诗者所能依倚，必知一出于斯人之胸中”[⑨]。苏舜钦诗学杜甫，其严整的七言律诗与杜诗颇有相似之处，他的五言诗也有杜甫的沉郁之气。

总之，北宋中期诗人普遍关注杜诗，对杜甫的人格和杜诗的艺术给予了很高评价。杜诗在这个时期已经成为一种诗学典范，诗人在关注和推崇杜诗的同时，在诗歌创作上也广泛受到杜诗的影响。

北宋后期，杜甫在诗坛的地位变得无比崇高，江西诗派不仅以杜甫

---

① （宋）欧阳修：《集古录目序题记·秦泰山刻石》，《欧阳修全集》卷一百三十四，中华书局2001年版，第2084页。

② （宋）欧阳修：《谢氏诗序》，《欧阳修全集》卷四十三，中华书局2001年版，第608页。

③ （宋）欧阳修：《感二子》，《欧阳修全集》卷九，中华书局2001年版，第138页。

④ （宋）欧阳修：《和武平学士岁晚禁直书怀五言二十韵》，《欧阳修全集》卷十三，中华书局2001年版，第222页。

⑤ （宋）欧阳修：《堂中画像探题得杜子美》，《欧阳修全集》卷五十四，中华书局2001年版，第760页。

⑥ （宋）欧阳修：《诗话》，《欧阳修全集》卷一百二十八，中华书局2001年版，第1951页。

⑦ （宋）欧阳修：《诗话》，《欧阳修全集》卷一百二十八，中华书局2001年版，第1953页。

⑧ （宋）梅尧臣：《读邵不疑学士诗卷杜挺之忽来因出示之且伏高致辄书一时之语以奉呈》，《梅尧臣诗选》，人民文学出版社1980年版，第205页。

⑨ （宋）苏舜钦：《题杜子美别集后》，《苏舜钦集编年校注》，巴蜀书社1991年版，第397页。

为诗界典范，对杜诗也有极高评价。

这个时期，活跃在诗坛的是黄庭坚、陈师道、秦观、张耒等诗人，他们是苏轼影响下的诗人群体，以黄庭坚为首的诗人群体后来被称为江西诗派。江西诗派有自己的创作主张，他们的诗歌字斟句酌，法度井然，不仅支配了当时的诗坛，也对后世产生了极大的影响。杜甫在诗坛的崇高地位在此之前已经确立，在这个时期更被奉为诗界典范。

以黄庭坚为例，黄庭坚对杜甫和杜诗非常推崇，他既注重杜诗的思想意义，更推崇杜诗的艺术技巧，杜甫成为黄庭坚学诗的典范。我们从黄庭坚《老杜浣花溪图引》就可以看出他对杜甫的钦敬之意。黄庭坚有诗云："老杜文章擅一家，国风纯正不欹斜。帝阍悠邈开关键，虎穴深沉探爪牙。千古是非存史笔，百年忠义寄江花。潜知有意升堂室，独抱遗编校舛差。"① 含有对杜甫的无限钦敬之意。黄庭坚敬佩地说："文章韩杜无遗恨"②，"拾遗句中有眼"③。他又说："建安才六七子，开元数两三人"④，这开元的"两三人"中自然包括杜甫。杜甫典范地位的确立，极大地影响了江西诗派的诗歌创作。

在北宋后期诗人中，陈师道也衷心推崇杜甫。陈师道崇杜，屡屡见于其诗章。即使他吟咏李白画像，也不从李白写起，而是先说杜甫，其诗开篇云"君不见浣花老翁醉骑驴，熊儿捉辔骥子扶"⑤，由杜甫引出李白，又明确说明李白不及杜甫，即所谓"青莲居士亦其亚"，由此可以想见杜甫在陈师道心目中的地位。在宋代诗人中，陈师道是专力作诗的人，他说："此生精力尽于诗，末岁心存力已疲。不共卢王争出手，却思陶谢

---

① （宋）黄庭坚：《次韵伯氏寄赠盖郎中喜学老杜诗》，《山谷诗外集补》卷四，《黄庭坚诗集注》，中华书局 2003 年版，第 1706 页。

② （宋）黄庭坚：《病起荆江亭即事十首》（其七），《山谷诗集注》卷十四，《黄庭坚诗集注》，中华书局 2003 年版，第 519 页。

③ （宋）黄庭坚：《赠高子勉四首》（其四），《山谷诗集注》卷十六，《黄庭坚诗集注》，中华书局 2003 年版，第 574 页。

④ （宋）黄庭坚：《再用前韵赠子勉四首》（其三），《山谷诗集注》卷十六，《黄庭坚诗集注》，中华书局 2003 年版，第 576 页。

⑤ （宋）陈师道：《和饶节咏周昉画李白真》，《后山诗注补笺》卷十二，中华书局 1995 年版，第 429 页。

与同时。"[①] 从中可知其作诗用心之苦，也可以看出他对自己诗歌的自负。此诗末句使用杜诗"焉得思如陶谢手，令渠述作与同游"，亦含有以杜自期之意。他又说："学诗如学仙，时至骨自换。"[②] 陈师道力学杜诗，经过长期的艺术实践，他的确在一定程度上把自己的凡胎换成了杜甫的仙骨，这与他崇杜的诗学观念是分不开的。

张耒在诗学观念上也是尊杜的，他有《读杜集》一诗，可以代表他的杜诗学观。从此诗可以看出，张耒以为风雅不兴数百年，直到杜甫出现，才使风雅再振；杜甫一生困于饥寒，但其诗力大，非旁人可比；杜甫诗歌又能兼备众妙，有集大成的特点；杜甫漂泊一生，不为世用，但他天性忠义，性格耿直，故能使后人敬服。这说明，张耒不仅认为杜甫在诗歌艺术上首屈一指，其忠义的品格也非常值得敬佩。

由以上可以看出，杜甫在诗坛的崇高地位已经确立，杜诗已经成为这个时代的诗学典范。

第二节　南宋崇杜观念的发展

南宋前期，通过战火的洗礼，诗人对杜诗有了更深刻的认识。杜诗不仅是诗人诗歌技巧上学习的典范，也是他们战火中的知音。

这个时期，陆游对杜甫和杜诗的评价很高。我们从陆游《与儿辈论李杜韩柳文章偶成》这样的诗题就可以看出，杜诗是陆游经常与后辈讨论的话题之一。陆游《宋都曹屡寄诗且督和答作此示之》云："天未丧斯文，杜老乃独出。陵迟至元白，固已可愤疾。及观晚唐作，令人欲焚笔。"[③] 可见陆游心中最伟大的诗人就是杜甫，是杜甫独出才使斯文未丧。陆游《白鹤馆夜坐》同样表达了对杜甫诗歌的敬仰。乾道八年（1172）年九、十月间，陆游在阆中游杜甫祠堂，作《游锦屏山谒少陵祠堂》一首，此诗不仅称赞杜甫的文章可以并世不灭，更推重杜甫的忠义使人常

---

① （宋）陈师道：《绝句》，《后山诗注补笺》卷四，中华书局 1995 年版，第 153 页。

② （宋）陈师道：《次韵答秦少游》，《后山逸诗笺》卷上，《后山诗注补笺》，中华书局 1995 年版，第 467 页。

③ （宋）陆游：《宋都曹屡寄诗且督和答作此示之》，《剑南诗稿校注》卷七十九，上海古籍出版社 2005 年版，第 784 页。

怀敬仰。淳熙五年（1178）四月，陆游东归过忠州，杜甫曾居忠州龙兴寺并有题壁诗，陆游见之，作《龙兴寺吊少陵先生寓居》一首，陆游在此诗中感叹安史之乱使大唐社稷倾颓，更感叹杜甫在战乱中流离万里，寄寓了对杜甫遭遇的深切同情，也包含了对自己身世的感叹。陆游对杜甫的遭遇抱有深切的同情，淳熙四年（1174）十一月，陆游到成都杜甫草堂，作《草堂拜少陵遗像》一诗，诗写到杜甫草堂拜谒杜甫遗像的所见所感，不仅高度赞扬了杜甫高超的诗歌艺术，而且对杜甫在仕途上的遭遇及其客居时的艰辛表示同情。庆元元年（1195）冬，陆游在山阴作《读杜诗》，此诗肯定了杜诗的地位，认为杜诗可以和《诗经》中的雅颂相提并论。同时，陆游认为杜甫有经世之才，而不应仅仅被看作诗人，这当是寄托了诗人自己的感慨。淳熙元年（1174）夏，陆游在蜀州遇到杜甫后人，[①] 他感慨地说："可怜城南杜，零落依涧曲。面余作诗瘦，趋拜尚不俗。"[②] 庆元二年（1196）春，陆游在山阴作《怀旧》诗："翠崖红栈郁参差，小盆初程景最奇。谁向豪端收拾得，李将军画少陵诗？"[③] 他以为可以艺术地再现眼前美景当是杜诗。从以上可以看出，在陆游心目之中，杜甫是唐代最伟大的诗人。陆游的杜诗学观代表了北宋中期以来诗人对杜甫和杜诗的普遍看法。

南宋前期，对杜诗认识更为深刻的诗人是陈与义。陈与义诗云："久谓事当尔，岂意身及之。避虏连三年，行半天四维。我非洛豪士，不畏穷谷饥。但恨平生意，轻了少陵诗。"[④] 按此诗作于建炎二年（1128）正月，当时陈与义自邓州往房州，遇虏，奔入南山。诗写避地奔逃之艰辛万种和离合悲欢，感情充沛，出语沉痛，"尽艰苦历落之态，杂悲喜忧畏之怀……杜《北征》、柳《南涧》，盖兼之"[⑤]，"转换馀情，殆不忍读，

---

① 据陆游《野饭》诗注："杜氏自谱，以为子美下峡留一子守浣花旧业，其后避成都乱，徙眉州大垭或徙大蓬云。"见《剑南诗稿校注》卷五，上海古籍出版社 2005 年版，第 405 页。

② （宋）陆游：《野饭》，《剑南诗稿校注》卷五，上海古籍出版社 2005 年版，第 405 页。

③ （宋）陆游：《怀旧》，《剑南诗稿校注》卷二十四，上海古籍出版社 2005 年版，第 2236 页。

④ （宋）陈与义：《正月十二日自房州城遇金虏至奔入南山十五日抵回谷张家》，《陈与义集校笺》卷十七，上海古籍出版社 1990 年版，第 492 页。

⑤ （宋）陈与义撰，白敦仁校笺：《陈与义集校笺》卷十七引《刘须溪评本增注》，上海古籍出版社 1990 年版，第 502 页。

欣悲多态，尚觉《北征》为烦”[①]。正如钱锺书所说：“他（陈与义）的《正月十二日自房州城遇虏至》又说‘但恨平生意，轻了少陵诗’，表示他经历了兵荒马乱才明白以前对杜甫还领会不深。他的诗进了一步，有了雄阔慷慨的风格。”[②] 这说明天崩地解的现实，使南宋诗人对杜诗有了新的理解。陈与义有诗题云《友人惠石两峰巉然取杜子美玉山高并两峰寒之句名曰小玉山》[③]，只要看看这样的诗题，就可以想见陈与义对杜诗的熟悉程度。可以说，陈与义一喜一忧都会念及杜甫。正是因为推崇杜诗，刻意学习杜诗，陈与义成为宋代学杜成就最高的诗人。

同北宋相比，南宋诗坛发生了很大的变化，江西诗派追求技巧、叙写日常生活的创作方法有了改变，呼吁抗金、描写现实、叙写离乱、反映爱国情怀的诗歌大量涌现。这个时期活跃在诗坛上的陈与义、陆游、杨万里、范成大等诗人，其诗歌创作无一例外都鲜明地打上了这个时代的印记。北宋诗人，特别是江西诗派，注重的是对杜诗技巧的学习，他们赞扬杜诗是诗中六经也是出于儒家的圣者观念。南宋诗人不仅更为推崇杜诗，他们对杜诗的认识也比北宋诗人深刻得多，天崩地解的现实使南宋诗人对杜诗有了新的理解。

南宋后期诗人对杜诗也有很高的评价，但他们更注重杜诗的“诗史”性质，他们自己的诗歌创作也有明显的以诗存史的意味。

南宋后期，首先登上诗坛的是永嘉四灵，即徐照、徐玑、翁卷和赵师秀，他们摆脱江西诗派的束缚，开始转而学习晚唐诗，使唐体重新流行。再有就是姜夔、刘过、戴复古、刘克庄等江湖派诗人，成分比较复杂。宋亡之际，又出现了文天祥、谢翱、林景熙、汪元量、谢枋得、郑思肖等一大批诗人，用诗歌歌咏和记录亡国的痛苦与悲哀。这些诗人很多都推崇杜诗，文天祥、汪元量等写诗则有明显的以诗存史的意味，受到杜甫的影响更为明显。

永嘉四灵的诗不似杜诗。据说他们写诗是为了改江西诗派之病，其

---

① （宋）陈与义撰，白敦仁校笺：《陈与义集校笺》卷十七引刘辰翁语，上海古籍出版社1990年版，第502页。

② 钱锺书：《宋诗选注》，人民文学出版社1958年版，第132页。

③ （宋）陈与义：《友人惠石两峰巉然取杜子美玉山高并两峰寒之句名曰小玉山》，《陈与义集校笺》卷九，上海古籍出版社1990年版，第250页。

实他们的成就尚远不及江西诗派。赵师秀曾经选姚合、贾岛诗为《二妙集》，又选沈佺期以下七十六家诗为《众妙集》，竟然排除杜甫。他们的诗歌与杜诗是截然不同的，杜甫的优长他们没有领会，未能继承，在诗学观念上也不推崇杜诗。如果认真探究他们和杜甫的关系的话，那就是徐照曾经写过一首《杜甫坟》，诗云："耒阳知县非知己，救厄无踪岂忍闻。若更声名可埋没，行人定不吊空坟。"[①] 诗中的议论也照样空泛无味。

这个时期推崇杜诗的是文天祥，他作有《集杜诗》二百首。宋代的孔毅父"作了大量的集句诗，并且进一步开了专集杜诗的先例"[②]。文天祥的《集杜诗》二百首不仅规模大，成就也最高。他在《集杜诗》的自序中说：

> 余坐幽燕狱中无所为，诵杜诗，稍习诸所感兴。因其五言，集为绝句，久之，得二百首。凡吾意所欲言者，子美先为代言之。日玩之不置，但觉为吾诗，忘其为子美诗也。乃知子美非能自为诗，诗句自是人性情中语，烦子美道耳。子美于吾隔数百年，而其言语为吾用，非性情同哉？昔人评杜诗为诗史，盖其以咏歌之辞，寓记载之实，而抑扬褒贬之意，粲然于其中，虽谓之史可也。予所集杜诗，自予颠沛以来，事变人事，概见于此矣，是非有意于为诗者也。后之良史尚庶几有考焉。[③]

《集杜诗》二百首，说明杜甫对文天祥有很大的影响，杜甫的精神与文天祥的精神产生了共鸣。文天祥说："予所集杜诗，自予颠沛以来，事变人事，概见于此矣，是非有意于为诗者也。后之良史尚庶几有考焉。"这说明文天祥有以诗存史的意思，而这二百首《集杜诗》也的确有诗史的意味。

汪元量对杜甫的态度则略显矛盾。汪元量有时对杜甫颇有微讽，他

---

① （宋）徐照：《杜甫坟》，《芳兰轩诗集》卷上，《永嘉四灵诗集》，上海古籍出版社 1985 年版，第 40 页。

② 孙望、常国武主编：《宋代文学史》（下），人民文学出版社 1996 年版，第 305 页。

③ （宋）文天祥：《集杜诗·序》，《文山先生全集》卷十六《集杜诗》，中国书店 1985 年版，第 397 页。

说："君不见，浣花溪头老翁哭，白首为儒守茅屋。"[①] 但总体上汪元量是崇杜的。汪元量有《草堂》二首[②]，是他在至元二十三年（1286）入蜀时所作。他后来又有机会第二次拜访成都的杜甫草堂，[③] 他还到耒阳凭吊过杜甫的坟墓。[④] 汪元量自称以杜甫为师，他在《夷山醉歌》中说："又不见饭颗山头人见嗤，愁吟痛饮真吾师。"[⑤] 汪元量曾自比杜甫，他说："杜陵清瘦不禁寒，白发萧萧强笑欢。"[⑥] 这说明他总体是推崇杜甫的。

郑思肖有两首诗写到杜甫。《杜子美茅屋为秋风所破歌图》云："雨卷风掀地欲沉，浣花溪路似难寻。数间茅屋苦饶舌，说杀少陵忧国心。"[⑦]《杜子美骑驴图》云："饭颗山前花正妍，饮愁为醉弄吟颠。突然骑过草堂去，梦拜杜鹃声外天。"[⑧] 二诗大略借杜甫抒发忧国之情和故国之思。他另有《子美孔明庙古柏图行》，[⑨] 主要吟咏诸葛亮事迹。总体上看，郑思肖的诗歌艺术性不强，也不似杜诗，但在诗学观念上他还是崇杜的。

这说明南宋后期诗人在诗学观念上总体是推崇杜诗的，他们尤其注重杜诗的"诗史"特征，并写出了有诗史意味的诗歌。

宋代崇杜观念的产生和发展经历了一个复杂的过程。北宋初期，杜

---

① （宋）汪元量：《余将南归燕赵诸公子携妓把酒饯别醉中作把酒听歌行》，《汪元量集校注》卷四，浙江古籍出版社 1999 年版，第 158 页。

② （宋）汪元量：《草堂》，《汪元量集校注》卷三，浙江古籍出版社 1999 年版，第 139 页。

③ （宋）汪元量：《重访草堂》，《汪元量集校注》卷四，浙江古籍出版社 1999 年版，第 199 页。

④ （宋）汪元量：《竹枝歌》，《汪元量集校注》卷四，浙江古籍出版社 1999 年版，第 193 页。

⑤ （宋）汪元量：《夷山醉歌》，《汪元量集校注》卷三，浙江古籍出版社 1999 年版，第 146 页。

⑥ （宋）汪元量：《九日次周义山》，《汪元量集校注》卷四，浙江古籍出版社 1999 年版，第 175 页。

⑦ （宋）郑思肖：《杜子美茅屋为秋风所破歌图》，《郑思肖集·一百二十图诗集》，上海古籍出版社 1991 年版，第 225 页。

⑧ （宋）郑思肖：《杜子美骑驴图》，《郑思肖集·一百二十图诗集》，上海古籍出版社 1991 年版，第 225 页。

⑨ （宋）郑思肖：《子美孔明庙古柏图行》，《郑思肖集·一百二十图诗集》，上海古籍出版社 1991 年版，第 225 页。

诗的地位并不甚高，这个时期首开崇杜学杜风气的是王禹偁。北宋中期是杜诗产生深刻影响、得到广泛继承的时期，杜甫在诗坛的崇高地位在这个时期得以确立，大规模论杜、崇杜也从这个时期开始，苏轼甚至提出了杜甫“一饭不忘君”这一影响深远的命题。北宋后期，杜甫在诗坛的地位变得无比崇高，江西诗派不仅以杜甫为诗界典范，对杜诗也有极高评价。南宋前期，诗人们对杜诗有了更深刻的认识，杜诗成为诗人战火中的知音。南宋后期诗人更注重杜诗的“诗史”性质，他们自己的诗歌创作也有明显的以诗存史的意味。宋代崇杜观念的产生和发展，也涉及宋人对杜诗艺术成就的认识，相关问题我们将在第七章进行集中讨论。

第 三 章

杜甫“诗史”精神的继承与新变

宋代诗歌的内容十分丰富，社会生活的各个层面在诗歌中均有反映。宋代诗歌经历了一个从吟咏个人性情到表现时代苦难的过程，这是一个非常复杂的发展过程。吟咏性情的诗歌表现的是对自身的关注，有疏远现实的倾向，诗人更关心自身的命运。而表现苦难、反映现实的诗歌则表现了诗人对国事和民生的关切，更契合于以儒家思想为中心的伦理道德，被称为这个时代的“诗史”。本章拟对宋代反映现实的诗歌从衰微到兴盛的曲折历程进行描述。

第一节　北宋反映现实诗歌发展的曲折历程

北宋初期，诗坛流行的是白体、西昆体和晚唐体。如前所论，白体俚俗平易，晚唐体细碎单调，西昆体则纤巧虚浮，不仅成就不高，对社会现实的关注也很不够。

如这个时期著名的晚唐体诗人林逋，他的诗歌就对现实关注不够。林逋是隐士，过着梅妻鹤子的生活，他的诗歌以写景为主，对现实的人生不大关注。他的诗歌注重锤炼字句，属对工切，不尚用典，风格澄澹孤峭。正如钱锺书所说，他是“用一种细碎小巧的笔法来写清苦而又幽静的隐居生活”①。林逋的诗作基本属于晚唐体，内容比较狭窄。他的一些诗歌全是景语，一气而下，有的全无起承转合。他的诗在内容上绝少

① 钱锺书：《宋诗选注》，人民文学出版社 1958 年版，第 10 页。

关注社会现实，就像他自己说的那样：“茂陵他日求遗稿，犹喜曾无封禅书。”[①] 他的一些酬和之作也多写清幽之景，全不似在和人唱和。林逋早年或有济世之志[②]，他在早年的诗歌中说“直语时多忌，幽怀俗不分”[③]，则他也可能曾经以“直语”言及时政。但在长期的隐居生活中，他的这种志向和豪气早已在“花月病怀看酒谱，云萝幽信寄茶经”[④] 的心境里，消散于西湖孤山美丽的景色之中了。这个时期的诗人大体如此。

北宋前期同情人民，关心民瘼，又在更广更深的层面广泛地反映当时现实生活的诗人是王禹偁。王禹偁对百姓有着深切的关心和同情，如端拱元年（988）岁暮在任职右正言直史馆时，王禹偁有《对雪》一诗，由自己的舒适生活联想到边民和边兵的艰辛寒苦，对他们寄予了深切的关心和同情。王禹偁《感流亡》写淳化元年（990）京兆一带的大旱给当地人民带来的巨大灾难，表达了对人民的同情。又王禹偁《金吾》一诗揭露了宋将残害人民的暴行，诗中写出了金吾杀戮千家以至于鸡犬不留的罪恶，具有诗史的性质。王禹偁的这类诗歌还有很多，如《对雪示嘉佑》：“秋来连澍百日雨，禾黍漂溺多不收。如含行潦占南亩，农夫失望无来辫。尔看门外饥饿者，往往殭殕填渠沟。峨冠旅进又旅退，曾无一事裨皇猷。俸钱一月数家赋，朝衣一袭几人裘。”[⑤] 此诗可作诗史看。又如《秋霖二首》（其一）写淳化三年（992）商州秋霖伤稼，庄稼无收。《秋霖二首》（其二）更写夏旱秋潦之后斗米至二百金，人民无法生活。另外，王禹偁还有一些诗歌，在不同程度上反映了当时的历史事件和社会生活。通过王禹偁的这些诗歌，我们可以了解和认识历史事件和某些

---

① （宋）林逋：《自作寿堂，因书一绝以志之》，《林和靖诗集》卷四，浙江古籍出版社1986年版，第172页。

② 如林逋《旅馆写怀》云：“可堪疏旧计？宁复更刚肠。的的孤峰意，深宵一梦狂。”《林和靖诗集》卷一，浙江古籍出版社1986年版，第15页。又《淮甸南游》：“胆气谁怜侠，衣装自笑戎。寒微敢相掉，猎猎酒旗风。”《林和靖诗集》卷一，浙江古籍出版社1986年版，第19页。

③ （宋）林逋：《偶书》，《林和靖诗集》卷一，浙江古籍出版社1986年版，第21页。

④ （宋）林逋：《深居杂兴六首》（之二），《林和靖诗集》卷二，浙江古籍出版社1986年版，第68页。

⑤ （宋）王禹偁：《对雪示嘉佑》，《王禹偁诗文选》，人民文学出版社1996年版，第125页。

历史细节。

尽管王禹偁的诗歌对社会现实有较为深入的反映，但这个时期的大部分诗人对社会现实关注不够。所以，北宋前期关注社会现实的诗歌数量较少，并未形成风气。

北宋中期，活跃在诗坛上的主要诗人有梅尧臣、苏舜钦、欧阳修、王安石、苏轼等人。欧阳修同梅尧臣、苏舜钦一道，努力扭转西昆体脱离现实的不良倾向，开始注重诗歌的思想内容，写出了许多广泛反映社会生活的诗歌。王安石、苏轼的诗歌也深刻反映了这个时期的社会现实。诗人普遍写出了关心国事民生的作品，这是北宋中期诗人对北宋前期诗歌远离现实的不良倾向进行反思的结果。

例如，梅尧臣的诗歌表现了他对百姓生活的关心，对社会不公的揭露和对国事的关注。梅尧臣《田家》（其四）表现了农民艰辛的生活，从诗中可以看出，农民劳动一年而无以卒岁，只能穿着残破的旧衣。《陶者》是梅尧臣集中的名作，反映了手工业者的辛劳和艰难。又梅尧臣《田家语》写了因为战争而造成的田园荒芜和劳动者的苦难。梅尧臣又有《汝坟贫女》，序云："时再点弓手，老幼俱集。大雨甚寒，道死者百余人……僵尸相继。"① 又《逢牧》痛牧马之伤稼，《岸贫》《村豪》《小村》等揭露贫富不均。梅尧臣的这些诗歌反映了劳动者的遭遇和处境，可以看作宋代的"诗史"。梅尧臣关心国事，这在他的诗歌中多有透露。如《甘陵乱》写王则起兵叛乱事，《书窜》写谏官因直言而得罪的经过。在梅尧臣的诗里，我们可以看到宋与西夏的战争，如《闻尹师鲁赴泾州幕》即写康定元年（1040）西夏军攻宋事。这些诗歌记录了国家大事，对社会现实有深刻的反映。

苏舜钦官职虽卑，却关心国事，他曾数次上书议论朝廷大事，他的诗歌也比较能够反映民生疾苦。他的这类诗歌感情真挚，发乎性情，可称"诗史"。如其《吴越大旱》写天灾中死者堆积，触目惊心，又写边境不安，国事堪忧。而朝廷不顾人民死活，横征暴敛，又驱民为兵，不教而使民战，导致死伤惨重。这样的诗歌不仅记录了当时惨痛的历史，还

---

① （宋）梅尧臣：《汝坟贫女》序，载钱锺书《宋诗选注》，人民文学出版社 1958 年版，第 18 页。

表达了诗人对事件的态度和感怀，与杜甫被称为“诗史”的作品一脉相承，“三丁二丁死”这样惨痛的诗句与杜甫的“一男附书至，二男新战死”有着同样的冲击力。又其《城南感怀呈永叔》写庆历四年（1044）汴京大旱，百姓饥苦，以凫茈卷耳为食，肠胃不适，死者十之七八。《庆州败》云：“今岁西戎背世盟，直随秋风寇边城。屠杀熟户烧帐堡，十万驰骋山岭倾。”[①]《有客》：“蛮夷杀郡将，蝗蝻食民田。”[②]《己卯冬大寒有感》：“不知百万师，寒刮肤革裂。关中困诸敛，农产半匮竭。”[③] 这些诗歌都深刻地反映了当时的时事。正如有的学者指出的那样，其诗歌对宋代前期的“一系列重大时事、政治、社会、民生问题，大体上均有所反映，颇具‘诗史’特色”[④]。

欧阳修也创作了一些关心百姓和国事的诗歌。如其《食糟民》：“不见田中种糯人，釜无糜粥度冬春。还来就官买糟食，官吏散糟以为德……我饮酒，尔食糟，尔虽不我责，我责何由逃。”[⑤] 不仅表达了对人民困苦生活的同情，也有对自己的责问。又《再和圣俞见答》“问我居留亦何事，方春苦旱忧民黎”[⑥]，也表明诗人对百姓的关心。又其《晏太尉西园贺雪歌》“须怜铁甲冷彻骨，四十余万屯边兵”[⑦]，尤为著名。欧阳修的诗也反映当时的政治和国家局势，如《边户》“自从澶州盟，南北结欢娱”[⑧]，反映了澶渊之盟后边境的情况。欧阳修对军事比较熟悉，[⑨] 因此他的诗也从不同侧面反映了当时的军事斗争，如《送任处士归太原》等。欧阳修的这些诗歌在一定程度上继承了杜甫反映现实的精神，虽然他反映现实的深度还很不够。

---

① （宋）苏舜钦：《庆州败》，《苏舜钦集编年校注》，巴蜀书社 1991 年版，第 34 页。

② （宋）苏舜钦：《有客》，《苏舜钦集编年校注》，巴蜀书社 1991 年版，第 40 页。

③ （宋）苏舜钦：《己卯冬大寒有感》，《苏舜钦集编年校注》，巴蜀书社 1991 年版，第 88 页。

④ （宋）苏舜钦著，傅平骧、胡问陶校注：《苏舜钦集编年校注・前言》，巴蜀书社 1991 年版，第 15 页。

⑤ （宋）欧阳修：《食糟民》，《欧阳修全集》卷四，中华书局 2001 年版，第 71 页。

⑥ （宋）欧阳修：《再和圣俞见答》，《欧阳修全集》卷五，中华书局 2001 年版，第 83 页。

⑦ （宋）欧阳修：《晏太尉西园贺雪歌》，《欧阳修全集》卷五十三，中华书局 2001 年版，第 750 页。

⑧ （宋）欧阳修：《边户》，《欧阳修全集》卷五，中华书局 2001 年版，第 87 页。

⑨ 参见（宋）欧阳修《论西北事宜劄子》，《欧阳修全集》卷一百一十五，中华书局 2001 年版，第 1784 页。

苏轼继承了杜甫的“诗史”精神，其诗歌对社会现实有深刻的反映。如《吴中田妇叹》借吴中田妇之口述说农民生活的艰难，这样的诗歌既反映社会现实，也透露出苏轼对百姓的关心。熙宁十年（1077）除夕，苏轼在潍州遇雪，次日早晴，苏轼作诗云：“除夜雪相留，元日晴相送……三年东方旱，逃户连敧栋。老农释耒叹，泪入饥肠痛。春雪虽云晚，春麦犹可种。敢怨行役劳，助尔歌饭瓮。”[①] 这首诗写了天灾，也写了因天灾而出现的大量逃户，有诗史的意味。又苏轼《陈季常所蓄〈朱陈村嫁娶图〉二首》（其二）：“我是朱陈旧使君，劝农曾入杏花村。而今风物那堪画，县吏催租夜打门。”[②] 又苏轼《鱼蛮子》：“人间行路难，踏地出赋租。不如鱼蛮子，驾浪浮空虚。空虚未可知，会当算舟车。蛮子叩头泣，勿语桑大夫。”[③] 这些诗歌都透露出县吏的暴虐、租税的繁重和人民的穷困。

苏辙的一些诗歌也反映了民生疾苦，如《次韵子瞻吴中田妇叹》写晴雨无时导致农民贫困，诗人对农民的穷困生活表示了一定的同情。又《秋旅》反映了当时府县追索逃亡的边境士卒的社会现实。又《春旱弥月郡人取水邢山二月五日水入城而雨》：“春旱时闻孽火然，邢山龙老不安眠。麦生三寸未覆垅，雨过一犁初及泉。深愧贫民饥欲死，可怜肉食坐称贤。南斋遗老知尤幸，汤饼黄齑又一年。”[④] 此诗写贫富不均，略有杜陵诗史之意。只是在苏辙的诗歌中，这类诗歌数量很少，水平也不高，力度和深度也不够。

北宋前期反映社会现实的诗歌比较少。到北宋中期，诗人开始较多地关注社会现实和国家命运，这对宋诗来说是一种好的倾向。

北宋后期，活跃在诗坛的是黄庭坚、陈师道、秦观、张耒等诗人，他们是苏轼影响下的诗人群体，以黄庭坚为首的诗人群体后来被称为江

---

① （宋）苏轼：《除夜大雪，留潍州，元日早晴，遂行，中途雪复作》，《苏轼诗集》卷十五，中华书局 1982 年版，第 713 页。

② （宋）苏轼：《陈季常所蓄〈朱陈村嫁娶图〉二首》（其二），《苏轼诗集》卷二十，中华书局 1982 年版，第 1030 页。

③ （宋）苏轼：《鱼蛮子》，《苏轼诗集》卷二十一，中华书局 1982 年版，第 1124 页。

④ （宋）苏辙：《春旱弥月郡人取水邢山二月五日水入城而雨》，《栾城三集》卷三，《苏辙集》，中华书局 1990 年版，第 1187 页。

西诗派。江西诗派有自己的创作主张，他们的诗歌字斟句酌，法度井然，不仅支配了当时的诗坛，也对后世产生了极大的影响。北宋后期诗歌有脱离现实的倾向，除了张耒写了一些关心民瘼的诗之外，其他诗人关心的只是自己的生活。这是这个时期诗人片面学习杜甫字句、法度所产生的不良后果。

黄庭坚的诗歌虽然号称师法杜甫，但他“没有重视杜诗丰富的社会内容和现实主义精神，却片面地强调杜诗在格律字句等形式上的特点”①，对民生疾苦不太关心，诗集中反映民瘼的诗歌寥寥无几。他有《流民叹》一首，写河北灾荒，流民流落襄、叶间，略及民生疾苦。其《和谢公定征南谣》“汉南食麦如食玉，湖南驱人如驱羊”②，亦言及时事。但是，从整体上看，山谷诗歌题材比较狭窄，以上那些诗歌以及《次韵游景叔闻洮河捷报寄诸将四首》这样述及国事的诗歌在其集中是很少的。③“身忧天下自有人，寒士何者愁添臆”④，总体上说，他关心的是自己的小天地，对国家大事和民生疾苦不甚挂怀。陈师道自己说：“卧家还就道，自计岂苍生”⑤，自言其出处皆因贫贱，所为是自为计耳，不关乎苍生。他家境贫寒，又久为下层官吏，但他对民生疾苦几乎视而不见，只有很少的诗约略言及。如其《田家》写出了田家早出晚归的辛劳，但语言比较和缓，态度也很温和，即使这样不痛不痒的诗歌在《后山集》中也几乎是仅见的。秦观诗明丽而富有情韵，有唐人遗韵，但也有诗思孱弱的缺点，对社会现实的反映更为欠缺。

这个时期的诗人中，只有张耒的诗中关心民生的诗篇较多。正如钱锺书所说：“在‘苏门’里，他的作品最富于关怀人民的内容……他受白

① 程千帆、吴新雷：《两宋文学史》，上海古籍出版社 1991 年版，第 205 页。

② （宋）黄庭坚：《和谢公定征南谣》，《山谷外集诗注》卷四，《黄庭坚诗集注》，中华书局 2003 年版，第 870 页。

③ （宋）黄庭坚：《次韵游景叔闻洮河捷报寄诸将四首》，《山谷诗集注》卷八，《黄庭坚诗集注》，中华书局 2003 年版，第 304 页。

④ （宋）黄庭坚：《对酒歌答谢公静》，《山谷外集诗注》卷三，《黄庭坚诗集注》，中华书局 2003 年版，第 825 页。

⑤ （宋）陈师道：《宿合清口》，《后山诗注补笺》卷十一，中华书局 1995 年版，第 410 页。

居易和张籍的影响颇深。"[1] 张耒比较关心农民生活，其《大雪歌》写自己见大雪而念及农民即将年丰粮足，又说自己无功受禄，"无功及物惭受禄"[2]，因而感到惭愧，态度比较真诚。张耒《旱谣》写天旱伤农，竟有因争水而杀人者，张籍希望龙兴致雨，解民忧患，表达了对农民的同情。《诉魃》也是一首反映天旱的诗，张耒以为旱之神曰魃，故作此诗向上天控诉，希望上天处置旱神，使天降甘霖，粮食丰收。另外，张耒有《叙雨》一诗，他写此诗是因为福昌之民祷旱于西山，"旱岁取水以祠辄应"，故"作歌以扬之"，[3] 这也表明他比较关心农事。张耒《听客话澶渊事》写著名的澶渊之盟，表明他对国事的关心，有诗史意味。《和大雪折木》写大雪之后，人民穷困无食，而鹿山长官却"高楼大饮"，纵情欢谑，张耒希望这些人能够体恤民情，关心百姓，"百里饥寒仰长官，勉充此心救民瘼"[4]。《京师阻雨二首》云"朱门乐事无时无，尔自贱贫空太息"[5]，写社会的贫富不均。《田家三首》写农民的苦乐，"田家苦作候时节，汲汲未免寒与饥。去来暴取独何者？请视《七月》豳人诗"[6]。《一亩》通过一个具体的事例写出了农民生活的艰辛，诗写丈夫佣车死于车下，妻子和孩子无衣无食，啼饥号寒，张耒看到了农民的极度贫困和社会的不公，对农民寄予深切的同情。《去年》写粮食丰收但农民依然贫困，诗人不禁对上天提出质问。《和晁应之悯农》写"壮儿"甘心为盗，被捕受刑也不后悔，写出了官逼民反的社会现实。《八盗》写八人为盗，横行江湖，劫掠百姓的史实。

由此可见，这个时期是表现现实诗歌的低潮期，只有张耒写出了较多的关心百姓生活的诗歌。江西诗派片面学习杜诗技巧而不关注现实人生，导致反映现实的诗歌较少，这是这个时期学杜的大失误和大教训。

---

① 钱锺书：《宋诗选注》，人民文学出版社 1958 年版，第 80 页。

② （宋）张耒：《大雪歌》，《张耒集》卷三，中华书局 1990 年版，第 39 页。

③ （宋）张耒：《叙雨・序》，《张耒集》卷五，中华书局 1990 年版，第 56 页。

④ （宋）张耒：《和大雪折木》，《张耒集》卷十二，中华书局 1990 年版，第 217 页。

⑤ （宋）张耒：《京师阻雨二首》，《张耒集》卷十三，中华书局 1990 年版，第 225 页。

⑥ （宋）张耒：《田家三首》（其三），《张耒集》卷十三，中华书局 1990 年版，第 226 页。

第二节 战乱中的南宋诗史

北宋灭亡，宋室南渡，国破家亡的痛苦刺激着诗人敏感的心灵，南宋诗坛发生了很大的变化。江西诗派追求技巧、叙写日常生活的创作方法有了改变，呼吁抗金、描写现实、叙写离乱、反映爱国情怀的诗歌大量涌现。这个时期活跃在诗坛上的是陈与义、陆游、杨万里、范成大等诗人，他们的诗歌创作无一例外都鲜明地打上了这个时代的印记，叙写现实的诗歌大量涌现。

靖康元年（1126）正月，金兵入寇，陈与义自陈留避地襄、汉，转徙湖湘之间，集中有《发商水道中》，自此始经离乱漂泊。陈与义学杜取神，写出了一系列与杜诗神似的诗篇。如《次舞阳》：“大道不敢驱，山径费推寻。丈夫不逢此，何以知岖嶔。”① 这是陈与义漂泊生活的生动写照，诗句平易，却写出了躲避金兵的实际情况。《次南阳》：“却凭破鞍去，风林生七哀。”②《西轩寓居》：“辛苦元吾事，淹留更此心。”③ 慷慨悲愤，有不能为国出力之叹，见出陈与义兵兴后的感慨之深。又陈与义《感事》沉郁顿挫，逼近杜诗。“风断黄龙府，云移白鹭洲”④ 一联，上句写二帝北狩，下句写金陵宗庙，⑤ 表面上纯是景语，却深关国事时局。“莫愁织绮地，年来战马过”⑥，这样的诗句深刻地反映了烽火连天的时

---

① （宋）陈与义：《次舞阳》，《陈与义集校笺》卷十四，上海古籍出版社 1990 年版，第 399 页。

② （宋）陈与义：《次南阳》，《陈与义集校笺》卷十四，上海古籍出版社 1990 年版，第 401 页。

③ （宋）陈与义：《西轩寓居》，《陈与义集校笺》卷十四，上海古籍出版社 1990 年版，第 403 页。

④ （宋）陈与义：《感事》，《陈与义集校笺》卷十七，上海古籍出版社 1990 年版，第 486 页。

⑤ 按：此说见《瀛奎律髓》卷三十二。《陈与义集校笺》的笺注认为“其说近是而未确”，以为“‘云移白鹭洲’，盖有慨于朝局之中变也”。本书以为似以《瀛奎律髓》之说较为恰切。

⑥ （宋）陈与义：《送大广赴石城》，《陈与义集校笺》卷十七，上海古籍出版社 1990 年版，第 492 页。

代，是宋金战争的真实写照。而“偷生亦聊耳，难与众人言”①，“客心忽悄怆，归路迷行踪”②，“百感醉中起，清泪对君挥”③，则曲折地反映了战乱中士人的心态。正如吴之振所说：“陈与义……建炎间，避地湖峤，行万里路，诗益奇壮。”④ 此说极有道理。

陆游诗歌继承了杜甫的诗史精神，深刻反映了社会现实，在一定程度上也可以称作那个时代的诗史。从陆游诗歌中，我们也可以了解当时的社会生活。陆游《幽居》云：“翳翳桑麻巷，幽幽水竹居。纫缝一獠婢，樵汲两蛮奴。雨挟清砧急，篱悬野蔓枯。邻村有鬻子，吾敢叹空无。”⑤ 此诗隆兴元年（1163）秋作于山阴，写出了“邻村有鬻子”的社会现状。陆游《洊饥之余复苦久雨感叹有作》“道傍襁负去何之？积雨仍愁麦不支”⑥，写出了淳熙九年（1182）正月山阴久雨伤稼的现实。又《秋获歌》“数年斯民厄凶荒，转徙沟壑殣相望。县吏亭长如饿狼，妇女怖死儿童僵”⑦，这也是现实的真实写照。陆游关心百姓生活，他的《寄奉新高令》是淳熙七年（1180）于丰城高安道中写给奉新知县高南寿的，诗中写到了农民的贫困和艰难，希望高县令宽以待民，此与杜甫《又呈吴郎》意味相同。《晚登子城》：“胡行如鬼南至海，寸地尺天皆苦兵。老吴将军独护蜀，坐使井络无欃枪。”⑧ 这样的诗句反映了当时的战争情况。陆游“太行之下吹虏尘，燕南赵北空无人”⑨，亦有“诗史”之意。

---

① （宋）陈与义：《独立》，《陈与义集校笺》卷十八，上海古籍出版社1990年版，第506页。

② （宋）陈与义：《与信道游涧边》，《陈与义集校笺》卷十八，上海古籍出版社1990年版，第508页。

③ （宋）陈与义：《同左通老用陶潜还旧居韵》，《陈与义集校笺》卷十九，上海古籍出版社1990年版，第541页。

④ （清）吴之振等选：《宋诗抄》，中华书局1986年版，第1279页。

⑤ （宋）陆游：《幽居》，《剑南诗稿校注》卷一，上海古籍出版社2005年版，第70页。

⑥ （宋）陆游：《洊饥之余复苦久雨感叹有作》，《剑南诗稿校注》卷十四，上海古籍出版社2005年版，第1122页。

⑦ （宋）陆游：《秋获歌》，《剑南诗稿校注》卷三十七，上海古籍出版社2005年版，第2420页。

⑧ （宋）陆游：《晚登子城》，《剑南诗稿校注》卷九，上海古籍出版社2005年版，第719页。

⑨ （宋）陆游：《涉白马渡慨然有怀》，《剑南诗稿校注》卷六，上海古籍出版社2005年版，第479页。

范成大对穷苦者抱有深深的同情，他在一首诗中写到冬天卖鱼菜者，诗云：“饭箩驱出敢偷闲？雪胫冰须惯忍寒。岂是不能扃户坐，忍寒犹可忍饥难。”① 他在另一首诗中写到雪中卖药者，诗题云《墙外卖药者九年无一日不过，吟唱之声甚适。雪中呼问之，家有十口，一日不出即饥寒矣》②，都对百姓致以深切同情。他既写农民之乐，更写农民之忧，都亲切有味。范成大的诗歌广泛反映了农民的苦难生活，如《催租行》写官吏的横行乡里，农民的痛苦无奈，历历在目。范成大又有《后催租行》，写嫁女如卖女，痛入骨髓。又如《劳畲耕》写峡农甘冒艰辛，斫畲大山之巅，就是因为这里租税较轻，还可以吃饱饭。不像那些土地肥沃的地方，苦于奸吏征求，反而没有饭吃，表现出对奸吏的痛恨。《四时田园杂兴》六十首，是范成大集中著名的篇章。在这一组诗歌中，范成大写农人之乐和农人之忧，对农村生活加以详细描绘，对农民的苦难寄以深切同情，“使脱离现实的田园诗有了泥土和血汗的气息”③。范成大使金途中写的一组纪行诗，既写途中山川形胜、风物之美，又写沦陷区人民对恢复失地的渴望，十分动人。这组诗歌表达了诗人强烈的爱国精神，也有诗史意义。

这个时期的著名诗人之中，杨万里的诗歌对现实的关注是不够的。杨万里的诗歌主要描写山水风景，他能够非常轻巧地把眼前的景物惟妙惟肖地表现出来，但他的诗歌太轻快，太灵巧，细碎轻薄，不够沉着有力，给人华而不实、文胜于质的感觉。另外，“他那种一挥而就的‘即景’写法也害他写了许多草率的作品”④。他的诗歌不能使人感动，用钱锺书的话说，“他的诗多聪明、很省力、很有风趣，可是不能沁入心灵”⑤。杨万里满目都是山川风景，而不肯向多灾多难的人间看上一眼，

---

① （宋）范成大：《雪中闻墙外鬻鱼菜者求售之声甚苦有感三绝》，《范石湖集》卷二十六，上海古籍出版社 1981 年版，第 361 页。

② （宋）范成大：《墙外卖药者九年无一日不过，吟唱之声甚适。雪中呼问之，家有十口，一日不出即饥寒矣》，《范石湖集》卷三十三，上海古籍出版社 1981 年版，第 440 页。

③ 钱锺书：《宋诗选注》，人民文学出版社 1958 年版，第 194 页。

④ 钱锺书：《宋诗选注》，人民文学出版社 1958 年版，第 162 页。

⑤ 钱锺书：《宋诗选注》，人民文学出版社 1958 年版，第 162 页。

这也是他诗歌的一个重要缺憾。①

总体说来，除了杨万里，这个时期的诗人都写出了关心国事和民瘼的作品。将江西诗派与这个时期的诗人相比，可以得出这样的结论：单纯学习杜诗的技巧、艺术、法度，不会写出有成就的诗。只有把学习技巧、锤炼语言，与学习杜甫思想、境界结合起来，在适当的历史条件下，才能写出优秀的诗歌。

南宋后期，首先登上诗坛的是永嘉四灵，即徐照、徐玑、翁卷和赵师秀，他们摆脱江西诗派的束缚，开始转而学习晚唐诗，使唐体重新流行。再有就是姜夔、刘过、戴复古、刘克庄等江湖派诗人，成分比较复杂。宋亡之际，又出现了文天祥、谢翱、林景熙、汪元量、谢枋得、郑思肖等一大批诗人，用诗歌歌咏和记录亡国的痛苦与悲哀。在这些诗人中，文天祥、汪元量等写的诗有明显的诗史意味。

南宋后期，最早登上诗坛的永嘉四灵，他们的诗均浅显细碎，以晚唐姚合、贾岛为宗，很少涉及社会现实，不仅内容单调狭窄，风格单一，艺术性也不高。而此后的文天祥对现实的描写非常深刻。

文天祥是宋末抗元的英雄，他的诗歌以元军攻破临安为界分前后两期，前期比较无聊，内容平庸琐屑。后期诗歌则长歌当哭，慷慨激昂，“大多是直书胸臆，不讲究修辞，然而有极沉痛的好作品”②。作者自云：“予在患难中，间以诗记所遭。”③ 文天祥的诗歌以诗存史，记录了那个刀光剑影的时代以及诗人自己的心路历程，可称诗史。如其《和言字韵》云：“悠悠天地阔，世事与谁论。清夜为挥涕，白云空断魂。死生苏子

---

① 按：也有学者认为：杨万里诗歌的“思想价值”表现在他“对国事的深切关注和坚决主战的政治态度上”，同时，杨万里的诗歌“还有许多描写农民劳动生活题材的作品”。见孙望、常国武主编《宋代文学史》（下），人民文学出版社 1996 年版，第 84 页。钱锺书则说：“杨万里的主要兴趣是天然景物，关心国事的作品远不及陆游的多而且好，同情民生疾苦的作品也不及范成大的多而且好；相形之下，内容上见得琐屑。”见钱锺书《宋诗选注》，人民文学出版社 1958 年版，第 162 页。

② 钱锺书：《宋诗选注》，人民文学出版社 1958 年版，第 279 页。

③ （宋）文天祥：《指南录后序》，《文山先生全集》卷十三《指南录》，中国书店 1985 年版，第 313 页。

节，贵贱翟公门。前辈如瓶戒，无言胜有言。”[①] 此诗作于留北期间，诗前有序云：“予以议论大烈，北愈疑惮，不得归关，将校官属，日有叛去，世道可叹。”诗人在“将校官属，日有叛去”的时刻保持内心的坚贞，诚属可贵。又《愧故人》：“九门一夜涨风尘，何事痴儿竟误身。子产片言图救郑，仲连本志为排秦。但知慷慨称男子，不料蹉跎愧故人。玉勒雕鞍南上去，天高月冷泣孤臣。”[②] 诗中表达自己立志救国的决心。文天祥有《纪事》绝句一组，更有诗史意味，据此诗诗序，诗人使北期间，北人渐不逊，文天祥慷慨云：“吾南朝状元宰相，但欠一死报国，刀锯鼎镬，非所惧也。”从这些诗歌之中，也可以看出诗人殉国的决心。《高沙道中》是叙述诗人从敌营逃出的长篇叙事诗，这是一个人的逃亡经历，也是一个时代刻骨铭心的记忆。文天祥被元军押往大都，一路上所见所感，寄之以诗。他经过保州，作《保州道中》，诗叙写路过保州所见风物，追述此地的历史人文，抒发自己被俘的感慨，颇有沉郁之气。尽管文天祥的诗歌在艺术上有平铺直叙的毛病，显得粗糙了一些，但算得上是真正的诗史。

汪元量以诗记宋亡历史，其诗也有诗史之称。[③] 他把自己的诗歌称为“野史”，他说“我更伤心成野史，人看野史更伤心”[④]。他的这类诗多为七言绝句，有所谓“幽忧沉痛”的风格。但细味其诗，过于流利畅达，总体不脱其乐师本色。汪元量《醉歌》写元军入城、宋室投降事，多正史所未载，刘辰翁称之为“江南野史”。汪元量有《越州歌》二十首，叙述元军入临安后的情况。他还有《湖州歌》九十八首，写宋帝后从临安到大都的详细经过及期间发生事件的种种细节，都具诗史意味。但在《湖州歌》中，他写到宋宗室在大都受到优待，所谓“三宫满饮天颜喜”，

---

① （宋）文天祥：《和言字韵》，《文山先生全集》卷十三《指南录》，中国书店1985年版，第314页。

② （宋）文天祥：《愧故人》，《文山先生全集》卷十三《指南录》，中国书店1985年版，第314页。

③ 李珏：《书汪水云诗后》：“（水云诗）纪其亡国之戚，去国之苦，艰关愁叹之状，备见于诗……唐之事纪于草堂，后人以诗史目之。水云之诗亦亡宋之诗史也，其诗亦鼓吹草堂者也。”见《汪元量集校注》引《诸家评论》，浙江古籍出版社1999年版，第11页。

④ （宋）汪元量：《答林石田》，《汪元量集校注》卷一，浙江古籍出版社1999年版，第37页。

"须臾殿上都酣醉"，恐怕都有虚美和夸张的成分。有人认为汪元量的诗歌具有人民性和爱国主义精神。[①] 本书认为，汪元量对宋亡的态度是值得寻味的。王国维说："（汪元量）中间亦为元官，且供奉翰林，其诗具在，不必讳也"，"水云本以琴师，出入宫禁，乃倡优卜祝之流，与委质为臣者有别"。[②] 王国维所说不无道理。

除文天祥、汪元量以外，其他的遗民诗人，如林景熙、谢枋得、郑思肖等，他们的诗歌尽管成就不高，但对社会现实都有不同程度的反映。

从这个时期的诗歌可以看出，这个时期的诗人普遍有以诗存史的观念，他们自觉地用诗歌记录宋末天崩地解的大变动，记录大变动中的事件以及人们的思想和行为，其诗歌对社会现实有非常深刻的反映。

综上，北宋初期，尽管王禹偁的诗歌对社会现实有较为深入的反映，但这个时期的大部分诗人对社会现实关注不够。北宋中期诗人努力扭转西昆体脱离现实的不良倾向，开始注重诗歌的思想内容，写出了许多广泛反映社会生活的诗歌，这是北宋中期诗人对北宋前期诗歌远离现实的不良倾向进行反思的结果。北宋后期，江西诗派的诗歌字斟句酌，法度井然，有脱离现实的倾向，这个时期只有张耒写出了一些关心民瘼的诗歌。这是片面学习杜甫字句、法度所产生的不良后果。南宋前期呼吁抗金、描写现实、叙写离乱、反映爱国情怀的诗歌大量涌现，他们的诗歌无一例外都打上了这个时代的鲜明印记。南宋后期，永嘉四灵的诗歌不太关注社会现实，但宋亡之际的文天祥、汪元量等一大批诗人用诗歌歌咏和记录亡国的痛苦与悲哀，叙写现实的诗歌又一次达到高潮。

---

① 程瑞钊：《浅论汪元量诗歌的人民性》，《陕西师大学报》1990 年第 4 期。

② 王国维：《湖山类稿水云集跋》，参见《汪元量集校注》引《诸家评论》，浙江古籍出版社 1999 年版，第 12 页。

第四章

宋诗中的杜诗风格

宋人普遍推崇杜诗，他们继承杜甫“诗史”精神，写出了很多关心国事民生的诗歌。宋代诗人也非常注重学习杜诗的艺术技巧，他们模拟杜诗，使用杜诗典故，集杜为诗，甚至集杜入乐。宋代诗人作诗还经常模拟杜诗题目或以杜诗为韵。可以说，杜甫的人格和诗歌艺术对宋诗产生了极大的影响，直接影响了宋代诗坛的风气，并最终影响到宋诗整体风格的形成。在宋代，许多诗人的诗歌在风格上逼近杜诗，使杜诗风格在宋代诗歌中得以重现，这也是宋代诗歌的特点之一。本章拟对宋代诗歌中存在的杜诗风格进行论述。

第一节　宋人学杜与沉郁顿挫的诗风

杜甫的五言律诗具有多种风格，但其具有沉郁顿挫风格的五言律诗最具代表性，取得的成就也最高。杜甫的五言律诗有的极为沉郁而又阔大壮美，如《登岳阳楼》，“仅二十字便囊括了整个人生、整个社会乃至整个宇宙，还包含那么多耐人寻思的言外意，而意境又是如此真切而生动，这才是艺术上的奇迹”，裴斐感叹说，“我不相信人世间还另有人能写出这样的作品”。①

宋代诗人学杜，对杜甫这种沉郁顿挫的风格颇能学习和模拟。陈师道学习杜诗，以五言律诗最似。杜甫五言律诗的主体风格是沉郁顿挫，陈师道的一些诗歌在风格上与杜诗十分相似。如陈师道《智宝院后楼怀

① 裴斐：《杜诗八期论》，《文学遗产》1992 年第 4 期。

胡元茂》云："晚渡呼舟疾，寒城著雾深。昏鸥明鸟道，风叶乱霜林。久客登临目，中年怀旧心。犹须一长笛，领览自沾襟。"[①] 此诗沉郁悲怆，多有杜意。陈师道《寄外舅郭大夫》："巴蜀通归使，妻孥且旧居。深知报消息，不敢问何如。身健何妨远，情亲未肯疏。功名欺老病，泪尽数行书。"[②] 此诗风格也极似杜诗，正如《瀛奎律髓》所云："后山学老杜，此其逼真者。"《诗人玉屑》亦称此篇为"全篇之似杜者"。[③] 陈师道《丞相温公挽词三首》亦与杜诗相似，如其第三首云："少学真成己，中年托著书。辍耕扶日月，起废极吹嘘。得志宁论晚，成功不愿馀。一为天下恸，不敢爱吾庐。"[④]《石洲诗话》谓此诗"真有杜意"[⑤]，此是后山刻意学杜之作。又陈师道《钜野》："余力唐虞后，沉人海岱西。不应容桀黠，宁复有青齐。灯火鱼成市，帆樯藕带泥。十年尘雾底，瞥眼怪凫鹥。"[⑥] 此诗力大，万钧九鼎，酷肖杜诗。

下再举数例以说明。陈师道《病起》："今日秋风里，何乡一病翁。力微须杖起，心在与谁同。灾疾资千悟，冤亲并一空。百年先得老，三败未为穷。"[⑦] 此亦与杜诗颇似，正如《瀛奎律髓》所云："后山诗似老杜，只此亦含细味。"[⑧] 陈师道《次韵晁无斁除日抒怀》："世学违从众，名家最近天。感时犹壮志，得句起衰年。袁酒无何饮，陶琴不具弦。平生挥翰手，几见绝韦编。"[⑨] 此诗与杜诗风格相类，几乎句句相似，并且此诗的第三联"袁酒无何饮，陶琴不具弦"，亦为杜甫"杜酒偏劳劝，张梨不外求"句法的翻版。又陈师道《别刘郎》："一别已六载，相逢有馀

① （宋）陈师道：《智宝院后楼怀胡元茂》，《后山诗注补笺》卷四，中华书局 1995 年版，第 151 页。

② （宋）陈师道：《寄外舅郭大夫》，《后山诗注补笺》卷一，中华书局 1995 年版，第 15 页。

③ （宋）陈师道：《后山诗注补笺》冒广生补笺引，中华书局 1995 年版，第 15 页。

④ （宋）陈师道：《丞相温公挽词三首》（其三），《后山诗注补笺》卷一，中华书局 1995 年版，第 40 页。

⑤ （宋）陈师道：《后山诗注补笺》冒广生补笺引，中华书局 1995 年版，第 37 页。

⑥ （宋）陈师道：《钜野》，《后山诗注补笺》卷二，中华书局 1995 年版，第 53 页。

⑦ （宋）陈师道：《病起》，《后山诗注补笺》卷五，中华书局 1995 年版，第 178 页。

⑧ （宋）陈师道：《后山诗注补笺》冒广生补笺引，中华书局 1995 年版，第 178 页。

⑨ （宋）陈师道：《次韵晁无斁除日抒怀》，《后山诗注补笺》卷五，中华书局 1995 年版，第 188 页。

哀。公私两多事，灾病百相催。无酒与君别，有怀向谁开。深知百里远，肯为老夫来。”[①] 此诗沉着老健，直追杜诗。可见，陈师道五言律诗颇能得杜诗沉郁顿挫的风格。

陈师道五言古体亦多有学杜有得者。如陈师道《送内》，在平常的诗句中，有说不尽的悲慨和辛酸，此诗沉郁顿挫，极似杜诗。陈师道《别三子》写父子分别，字字血泪，令人不忍卒读。“有女初束发，已知生离悲”[②]，这样的描写让人想起《北征》中“见耶背面啼，垢腻脚不袜”的杜甫的两个女儿，“枕我不肯起，畏我从此辞”的神态，与杜甫女儿的“娇儿不离膝，畏我复却去”又何其相似。《均阳舟中夜赋》：“游子不能寐，船头语轻波。开窗望两律，烟树何其多。晴江涵万象，夜半光荡摩。客愁弥世路，秋气入天河。汝洛尘未销，几人不负戈。长吟宇宙内，激烈悲蹉跎。”[③] 生活的艰辛使陈师道的诗歌与杜诗染有同样的血泪，语言的沉挚朴素，感情的深沉内敛，也同杜诗一脉相承。钱锺书说陈师道“可以写出极朴挚的诗”[④]，或谓此也。元祐二年（1087），陈师道任徐州教授，生活稍为安定，即从岳父家接回妻儿，乃作《示三子》，此诗沉挚深切，也极似老杜。

陈与义是宋代学杜最有成就的诗人，他比较全面地继承了杜诗的风格。国家的动荡和时局的变化，以及诗人自己的不断漂泊，使陈与义对杜诗有了更真切的体会。就其五言诗来说，其诗沉郁顿挫，继承了杜诗的风格和优长，有很高的价值。如《茅屋》诗云：“茅屋年年破，春风岁岁来。寒从草根退，花值客愁开。时序添诗卷，乾坤进酒杯。片云无思极，日暮却空回。”[⑤] 此诗首联点题，并暗用杜甫《茅屋为秋风所破歌》的语典。颔联写时序不关人事，反衬诗人之客愁。颈联写诗人以诗酒解忧，境界阔大，尾联则融情入景。全诗沉郁中见疏放，与杜诗颇似。陈与义五言律诗有极似杜诗者，如《道中寒食二首》云：“飞絮春犹冷，离

---

① （宋）陈师道：《别刘郎》，《后山诗注补笺》卷十一，中华书局 1995 年版，第 419 页。

② （宋）陈师道：《别三子》，《后山诗注补笺》卷一，中华书局 1995 年版，第 13 页。

③ （宋）陈与义：《均阳舟中夜赋》，《陈与义集校笺》卷十九，上海古籍出版社 1990 年版，第 545 页。

④ 钱锺书：《宋诗选注》，中华书局 1958 年版，第 103 页。

⑤ （宋）陈与义：《茅屋》，《陈与义集校笺》卷四，上海古籍出版社 1990 年版，第 93 页。

家食更寒。能供几岁月，不办了悲欢。刺史蒲萄酒，先生苜蓿盘。一官违壮节，百虑集征鞍。”“斗粟淹吾驾，浮云笑此生。有诗酬岁月，无梦到功名。客里逢归雁，愁边有乱莺。杨花不解事，更作倚风轻。”[①] 按：“食更寒”，即杜甫“佳辰强饮食犹寒”之意。两诗沉郁感慨，逼近杜诗。

靖康元年（1126）正月，金兵入寇，陈与义自陈留避地襄、汉，转徙湖湘之间，自此始经离乱漂泊，诗歌与杜诗更似。他此时的诗作《发商水道中》云：“商水西门路，东风动柳枝。年华入危涕，世事本前期。草草檀公策，茫茫杜老诗。山川马前阔，不敢计归时。”[②] 在离乱之中，陈与义认识到老杜的价值，对杜诗有了新的认识，诗歌更多地具备了杜诗的沉郁之风，不唯形似，亦可传神。以前学杜不及，而乱离之中自然及之。自此之后，陈与义学杜取神，写出了一系列与杜诗神似的诗篇。如《次舞阳》：“客子寒亦行，正月固多阴。马头东风起，绿色日夜深。大道不敢驱，山径费推寻。丈夫不逢此，何以知岖嵚。行投舞阳县，薄暮森众林。古城何年缺？跋马望日沉。忧世力不逮，有泪盈衣襟。嵯峨西北云，想像折寸心。”[③] 这是陈与义漂泊生活的生动写照，“大道不敢驱，山径费推寻”，诗句平易，却写出了躲避金兵的实际情况。据叶梦得《避暑录话》卷下，当时金兵游骑旁出，四处劫掠，避难之人有时因婴儿啼哭而招致金兵劫掠，所以凡婴儿未解事不可戒语者，率弃之道旁以去，累累相望。“大道不敢驱，山径费推寻”，平常的语句之中蕴含着无数流民的辛酸和婴儿的血泪，这是那个时代的“诗史”。又陈与义《感事》云：“丧乱那堪说，干戈竟未休。公卿危左衽，江汉故东流。风断黄龙府，云移白鹭洲。云何舒国步，持底副君忧。世事非难料，吾生本自浮。菊花纷四野，作意为谁秋？”[④] 按：此诗沉郁顿挫，逼近杜诗。“风断黄龙

① （宋）陈与义：《道中寒食二首》，《陈与义集校笺》卷九，上海古籍出版社1990年版，第245页。

② （宋）陈与义：《发商水道中》，《陈与义集校笺》卷十四，上海古籍出版社1990年版，第397页。

③ （宋）陈与义：《次舞阳》，《陈与义集校笺》卷十四，上海古籍出版社1990年版，第399页。

④ （宋）陈与义：《感事》，《陈与义集校笺》卷十七，上海古籍出版社1990年版，第486页。

府，云移白鹭洲”一联，上句写二帝北狩，下句写金陵宗庙，[①] 与杜甫“渭北春天树，江东日暮云”“黄牛峡静滩声转，白马江寒树影稀”是同一写法。此联表面上纯是景语，却深关国事时局，比杜甫用这种句法写友情更进一层。

陈与义五言律诗有极似杜诗者，如其《适远》云：“处处非吾土，年年备虏兵。何妨更适远，未免一伤情。石岸烟添色，风滩暮有声。平生五字律，头白不贪名。”[②] 又如《细雨》：“避寇烦三老，那知是胜游。平湖受细雨，远岸送轻舟。天地悲深阻，山川慰久留。参差发邻舫，未觉壮心休。”[③] 均与杜诗非常接近。再如《晚晴野望》：“洞庭微雨后，凉气入纶巾。水底归云乱，芦藜返照新。遥汀横薄暮，独鸟度长津。兵甲无归日，江湖送老身。悠悠只倚杖，悄悄自伤神。天意苍茫里，村醪亦醉人。”[④] 纪昀评曰：“‘兵甲’二句诚为高唱，结意沉挚”，“此首入之杜集，殆不可辨”。[⑤] “江湖送老身”一句，以空阔显孤微，是杜甫“乾坤一草亭”的句法。

从陈与义五言诗的创作看，他五言诗的风格与杜诗非常接近。特别是兵兴之后的诗篇，深得杜诗神韵。正如吴之振所说：“陈与义……天分既高，用心亦苦，意不拔俗，语不惊人，不轻出也。晚年益工……刘后村谓：‘元祐后诗人迭起，不出苏黄二体，及简斋始以老杜为诗。建炎间，避地湖峤，行万里路，诗益奇壮。造次不忘忧爱。以简严扫繁缛，以雄浑代尖巧，第其品格，当在诸家之上。’”[⑥] 此说极有道理。

陆游的一些五言诗也颇有杜甫沉郁顿挫之风。如其《闻雨》云：“慷

---

① 按：此说见《瀛奎律髓》卷三十二。《陈与义集校笺》的笺注认为“其说近是而未确”，以为“‘云移白鹭洲’，盖有慨于朝局之中变也”。本书以为似以《瀛奎律髓》之说较为恰切。

② （宋）陈与义：《适远》，《陈与义集校笺》卷二十四，上海古籍出版社 1990 年版，第 656 页。

③ （宋）陈与义：《细雨》，《陈与义集校笺》卷二十一，上海古籍出版社 1990 年版，第 603 页。

④ （宋）陈与义：《晚晴野望》，《陈与义集校笺》卷二十一，上海古籍出版社 1990 年版，第 608 页。

⑤ （宋）陈与义撰，白敦仁校笺：《陈与义集校笺》卷二十一引，上海古籍出版社 1990 年版，第 608 页。

⑥ （清）吴之振等选：《宋诗抄》，中华书局 1986 年版，第 1279 页。

慨心犹壮，蹉跎鬓已秋。百年殊鼎鼎，万事只悠悠。不悟鱼千里，终归貉一丘。夜阑闻急雨，起坐涕交流。”① 此诗风格颇近杜诗之沉郁顿挫，用语也接近杜诗。又《饮罢寺门独立有感》：“一邑无平土，邦人例得穷。凄凉远嫁妇，憔悴独醒翁。今古阑干外，悲欢酒钱中。三巴不摇落，搔首对丹枫。”②《秋夜》：“湖海秋初到，房栊夜转幽。露浓惊鹤梦，月冷伴蛩愁。生计依微禄，年光堕远游。严滩已在眼，早晚放孤舟。”③《病中作》：“浮世寄酣枕，劳生居漏船。已悲身老大，更著病沉绵。亲旧动千里，欢娱无百年。床头周易在，端拟绝韦编。”④ 这些诗歌均略似杜诗。又《病后登山亭》：“野客双蓬鬓，空山一草亭。睡魔欺茗薄，疾竖怯丹灵。治世穷冯衍，残年老管宁。安居得后死，不敢恨飘零。”⑤ 此诗不仅化用杜甫《暮春题瀼西新赁草屋》中的名句“身世双蓬鬓，乾坤一草亭”，而且其整体风格亦与杜诗相似。又陆游《作雪》：“雪云寒不动，林鸟噤无声。病起衰何剧？囊空醉不成。中原乱方作，弱虏运将平。台省多贤俊，常谈愧老生。”⑥ 这些五言诗均有沉郁顿挫的诗风，是放翁学杜之作。

南宋末年的林景熙也有一些诗歌与杜诗略似。元军破宋，尽发宋帝诸陵，弃骸骨草莽中，林景熙等人尝收拾宋帝遗骨，葬于越山，种冬青树为标志。他的诗歌多是以遗民的身份写对故国的怀念。如《京口月夕书怀》云：“山风吹酒醒，秋入夜灯凉。万事已华发，百年多异乡。远城江气白，高树月痕苍。忽忆凭楼处，淮天雁叫霜。”⑦ 此诗沉郁悲凉，略

---

① （宋）陆游：《闻雨》，《剑南诗稿校注》卷二，上海古籍出版社 2005 年版，第 126 页。

② （宋）陆游：《饮罢寺门独立有感》，《剑南诗稿校注》卷二，上海古籍出版社 2005 年版，第 169 页。

③ （宋）陆游：《秋夜》，《剑南诗稿校注》卷十二，上海古籍出版社 2005 年版，第 991 页。

④ （宋）陆游：《病中作》，《剑南诗稿校注》卷十二，上海古籍出版社 2005 年版，第 997 页。

⑤ （宋）陆游：《病后登山亭》，《剑南诗稿校注》卷二十三，上海古籍出版社 2005 年版，第 1681 页。

⑥ （宋）陆游：《作雪》，《剑南诗稿校注》卷三十八，上海古籍出版社 2005 年版，第 2450 页。

⑦ （宋）林景熙：《京口月夕书怀》，《林景熙集校注》卷二，浙江古籍出版社 1995 年版，第 167 页。

似杜诗，只是这样的诗歌在林景熙集中较少。

第二节　宋诗中老健疏放的七言律诗

宋代诗人学习杜甫七言律诗，一些诗人颇能得老杜七律老健疏放的风格。关于杜甫七律，叶嘉莹认为杜甫定居成都草堂的作品已从纯熟完美转变为老健疏放，杜甫进入夔州后，变体拗律横放杰出，正格七律则达到从心所欲的化境。就技巧而言，此时的七律句法突破传统，意象超越现实，“七言律诗才得真正发展臻于极致”①。这种老健疏放的七律是杜甫七律中具有典型风格的一类。

苏轼七言律诗之老健疏放处颇似杜诗。苏轼是宋代诗人中成就最高的一个，他的诗精细收敛，清秀细密，总体较为清逸，但也有老健疏放如杜诗者。如苏轼《正月二十一日病后，述古邀往城外寻春》：“屋上山禽苦唤人，槛前冰沼忽生鳞。老来厌伴红裙醉，病起空惊白发新。卧听使君鸣鼓角，试呼稚子整冠巾。曲栏幽榭终寒窘，一看郊原浩荡春。”②又《李钤辖坐上分题戴花》：“二八佳人细马驮，十千美酒渭城歌。帘前柳絮惊春晚，头上花枝奈老何。露湿醉巾香掩冉，月明归路影婆娑。绿珠吹笛何时见，欲把斜红插皂罗。”③《九日次韵王巩》：“我醉欲眠君罢休，已教从事到青州。鬓霜饶我三千丈，诗律输君一百筹。闻道郎君闭东阁，且容老子上南楼。相逢不用忙归去，明日黄花蝶也愁。”④《椰子冠》：“天教日饮欲全丝，美酒生林不待仪。自漉疏巾邀醉客，更将空壳付冠师。规模简古人争看，簪导轻安发不知。更著短檐高屋帽，东坡何事不违时。”⑤这些诗歌和杜甫老健疏放的七言律诗在风格上有相近之处。

苏辙诗中亦偶有老健疏放似杜甫者，如《九月阴雨不止病中把酒示

---

① 叶嘉莹：《论杜甫七律之演进及其承先启后之成就——〈秋兴八首集说〉代序》，《迦陵论诗丛稿》，中华书局1984年版，第71页。

② （宋）苏轼：《正月二十一日病后，述古邀往城外寻春》，《苏轼诗集》卷九，中华书局1982年版，第428页。

③ （宋）苏轼：《李钤辖坐上分题戴花》，《苏轼诗集》卷九，中华书局1982年版，第446页。

④ （宋）苏轼：《九日次韵王巩》，《苏轼诗集》卷十七，中华书局1982年版，第870页。

⑤ （宋）苏轼：《椰子冠》，《苏轼诗集》卷四十一，中华书局1982年版，第2286页。

诸子三首》（其一）：“旱久翻成雾雨灾，老人腹疾强衔杯。官醅菉豆适初熟，篱菊黄花终未开。儿女共怜佳节过，鸡豚恐有故人来。衰年此会真余几，薄酒无多不用推。”① 只是这样的诗在苏辙诗中甚少。苏辙曾经出使契丹，这个时期的诗歌本来应有些新意，但苏辙却写得平平，未见佳处，只是诗风略显刚健而已。

陈师道七言律诗也有老健疏放者。如《九日寄秦观》：“疾风回雨水明霞，沙步丛祠欲莫鸦。九日清樽欺白发，十年为客负黄花。登高怀远心如在，向老逢辰意有加。淮海少年天下士，独能无地落乌纱。”② 陈师道七律学黄庭坚，但这一首却追步杜甫，全诗自然老健而又疏放不羁，与杜甫七律何其相似。特别是颔联，言九日登高本应畅饮，无奈白发欺人，不能尽兴，而多年漂泊，远离故乡，真辜负了故乡重阳的菊花，此置诸杜集中亦可称佳句。又《次韵李节推九日登南山》：“平林广野骑台荒，山寺鸣钟报夕阳。人事自生今日意，寒花只作去年香。巾欹更觉霜侵鬓，语妙何妨石作肠。落木无边江不尽，此身此日更须忙。”③ 此诗首联写景，点明重阳登临所见。颔联写寒花依旧，而人事全非，抒发物是人非的感慨。颈联用孟嘉落帽事，此典杜甫亦尝用之，上一句叹老，下一句赞美李节推的诗才，与题目呼应。末联上句出自杜诗“无边落木萧萧下，不尽长江滚滚来”，言节物推移，时光流逝，不应汲汲于俗物。此诗与杜甫九日诗多有相同之处，正如《瀛奎律髓》所说：“诗律瘦劲，一字不轻易下，非深于诗者不知，亦当以亚老杜可也。”④ 又《次韵春怀》：“老形已具臂膝痛，春事无多樱笋来。败絮不温生虮虱，大杯覆酒著尘埃。衰年此日仍为客，旧国当时只废台。河岭尚堪供极目，少年为句未须哀。”⑤ 此诗老健疏放，亦极似杜诗。

陈与义七言律诗有深度，有感慨，不做无病呻吟，在简斋集中成就

① （宋）苏辙：《九月阴雨不止病中把酒示诸子三首》（其一），《栾城三集》卷二，《苏辙集》，中华书局 1990 年版，第 1175 页。

② （宋）陈师道：《九日寄秦观》，《后山诗注补笺》卷二，中华书局 1995 年版，第 52 页。

③ （宋）陈师道：《次韵李节推九日登南山》，《后山诗注补笺》卷二，中华书局 1995 年版，第 74 页。

④ （宋）陈师道：《后山诗注补笺》冒广生补笺引，中华书局 1995 年版，第 74 页。

⑤ （宋）陈师道：《次韵春怀》，《后山诗注补笺》卷五，中华书局 1995 年版，第 194 页。

最高。兵兴之后，每逢佳节，陈与义便大发感慨，其《重阳》云：“去岁重阳已百忧，今年依旧叹羁游。篱底菊花唯解笑，镜中头发不禁秋。凉风又落宫南木，老雁孤鸣汉北州。如许行年那可记，谩排诗句写新愁。”[①]按：诗作于建炎三年（1129），时诗人留岳阳，在这一年的重阳节，诗人想到自己连年漂泊，居无定所，不禁悲从中来。二联“篱底菊花唯解笑，镜中头发不禁秋”，从杜甫《九日》之“即今蓬鬓改，但愧菊花开”化出，表达了与杜甫同样的感慨。又如陈与义《元日》：“五年元日只流离，楚俗今年事事非。后饮屠苏惊已老，长乘舴艋竟安归。携家作客真无策，学道刳心却自违。汀草岸花知节序，一身千恨独霑衣。”[②] 亦感慨极深。此类老健疏放处，多有杜意。

可见，苏轼、苏辙、陈与义等诗人都写出了老健疏放的诗歌，这是杜诗影响其诗歌创作的结果。

第三节　宋诗中雄浑悲壮的七言律诗

杜诗中有一种浑涵汪茫、雄浑悲壮的七言律诗，这类七律悲壮苍凉，沉郁顿挫，亘古绝今，惊天动地，代表了杜诗七律的最高成就。裴斐认为，“羁留夔州是杜诗两类风格全面发展和登峰造极的时期”，夔州杜诗“浑涵汪茫，具有总结性质。举凡浓淡、虚实、巨细、今昔、纪实与抒情、执著与超脱、严肃与俳谐、忧国悯民与自叹身世、山水风物与世态人情，或相反相成各自成篇，或彼此辉映浑然一体，真可谓无所不备，亦无不登峰造极……杜甫的夔州诗集杜诗之大成”。[③] 此时的杜诗，不仅雄浑悲壮，而且“别有一股苍茫而动荡的气势，其感情内涵亦更趋凝重深沉而又莫可名状”[④]；裴斐认为流离两川是杜诗风格的再变期，杜甫此时的近体诗的特点是雄浑悲壮，具有“意境雄浑的悲壮美”[⑤]。

---

① （宋）陈与义：《重阳》，《陈与义集校笺》卷十七，上海古籍出版社 1990 年版，第 483 页。

② （宋）陈与义：《元日》，《陈与义集校笺》卷二十四，上海古籍出版社 1990 年版，第 665 页。

③ 裴斐：《杜诗八期论》，《文学遗产》1992 年第 4 期。

④ 裴斐：《杜诗八期论》，《文学遗产》1992 年第 4 期。

⑤ 裴斐：《杜诗八期论》，《文学遗产》1992 年第 4 期。

宋代诗人也写出了浑涵汪茫、雄浑悲壮的七言律诗。在宋代诗人中，陈与义七言诗学杜有很高成就，他七言学杜最成功之处就是他的七言律诗继承了杜甫七律的雄浑阔大的风格。如陈与义《观江涨》诗云："涨江临眺足消忧，倚杖江边地欲浮。叠浪并翻孤日去，两津横卷半天流。鼋鼍杂怒争新穴，鸥鹭惊飞失故洲。可为一官妨快意，眼中唯觉欠扁舟。"① 按：杜甫有同题之作，陈与义此诗学杜诗之境界阔大，写得居然很有声势。宋人学杜，很少有人能学杜甫之阔大，而陈与义能之。

陈与义七言律诗与杜诗最似，正如钱锺书所说："至南渡偏安，陈简斋流离兵间，身世与杜相类，惟其有之，是以似之。七律如'天翻地覆伤春色，齿豁头童祝圣时'；'乾坤万事集双鬓，臣子一谪今五年'；'登临吴蜀横分地，徙倚湖山欲暮时'；'五年天地无穷事，万里江湖见在身'；'孤臣白发三千丈，每岁烟花一万重'；雄伟苍楚，兼而有之。学杜得皮，举止大方。"② 所言极是。按："登临吴蜀横分地，徙倚湖山欲暮时"出简斋《登岳阳楼二首》（其一），全诗为："洞庭之东江水西，帘旌不动夕阳迟。登临吴蜀横分地，徙倚湖山欲暮时。万里来游还望远，三年多难更凭危。白头吊古风霜里，老木沧波无恨悲。"③ 此诗颔联雄阔，颈联是从杜甫"万里悲秋常作客，百年多病独登台"化出，时空并驭，雄阔苍浑。《登岳阳楼二首》（其二）云："天入平湖晴不风，夕帆和雁正浮空。楼头客子杪秋后，日落君山元气中。北望可堪回白首，南游聊得看丹枫。翰林物色分留少，诗到巴陵还未工。"④ 又《巴丘书事》："三分书里识巴丘，临老避胡初一游。晚木声酣洞庭野，晴天影抱岳阳楼。四年风露侵游子，十月江湖吐乱洲。未必上流须鲁肃，腐儒空白九分头。"⑤ 这些诗歌都雄阔悲壮，激烈苍楚，风格与杜诗非常相近。总之，

① （宋）陈与义：《观江涨》，《陈与义集校笺》卷十九，上海古籍出版社 1990 年版，第 540 页。

② 钱锺书：《谈艺录》，中华书局 1984 年版，第 173 页。

③ （宋）陈与义：《登岳阳楼二首》，《陈与义集校笺》卷十九，上海古籍出版社 1990 年版，第 548 页。

④ （宋）陈与义：《登岳阳楼二首》，《陈与义集校笺》卷十九，上海古籍出版社 1990 年版，第 548 页。

⑤ （宋）陈与义：《巴丘书事》，《陈与义集校笺》卷十九，上海古籍出版社 1990 年版，第 552 页。

陈与义的七律颇能得杜诗雄浑阔大之美。宋人学杜甫之七律者，陈与义当为第一。

陆游七言诗亦有豪壮似杜者。如其《感愤》云："今皇神武是周宣，谁赋南征北伐篇？四海一家天历数，两河百郡宋山川。诸公尚守和亲策，志士虚捐少壮年。京洛雪消春又动，永昌陵上草芊芊。"① 又"夜听簌簌窗纸鸣，恰似铁马相磨声。起倾斗酒歌出塞，弹压胸中十万兵"②；"丈夫可为酒色死？战场横尸胜床第。华堂乐饮自有时，少待擒胡献天子"③，均颇有壮气。此种七言诗，情绪和气势都比较激越慷慨，与杜甫的七律略近。但陆游七言律诗只得杜诗之壮气，杜甫七律的苍茫雄浑却总不能及，正如陆游自己所说的那样——"书希简古终难近，诗慕雄浑苦未成。"④

黄庭坚有一些诗句风格也近于杜诗，如其《登快阁》云："落木千山天远大，澄江一道月分明"⑤，此联阔大高华，与杜诗略似。黄庭坚有一些七言律诗写得较好，如其《寄黄几复》一诗流畅自然，感情也比较真切。此诗的颔联以昔日游宴之乐与今日漂泊之苦相对照，以景写情，较为动人。但黄庭坚的诗虽然学杜，却很少能达到杜诗浑涵汪茫、雄浑阔大的境界。

欧阳修只有一些诗句比较刚健，如他的使北之作《马啮雪》："马饥啮雪渴饮冰，北风卷地来峥嵘。马悲踯躅人不行，日暮途远千山横。"⑥ 又如《风吹沙》："北风吹沙千里黄，马行确荦悲摧藏。当冬万物惨颜色，冰雪射日生光芒。"⑦ 他的一些诗句写得境界阔大，如"百年干戈流战血，

---

① （宋）陆游：《感愤》，《剑南诗稿校注》卷十六，上海古籍出版社 2005 年版，第 1238 页。

② （宋）陆游：《弋阳道中遇大雪》，《剑南诗稿校注》卷十一，上海古籍出版社 2005 年版，第 932 页。

③ （宋）陆游：《前有樽酒行》，《剑南诗稿校注》卷十一，上海古籍出版社 2005 年版，第 868 页。

④ （宋）陆游：《江村》，《剑南诗稿校注》卷六十三，上海古籍出版社 2005 年版，第 3570 页。

⑤ （宋）黄庭坚：《登快阁》，《山谷外集诗注》卷十一，《黄庭坚诗集注》，中华书局 2003 年版，第 1144 页。

⑥ （宋）欧阳修：《马啮雪》，《欧阳修全集》卷六，中华书局 2001 年版，第 92 页。

⑦ （宋）欧阳修：《风吹沙》，《欧阳修全集》卷六，中华书局 2001 年版，第 93 页。

一国歌舞今荒台”[①]，“万树苍烟三峡暗，满川明月一猿哀”[②]，“非乡况复惊残岁，慰客偏宜把酒杯”[③]，“浪得浮名销壮节，羞将白发见青山”[④]，“楚馆尚看淮月色，嵩云应过虎关迎”[⑤]，均于深秀中见苍浑，略有似杜之处。但欧阳修诗学李白，总体上写得比较秀逸。

韩成武先生认为：“七律定型于李峤而成熟于杜甫。”[⑥] 许世荣《杜甫与七言律诗》也认为，“杜甫对七言律诗不仅在表现内容上作了前无古人的创造性开拓，在表现形式方面也作了大胆的创新，为这一诗体的发展开辟了无限广阔的道路”，“杜甫七律的出现，结束了这一诗体的少年时代，而迈入了青壮年时期。由于诗人在形式上、内容上所作的无比深广的创造性开掘，七律一体始可以毫无愧色地与其它各种文学样式相抗衡。杜甫的七言律诗才是这一诗体成熟的标志”。[⑦] 由以上分析可以看出，宋代诗人学习了杜甫七言律诗的风格，并多有收获。

第四节　宋诗中萧淡婉丽的诗风

杜诗中有一种具有萧淡婉丽风格的诗歌。裴斐认为，“栖息草堂是杜诗新风格的形成期”，这个时期，杜甫的诗歌呈现出“萧淡婉丽，近似陶谢”的风格，“真正达到纯熟完美的境界”，“至于柔美的作品，此期则更趋空灵亦更富有生气……萧淡婉丽，细入无间”。[⑧] 宋代诗人对杜诗的此类风格也颇能学习和继承。

苏舜钦在苏州的作品明丽圆熟，颇似杜甫的成都诗。如其《夏中》云：“院僻帘深昼景虚，轻风时见动竿乌。池中绿满池留子，庭下阴多燕

① （宋）欧阳修：《和刘原父澄心纸》，《欧阳修全集》卷五，中华书局 2001 年版，第 90 页。

② （宋）欧阳修：《黄溪夜泊》，《欧阳修全集》卷十，中华书局 2001 年版，第 168 页。

③ （宋）欧阳修：《黄溪夜泊》，《欧阳修全集》卷十，中华书局 2001 年版，第 168 页。

④ （宋）欧阳修：《再至西都》，《欧阳修全集》卷十一，中华书局 2001 年版，第 176 页。

⑤ （宋）欧阳修：《送京西提刑赵学士》，《欧阳修全集》卷十一，中华书局 2001 年版，第 182 页。

⑥ 韩成武：《试论七律的定型与成熟》，《河北大学学报》1997 年第 1 期。

⑦ 许世荣：《杜甫与七言律诗》，《杜甫研究学刊》1994 年第 3 期。

⑧ 许世荣：《杜甫与七言律诗》，《杜甫研究学刊》1994 年第 3 期。

引雏。雨后看儿争坠果，天晴同客曝残书。幽栖未免牵尘世，身世相忘在酒壶。”① 按：此诗作于吴中，诗写夏日幽居之乐。前两联写幽居之景，颈联写幽居人事，尾联写幽居感怀。全诗明丽安和，与杜甫的《江村》非常相似。虽然苏舜钦有的诗歌写得不够细致，锤炼不够，他的诗也有宋人好议论和以文为诗的毛病，但总体上苏舜钦是北宋中期学杜最明显也是最成功的一个。

王安石晚年所作小诗明丽可喜，是王安石集中的精品，被称为“王荆公体”②。他晚年归隐，托兴丘山，故有此种风格的诗作。③ 正如苏轼所云：“荆公暮年诗，始有合处。”④ 这些小诗在内容上多写景状物，在形式上多采用绝句的形式，与杜甫的成都诗颇有暗合之处。如《金陵绝句》：“水际柴门一半开，小桥分路入青苔。背人照影无穷柳，隔屋吹香并是梅。”⑤《游钟山四首》（其一）：“终日看山不厌山，买山终待老山间。山花落尽山长在，山水空流山自闲。”⑥《钟山晚步》：“小雨轻风落楝花，细红如雪点平沙。槿篱竹屋江村路，时见宜城卖酒家。”⑦《钟山绝句二首》（其一）：“涧水无声绕竹流，竹西花草弄春柔。茅檐相对坐终

---

① （宋）苏舜钦：《夏中》，《苏舜钦集编年校注》，巴蜀书社 1991 年版，第 291 页。

② 莫砺锋认为：“‘王荆公体’是指王安石诗的独特风格而言的，它的主要风格特征是既新奇工巧又含蓄深婉，其主要载体是他晚期的绝句。王荆公体既体现了宋诗风貌的部分特征，又体现了向唐诗复归的倾向。王安石在建立宋诗独特风貌的过程中作出了很大贡献，但是最能代表宋诗特色的诗人却不是他而是苏、黄。”见莫砺锋《论王荆公体》，《南京大学学报》1994 年第 1 期。

③ 关于王安石晚年诗风变化及其原因的论述见聂风云《论王安石晚年的心境、诗境与诗风》，《渭南师范学院学报》2004 年第 4 期；方建斌《论王安石后期诗风转变的原因》，《殷都学刊》2001 年第 3 期；徐雪梅《谈王安石晚年的诗风》，《广播电视大学学报》2000 年第 4 期；高林清《心灵深处的痛苦挣扎——王安石晚年绝句解读》，《阴山学刊》2004 年第 5 期。

④ （宋）苏轼：《书荆公暮年诗》，《苏轼佚文汇编》卷五，《苏轼文集》，中华书局 1986 年版，第 2554 页。

⑤ （宋）王安石：《金陵绝句四首》（其一），《王安石全集》卷六十四，上海古籍出版社 1999 年版，第 500 页。

⑥ （宋）王安石：《游钟山四首》（其一），《王安石全集》卷六十四，上海古籍出版社 1999 年版，第 500 页。

⑦ （宋）王安石：《钟山晚步》，《王安石全集》卷六十四，上海古籍出版社 1999 年版，第 501 页。

日，一鸟不鸣山更幽。”①《登飞来峰》：“飞来峰上千寻塔，闻说鸡鸣见日升。不畏浮云遮望眼，自缘身在最高层。”②《出郊》：“川原一片绿交加，深树冥冥不见花。风日有情无处著，初回光景到桑麻。”③《起县舍西亭三首》（其三）：“收功无路去无田，窃食穷城度两年。更作世间儿女态，乱栽花竹养风烟。”④《书湖阴先生壁二首》：“茅檐长扫静无苔，花木成畦手自栽。一水护田将绿绕，两山排闼送青来”；“桑条索漠楝花繁，风敛余香暗度垣。黄鸟数声残午梦，尚疑身在半山园”。⑤《泊船瓜洲》：“京口瓜洲一水间，钟山只隔数重山。春风又绿江南岸，明月何时照我还。”⑥ 王安石的这些诗与杜甫成都诗风格接近，并已隐约开了南宋杨万里的先声。

综上可见，一部分宋代诗歌在风格上逼近杜诗，使杜诗风格在宋诗中得以重现。杜甫的五言律诗具有多种风格，但他沉郁顿挫的五言律诗最具代表性，取得的成就也最高，陈师道、陈与义、陆游等诗人学习了杜诗的此种风格。宋代诗人也学习杜甫的七言律诗，苏轼、苏辙的诗歌颇有老杜七律老健疏放的风格。杜甫浑涵汪茫、雄浑悲壮的七言律诗代表了杜诗七律的最高成就，陈与义学习杜诗的这种风格最为成功。此外，苏舜钦、王安石等学习了杜诗萧淡婉丽的风格。宋代出现了在风格上接近杜甫的诗人，这是这个时期学杜的最大创获。

---

① （宋）王安石：《钟山绝句二首》（其一），《王安石全集》卷六十四，上海古籍出版社1999年版，第501页。

② （宋）王安石：《登飞来峰》，《王安石全集》卷六十四，上海古籍出版社1999年版，第514页。

③ （宋）王安石：《出郊》，《王安石全集》卷六十七，上海古籍出版社1999年版，第515页。

④ （宋）王安石：《起县舍西亭三首》（其三），《王安石全集》卷六十七，上海古籍出版社1999年版，第517页。

⑤ （宋）王安石：《书湖阴先生壁二首》，《王安石全集》卷六十八，上海古籍出版社1999年版，第525页。

⑥ （宋）王安石：《泊船瓜洲》，载钱锺书《宋诗选注》，人民文学出版社1958年版，第48页。

第五章

杜诗艺术技巧与宋诗

杜甫的人格和诗歌艺术对宋诗产生了极大的影响，直接影响了宋代诗坛的风气，并最终影响到宋诗整体风格的形成。特别是宋代诗人非常注重对杜诗诗歌技巧的学习，本章将对宋代诗歌学习杜诗诗歌技巧的几个方面进行论述。

第一节　宋诗中的“当句对”

杜甫诗中喜用“当句对”。如“戎马不如归马逸，千家今有百家存”，“南京久客耕南亩，北望伤神坐北窗”，“自来自去梁上燕，相亲相近水中鸥”，“此日此时人共得，一谈一笑俗相看”，“即从巴峡穿巫峡，便下襄阳向洛阳”，“桃花细逐杨花落，黄鸟时兼白鸟飞”等。杜甫首次把“当句对”的对仗形式引入七律作品。[①] 受杜甫的影响，宋代的很多诗人在诗歌创作中都大量使用“当句对”。

北宋中期，梅尧臣、苏舜钦、欧阳修、王安石、苏辙等诗人都在自己的诗歌中使用了“当句对”。梅尧臣勤于创作，一生留下的诗歌有二千八百首之多。他诗风平淡，在其诗歌中使用了一些“当句对”。如其《寄酬发运许主客》云：“一浮一没水中鸟，更远更昏天外山。”[②]《春日拜垅

---

① 韩成武：《杜甫在中国诗歌史上的十个创新之举》，《济南大学学报》2006年第2期。

② （宋）梅尧臣：《寄酬发运许主客》，《梅尧臣诗选》，人民文学出版社1980年版，第123页。

经田家》："南岭禽过北岭叫，高田水入低田流。"[①]《次韵答黄仲夫七十韵》："肯为浊河浊，愿作清济清。"[②]《和刘原甫复雨寄永叔》："乍冷乍阴将禁火，自开自掩不关扉。"[③] 苏舜钦官职虽卑，却关心国事，他曾数次上书言朝廷大事，他的诗歌也比较能够反映民生疾苦。他的诗歌学习杜甫，但使用"当句对"较少，其《吴江岸》之"晓色兼秋色，蝉声杂鸟声"使用了这种句法。[④]"当句对"在欧阳修诗中也有一些，如"白沙飞白鸟，青障合青萝"[⑤]，"红笺搦管吟红药，绿酒盈尊舞绿鬟"[⑥]。他的词中亦有此体，如他在《浣溪沙》中就有"乍雨乍晴花自落，闲愁闲闷昼偏长"[⑦] 这样的句子。王安石和苏辙都非常熟悉杜诗，王安石的"水南水北重重柳，山后山前处处梅"[⑧]，"北涧欲通南涧水，南山正绕北山云"[⑨]，以及苏辙的"安心已得安心法，乐土偏令乐事多"[⑩]，"梦险曾非险，觉迷终不迷"[⑪]，"欲去天公未遣去，久留敝宅恐难留"[⑫]，"一雨一凉秋向晚，似安似病老相侵"[⑬] 等，都使用了这种句法。

---

① （宋）梅尧臣：《春日拜垅经田家》，《梅尧臣诗选》，人民文学出版社 1980 年版，第 134 页。

② （宋）梅尧臣：《次韵答黄仲夫七十韵》，《梅尧臣诗选》，人民文学出版社 1980 年版，第 134 页。

③ （宋）梅尧臣：《和刘原甫复雨寄永叔》，《梅尧臣诗选》，人民文学出版社 1980 年版，第 134 页。

④ （宋）苏舜钦：《吴江岸》，《苏舜钦集编年校注》，巴蜀书社 1991 年版，第 304 页。

⑤ （宋）欧阳修：《下劳津》，《欧阳修全集》卷九，中华书局 2001 年版，第 167 页。

⑥ （宋）欧阳修：《答子华舍人退朝小饮官舍》，《欧阳修全集》卷十二，中华书局 2001 年版，第 200 页。

⑦ （宋）欧阳修：《浣溪沙》，《欧阳修全集》卷一百三十三，中华书局 2001 年版，第 2040 页。

⑧ （宋）王安石：《庚申游齐安院》，《王安石全集》卷六十三，上海古籍出版社 1999 年版，第 494 页。

⑨ （宋）王安石：《江雨》，《王安石全集》卷七十二，上海古籍出版社 1999 年版，第 556 页。

⑩ （宋）苏辙：《康乐楼》，《栾城后集》卷二，《苏辙集》，中华书局 1990 年版，第 891 页。

⑪ （宋）苏辙：《索居三首》，《栾城后集》卷三，《苏辙集》，中华书局 1990 年版，第 910 页。

⑫ （宋）苏辙：《七十吟》，《栾城三集》卷一，《苏辙集》，中华书局 1990 年版，第 1162 页。

⑬ （宋）苏辙：《秋雨》，《栾城三集》卷三，《苏辙集》，中华书局 1990 年版，第 1190 页。

北宋后期，以黄庭坚为首的江西诗派，注重对杜诗的句法和艺术技巧的学习。黄庭坚也大量使用杜甫喜用的“当句对”，如“野水自添田水满，晴鸠却唤雨鸠归”。[①] 再如：“作云作雨手翻覆，得马失马心清凉……一丘一壑可曳尾，三沐三衅取刳肠。”[②] 一首之中两用“当句对”。又“骑驴觅驴但可笑，非马喻马亦成痴”[③]，“春风春雨花经眼，江北江南水拍天”[④]，“梦鹿分真鹿，无鸡应木鸡”[⑤]，“美人美人隔湘水，其雨其雨怨朝阳”[⑥]。又“迷时今日如前日，悟后今年似去年”[⑦]，“小德有为因有累，至神无用故无功”[⑧]。

陈师道也喜欢使用杜诗句法，黄庭坚就说：“陈无己，天下士也……其作诗深得老杜之句法，今之诗人，不能当也。”[⑨] 他对杜诗中常用的“当句对”亦偶尔用之，如“欲入帝城须帝力，且寻诗社著诗勋”[⑩]，“短短长长柳，三三五五星”[⑪]，都是“当句对”。秦观的“莫夸春色期秋色，

---

① （宋）黄庭坚：《自巴陵略平江临湘入通城无日不雨至黄龙奉谒清禅师继而晚晴邂逅禅客戴道纯欵语作长句呈道纯》，《山谷诗集注》卷十六，《黄庭坚诗集注》，中华书局 2003 年版，第 586 页。

② （宋）黄庭坚：《梦中和觞字韵》，《山谷诗集注》卷十八，《黄庭坚诗集注》，中华书局 2003 年版，第 622 页。

③ （宋）黄庭坚：《寄黄龙清老三首》（其三），《山谷诗集注》卷二十，《黄庭坚诗集注》，中华书局 2003 年版，第 708 页。

④ （宋）黄庭坚：《次元明韵寄子由》，《山谷外集诗注》卷九，《黄庭坚诗集注》，中华书局 2003 年版，第 1073 页。

⑤ （宋）黄庭坚：《次韵吉老十小诗》（其六），《山谷外集诗注》卷十三，《黄庭坚诗集注》，中华书局 2003 年版，第 1221 页。

⑥ （宋）黄庭坚：《古风次韵答初和甫二首》（其二），《山谷外集诗注》卷十四，《黄庭坚诗集注》，中华书局 2003 年版，第 1272 页。

⑦ （宋）黄庭坚：《杂诗》，《山谷别集诗注》卷下，《黄庭坚诗集注》，中华书局 2003 年版，第 1486 页。

⑧ （宋）黄庭坚：《和吕秘丞》，《山谷诗外集补》卷四，《黄庭坚诗集注》，中华书局 2003 年版，第 1708 页。

⑨ 见（宋）魏衍《彭城陈先生集记》，《后山诗注补笺》卷首，中华书局 1995 年版，第 32 页。

⑩ （宋）陈师道：《寄亳州何郎中二首》（之一），《后山诗注补笺》卷八，中华书局 1995 年版，第 303 页。

⑪ （宋）陈师道：《夜句三首》（之三），《后山诗注补笺》卷九，中华书局 1995 年版，第 322 页。

未信桃花胜菊花”[①]，使用了“当句对”。张耒的“船来船去知多少，桥北桥南常别离”[②]，“路穷流水远更远，目断夕阳西复西”[③]，“莫谓无情即无语，春风传意水传愁”[④]，也都使用了“当句对”。

南宋前期是两宋学杜的高潮期，这个时期江西诗派的势力和影响在逐步减小，而宋诗的典型风格已经形成。这个时期的诗人对杜诗有了更深的认识，也注重学习杜诗的句法。陈与义在其诗歌中广泛使用了“当句对”，如“诗情不与岁情阑，春气犹兼水气寒”[⑤]，“未暇藏身北山北，且须觅地西枝西”[⑥]（按：“西枝西”用杜甫在西枝村觅地暂居事），又“虽然山上山，政尔吏非吏”[⑦]，“但修天爵膺人爵，始信书堂有玉堂”[⑧]。

杨万里在《与长孺共读杜诗》中说“一卷杜诗揉欲烂”[⑨]，可见他非常熟悉杜诗。他自负地说：“觅句深参少陵髓。”[⑩] 他甚至会梦到杜甫和自己谈论诗歌句法：“忽梦少陵谈句法，劝参庾信谒阴铿。”[⑪] 他使用的“当句对”较多，其《过宜福桥》“是田是沼浑难辨，何地何村不一同”，[⑫]

---

① （宋）秦观：《处州闲题》，《秦观集编年校注》卷十四，人民文学出版社2001年版，第309页。

② （宋）张耒：《北桥送客》，《张耒集》卷二十一，中华书局1990年版，第369页。

③ （宋）张耒：《登楚望北楼》，《张耒集》卷二十三，中华书局1990年版，第413页。

④ （宋）张耒：《偶题二首》，《张耒集》卷二十九，中华书局1990年版，第508页。

⑤ （宋）陈与义：《即席重赋且约再游二首》（其二），《陈与义集校笺》卷五，上海古籍出版社1990年版，第126页。

⑥ （宋）陈与义：《述怀呈十七家叔》，《陈与义集校笺》卷九，上海古籍出版社1990年版，第227页。

⑦ （宋）陈与义：《同叔易于观我斋分韵得自字》，《陈与义集校笺》卷九，上海古籍出版社1990年版，第131页。

⑧ （宋）陈与义：《次周漕示族人韵》，《陈与义集校笺》卷二十六，上海古籍出版社1990年版，第732页。

⑨ （宋）杨万里：《与长孺共读杜诗》，《诚斋集》卷四二《退休集》，《全宋诗》卷二三一六，北京大学出版社1998年版，第26653页。

⑩ （宋）杨万里：《和九叔知县昨游长句》，《诚斋集》卷四《江湖集》，《全宋诗》卷二二七八，北京大学出版社1998年版，第26126页。

⑪ （宋）杨万里：《书王右丞诗后》，《诚斋集》卷七《江湖集》，《全宋诗》卷二二八一，北京大学出版社1998年版，第26159页。

⑫ （宋）杨万里：《过宜福桥》，《诚斋集》卷三三《江东集》，《全宋诗》卷二三〇七，北京大学出版社1998年版，第26518页。

《风花》“身行楚峤远更远，家寄秦淮东复东”①，《春夜孤坐》“诗句行来行去里，情怀不醉不醒中”②，此均为“当句对”。又杨万里“春去春来浑是梦，花开花落若为情”③，“红红白白花临水，碧碧黄黄麦际天”④，“一生怕热常逢热，千里还家未到家”⑤，“辛勤送客了未了，珍重顺风催复催”⑥，“今日非昨日，南风转北风”⑦，“旧雨仍新雨，今年胜去年”⑧，“行春莫放一日一，修禊仍逢三月三”⑨，“却入青原更青处，饱看黄本硬黄书”⑩，“无夕不谈谈不睡，看薪成火火成灰”⑪ 等，亦均为“当句对”。

范成大对诗歌的句法较为讲究，他在诗中也使用了一些“当句对”，如“前山忽接后山暗，暑雨全如秋雨寒”⑫，“三登三降冈始断，一步一休日欲斜”⑬，“旧雨云招新雨至，高田水入下田鸣”⑭，“愁水愁风吹帽

---

① （宋）杨万里：《风花》，《诚斋集》卷三四《江东集》，《全宋诗》卷二三〇八，北京大学出版社 1998 年版，第 26529 页。

② （宋）杨万里：《春夜孤坐》，《诚斋集》卷一二《荆溪集》，《全宋诗》卷二二八六，北京大学出版社 1998 年版，第 26235 页。

③ （宋）杨万里：《和张功父闻子规》，《诚斋集》卷二四《江西道院集》，《全宋诗》卷二二九八，北京大学出版社 1998 年版，第 26393 页。

④ （宋）杨万里：《过杨村》，《诚斋集》卷二四《江西道院集》，《全宋诗》卷二二九八，北京大学出版社 1998 年版，第 26395 页。

⑤ （宋）杨万里：《五月一日过贵溪舟中苦热》，《诚斋集》卷二四《江西道院集》，《全宋诗》卷二二九八，北京大学出版社 1998 年版，第 26400 页。

⑥ （宋）杨万里：《晓出洪泽霜晴风顺》，《诚斋集》卷二九《朝天续集》，《全宋诗》卷二三〇三，北京大学出版社 1998 年版，第 26469 页。

⑦ （宋）杨万里：《过淮阴县》，《诚斋集》卷三〇《朝天续集》，《全宋诗》卷二三〇四，北京大学出版社 1998 年版，第 26476 页。

⑧ （宋）杨万里：《和周仲容春日二律句》，《诚斋集》卷三《江湖集》，《全宋诗》卷二二七七，北京大学出版社 1998 年版，第 26106 页。

⑨ （宋）杨万里：《三月三日雨作遣闷十绝句》，《诚斋集》卷三《江湖集》，《全宋诗》卷二二七七，北京大学出版社 1998 年版，第 26104 页。

⑩ （宋）杨万里：《贺澹庵先生胡侍即新居落成二首》，《诚斋集》卷三《江湖集》，《全宋诗》卷二二七七，北京大学出版社 1998 年版，第 26107 页。

⑪ （宋）杨万里：《送周仲觉访来又别》，《诚斋集》卷五《江湖集》，《全宋诗》卷二二七九，北京大学出版社 1998 年版，第 26132 页。

⑫ （宋）范成大：《积雨蒸润体中不佳颇思故居之乐戏书呈子文》，《范石湖集》卷五，上海古籍出版社 1981 年版，第 61 页。

⑬ （宋）范成大：《覆盆铺》，《范石湖集》卷十五，上海古籍出版社 1981 年版，第 205 页。

⑭ （宋）范成大：《垫江县》，《范石湖集》卷十六，上海古籍出版社 1981 年版，第 224 页。按：此出梅尧臣《春日拜垅经田家》“南岭禽过北岭叫，高田水入低田流”。

后，作云作雨授衣初”[1]。

这个时期使用“当句对”最多的是陆游，试举例说明。陆游《新滩舟中作》“九年行半九州地，三峡归无三日程”[2]，《园中赏梅》“春前春后百回醉，江北江南千里愁”[3]，《示儿》“早茶采尽晚茶出，小麦方秀大麦黄”[4]，《今年立冬后菊方盛开小饮》“野实似丹仍似漆，村醪如蜜复如齑”[5]，《寄宇文成州》“复起卿当用卿法，长闲吾实爱吾庐”[6]，《秋日出游戏作》“半醒半醉人争看，是圣是凡谁得知”[7]，《暮春》“燕去燕来还过日，花开花落即经春”[8]，又“官情已尽诗情在，世味无馀睡味长”[9]，“风力渐添帆力健，橹声常杂雁声悲”[10]，“磊落人为磊落州，滕王阁望越王楼”[11]，“巴东峡里最初峡，天下泉中第四泉”[12]，“关北关南霜露寒，瀼东瀼西山谷盘”[13]，“客中常欠尊中酒，马上时看檐上花”[14]，“不堪酒渴兼

---

① （宋）范成大：《离池阳十里清溪口复阻风》，《范石湖集》卷二十，上海古籍出版社1981年版，第278页。

② （宋）陆游：《新滩舟中作》，《剑南诗稿校注》卷十，上海古籍出版社2005年版，第790页。

③ （宋）陆游：《园中赏梅》，《剑南诗稿校注》卷十二，上海古籍出版社2005年版，第940页。

④ （宋）陆游：《示儿》，《剑南诗稿校注》卷二十二，上海古籍出版社2005年版，第1663页。

⑤ （宋）陆游：《今年立冬后菊方盛开小饮》，《剑南诗稿校注》卷二十五，上海古籍出版社2005年版，第1663页。

⑥ （宋）陆游：《寄宇文成州》，《剑南诗稿校注》卷二十六，上海古籍出版社2005年版，第1851页。

⑦ （宋）陆游：《秋日出游戏作》，《剑南诗稿校注》卷二十七，上海古籍出版社2005年版，第1908页。

⑧ （宋）陆游：《暮春》，《剑南诗稿校注》卷三十五，上海古籍出版社2005年版，第2318页。

⑨ （宋）陆游：《客叩门多不能接往往独坐至晚戏作》，《剑南诗稿校注》卷三十八，上海古籍出版社2005年版，第2475页。

⑩ （宋）陆游：《望江道中》，《剑南诗稿校注》卷一，上海古籍出版社2005年版，第84页。

⑪ （宋）陆游：《寄答绵州杨齐伯左司》，《剑南诗稿校注》卷一，上海古籍出版社2005年版，第86页。

⑫ （宋）陆游：《虾蟆碚》，《剑南诗稿校注》卷二，上海古籍出版社2005年版，第164页。

⑬ （宋）陆游：《初冬野兴》，《剑南诗稿校注》卷二，上海古籍出版社2005年版，第207页。

⑭ （宋）陆游：《和范舍人书怀》，《剑南诗稿校注》卷八，上海古籍出版社2005年版，第639页。

消渴，起听江声杂雨声”[①]，此类均是。

其实，陆游集中的“当句对”虽然是用心之作，却并非处处使用得当。在很多地方，使用“当句对”反而使他的诗歌显得油滑。如：《示儿子》“为农为士亦奚异，事国事亲惟不欺”[②]，《纪怀》“半醒半醉常终日，非士非农一老翁”[③]，《风雨》“因思世事悲身世，更听风声杂雨声”[④]，《示子虡》“聿弟元知是难弟，德儿稍长岂常儿”[⑤]，《病齿》“似病非病臂已瘳，当堕未堕齿难留”[⑥]，《暮秋》“舍前舍后养鱼塘，溪北溪南打稻场”[⑦]，《杂题》“半饱半饥穷境界，知晴知雨病形骸”[⑧]，《醉中绝句》“有山有水登临地，无病无愁啸傲身”[⑨]，《村饮》“雪前雪后梅初动，街北街南酒易赊”[⑩]，《书况》“鸦去鸦归还过日，花开花落又经春”[⑪]，《村居》“造物与闲仍与健，乡人知老不知年”[⑫]，《书怀》“不饥不寒万事足，

① （宋）陆游：《忠州醉归舟中作》，《剑南诗稿校注》卷十，上海古籍出版社 2005 年版，第 783 页。

② （宋）陆游：《示儿子》，《剑南诗稿校注》卷四十一，上海古籍出版社 2005 年版，第 2581 页。

③ （宋）陆游：《纪怀》，《剑南诗稿校注》卷四十二，上海古籍出版社 2005 年版，第 2625 页。

④ （宋）陆游：《风雨》，《剑南诗稿校注》卷四十四，上海古籍出版社 2005 年版，第 2744 页。

⑤ （宋）陆游：《示子虡》，《剑南诗稿校注》卷四十八，上海古籍出版社 2005 年版，第 2903 页。

⑥ （宋）陆游：《病齿》，《剑南诗稿校注》卷五十九，上海古籍出版社 2005 年版，第 3401 页。

⑦ （宋）陆游：《暮秋》，《剑南诗稿校注》卷五十九，上海古籍出版社 2005 年版，第 3410 页。

⑧ （宋）陆游：《杂题》，《剑南诗稿校注》卷六十六，上海古籍出版社 2005 年版，第 3725 页。

⑨ （宋）陆游：《醉中绝句》，《剑南诗稿校注》卷六十八，上海古籍出版社 2005 年版，第 3821 页。

⑩ （宋）陆游：《村饮》，《剑南诗稿校注》卷六十九，上海古籍出版社 2005 年版，第 3858 页。

⑪ （宋）陆游：《书况》，《剑南诗稿校注》卷七十五，上海古籍出版社 2005 年版，第 4120 页。

⑫ （宋）陆游：《村居》，《剑南诗稿校注》卷五十四，上海古籍出版社 2005 年版，第 3183 页。

有山有水一生闲"[①]，《衰疾》"旧叨刻印俄销印，老愧弹冠亟挂冠"[②]，等等。这样的"当句对"都显得比较油滑，反而影响了诗意的传达。正如钱锺书所云："放翁自作诗，正不免轻滑之病。"[③]

南宋后期诗人也使用了一些"当句对"。如文天祥"命有死时名不死，身无忧处道还忧"[④]；汪元量"莫思后事悲前事，且向天涯到海涯"[⑤]，"山林虽乐元非乐，尘世多魔未是魔"[⑥]，"车笠自来还自去，笳箫如怨复如愁"[⑦]；谢枋得"三起三眠时运化，一生一死梦天常；[⑧]"徐玑"春水生时都是水，西山青外别无山"[⑨]。此类均是。

第二节 宋诗中"时空并驭"的对仗

杜甫经常使用一种"时空并驭"的对仗，如"万里悲秋常作客，百年多病独登台"，"洛城一别四千里，胡骑长驱五六年"，"乾坤万里眼，时序百年心"，"吴楚东南坼，乾坤日夜浮"，"锦江春色来天地，玉磊浮云变古今"等皆是。韩成武先生说："杜甫'时空并驭'的手法，常用于表达漂泊岁月中的时局感受。每每在一联语中，兼出时、空两种意念。而且经常使用'百年'、'万里'、'日月'、'乾坤'等词语，极力扩展时、空的程度，造成悲壮深沉的诗境。"[⑩] 宋代诗人对这种句法也颇多模拟。

---

① （宋）陆游：《书怀》，《剑南诗稿校注》卷五十四，上海古籍出版社2005年版，第3184页。

② （宋）陆游：《衰疾》，《剑南诗稿校注》卷五十七，上海古籍出版社2005年版，第3322页。

③ 钱锺书：《谈艺录》，中华书局1984年版，第115页。

④ （宋）文天祥：《己卯十月一日至燕越五日罹狴犴有感而赋》，《文山先生全集》卷十五《吟啸集》，中国书店1985年版，第386页。

⑤ （宋）汪元量：《吴江》，《汪元量集校注》卷二，浙江古籍出版社1999年版，第41页。

⑥ （宋）汪元量：《惠山值雨》，《汪元量集校注》卷二，浙江古籍出版社1999年版，第44页。

⑦ （宋）汪元量：《登蓟门用家则堂韵》，《汪元量集校注》卷三，浙江古籍出版社1999年版，第96页。

⑧ （宋）谢枋得：《蚕》，《谢叠山全集校注》卷五，华东师范大学出版社1994年版，第144页。

⑨ （宋）徐玑：《登滕王阁》，《二薇亭诗集》卷下，《永嘉四灵诗集》，上海古籍出版社1985年版，第144页。

⑩ 韩成武：《杜诗艺谭》，河北教育出版社2002年版，第45页。

如黄庭坚《寄怀公寿》:“智愚相悬三十里，荣枯同有百余年。”[①] 陈师道“海外三年谪，天南万里行”[②]，“早作千年调，中怀万斛愁”[③]，“万里可堪长作客，一年将尽未还家”[④]。张耒“山川老去三年泪，关塞秋来万里愁”[⑤]，“千里尘埃常旅泊，五年忧患困侵凌”[⑥]，“身老易伤千里目，眼惊还见一年花”[⑦]，“旅饭二年无此味，故园千里几时还”[⑧]。秦观“不因名动五千里，岂见文高二百年”[⑨]。这些诗句都使用了这种句法。

陈与义也经常使用这种“时空并驭”的句法，如“万里功名路，三生翰墨身”[⑩]，“百年今日胜，万里此生浮”[⑪]，“十年白社空看镜，万里青天一岸巾”[⑫]，“四年孤臣泪，万里游子色”[⑬]，“万里回头看北斗，三更不寐听鸣榔”[⑭]，“十年去国九行旅，万里逢公一欠伸”[⑮]，“百年痴黠不相

---

① （宋）黄庭坚:《寄怀公寿》,《山谷外集诗注》卷一,《黄庭坚诗集注》，中华书局2003年版，第788页。

② （宋）陈师道:《怀远》,《后山诗注补笺》卷九，中华书局1995年版，第343页。

③ （宋）陈师道:《元符三年七月蒙恩复除棣学喜而成诗》,《后山诗注补笺》卷十，中华书局1995年版，第375页。

④ （宋）陈师道:《和富中容朝散值雨感怀》,《后山逸诗笺》卷下,《后山诗注补笺》，中华书局1995年版，第546页。

⑤ （宋）张耒:《遣兴次韵和晁应之四首》（其四),《张耒集》卷二十二，中华书局1990年版，第394页。

⑥ （宋）张耒:《宿泗州戒坛院》,《张耒集》卷二十三，中华书局1990年版，第410页。

⑦ （宋）张耒:《同袁思正诸公登楚州东园楼》,《张耒集》卷二十三，中华书局1990年版，第412页。

⑧ （宋）张耒:《春日》,《张耒集》卷二十五，中华书局1990年版，第439页。

⑨ （宋）秦观:《客有传朝议欲以子瞻使高丽大臣有惜其去者白罢之作诗以纪其事》,《秦观集编年校注》卷八，人民文学出版社2001年版，第171页。

⑩ （宋）陈与义:《翁高邮挽诗》,《陈与义集校笺》卷十一，上海古籍出版社1990年版，第304页。

⑪ （宋）陈与义:《纵步至董氏园亭三首》（其一),《陈与义集校笺》卷十五，上海古籍出版社1990年版，第429页。

⑫ （宋）陈与义:《景纯再示佳什殆无遗巧勉成二章一以报佳贶一以自贻》（其二),《陈与义集外集校笺》,《陈与义集校笺》，上海古籍出版社1990年版，第931页。

⑬ （宋）陈与义:《己酉九月自巴丘过湖南别粹翁》,《陈与义集校笺》卷二十二，上海古籍出版社1990年版，第633页。

⑭ （宋）陈与义:《江行野宿寄大光》,《陈与义集校笺》卷二十四，上海古籍出版社1990年版，第653页。

⑮ （宋）陈与义:《赠漳州守綦叔后》,《陈与义集校笺》卷二十八，上海古籍出版社1990年版，第774页。

补，万事悲欢岂可期”①，“冥冥万里风，淅淅三更雨”②，“一代名超古，千年泪染衣”③。这显然也是陈与义刻意学杜的结果。

这种形式的对仗在陆游集中也比比皆是。例如：陆游《秋夜书怀》“乡远每劳千里梦，雨悭未放九秋凉”④，《雨后独登拟岘台》“谁能招唤三秋月？我欲凭陵万里风”⑤，《闻虏政衰乱扫荡有期喜成口号》“天开地辟逢千载，雷动风行遍九州”⑥，《衰病》“万里秋风吹鬓发，百年世事叹头颅”⑦，《严州大阅》“清渭十年真昨梦，玉关万里又秋风”⑧，《到家旬余意味甚适戏书》“欲酬清净三生愿，先洗功名万里心”⑨，《题湖边旗亭》“八千里外狂渔父，五百年前旧酒楼”⑩，《闻虏乱》“百年身易老，万里志犹存”⑪，《览镜》“三万里天供醉眼，两千年事入悲歌”⑫，《有叟》“凭阑秋万里，闭户醉经年”⑬，《自遣》“睡少未成千里梦，愁深先

① （宋）陈与义：《白黄岩县舟行入台州》，《陈与义集校笺》卷二十八，上海古籍出版社1990年版，第780页。

② （宋）陈与义：《喜雨》，《陈与义集校笺》卷二十八，上海古籍出版社1990年版，第788页。

③ （宋）陈与义：《刘大资挽词二首》（其一），《陈与义集校笺》卷二十九，上海古籍出版社1990年版，第811页。

④ （宋）陆游：《秋夜书怀》，《剑南诗稿校注》卷十一，上海古籍出版社2005年版，第902页。

⑤ （宋）陆游：《雨后独登拟岘台》，《剑南诗稿校注》卷十二，上海古籍出版社2005年版，第968页。

⑥ （宋）陆游：《闻虏政衰乱扫荡有期喜成口号》，《剑南诗稿校注》卷十六，上海古籍出版社2005年版，第1285页。

⑦ （宋）陆游：《衰病》，《剑南诗稿校注》卷十九，上海古籍出版社2005年版，第1457页。

⑧ （宋）陆游：《严州大阅》，《剑南诗稿校注》卷十九，上海古籍出版社2005年版，第1460页。

⑨ （宋）陆游：《到家旬余意味甚适戏书》，《剑南诗稿校注》卷二十一，上海古籍出版社2005年版，第1599页。

⑩ （宋）陆游：《题湖边旗亭》，《剑南诗稿校注》卷二十二，上海古籍出版社2005年版，第1634页。

⑪ （宋）陆游：《闻虏乱》，《剑南诗稿校注》卷二十二，上海古籍出版社2005年版，第1644页。

⑫ （宋）陆游：《览镜》，《剑南诗稿校注》卷二十三，上海古籍出版社2005年版，第1682页。

⑬ （宋）陆游：《有叟》，《剑南诗稿校注》卷二十三，上海古籍出版社2005年版，第1701页。

怯五更钟”[①]，《戏题酒家壁》“百年此际成遗老，万里当时赋远游”[②]，《初夏出游》“安西万里人何在？广武千年恨未平”[③]，《独坐》“六十年前故人尽，八千里外寄书稀”[④]。此外还有：“道路半年行不到，江山万里看无穷”[⑤]，“簿书未破三年梦，杖履先寻百尺楼”[⑥]，“十年尘土青衫色，万里江山画角声”[⑦]，“四海道途行太半，百年光景近中分”[⑧]，“九万里中鲲自化，一千年外鹤仍归”[⑨]，“万里因循成久客，一年容易又秋风”[⑩]，“万里风尘旧朝士，百年铅椠老书生”[⑪]，“世态十年看烂熟，家山万里梦依稀”[⑫]，“慵追万里骑鲸客，且伴千年化鹤仙”[⑬]，“夜湿三更清露坠，眼明万里片云明”[⑭]，“万里客魂迷楚峡，五更归梦隔胥涛”[⑮]，等等。“时空并驭”，容易形成诗歌的高壮气象，但使用太多，开卷即是“千年”“万

---

① （宋）陆游：《自遣》，《剑南诗稿校注》卷三十八，上海古籍出版社 2005 年版，第 2441 页。

② （宋）陆游：《戏题酒家壁》，《剑南诗稿校注》卷四十四，上海古籍出版社 2005 年版，第 2735 页。

③ （宋）陆游：《初夏出游》，《剑南诗稿校注》卷六十六，上海古籍出版社 2005 年版，第 3732 页。

④ （宋）陆游：《独坐》，《剑南诗稿校注》卷七十九，上海古籍出版社 2005 年版，第 4271 页。

⑤ （宋）陆游：《水亭有怀》，《剑南诗稿校注》卷二，上海古籍出版社 2005 年版，第 154 页。

⑥ （宋）陆游：《登江楼》，《剑南诗稿校注》卷二，上海古籍出版社 2005 年版，第 178 页。

⑦ （宋）陆游：《晚晴闻角有感》，《剑南诗稿校注》卷二，上海古籍出版社 2005 年版，第 194 页。

⑧ （宋）陆游：《雨后登西楼独酌》，《剑南诗稿校注》卷四，上海古籍出版社 2005 年版，第 350 页。

⑨ （宋）陆游：《寓驿舍》，《剑南诗稿校注》卷五，上海古籍出版社 2005 年版，第 430 页。

⑩ （宋）陆游：《宴西楼》，《剑南诗稿校注》卷五，上海古籍出版社 2005 年版，第 432 页。

⑪ （宋）陆游：《秋思》，《剑南诗稿校注》卷五，上海古籍出版社 2005 年版，第 443 页。

⑫ （宋）陆游：《过野人家有感》，《剑南诗稿校注》卷七，上海古籍出版社 2005 年版，第 574 页。

⑬ （宋）陆游：《待青城道人不至》，《剑南诗稿校注》卷七，上海古籍出版社 2005 年版，第 600 页。

⑭ （宋）陆游：《十日夜月中马上作》，《剑南诗稿校注》卷七，上海古籍出版社 2005 年版，第 607 页。

⑮ （宋）陆游：《和范待制秋兴》，《剑南诗稿校注》卷七，上海古籍出版社 2005 年版，第 612 页。

里”，也易成俗调。

范成大也偶尔用到“时空并驭”的句法，如“五更贯索埋光后，万里钩陈放仗时”①，“两年池上经行处，万里天边未去人”②，等等。

宋末的文天祥、汪元量也使用这种句法，如文天祥“梦与千年接，心遂万里施”③，汪元量“十年不见身为累，万里相逢舌尚存”④，此类均是。

第三节 宋代诗人对诗句的锤炼

宋代诗人普遍重视诗句的锤炼，这是杜甫以来精心锤炼语言的传统所产生的影响。

江西诗派非常注重学习杜诗法度，注重诗句的锤炼。以黄庭坚为例，他诗歌中的一些对仗比较用心，如其“平生几两屐，身后五车书”⑤，“与世浮沉唯酒可，随人忧乐以诗鸣”⑥，“落木千山天远大，澄江一道月分明”⑦，这些诗句显然都是反复锤炼而来的。黄庭坚《寄黄几复》云：“我居北海君南海，寄雁传书谢不能。桃李春风一杯酒，江湖夜雨十年灯。持家但有四立壁，治病不蕲三折肱。想得读书头已白，隔溪猿哭瘴溪藤。”⑧ 此诗就流畅自然，感情也比较真切。颔联是其集中名句，上句回忆昔日游宴之乐，在和煦的春风中，一边观赏盛开的桃李花，一边和

---

① （宋）范成大：《冬至日天庆观朝拜云日晴丽遥想郊禋庆成作欢喜口号》，《范石湖集》卷十七，上海古籍出版社 1981 年版，第 241 页。

② （宋）范成大：《十一月十日海云赏山茶》，《范石湖集》卷十七，上海古籍出版社 1981 年版，第 241 页。

③ （宋）文天祥：《病中作》，《文山先生全集》卷二，中国书店 1985 年版，第 37 页。

④ （宋）汪元量：《幽州送景僧录归钱塘》，《汪元量集校注》卷三，浙江古籍出版社 1999 年版，第 104 页。

⑤ （宋）黄庭坚：《和答钱穆父咏猩猩毛笔》，《山谷诗集注》卷三，《黄庭坚诗集注》，中华书局 2003 年版，第 149 页。

⑥ （宋）黄庭坚：《再次韵兼简履中南玉三首》（其二），《山谷诗集注》卷十三，《黄庭坚诗集注》，中华书局 2003 年版，第 477 页。

⑦ （宋）黄庭坚：《登快阁》，《山谷外集诗注》卷十一，《黄庭坚诗集注》，中华书局 2003 年版，第 1144 页。

⑧ （宋）黄庭坚：《寄黄几复》，《山谷诗集注》卷二，《黄庭坚诗集注》，中华书局2003 年版，第 90 页。

朋友举杯畅饮。下句写而今好事不在，自己独对残灯，寂寞听雨，流落江湖已经十年。昔日游宴之乐与今日漂泊之苦相对照，以景语写情怀，较为动人，这显然也是反复锤炼而来。

陈师道也很重视诗歌语言的锤炼。陈师道《赠二苏公》中有“桂椒柟栌枫柞樟”“严王陈李司马扬”这样的句子，[①] 前一句全部是木字部首，指七种木材，后一句全部使用人名，七字代表六个人名，这种句式不一定好，却是用心经营的结果。陈师道诗歌颇有杜甫“语不惊人死不休”的意味，如其《和江秀才献花三首》（其二）云：“疏花得雨数枝黄，白鬓缘愁百尺长。”[②] 上句“疏”“数”同音，下句“白”“百”同音，且同音字在上下句的位置也是相对的，这都是他的用心之处。又其《赠欧阳叔弼》“岁历四三仍此地，家馀五一见今朝”[③]，上下句使用数字为对，较为工巧。按：“四三”谓十二年，指欧阳叔弼多年漂泊流落，“五一”用欧阳修典，欧阳修晚号“六一居士”，时欧阳修已殁，故只剩五“一”。欧阳叔弼为欧阳修第三子，陈师道用此写其家世甚工，联语亦颇见心思。

杨万里熟悉杜甫句法，他在《戏用禅观答曾无逸问山谷语》的序言中说：“昨日评诸家诗，偶入禅观，如杜之诗法出审言，句法出庾信，但过之耳。白乐天云‘笙歌归院落，灯火下楼台’，不如杜子美云‘落花游丝白日静，鸣鸠乳燕青春深’也。”[④] 杨万里非常注意诗句的锤炼，如他诗中的一些对仗颇能轻巧入妙，如“青霜红碧树，白露紫黄花”[⑤]，一联十个字中使用了六个表示颜色的词，而不显得堆积累赘。

陆游的诗歌在对仗上非常用心，“比偶组运之妙，冠冕两宋”[⑥]。好对仗是陆游诗歌的一个特点，如其《万州放船过下岩小留》“醉里偏怜江水

---

① （宋）陈师道：《赠二苏公》，《后山诗注补笺》卷一，中华书局 1995 年版，第 21 页。

② （宋）陈师道：《和江秀才献花三首》（其二），《后山诗注补笺》卷二，中华书局 1995 年版，第 73 页。

③ （宋）陈师道：《赠欧阳叔弼》，《后山诗注补笺》卷二，中华书局 1995 年版，第 94 页。

④ （宋）杨万里：《戏用禅观答曾无逸问山谷语》小序，《诚斋集》卷三二《江东集》，《全宋诗》卷二三〇六，北京大学出版社 1998 年版，第 26501 页。

⑤ （宋）杨万里：《秋圃》，《诚斋集》卷三七《退休集》，《全宋诗》卷二三一一，北京大学出版社 1998 年版，第 26578 页。

⑥ 钱锺书：《谈艺录》，中华书局 1984 年版，第 118 页。

绿，意中已想荔枝红”[①]，《夜酌》“比红有诗狂犹在，染白无方老已成”[②]，《悲秋》“已惊白发冯唐老，又起清秋宋玉悲”[③]，颜色词运用巧妙，意象鲜明。《赠道流》“留得朱颜凭绿酒，扫空白发赖丹砂”[④]，更是一联之中四用颜色词。《六月十四日宿东林寺》“戏招西塞山前月，来听东林寺里钟”[⑤]，此为流水对。《舟过小孤有感》“万里客经三峡路，千篇诗费十年功”[⑥]，《娥江野饮赠刘道士》“客堪共醉百无一，事不谐心十常九”[⑦]，一联之中四处使用数字。《登赏心亭》“全家稳下黄牛峡，半醉来寻白鹭洲”[⑧]，地名恰成巧对。《读书》“文辞博士书驴券，职事参军判马曹”[⑨]，《归兴》“正看日暮牛羊下，又见月明乌鹊飞”[⑩]，一驴一马，牛羊乌鹊，对仗巧妙。又《宿鱼梁驿五鼓起行有感》“闭户著书千古计，变名学剑十年功”[⑪]，《春雨》“心向宦途元淡薄，梦寻乡国苦参差”[⑫]，《雨夜》“倦枕残灯人寂寞，幽窗小草字攲斜”[⑬]，《晚自白鹿泉上归》“诗从病后功殊少，酒到愁边量自增”[⑭]，《对酒戏作》“色比鹅雏京口酒，声如

---

① （宋）陆游：《万州放船过下岩小留》，《剑南诗稿校注》卷十，上海古籍出版社 2005 年版，第 786 页。

② （宋）陆游：《夜酌》，《剑南诗稿校注》卷十二，上海古籍出版社 2005 年版，第 995 页。

③ （宋）陆游：《悲秋》，《剑南诗稿校注》卷十六，上海古籍出版社 2005 年版，第 1286 页。

④ （宋）陆游：《赠道流》，《剑南诗稿校注》卷四十二，上海古籍出版社 2005 年版，第 2644 页。

⑤ （宋）陆游：《六月十四日宿东林寺》，《剑南诗稿校注》卷十，上海古籍出版社 2005 年版，第 813 页。

⑥ （宋）陆游：《舟过小孤有感》，《剑南诗稿校注》卷十，上海古籍出版社 2005 年版，第 814 页。

⑦ （宋）陆游：《娥江野饮赠刘道士》，《剑南诗稿校注》卷十四，上海古籍出版社 2005 年版，第 1151 页。

⑧ （宋）陆游：《登赏心亭》，《剑南诗稿校注》卷十，上海古籍出版社 2005 年版，第 820 页。

⑨ （宋）陆游：《读书》，《剑南诗稿校注》卷十八，上海古籍出版社 2005 年版，第 1439 页。

⑩ （宋）陆游：《归兴》，《剑南诗稿校注》卷六十七，上海古籍出版社 2005 年版，第 3759 页。

⑪ （宋）陆游：《宿鱼梁驿五鼓起行有感》，《剑南诗稿校注》卷十，上海古籍出版社 2005 年版，第 845 页。

⑫ （宋）陆游：《春雨》，《剑南诗稿校注》卷十二，上海古籍出版社 2005 年版，第 947 页。

⑬ （宋）陆游：《雨夜》，《剑南诗稿校注》卷十二，上海古籍出版社 2005 年版，第 950 页。

⑭ （宋）陆游：《晚自白鹿泉上归》，《剑南诗稿校注》卷十二，上海古籍出版社 2005 年版，第 992 页。

贯珠渭城歌”[①]，《病起》“志士凄凉闲处老，名花零落雨中看”[②]，《自嘲》“身是在家狂道士，心如退院病禅师”[③]，《书愤》“剧盗曾从宗父命，遗民犹望岳家军”[④]，这些对仗也都各尽其妙。这样的对仗在陆游集中还有很多，如“寻碑野寺云生屦，送客溪桥雪满衣”[⑤]，“州如斗大真无事，日抵年长未易消”[⑥]，“又向蛮方作寒食，强持卮酒对梨花。物如巢燕年年客，心羡游僧处处家”[⑦]，“何妨海内功名士，共赏人间富贵花”[⑧]，“三叠凄凉渭城曲，数枝闲澹阆中花”[⑨]，“不得讲书一行字，倚遍临江百尺楼”[⑩]，“令传雪岭蓬婆外，声震秦川渭水滨”[⑪]，“一生不作牛衣泣，万事从渠马耳风”[⑫]，“老病已全惟欠死，贪嗔虽断尚余痴。数茎雪鬓江湖远，九转金丹日月迟”[⑬]，“报国虽思包马革，爱身未忍价羊皮”[⑭]，“气钟太华

---

① （宋）陆游：《对酒戏作》，《剑南诗稿校注》卷十四，上海古籍出版社 2005 年版，第 1157 页。

② （宋）陆游：《病起》，《剑南诗稿校注》卷十七，上海古籍出版社 2005 年版，第 1312 页。

③ （宋）陆游：《自嘲》，《剑南诗稿校注》卷十七，上海古籍出版社 2005 年版，第 1320 页。

④ （宋）陆游：《书愤》，《剑南诗稿校注》卷二十七，上海古籍出版社 2005 年版，第 1906 页。

⑤ （宋）陆游：《留题云门草堂》，《剑南诗稿校注》卷一，上海古籍出版社 2005 年版，第 22 页。

⑥ （宋）陆游：《逍遥》，《剑南诗稿校注》卷一，上海古籍出版社 2005 年版，第 74 页。

⑦ （宋）陆游：《寒食》，《剑南诗稿校注》卷二，上海古籍出版社 2005 年版，第 185 页。

⑧ （宋）陆游：《留樊亭三日王觉民检详日携酒来饮海棠下比去花亦衰矣》，《剑南诗稿校注》卷二，上海古籍出版社 2005 年版，第 185 页。

⑨ （宋）陆游：《阆中作》，《剑南诗稿校注》卷三，上海古籍出版社 2005 年版，第 248 页。

⑩ （宋）陆游：《次韵师伯浑见寄》，《剑南诗稿校注》卷四，上海古籍出版社 2005 年版，第 335 页。

⑪ （宋）陆游：《成都大阅》，《剑南诗稿校注》卷六，上海古籍出版社 2005 年版，第 525 页。

⑫ （宋）陆游：《和范待制秋兴》，《剑南诗稿校注》卷七，上海古籍出版社 2005 年版，第 611 页。

⑬ （宋）陆游：《和范待制秋日书怀二首游自七月病起蔬食止酒故诗中及之》，《剑南诗稿校注》卷七，上海古籍出版社 2005 年版，第 613 页。

⑭ （宋）陆游：《猎罢夜饮示独孤生》，《剑南诗稿校注》卷八，上海古籍出版社 2005 年版，第 693 页。

中条秀，文在先秦两汉间”①，“重帘不卷留香久，古砚微凹聚墨多”②。这些对仗，均为用心之作。陆游诗中的对仗讲究锤炼，最见巧思。

陆游诗中一些句式明显可以看出杜诗的痕迹。如杜甫《北征》中有“或红如丹砂，或黑如点漆”的句式，陆游则在诗里说“或如釜上甑，或如坐后屏。或如倨而立，或如喜而迎，或深如螺房，或疏如窗棂”③，把这种排比的比喻发挥到极致。杜甫云“昔如纵壑鱼，今如丧家狗”，陆游则云“昔如脱渊鱼，今如走山鹿”④。杜甫云“公来雪山重，公去雪山轻”，陆游则云“公去蓬山轻，公归蓬山重”⑤。杜甫“弟妹悲歌里，乾坤醉眼中”，陆游则云“日月悲歌里，关山泪眼边”⑥。陆游这些诗句中对杜诗的模仿非常明显。

陆游也有一些诗句，不仅锤炼词句，风格也颇近杜诗。如其《游南塔院》“病骨凉如洗，归心浩莫收”⑦，《夜行》“艰危穷自惯，寒苦老难禁”⑧，《秋怀》“年光双雪鬓，生机一渔舟”⑨。又“素秋风露重，久客鬓毛催”⑩，“皂貂破弊归心切，白发凄凉老境催”⑪，“昏眸云雾隔，衰鬓雪霜新”⑫，“五十未名老，无如衰疾何。肺肝空激烈，颜鬓已蹉跎”⑬。这

---

① （宋）陆游：《独孤生策字景略河中人工文善射喜击剑一世奇士也有自峡中来者言其死于忠涪间感涕赋诗》，《剑南诗稿校注》卷十四，上海古籍出版社 2005 年版，第 1120 页。

② （宋）陆游：《书室明暖终日婆娑其间倦则扶杖至小园戏作长句》，《剑南诗稿校注》卷三十一，上海古籍出版社 2005 年版，第 2080 页。

③ （宋）陆游：《系舟下牢溪游三游洞二十八韵》，《剑南诗稿校注》卷二，上海古籍出版社 2005 年版，第 154 页。

④ （宋）陆游：《钓台见送客罢还舟熟睡至觉度寺》，《剑南诗稿校注》卷二十，上海古籍出版社 2005 年版，第 1533 页。

⑤ （宋）陆游：《喜杨廷秀秘监再入馆》，《剑南诗稿校注》卷二十一，上海古籍出版社 2005 年版，第 1591 页。

⑥ （宋）陆游：《夜雨》，《剑南诗稿校注》卷二十六，上海古籍出版社 2005 年版，第 1865 页。

⑦ （宋）陆游：《游南塔院》，《剑南诗稿校注》卷十一，上海古籍出版社 2005 年版，第 869 页。

⑧ （宋）陆游：《夜行》，《剑南诗稿校注》卷十五，上海古籍出版社 2005 年版，第 1221 页。

⑨ （宋）陆游：《秋怀》，《剑南诗稿校注》卷六十八，上海古籍出版社 2005 年版，第 3804 页。

⑩ （宋）陆游：《晚泊慈姥矶下》，《剑南诗稿校注》卷一，上海古籍出版社 2005 年版，第 82 页。

⑪ （宋）陆游：《乡中每以寒食立夏之间省坟客夔适逢此时凄然感怀》，《剑南诗稿校注》卷三，上海古籍出版社 2005 年版，第 220 页。

⑫ （宋）陆游：《四月二十九日作》，《剑南诗稿校注》卷二，上海古籍出版社 2005 年版，第 187 页。

⑬ （宋）陆游：《五十》，《剑南诗稿校注》卷五，上海古籍出版社 2005 年版，第 438 页。

些诗句很接近杜诗沉郁顿挫的风格。

可见，宋代诗人大都重视诗句的锤炼，这是杜甫以来认真锤炼语言的传统所产生的影响。

第四节　宋诗句法和章法对杜诗的模拟

杜甫常在一联之中，上下句分别使用一个人名，以人名及其所包含的典故表达情感和思想，如杜甫《奉赠王中允》："共传收庾信，不比得陈琳。"《通泉驿南去通泉县十五里山水作》："伤时愧孔父，去国同王粲。"《春日忆李白》："清新庾开府，俊逸鲍参军。"《送裴二虬作尉永嘉》："隐吏逢梅福，游山忆谢公。"《赠田九判官》："陈留阮瑀谁争长，京兆田郎早见招。"《承沈八丈东美除膳部员外阻雨未遂驰贺奉寄此诗》："通家惟沈氏，谒帝似冯唐。"《八哀诗》："匡汲俄宠辱，卫霍竟哀荣"，"诸葛蜀人爱，文翁儒化成"。

这种句法颇为宋人所使用，这显然是宋代诗人学习杜诗的结果。下举陈与义例予以说明。陈与义诗云"宋玉有文悲落木，陶潜无酒对黄花"①，"不怪参军谈瞎马，但妨中散送飞鸿"②，"练飞空咏徐凝水，带断疑分汉帝河"③，"愁边潘令鬓先白，梦里老莱衣更斑"④，"垂露成帏仲长统，明月为烛张志和"⑤，"避地梁鸿不偕老，弄鸟莱子若为心"⑥ 等，此

① （宋）陈与义：《次韵周教授秋怀》，《陈与义集校笺》卷一，上海古籍出版社 1990 年版，第 32 页。

② （宋）陈与义：《目疾》，《陈与义集校笺》卷四，上海古籍出版社 1990 年版，第 111 页。

③ （宋）陈与义：《次韵家弟碧线泉》，《陈与义集校笺》卷七，上海古籍出版社 1990 年版，第 165 页。

④ （宋）陈与义：《再用景纯韵咏怀二首》（其一），《陈与义集校笺》卷七，上海古籍出版社 1990 年版，第 173 页。

⑤ （宋）陈与义：《述怀呈十七家叔》，《陈与义集校笺》卷九，上海古籍出版社 1990 年版，第 227 页。

⑥ （宋）陈与义：《陈叔义学士母阮氏挽词二首》（其一），《陈与义集校笺》卷九，上海古籍出版社 1990 年版，第 240 页。

类均是。此外，陈与义“士衡去国三间屋，子美登台七字诗”[①] 亦是，“子美”句用杜甫《登高》典。除此之外还有一些，如其“虚传袁盎脱，不见华元归”[②]，“袁宏咏史罢，孙登清啸馀”[③]，“平生第温峤，未必下张巡”[④]，“玄晏不堪长抱病，子真那复更为官”[⑤]，“王粲登楼还感慨，纪瞻赴召欲逡巡”[⑥]，“遂闻王蠋死，不见华元归”[⑦] 等，均使用此种句法。

宋代诗人广泛学习和运用杜诗章法，如陈与义《对酒》诗云：“新诗满眼不能裁，鸟度云移落酒杯。官里簿书无日了，楼头风雨见秋来。是非衮衮书生老，岁月匆匆燕子回。笑抚江南竹根枕，一樽呼起鼻中雷。”[⑧] 此诗中四句对仗，上句言事，下句写景，章法富于变化，即是从杜诗章法而来。

综上，宋代诗歌中广泛使用“当句对”，宋人还在一联的两句中分别使用一个人名，以表达思想感情。宋人较多使用“时空并驭”的对仗，并普遍重视对诗句的锤炼（宋人还有许多关于杜诗“当句对”和“时空并驭”对仗方面的艺术批评，论述详见本书第十一章）。此外，宋代诗人也注重学习杜诗的章法。可见，杜诗的艺术技巧对宋代诗歌产生了极大的影响。

---

① （宋）陈与义：《寓居刘仓廨中晚步过郑仓台上》，《陈与义集校笺》卷十四，上海古籍出版社 1990 年版，第 393 页。

② （宋）陈与义：《闻王道济陷虏》，《陈与义集校笺》卷十九，上海古籍出版社 1990 年版，第 531 页。

③ （宋）陈与义：《寥落》，《陈与义集校笺》卷二十二，上海古籍出版社 1990 年版，第 616 页。

④ （宋）陈与义：《再别》，《陈与义集校笺》卷二十三，上海古籍出版社 1990 年版，第 646 页。

⑤ （宋）陈与义：《次韵邢九思》，《陈与义集校笺》卷二十六，上海古籍出版社 1990 年版，第 741 页。

⑥ （宋）陈与义：《赠漳州守綦叔后》，《陈与义集校笺》卷二十八，上海古籍出版社 1990 年版，第 774 页。

⑦ （宋）陈与义：《刘大资挽词二首》（其一），《陈与义集校笺》卷二十九，上海古籍出版社 1990 年版，第 811 页。

⑧ （宋）陈与义：《对酒》，《陈与义集校笺》卷十二，上海古籍出版社 1990 年版，第 347 页。

第六章

宋诗中的杜诗典故

在宋代崇杜、学杜的背景下，宋人作诗普遍喜欢使用杜诗典故。本章拟对宋人使用杜诗典故的特点进行论述。

第一节　北宋诗歌使用杜诗典故的特征

北宋时期，诗人在诗歌创作中使用杜诗典故，表现出以下特征：

一　北宋初期的王禹偁是最早的较多使用杜诗典故的诗人

北宋初期是宋人学杜的初始期，因为王禹偁与杜甫在思想和经历上有着某些相似之处，他的诗歌在内容和艺术方面对杜诗都有所继承。王禹偁是宋代最早的较多使用杜诗典故的诗人，兹举数例说明。王禹偁《送朱九龄》“十口寄淮泗，一身来辇毂”，此化用杜甫《自京赴奉先县咏怀五百字》之“老妻寄异县，十口隔风雪”。王禹偁《弊帷诗》，模仿杜甫之《病马》。王禹偁《吾志》“致君望尧舜，学业根孔姬”，化用杜甫《奉赠韦左丞丈二十二韵》之“致君尧舜上，再使风俗淳”。王禹偁《谪居感事》“村寻鲁望宅，寺认馆娃基。西子留香径，吴王有剑池”，此化用杜甫《壮游》之“王谢风流远，阖庐丘墓荒。剑池石壁仄，长洲荷芰香”。其《谪居感事》之“读书方睹奥，下笔便搜奇”，化用杜甫《奉赠韦左丞丈二十二韵》之“读书破万卷，下笔如有神”；同诗之“尾因求食掉，角为触藩羸”则化用杜甫《秋日荆南述怀三十韵》之“苦摇求食尾，常曝报恩腮”。王禹偁有《春居杂兴》，其一云：“两株桃杏映篱斜，妆点商山副使家。何事春风容不得，和莺吹折数枝花。”① 按杜甫《绝句漫兴九首》（其二）云：“手种桃李非无主，野老墙低还似家。恰似春风相欺得，夜来吹折数枝花。”王禹偁诗全仿杜甫此诗。此类例子还有一些。

这个时期的其他诗人使用杜诗典故较少。如著名诗人林逋只是偶尔化用杜甫诗句，如其《湖上隐居》之“隐居应与世相违”②，即由杜甫《曲江对酒》之“懒朝真与世相违”化出，但这在林逋集中是很少见的例子。

二 北宋中期大部分诗人大量使用杜诗典故

北宋中期活跃在诗坛上的主要是梅尧臣、苏舜钦、欧阳修、王安石、苏轼等诗人，他们在诗歌创作中都较多使用杜诗典故。

例如，苏舜钦的一些诗歌就较多化用杜甫诗句，如其《吾闻》之“吾闻壮士怀，耻与岁时没”，即出自杜甫《自京赴奉先县咏怀五百字》之“兀兀遂至今，忍为尘埃没”。③“出必凿凶门，死必填塞窟”，即出自杜甫《醉时歌》之“焉知饿死填沟壑”。“膻腥屏除尽，定不存种孽”，即出自杜甫《北征》之“胡命其能久，皇纲未宜绝”。“予生虽儒家，气欲吞逆羯”，即出自杜甫《北征》之“东胡反未已，臣甫愤所切”。“斯时不见用，感叹肠胃热”，即出自杜甫《自京赴奉先县咏怀五百字》之“穷年忧黎元，叹息肠内热”。苏舜钦“自嗟处身拙，与世尝龃龉”④，“鄙性背时向，处世介且愚”⑤，即系杜甫“杜陵有布衣，老大意转拙”之意。

---

① （宋）王禹偁：《春居杂兴》，（清）吕之振等选《宋诗钞·小畜集钞》，中华书局1986年版，第44页。

② （宋）林逋：《湖上隐居》，《林和靖诗集》卷二，浙江古籍出版社1986年版，第57页。

③ 按：傅平骧、胡问陶校注的《苏舜钦集编年校注》以为此句出自杜甫《寄岳州贾司马巴州严使君》中的“笑为妻子累，甘与岁时迁”，似误。参见《苏舜钦集编年校注》，巴蜀书社1991年版，第111页。

④ （宋）苏舜钦：《答梅圣俞见赠》，《苏舜钦集编年校注》，巴蜀书社1991年版，第160页。

⑤ （宋）苏舜钦：《送关永言赴彭门》，《苏舜钦集编年校注》，巴蜀书社1991年版，第222页。按：苏舜钦此诗亦颇学杜诗。

梅尧臣在诗歌中也化用了杜诗。如梅尧臣《正月十五夜出月》："去年与母出，学母施朱丹。"[①]《开封古城阻浅闻永叔丧女》："想能学母施粉黛。"[②] 此均从杜甫《北征》"学母无不为，晓妆随手抹。移时施朱铅，狼藉画眉阔"变化而来。他的《和蔡仲谋苦热》也让人想起杜甫的《早秋堆案苦热相仍》。《七月十六日赴庾直有怀》之"我马卧其傍，我仆倦揞肘"[③]，极似杜甫《北征》之"我行已水滨，我仆犹木末"。这都是梅尧臣直接受杜甫影响的地方。

欧阳修的一些诗句也直接出自杜诗。如其《尝新茶呈圣俞》之"终朝采摘不盈掬"[④]，与杜甫的"采柏动盈掬"相类。他的"径兰欲谢悲零露，篱菊空开乏冻醪"[⑤]，颇有杜甫"竹叶于人既无份，菊花从此不须开"之意。"鼓角云中垒，牛羊雪外山"[⑥]，直接从杜甫"烟火军中暮，牛羊岭上村"变化而来。其"今兹一尉远，犹困折腰嗟"[⑦]，"折腰莫以微官耻，为政须通异俗情"[⑧]，都是杜甫"不作河西尉，凄凉为折腰"的变体。其"明年食粥知谁在，自向栏边种数丛"[⑨]，即出自杜甫之"明年此会知谁健，醉把茱萸仔细看"。"行云却在行舟下……疑是湖中别有

---

① （宋）梅尧臣：《正月十五夜出月》，《梅尧臣诗选》，人民文学出版社1980年版，第69页。

② （宋）梅尧臣：《开封古城阻浅闻永叔丧女》，《梅尧臣诗选》，人民文学出版社1980年版，第78页。

③ （宋）梅尧臣：《七月十六日赴庾直有怀》，《梅尧臣诗选》，人民文学出版社1980年版，第155页。

④ （宋）欧阳修：《尝新茶呈圣俞》，《欧阳修全集》卷七，中华书局2001年版，第114页。

⑤ （宋）欧阳修：《和应之同年兄秋日雨中登广爱寺阁寄梅圣俞》，《欧阳修全集》卷十，中华书局2001年版，第159页。

⑥ （宋）欧阳修：《送谢希深学士北使》，《欧阳修全集》卷十，中华书局2001年版，第161页。

⑦ （宋）欧阳修：《送同年史褒之武功尉》，《欧阳修全集》卷十，中华书局2001年版，第162页。

⑧ （宋）欧阳修：《送杨君之任永康》，《欧阳修全集》卷十二，中华书局2001年版，第194页。

⑨ （宋）欧阳修：《笔说》，《欧阳修全集》卷一百二十九，中华书局2001年版，第1969页。

天"[1]，也来自杜甫的"春水船如天上坐，老年花似雾中看"。

王安石诗中也化用了许多杜诗。王安石非常熟悉杜诗，正因为他熟悉杜诗，他诗中化用杜诗的地方很多。如《寄吴冲卿》"何缘一杯酒，谈笑相追逐"[2]，即源自杜甫之"何时一樽酒，重与细论文"。其"飘然欲作乘桴计，一到扶桑恨未能"[3]，即源自杜甫之"到今有遗恨，不得穷扶桑"。其"年小从他爱梨栗，长成须读五车书"[4]，即源自杜甫之"男儿须读五车书"。其《春日》"室有贤人酒，门无长者车"[5]，即源自杜甫之"坐对贤人酒，门听长者车"。他的"老妻稻下收遗秉，稚子松间拾堕樵"[6]，也从杜甫"老妻画纸为棋局，稚子敲针作钓钩"变化而来。

苏辙诗歌平白质朴，不尚用典，但也有一些诗歌化用了杜诗。如其《次韵李简夫因病不出》："坐上要须长满客，杖头何用出携钱。"[7] 此与杜甫《空囊》之"囊空恐羞涩，留得一钱看"相类。苏辙《送张公安道南都留台》："少年喜文字，东行始观国"[8]，此即杜甫《奉赠韦左丞丈二十二韵》之"甫昔少年日，早充观国宾"。苏辙《和韩宗弼暴雨》"破屋少干床"[9]，此即杜甫《茅屋为秋风所破歌》之"床头屋漏无干处"。苏辙《次韵分司南京李诚之待制求酒二首》"公田种秫全抛却，坐客无毡谁

---

① （宋）欧阳修：《采桑子》，《欧阳修全集》卷一百三十一，中华书局 2001 年版，第 1992 页。

② （宋）王安石：《寄吴冲卿》，《王安石全集》卷四十三，上海古籍出版社 1999 年版，第 371 页。

③ （宋）王安石：《次韵平甫金山会宿寄亲友》，《王安石全集》卷五十三，上海古籍出版社 1999 年版，第 437 页。

④ （宋）王安石：《赠外孙》，《王安石全集》卷六十一，上海古籍出版社 1999 年版，第 486 页。

⑤ （宋）王安石：《春日》，《王安石全集》卷七十二，上海古籍出版社 1999 年版，第 551 页。

⑥ （宋）王安石：《吊王先生致》，《王安石全集》卷七十八，上海古籍出版社 1999 年版，第 610 页。

⑦ （宋）苏辙：《次韵李简夫因病不出》，《栾城集》卷三，《苏辙集》，中华书局 1990 年版，第 53 页。

⑧ （宋）苏辙：《送张公安道南都留台》，《栾城集》卷三，《苏辙集》，中华书局 1990 年版，第 55 页。

⑨ （宋）苏辙：《和韩宗弼暴雨》，《栾城集》卷五，《苏辙集》，中华书局 1990 年版，第 98 页。

与钱”[1]，此即杜甫《戏简郑广文虔兼呈苏司业源明》之“才名四十年，坐客寒无毡”。苏辙《次韵子瞻赠梁交左藏》“归来相对如梦寐”[2]，即杜甫之“夜阑更秉烛，相对如梦寐”。苏辙《次韵秦观秀才携李公择书相访》之“末契长遭少年笑，白发应惭倾盖新”[3]，即杜甫《莫相疑行》之“晚将末契托年少，当面输心背面笑”。又苏辙《戏次前韵寄王巩二首》“头风欲待歌词愈，肺病甘从酒力欺”[4]，此上用曹操事，下用杜甫句。又《和子瞻蜜酒歌》“城中禁酒如禁盗，三百青铜愁杜老”[5]，此使用杜甫“速宜相就饮一斗，恰有三百青铜钱”之典。又《送周思道朝议归守汉州三绝》之“酒压郫筒忆旧酤”[6]，系从杜甫“酒忆郫筒不用酤”化出。苏辙《燕山》“会当挽天河，洗此生齿万”[7]，此从杜甫《洗兵马》化出。

三 北宋使用杜诗典故最多的诗人是苏轼

苏轼对杜甫的诗歌非常熟悉和喜爱，其诗亦多化用杜诗成句，变化入诗，此类例证甚多，不胜枚举。如《壬寅重九不预会独游普门寺僧阁有怀子由》云：“花开酒美盍言归，来看南山冷翠微。忆弟泪如云不散，望乡心与雁南飞。明年纵健人应老，昨日追欢意正违。不问秋风强吹帽，秦人不笑楚人讥。”[8] 此诗中“忆弟泪如云不散”出自杜甫《恨别》之“忆弟看云白日眠”，“明年纵健人应老”出自杜甫《九日蓝田崔氏庄》之“明年此会知谁健”，“不问秋风强吹帽”出自杜甫《九日蓝田崔氏

---

① （宋）苏辙：《次韵分司南京李诚之待制求酒二首》，《栾城集》卷六，《苏辙集》，中华书局1990年版，第103页。

② （宋）苏辙：《次韵子瞻赠梁交左藏》，《栾城集》卷八，《苏辙集》，中华书局1990年版，第139页。

③ （宋）苏辙：《次韵秦观秀才携李公择书相访》，《栾城集》卷八，《苏辙集》，中华书局1990年版，第143页。

④ （宋）苏辙：《戏次前韵寄王巩二首》，《栾城集》卷八，《苏辙集》，中华书局1990年版，第150页。

⑤ （宋）苏辙：《和子瞻蜜酒歌》，《栾城集》卷十二，《苏辙集》，中华书局1990年版，第230页。

⑥ （宋）苏辙：《送周思道朝议归守汉州三绝》，《栾城集》卷十五，《苏辙集》，中华书局1990年版，第304页。

⑦ （宋）苏辙：《燕山》，《栾城集》卷十六，《苏辙集》，中华书局1990年版，第320页。

⑧ （宋）苏轼：《壬寅重九不预会独游普门寺僧阁有怀子由》，《苏轼诗集》卷四，中华书局1982年版，第151页。

庄》之“羞将短发还吹帽”，盖一诗中有三句从杜诗变化而来。而此诗老健疏放之处，也与杜诗相类。苏轼“谁怜屋破眠无处”①，从杜甫《茅屋为秋风所破歌》之“床头屋漏无干处”变化而来。又“此台一览秦川小”②，出自杜甫《望岳》之“一览众山小”。《凌虚台》之“吏退迹如扫”③，出自杜甫《赠李白》之“山林迹如扫”。《和子由苦寒见寄》之“千金买战马，百宝装刀环”④，出自杜甫《后出塞》之“千金装马鞭，百金装刀头”。《和邵同年戏赠买收秀才三首》（其一）之“此身自断天休问”⑤，出自杜甫《曲江》之“自断此身休问天”。《与述古自有美堂乘月夜归》之“香雾凄迷著髻鬟”⑥，使用杜甫《月夜》之“香雾云鬟湿”。其“倦醉佳人锦瑟旁”⑦，出自杜甫《曲江对雨》之“暂醉佳人锦瑟旁”。其“细看茱萸感叹长”⑧，出自杜甫之“醉把茱萸仔细看”。其“读书万卷始通神”⑨，出自杜甫之“读书破万卷，下笔如有神”。其“囊中未有一钱看”⑩，出自杜甫《空囊》之“囊空恐羞涩，留得一钱看”。其“试上城南望城北”⑪，出自杜甫《哀江头》之“欲往城南望城北”。其“广文好客竟无毡”⑫，出自杜甫之“才名四十年，坐客寒无毡”。又其“水

① （宋）苏轼：《十二月十四日，夜，微雪，明日早，往南溪小酌，至晚》，《苏轼诗集》卷四，中华书局1982年版，第184页。

② （宋）苏轼：《授经台》，《苏轼诗集》卷五，中华书局1982年版，第193页。

③ （宋）苏轼：《凌虚台》，《苏轼诗集》卷五，中华书局1982年版，第214页。

④ （宋）苏轼：《和子由苦寒见寄》，《苏轼诗集》卷五，中华书局1982年版，第215页。

⑤ （宋）苏轼：《和邵同年戏赠买收秀才三首》（其一），《苏轼诗集》卷八，中华书局1982年版，第316页。

⑥ （宋）苏轼：《与述古自有美堂乘月夜归》，《苏轼诗集》卷十，中华书局1982年版，第482页。

⑦ （宋）苏轼：《初自径山归，述古召饮介亭，以病先起》，《苏轼诗集》卷十，中华书局1982年版，第504页。

⑧ （宋）苏轼：《明日重九，亦以病不赴述古会，再用前韵》，《苏轼诗集》卷十，中华书局1982年版，第505页。

⑨ （宋）苏轼：《柳氏二外甥求笔迹二首》（其一），《苏轼诗集》卷十一，中华书局1982年版，第543页。

⑩ （宋）苏轼：《戏书吴江三贤画像三首》（其三），《苏轼诗集》卷十一，中华书局1982年版，第566页。

⑪ （宋）苏轼：《和李邦直沂山祈雨有应》，《苏轼诗集》卷十五，中华书局1982年版，第734页。

⑫ （宋）苏轼：《送郑户曹》，《苏轼诗集》卷十六，中华书局1982年版，第791页。

边何处无丽人，近前试看丞相嗔"[①]，显用杜甫《丽人行》典。其"寂寞千岁事"[②]，即杜甫《梦李白》之"千秋万岁名，寂寞身后事"的缩略。"君不见诗人借车无可载，留得一钱何足赖。晚年更似杜陵翁，右臂虽存耳先聩"[③]，此用杜诗语典，又以杜甫自比。其"腐儒粗粝支百年"[④]，出自杜甫《有客》之"百年粗粝腐儒餐"。"若见谪仙烦寄语，匡山头白早归来"[⑤]，此化用杜甫"匡山读书处，头白早归来"之句。苏轼"归煮清泥坊底芹"[⑥]，出自杜甫"饭煮清泥坊底芹"。"如何垂老别，冰盘馈苍耳"，此用杜诗《垂老别》《驱竖子摘苍耳》诗题入诗。"健如黄犊不可恃"[⑦]，出自杜甫《百忧集行》之"健如黄犊走复来"。此外，苏轼"干惟画马不画骨"[⑧]，"沉痛八哀诗"[⑨]，"只应翡翠兰苕上"[⑩]，"何逊扬州又几年，官梅诗兴故依然"[⑪]，"愿闻第一义"[⑫]，"黄四娘东子美家"[⑬]，"碧

---

① （宋）苏轼：《章质夫寄惠〈崔徽真〉》，《苏轼诗集》卷十六，中华书局1982年版，第798页。

② （宋）苏轼：《戴道士得四字代作》，《苏轼诗集》卷十八，中华书局1982年版，第923页。

③ （宋）苏轼：《次韵秦太虚见戏耳聋》，《苏轼诗集》卷十八，中华书局1982年版，第950页。

④ （宋）苏轼：《次韵孔毅父久旱已而甚雨三首》（其二），《苏轼诗集》卷二十一，中华书局1982年版，第1123页。

⑤ （宋）苏轼：《书李公择白石山房》，《苏轼诗集》卷二十三，中华书局1982年版，第1214页。

⑥ （宋）苏轼：《次韵王定国得颍倅二首》（其二），《苏轼诗集》卷二十六，中华书局1982年版，第1395页。

⑦ （宋）苏轼：《送表弟程六知楚州》，《苏轼诗集》卷二十七，中华书局1982年版，第1433页。

⑧ （宋）苏轼：《次韵子由书李伯时所藏韩干马》，《苏轼诗集》卷二十八，中华书局1982年版，第1504页。

⑨ （宋）苏轼：《故李诚之待制六丈挽词》，《苏轼诗集》卷二十九，中华书局1982年版，第1528页。

⑩ （宋）苏轼：《莲龟》，《苏轼诗集》卷三十，中华书局1982年版，第1576页。

⑪ （宋）苏轼：《次韵王定国会饮清虚堂》，《苏轼诗集》卷三十，中华书局1982年版，第1611页。

⑫ （宋）苏轼：《叶教授和溽字韵诗，复次韵为戏，记龙井之游》，《苏轼诗集》卷三十二，中华书局1982年版，第1706页。

⑬ （宋）苏轼：《次韵杨公济奉议梅花十首》（其五），《苏轼诗集》卷三十三，中华书局1982年版，第1737页。

海长鲸君未掣”[①]，“何时翠竹江村路，送我柴门月色新”[②]，“纨绔儒冠皆误身”[③]，“倚竹佳人翠袖长，天寒犹著薄罗裳”[④]，“隔篱不唤邻翁饮”[⑤]等，皆用杜诗。

四　江西诗派普遍喜用杜诗典故

黄庭坚、陈师道、秦观、张耒等诗人活跃在北宋后期的诗坛，黄庭坚等诗人后来被称为江西诗派。江西诗派普遍注重借鉴杜甫的艺术成就，并普遍注意使用杜诗典故。下面以江西诗派“一祖三宗”之一的陈师道为例加以说明。

陈师道对学习杜甫而在“一句之内至窃取数字以仿像之”的做法非常不屑，但他自己就恰恰有这样的习气，他的诗中大量使用和化用了杜甫的诗句。如陈师道有《次韵答学者四首》之“笔下倒倾三江水”[⑥]，从杜甫“词源倒流三江水”变化而来。其“准拟明年共我长”，更是直接使用杜甫的“明年共我长”的成句。陈师道诗云“白鸥没浩荡，爱惜鬓毛斑”[⑦]，“百年双白鬓，一别五经秋”[⑧]，其中的“白鸥没浩荡”和“百年双白鬓”即为直接使用杜诗而一字不易。又陈师道诗云“才名四十年，盛气盖诸儒”[⑨]，杜甫《戏简郑广文虔兼呈苏司业源明》云“才名四十

---

① （宋）苏轼：《用前韵作雪诗留景文》，《苏轼诗集》卷三十四，中华书局1982年版，第1820页。

② （宋）苏轼：《三月二十日开园三首》（其三），《苏轼诗集》卷三十七，中华书局1982年版，第2023页。

③ （宋）苏轼：《赠李兕彦威秀才》，《苏轼诗集》卷四十三，中华书局1982年版，第2353页。

④ （宋）苏轼：《赵昌四季·芍药》，《苏轼诗集》卷四十四，中华书局1982年版，第2396页。

⑤ 苏诗：《成伯家宴，造坐无由，辄欲效颦而酒已尽，入夜，不欲烦扰，戏作小诗求数酌而已》，《苏轼诗集》卷四十七，中华书局1982年版，第2528页。

⑥ （宋）陈师道：《次韵答学者四首》，《后山诗注补笺》卷一，中华书局1995年版，第42页。

⑦ （宋）陈师道：《从苏公登后楼》，《后山诗注补笺》卷二，中华书局1995年版，第67页。

⑧ （宋）陈师道：《送吴先生谒惠州苏副使》，《后山诗注补笺》卷四，中华书局1995年版，第166页。

⑨ （宋）陈师道：《送路紅归老丹阳》，《后山逸诗笺》卷上，《后山诗注补笺》，中华书局1995年版，第465页。

年，坐客寒无毡”，陈师道诗显然直接使用杜诗。陈师道诗“百年双鬓白”[①]，即杜甫之“百年双白鬓”，五字相同，只是顺序略有变化。又其《寄单州张朝请》“平生天上张公子，尚记门间半面人”[②]，直接使用杜甫《赠张四学士》之“天上张公子”的成句。他的“二谢将能事，重阳只故台”[③]，直接使用杜甫“孰知二谢将能事，颇学阴何苦用心”之句。陈师道《送外舅郭大夫概西川提刑》“连年万里别，更觉贫贱苦”[④]，分别出自杜诗“复为万里别”和“乃知贫贱苦”。其“月到千家静，林昏一鸟归”[⑤]，看似平易，却是锤炼而来，“月到千家静”一句当从杜甫“千家山郭静朝辉”变化而来。其《送杜侍御纯陕西转运》“关中正须萧丞相，省内早要富民侯”[⑥]，从杜甫《洗兵马》而来。“倏看双鸟下，已负百年身”[⑦]，从杜甫“长为万里客，有愧百年身”化出。“巾帽犹堪语笑倾”[⑧]，是反用杜甫的“羞将短发还吹帽，笑倩旁人为正冠”。又《次韵无斁偶作二首》（其一）中“已传乌鹊喜，欲听鹡鸰声”[⑨]，使用杜诗“浪传乌鹊喜，深负鹡鸰诗”。又“历块过都聊可待”[⑩]，即化用杜甫“历块过都见尔曹”。“反愁消息真”[⑪]，即化用杜甫之“反畏消息来”。“解醉

---

① （宋）陈师道：《送外舅郭大夫夔路提刑》，《后山诗注补笺》卷二，中华书局1995年版，第64页。

② （宋）陈师道：《寄单州张朝请》，《后山诗注补笺》卷九，中华书局1995年版，第323页。

③ （宋）陈师道：《送智叔令咸平》，《后山诗注补笺》卷九，中华书局1995年版，第331页。

④ （宋）陈师道：《送外舅郭大夫概西川提刑》，《后山诗注补笺》卷一，中华书局1995年版，第7页。

⑤ （宋）陈师道：《秋怀示黄预》，《后山诗注补笺》卷二，中华书局1995年版，第56页。

⑥ （宋）陈师道：《送杜侍御纯陕西转运》，《后山诗注补笺》卷二，中华书局1995年版，第61页。

⑦ （宋）陈师道：《次韵秦少游春江秋野图》，《后山诗注补笺》卷二，中华书局1995年版，第91页。

⑧ （宋）陈师道：《送赵承议》，《后山诗注补笺》卷四，中华书局1995年版，第131页。

⑨ （宋）陈师道：《次韵无斁偶作二首》（之一），《后山诗注补笺》卷五，中华书局1995年版，第184页。

⑩ （宋）陈师道：《赠魏衍三首》（之一），《后山诗注补笺》卷五，中华书局1995年版，第190页。

⑪ （宋）陈师道：《宿深明阁二首》（之二），《后山诗注补笺》卷五，中华书局1995年版，第204页。

佳人锦瑟旁”①，即出自杜甫“暂醉佳人锦瑟旁”。这样的例证极多。

这个时期的其他诗人也大量使用杜诗典故。张耒说：“男儿事业多，何必学读书。”② 他的诗歌用典不是很多，没有江西诗派掉书袋的毛病，总体较为自然流畅，不太用力，但他在自己的诗中还是化用了一些杜甫的诗句。如其“未遭官长责”③，反用杜甫之“颇遭官长骂”。其“龙虎气郁律”④，即来自杜甫之“瑶池气郁律”。其“时无苏司业，何处见酒盏”⑤，即从杜甫“赖有苏司业，时时与酒钱”化出。秦观作诗不学杜甫，但他在自己的诗中也化用了一些杜诗。如“会有黄鹂鸣翠柳，何妨白眼望青天”⑥，即从杜甫“两个黄鹂鸣翠柳，一行白鹭上青天”变化而来。其“白衣苍狗无常态”⑦，即是杜甫《可叹》中“天上浮云如白衣，斯须改变如苍狗”的缩略。其“唯有广文官独冷”⑧，出自杜甫“广文先生官独冷”。其“人生无根柢”⑨，即杜甫《四松》之“我生无根蒂”。

大量杜诗典故的使用，表明诗人对杜诗的熟悉和推崇，从一个侧面证明了杜诗在这个时期的崇高地位。

五　黄庭坚是江西诗派中使用杜诗典故最多的诗人

黄庭坚在自己的诗歌中大量使用杜诗的典故，是江西诗派中使用杜诗典故最多的诗人。黄庭坚认为杜诗“无一字无来处”，受此影响，他在诗歌创作上主张使用所谓“夺胎换骨”的创作方法，这个方法也成为江

① （宋）陈师道：《次韵夏日》，《后山诗注补笺》卷六，中华书局1995年版，第227页。

② （宋）张耒：《阿几》，《张耒集》卷七，中华书局1990年版，第97页。

③ （宋）张耒：《晚归寄无咎二首》，《张耒集》卷六，中华书局1990年版，第71页。

④ （宋）张耒：《书馆直舍》，《张耒集》卷六，中华书局1990年版，第75页。

⑤ （宋）张耒：《次韵子夷兄弟十首》（其七），《张耒集》卷十，中华书局1990年版，第153页。

⑥ （宋）秦观：《次韵参寥三首》（其一），《秦观集编年校注》卷三，人民文学出版社2001年版，第49页。

⑦ （宋）秦观：《寄孙莘老少监》，《秦观集编年校注》卷六，人民文学出版社2001年版，第117页。

⑧ （宋）秦观：《次韵裴秀才上太守向公二首》，《秦观集编年校注》卷九，人民文学出版社2001年版，第195页。

⑨ （宋）秦观：《秋夜病起怀端叔作诗寄之》，《秦观集编年校注》卷九，人民文学出版社2001年版，第200页。

西诗派的创作宗旨。黄庭坚诗用典最多，也有“无一字无来处”的特点。

在诗歌创作中，黄庭坚最喜化用杜诗。如其“应怜坐客竟无毡，更遭官长颇讥谤”①，即从杜甫《戏简郑广文虔兼呈苏司业源明》之“醉则骑马归，颇遭官长骂。才名四十年，坐客寒无毡”化出。黄庭坚“田舍老翁百不忧”②，即杜甫《徐卿二子歌》之“吾知徐公百不忧”。“朝回焚谏草”③，即杜甫《晚出左掖》之“避人焚谏草”。“近臣知天喜”④，即杜甫“天颜有喜近臣知”。“风撼鹡鸰枝，波寒鸿雁影”⑤，即杜甫“鸿雁影来连峡内，鹡鸰飞急到沙头”。“未有涓埃可报君”⑥，即杜甫“未有涓埃答圣朝”。“曹霸弟子沙苑丞，喜作肥马人笑之”⑦，用杜甫《丹青引》。“十日五日一水石”⑧，是杜甫《戏题山水图歌》“十日画一水，五日画一石”的缩略。“豫章从小有梁栋，也似郑公双鬓丝”⑨，用老杜诗“郑公樗散鬓成丝”。其“光阴一鸟过”⑩，出自杜甫“身轻一鸟过”。其“诗到随州更老成，江山为助笔纵横”⑪，出自杜甫《戏为六绝句》之“庾信文章老更成，凌云健笔意纵横”。

---

① （宋）黄庭坚：《送碧香酒用子瞻韵戏赠郑彦能》，《山谷诗集注》卷三，《黄庭坚诗集注》，中华书局2003年版，第126页。

② （宋）黄庭坚：《送郑彦能宣德知福昌县》，《山谷诗集注》卷三，《黄庭坚诗集注》，中华书局2003年版，第127页。

③ （宋）黄庭坚：《谢公定和二范秋怀五首邀予同作》（其一），《山谷诗集注》卷四，《黄庭坚诗集注》，中华书局2003年版，第171页。

④ （宋）黄庭坚：《常父惠示丁卯雪十四韵谨同韵赋之》，《山谷诗集注》卷六，《黄庭坚诗集注》，中华书局2003年版，第214页。

⑤ （宋）黄庭坚：《和答子瞻和子由常父忆馆中故事》，《山谷诗集注》卷六，《黄庭坚诗集注》，中华书局2003年版，第217页。

⑥ （宋）黄庭坚：《次韵张昌言给事喜雨》，《山谷诗集注》卷六，《黄庭坚诗集注》，中华书局2003年版，第249页。

⑦ （宋）黄庭坚：《次韵子瞻和子由观韩干马因论伯时画天马》，《山谷诗集注》卷七，《黄庭坚诗集注》，中华书局2003年版，第255页。

⑧ （宋）黄庭坚：《次韵子瞻题郭熙画山》，《山谷诗集注》卷七，《黄庭坚诗集注》，中华书局2003年版，第263页。

⑨ （宋）黄庭坚：《题子瞻寺壁小山枯木二首》（其二），《山谷诗集注》卷九，《黄庭坚诗集注》，中华书局2003年版，第348页。

⑩ （宋）黄庭坚：《岁寒知松柏》，《山谷诗集注》卷十，《黄庭坚诗集注》，中华书局2003年版，第372页。

⑪ （宋）黄庭坚：《忆邢惇夫》，《山谷诗集注》卷十，《黄庭坚诗集注》，中华书局2003年版，第377页。

黄庭坚“形模弥勒一布袋，文字江河万古流”①，化用杜甫“不废江河万古流”。其“坐中索起时被肘，亦任旁人嫌我真”②，化用杜甫《遭田父泥饮美严中丞》之“高声索果栗，欲起时被肘”及《暇日小园散病将种秋菜督勒耕牛兼书触目》之“不爱入州府，畏人嫌我真”。“未应白发如霜草，不见丹砂似箭头。顾我今成丧家狗，期君早作济川舟。”③“未应”二句，反用杜诗《陪章留后侍御宴南楼》“本无丹灶术，那免白头翁”，“顾我”二句使用杜诗“昔如纵壑鱼，今如丧家狗”及“顾我老非题柱客，知君才是济川功”，四句之内三用杜诗。黄庭坚“臣甫杜鹃再拜诗”④，用杜甫《杜鹃行》。“一天月色为谁好”⑤，是从杜诗“中天月色好谁看”化出。“百年双鬓欲俱白，千里一书真万金”⑥，上句化用杜诗“百年双鬓白”，下句化用杜诗“家书抵万金”。

又杜甫云“文章千古事”，黄庭坚则云“道德千古事”⑦。杜甫云“润物细无声”，黄庭坚则云“润物无声春有功”⑧。杜甫云“不觉前贤畏后生”，黄庭坚则云“前贤畏后生”⑨。杜甫云“坐客寒无毡”，黄庭坚则

---

① （宋）黄庭坚：《病起荆江亭即事十首》（其九），《山谷诗集注》卷十四，《黄庭坚诗集注》，中华书局 2003 年版，第 521 页。

② （宋）黄庭坚：《戏呈闻善》，《山谷诗集注》卷十五，《黄庭坚诗集注》，中华书局 2003 年版，第 562 页。

③ （宋）黄庭坚：《次韵德孺惠贶秋字之句》，《山谷诗集注》卷十九，《黄庭坚诗集注》，中华书局 2003 年版，第 652 页。

④ （宋）黄庭坚：《书磨崖碑后》，《山谷诗集注》卷二十，《黄庭坚诗集注》，中华书局 2003 年版，第 690 页。

⑤ （宋）黄庭坚：《寄黄龙清老三首》（其三），《山谷诗集注》卷二十，《黄庭坚诗集注》，中华书局 2003 年版，第 708 页。

⑥ （宋）黄庭坚：《从舅氏李公择将抵京辅以归江南初自淮之西犹未秋日思归》，《山谷别集诗注》卷上，《黄庭坚诗集注》，中华书局 2003 年版，第 1431 页。

⑦ （宋）黄庭坚：《招子高二十二韵兼简常甫世弼》，《山谷外集诗注》卷二，《黄庭坚诗集注》，中华书局 2003 年版，第 794 页。

⑧ （宋）黄庭坚：《二月丁卯喜雨吴体为北门留守文潞公作》，《山谷外集诗注》卷二，《黄庭坚诗集注》，中华书局 2003 年版，第 807 页。

⑨ （宋）黄庭坚：《和答李子真读陶庾诗》，《山谷外集诗注》卷十三，《黄庭坚诗集注》，中华书局 2003 年版，第 1213 页。按：黄庭坚又云：“深信前贤畏后生。”见《次韵答任仲微》，《山谷诗外集补》卷三，《黄庭坚诗集注》，中华书局 2003 年版，第 1657 页。

云“广文何憾客无毡”[①]。杜甫云“庭前八月梨枣熟”，黄庭坚则云“八月梨枣红”[②]。杜甫云“结交皆老苍”，黄庭坚则云“少日结交皆老苍”[③]。杜甫云“总戎皆插侍中貂”，黄庭坚则云“几人能插侍中貂”[④]。黄庭坚《题韦偃马》“一洗万古凡马空”[⑤]，此直接袭用杜甫《丹青引》中的成句。杜甫云“先判一饮醉如泥”，黄庭坚云“须判一饮醉如泥”[⑥]。杜甫云“饥鹰待一呼”，黄庭坚则云“正有饥鹰待一呼”[⑦]。杜甫云“仗钺奋忠烈”，黄庭坚则云“为国奋忠烈”[⑧]。

黄庭坚大量使用杜甫典故，一方面出于他对杜诗的推崇，另一方面与其“夺胎换骨”的艺术追求紧密相关。

第二节　杜诗典故与南宋诗歌

南宋时期的诗人也喜欢使用杜诗典故，并具有以下特征：

一　南宋前期诗人普遍较多使用杜诗典故

南宋时期活跃在诗坛上的是陈与义、陆游、杨万里、范成大等诗人。同北宋诗人一样，这个时期的诗人普遍使用杜诗典故。

比如，陈与义就在自己的诗歌中大量化用杜诗，这与他喜爱杜诗是

① （宋）黄庭坚：《次韵张祕校喜雪三首》（其一），《山谷外集诗注》卷五，《黄庭坚诗集注》，中华书局2003年版，第900页。

② （宋）黄庭坚：《读方言》，《山谷外集诗注》卷三，《黄庭坚诗集注》，中华书局2003年版，第816页。

③ （宋）黄庭坚：《次韵答和甫庐泉水三首》（其一），《山谷外集诗注》卷十三，《黄庭坚诗集注》，中华书局2003年版，第1273页。

④ （宋）黄庭坚：《次韵元礼春怀十首》（其二），《山谷诗外集补》，《黄庭坚诗集注》卷三，中华书局2003年版，第1671页。

⑤ （宋）黄庭坚：《题韦偃马》，《山谷外集诗注》卷十五，《黄庭坚诗集注》，中华书局2003年版，第1327页。

⑥ （宋）黄庭坚：《和答任仲微赠别》，《山谷诗外集补》卷三，《黄庭坚诗集注》，中华书局2003年版，第1654页。

⑦ （宋）黄庭坚：《雪后登南禅茅亭简张仲谋二首》，《山谷诗外集补》卷四，《黄庭坚诗集注》，中华书局2003年版，第1704页。

⑧ （宋）黄庭坚：《次韵斌老冬至书怀示子舟篇末见及之作因以赠子舟归》，《山谷诗别集补》，《黄庭坚诗集注》，中华书局2003年版，第1756页。

分不开的。陈与义有诗题云《友人惠石两峰巉然取杜子美玉山高并两峰寒之句名曰小玉山》①，只要看看这样的诗题，就可以想见陈与义对杜诗的熟悉程度。可以说，陈与义一喜一忧都会念及杜甫。正是因为陈与义熟悉杜诗，刻意学习杜诗，他在自己的诗歌中才大量化用杜诗。如《连雨不能出有怀同年陈国佐》："雨师风伯不吾谋，漠漠穷阴断送秋。欲过苏端泥浩荡，定知高凤麦漂流。檐前甘菊已无益，阶下决明还可忧。安得如鸿六尺马，暂时相对说新愁。"② 此诗"欲过苏端泥浩荡"，用杜甫《雨过苏端》③，"檐前甘菊已无益"用杜甫《叹庭前甘菊花》，"阶下决明还可忧"用杜甫《秋雨叹》"雨中百草秋烂死，阶下决明颜色鲜"，"安得如鸿六尺马"用杜甫《苦雨》"愿腾六尺马，背若孤鸿征"。一首之中，四处使用杜诗。陈与义《张迪功携诗见过次韵谢之二首》第一首中的"偶有一钱何足看"和"不嫌野外时迂盖"④，分别使用杜甫《空囊》中的"留得一钱看"和《宾至》中的"不嫌野外无供给"，一首之中两用杜诗。第二首中的"政待移厨洗玉盘"，亦出自杜诗"竹里行厨洗玉盘"。再有，陈与义《谢杨工曹》"客居最负青春好，世事空随白发新"⑤，从杜甫"浮云不负青春色，细雨何孤白帝城"化出，同诗"独无芋栗供宾客"，从杜诗"锦里先生乌角巾，园收芋栗未全贫。惯看宾客儿童喜，得食阶除鸟雀驯"化出。这样的例证还有很多，不再举例。

杨万里在《与长孺共读杜诗》中说"一卷杜诗揉欲烂"⑥，可见他非常熟悉杜诗。与其他宋代诗人一样，他在自己的诗中也使用了较多的杜

---

① （宋）陈与义：《友人惠石两峰巉然取杜子美玉山高并两峰寒之句名曰小玉山》，《陈与义集校笺》卷九，上海古籍出版社 1990 年版，第 250 页。

② （宋）陈与义：《连雨不能出有怀同年陈国佐》，《陈与义集校笺》卷四，上海古籍出版社 1990 年版，第 109 页。

③ 按：杜甫《雨过苏端》的典故似为简斋所喜用，如其《次韵张迪功春日》："从此不忧风雨厄，杖藜时可过苏端"，即是。参见《陈与义集校笺》卷五，上海古籍出版社 1990 年版，第 120 页。

④ （宋）陈与义：《张迪功携诗见过次韵谢之二首》（其一），《陈与义集校笺》卷五，上海古籍出版社 1990 年版，第 122 页。

⑤ （宋）陈与义：《谢杨工曹》，《陈与义集校笺》卷七，上海古籍出版社 1990 年版，第 176 页。

⑥ （宋）杨万里：《与长孺共读杜诗》，《诚斋集》卷四二《退休集》，《全宋诗》卷二三一六，北京大学出版社 1998 年版，第 26653 页。

诗典故，试举例说明。杨万里《仲良见和再和谢焉》"自怜千虑短，所愿一枝安"[①]，用杜甫《宿府》之"已忍伶俜十年事，强移栖息一枝安"。杨万里《曲江重阳》"莫问明年衰与健，茱萸何处不相逢"[②]，《又题寺后竹亭》"醉把残灯子细看"[③]，均用杜甫《九日蓝田崔氏庄》之"明年此会知谁健，醉把茱萸子细看"。杨万里"谊风多年冷似铁"[④]，此用杜甫"布衾多年冷似铁"。杨万里《为王监簿先生求近诗》云："林下诗中第一仙，西风吹到日轮边。杜陵野客还惊市，国子先生小著鞭。拈出老谋开宇宙，本来清尚只云泉。新篇未许儿童诵，但得真传敢浪传。"[⑤] 按：此诗中"杜陵野客还惊市"用杜甫《醉时歌》之"杜陵野客人更嗤"，"但得真传敢浪传"用杜甫《泛江送魏十八仓曹还京因寄岑中允参范郎中季明》之"见酒须相忆，将诗莫浪传"。杨万里《和萧伯振见赠》"车斜韵险难为继，聊复酬公莫浪传"[⑥]，《题吉水余端蒙明府县门飞凫阁》"从公欲往其如懒，著句无佳莫浪传"[⑦]，也用杜甫此句。

范成大诗中的江西诗派余习较少，但他熟悉杜诗，也就不可避免地使用了一些杜诗的典故。如其《次韵唐子光教授河豚》"深山大泽龙蛇生"[⑧]，用杜甫《送孔巢父谢病归游江东兼呈李白》之"深山大泽龙蛇远"。《秋日杂兴》"莫嫌酒味薄"[⑨]，用杜甫《羌村三首》之"苦辞酒味

① （宋）杨万里：《仲良见和再和谢焉》，《诚斋集》卷一《江湖集》，《全宋诗》卷二二七五，北京大学出版社 1998 年版，第 26074 页。

② （宋）杨万里：《曲江重阳》，《诚斋集》卷一七《南海集》，《全宋诗》卷二二九一，北京大学出版社 1998 年版，第 26294 页。

③ （宋）杨万里：《又题寺后竹亭》，《诚斋集》卷二《江湖集》，《全宋诗》卷二二七六，北京大学出版社 1998 年版，第 26080 页。

④ （宋）杨万里：《赴调宿白沙渡族叔文远携酒追送走笔取别》，《诚斋集》卷二《江湖集》，《全宋诗》卷二二七六，北京大学出版社 1998 年版，第 26081 页。

⑤ （宋）杨万里：《为王监簿先生求近诗》，《诚斋集》卷二《江湖集》，《全宋诗》卷二二七六，北京大学出版社 1998 年版，第 26084 页。

⑥ （宋）杨万里：《和萧伯振见赠》，《诚斋集》卷二《江湖集》，《全宋诗》卷二二七六，北京大学出版社 1998 年版，第 26094 页。

⑦ （宋）杨万里：《题吉水余端蒙明府县门飞凫阁》，《诚斋集》卷三《江湖集》，《全宋诗》卷二二七七，北京大学出版社 1998 年版，第 26098 页。

⑧ （宋）范成大：《次韵唐子光教授河豚》，《范石湖集》卷二，上海古籍出版社 1981 年版，第 19 页。

⑨ （宋）范成大：《秋日杂兴》，《范石湖集》卷二，上海古籍出版社 1981 年版，第 24 页。

薄”。《倚竹》“君看脉脉无言处，中有杜陵饥客诗”[①]，题目《倚竹》出自杜甫《佳人》之“天寒翠袖薄，日暮倚修竹”。《圣集夸说少年俊游用韵记其语戏之》“倚袖竹风怜翠薄”[②]，也用杜甫此典。他的《除夜书怀》“平生酒一杯”[③]，用杜甫《不见》之“敏捷诗千首，飘零酒一杯”。《代人七月十四日生朝》“来岁城南尺五天”[④]，此用杜甫所引俗语“城南韦杜，去天尺五”。又范成大“屋山从卷杜陵茅”[⑤]，“布衾如铁复似水”[⑥]，此均用杜甫《茅屋为秋风所破歌》。《次韵子永见赠建除体》：“满灶寒缸油，共此书檠光。平生卜邻愿，何意登我堂。”[⑦] 此用杜甫“共此灯烛光”“王翰愿为邻”“焉知二十载，重上君子堂”等诗句。范成大《喜雪示桂人》“从今老杜诗犹信，梅片飞时雪也飞”[⑧]，用杜甫《和裴迪登蜀州东亭送客逢早梅相忆见寄》“东阁官梅动诗兴，还如何逊在扬州。此时对雪遥相忆，送客逢春可自由”。又范成大《夔州竹枝歌》“行人莫笑女粗丑，儿郎自与买银钗”[⑨]，此用杜甫《负薪行》“若道巫山女粗丑，何得此有昭君村”。范成大“唤渡聊相觅，巡檐得细看”，[⑩] 此用杜甫《舍弟观赴蓝田取妻子到江陵喜寄》之“巡檐索共梅花笑，冷蕊疏枝半不禁”。

---

① （宋）范成大：《倚竹》，《范石湖集》卷三，上海古籍出版社1981年版，第34页。

② （宋）范成大：《圣集夸说少年俊游用韵记其语戏之》，《范石湖集》卷五，上海古籍出版社1981年版，第62页。

③ （宋）范成大：《除夜书怀》，《范石湖集》卷四，上海古籍出版社1981年版，第44页。

④ （宋）范成大：《代人七月十四日生朝》，《范石湖集》卷四，上海古籍出版社1981年版，第51页。

⑤ （宋）范成大：《中秋无月复次韵》，《范石湖集》卷八，上海古籍出版社1981年版，第98页。

⑥ （宋）范成大：《次韵李子永雪中长句》，《范石湖集》卷九，上海古籍出版社1981年版，第107页。

⑦ （宋）范成大：《次韵子永见赠建除体》，《范石湖集》卷九，上海古籍出版社1981年版，第108页。

⑧ （宋）范成大：《喜雪示桂人》，《范石湖集》卷十四，上海古籍出版社1981年版，第177页。

⑨ （宋）范成大：《夔州竹枝歌》，《范石湖集》卷十六，上海古籍出版社1981年版，第220页。

⑩ （宋）范成大：《合江亭隔江望瑶林庄梅盛开过江访之马上哦此》，《范石湖集》卷十七，上海古籍出版社1981年版，第242页。

可见，南宋前期的诗人不仅熟悉杜诗，而且在他们的诗歌中都大量使用了杜诗典故。

二　陆游是两宋使用杜诗典故最多的诗人

在宋代诗人中，使用杜甫典故最多的是陆游。陆游学诗从江西诗派入手，特别是他早期的诗歌，还不能摆脱江西诗派的束缚，非常讲究锤炼和用典。陆游诗歌中用典很多，特别是杜诗典故，可谓洋洋大观。陆游使用杜诗典故可以分为以下几种情况：

首先，直接使用杜诗语典。陆游诗中较多的是直接使用杜诗典故。比如，陆游《次韵鲁山新居绝句》“君曾布衣尚可活，那有日兴须万钱”[①]，用杜甫《饮中八仙歌》之“左相日兴费万钱”。其“健如黄犊已无缘”[②]，用杜甫《百忧集行》“健如黄犊走复来”。杜甫曾居夔州之瀼西，有《瀼西寒望》云“定卜瀼西居”，陆游居于此地时作《寄张真父舍人》云“拟卜瀼西居”[③]。他对朋友说“就令有使即寄书，岂如无事长相见”[④]，此用杜甫《病后过王倚饮赠歌》“只愿无事常想见”句。陆游“永怀杜拾遗，抱病起登台”[⑤]，用杜甫《九日》之“抱病起登江上台”。“海内故人书断绝”[⑥]，用杜甫《狂夫》之“厚禄故人书断绝”。《上巳临川道中》“三月三日天气新”[⑦]，此径用杜甫《丽人行》中句。《因王给事回使奉寄》“正叹船如天上坐”[⑧]，用杜甫《小寒食舟中作》。《十二月八

① （宋）陆游：《次韵鲁山新居绝句》，《剑南诗稿校注》卷一，上海古籍出版社2005年版，第28页。

② （宋）陆游：《曾原伯屡劝居城中而仆方欲自梅山入云门今日病酒偶得长句奉寄》，《剑南诗稿校注》卷一，上海古籍出版社2005年版，第63页。

③ （宋）陆游：《寄张真父舍人》，《剑南诗稿校注》卷一，上海古籍出版社2005年版，第70页。

④ （宋）陆游：《寄酬杨齐伯少卿》，《剑南诗稿校注》卷一，上海古籍出版社2005年版，第122页。

⑤ （宋）陆游：《秋怀》，《剑南诗稿校注》卷四十七，上海古籍出版社2005年版，第2884页。

⑥ （宋）陆游：《暮秋》，《剑南诗稿校注》卷五十九，上海古籍出版社2005年版，第3411页。

⑦ （宋）陆游：《上巳临川道中》，《剑南诗稿校注》卷一，上海古籍出版社2005年版，第95页。

⑧ （宋）陆游：《因王给事回使奉寄》，《剑南诗稿校注》卷十八，上海古籍出版社2005年版，第1406页。

日步至西村》"多病所须唯药物"①，此径用杜甫《江村》中成句。"牵萝且复补茅屋"②，此用杜甫《佳人》句。又陆游"锦官花重更关情"③，用杜甫《春夜喜雨》。"茅屋秋雨漏"④，用杜甫《茅屋为秋风所破歌》。"孙翁下笔开生面"⑤，用杜甫《丹青引》。"衰发不胜簪"⑥，用杜甫《春望》。"只合长斋绣佛前"⑦，用杜甫《饮中八仙歌》。

其次，一诗之中多处使用杜诗。陆游有时会在一首诗中多处使用杜诗典故，如陆游《病中久废游览怅然有感》"裘马清狂遍两川，十年身是地行仙。归来仿旧半为鬼，已矣此生休问天"⑧，此四句之中三用杜诗。陆游《醉中作》"爱酒官长骂，近花丞相嗔"，两句两用杜诗。又《夙兴弄笔偶书》"杜老惯听儿索饭，郑公何啻客无毡。春风不解嫌贫病，尚拟花前醉放颠"⑨，此四句之中三用杜诗。陆游《木瓜铺短歌》有"馀年有几百忧集"，"细思宁是儒冠误"等，多处使用杜诗。⑩ 陆游"青钱三百

① （宋）陆游：《十二月八日步至西村》，《剑南诗稿校注》卷二十六，上海古籍出版社2005年版，第1847页。

② （宋）陆游：《十月八日九日连夕雷雨》，《剑南诗稿校注》卷四十四，上海古籍出版社2005年版，第2723页。

③ （宋）陆游：《夜雨感怀》，《剑南诗稿校注》卷四，上海古籍出版社2005年版，第338页。

④ （宋）陆游：《古意》，《剑南诗稿校注》卷五，上海古籍出版社2005年版，第427页。

⑤ （宋）陆游：《离堆伏龙祠观孙太古画英惠王像》，《剑南诗稿校注》卷六，上海古籍出版社2005年版，第488页。

⑥ （宋）陆游：《郫县道中思故里》，《剑南诗稿校注》卷六，上海古籍出版社2005年版，第490页。

⑦ （宋）陆游：《观音院读壁间苏在廷少卿两小诗次韵》，《剑南诗稿校注》卷七，上海古籍出版社2005年版，第548页。

⑧ （宋）陆游：《病中久废游览怅然有感》，《剑南诗稿校注》卷十七，上海古籍出版社2005年版，第1330页。

⑨ （宋）陆游：《夙兴弄笔偶书》，《剑南诗稿校注》卷二十六，上海古籍出版社2005年版，第1845页。

⑩ （宋）陆游：《木瓜铺短歌》，《剑南诗稿校注》卷三，上海古籍出版社2005年版，第245页。按：陆游诗中屡用杜甫"儒冠多误身"诗意，如其《成都大阅》云"久矣儒冠误此身"，《剑南诗稿校注》卷六，上海古籍出版社2005年版，第525页；《视陂至崇仁村落》"少年已叹儒冠误"，《剑南诗稿校注》卷十二，上海古籍出版社2005年版，第1000页；《秋思》"早知竟坐儒冠误"，《剑南诗稿校注》卷三十七，上海古籍出版社2005年版，第2394页。

幸可办，且判烂醉酤郫筒”[①]，此上句用杜甫《逼仄行赠毕曜》之“速宜相就饮一斗，恰有三百青铜钱”，下句用杜甫《杜位宅守岁》之“谁能更拘束，烂醉是生涯”，以及杜甫《将赴成都草堂途中有作先寄严郑公五首》（其一）之“鱼知丙穴由来美，酒忆郫筒不用酤”，两句之中三用杜诗。又陆游《躬耕》云：“无复短衣随李广，但思微雨过苏端。”上句用杜甫《曲江三章章五句》之“短衣匹马随李广”，下句用杜诗《雨过苏端》，一联之中两用杜诗。陆游乾道七年（1171）在夔州登白帝城作《夜登白帝城楼怀少陵先生》，诗云：“拾遗白发有谁怜，零落歌诗遍两川。人立飞楼今已矣，浪翻孤月尚依然。升沉自古无穷事，愚智同归有限年。此意凄凉谁共语，夜阑鸥鹭起沙边。”[②]“人立飞楼”，用杜甫《白帝城最高楼》之“城尖径昃旌旆愁，独立缥缈之飞楼”，“浪翻孤月”用杜甫《宿江边阁》之“薄云岩际宿，孤月浪中翻”。

最后，重复使用杜诗典故。陆游诗歌本来就有许多重复之处，如“到处风尘常扑面，岂惟京洛化人衣”[③]，“边月空悲新雪鬓，京尘犹染旧朝衣”[④] 等。陆游诗句重复的缺点在使用杜甫典故上也颇有表现，那就是陆游会在不同的诗中反复使用杜诗中相同的典故。如陆游《定拆号日喜而有作》“挽须预想诸儿喜”[⑤]，此用杜甫《北征》“生还对童稚，似欲忘饥渴。问事竞挽须，谁能即嗔喝”。而他的“稚子入旅梦，挽须劝还

---

① （宋）陆游：《春感》，《剑南诗稿校注》卷六，上海古籍出版社2005年版，第537页。陆游绍熙二年（1191）冬在山阴作《思蜀》云“玉食峨嵋栮，金齑丙穴鱼”，亦用杜甫《将赴成都草堂途中有作先寄严郑公五首》中典故，参见《剑南诗稿校注》卷二十三，上海古籍出版社2005年版，第1722页。又《上章纳禄恩畀外祠遂以五月初东归》“网户饷鱼胜丙穴，旗亭送酒等郫筒”，《剑南诗稿校注》卷五十三，上海古籍出版社2005年版，第3154页。又陆游《园中对酒作》“也有青铜三百钱”，《剑南诗稿校注》卷三十一，上海古籍出版社2005年版，第2094页。

② （宋）陆游：《夜登白帝城楼怀少陵先生》，《剑南诗稿校注》卷二，上海古籍出版社2005年版，第154页。

③ （宋）陆游：《果州驿》，《剑南诗稿校注》卷三，上海古籍出版社2005年版，第219页。

④ （宋）陆游：《感事》，《剑南诗稿校注》卷四，上海古籍出版社2005年版，第331页。

⑤ （宋）陆游：《定拆号日喜而有作》，《剑南诗稿校注》卷一，上海古籍出版社2005年版，第191页。

家"[1]，亦出于此。陆游"要挽天河洗洛嵩"[2]，"欲倾天上河汉水，净洗关中胡虏尘"[3]，"诞欺成俗真当惧，谁挽天河一洗空"[4]，均用杜甫《洗兵马》。杜甫云"门泊东吴万里船"，陆游则云"门泊吴船亦已谋"[5]，"休问东吴万里船"[6]。杜甫云"杜曲幸有桑麻田"，陆游则云"杜曲桑麻梦想归"[7]，"杜曲桑麻犹郁郁"[8]，"杜陵归老有桑麻"[9]。杜甫云"巡檐索共梅花笑，冷蕊疏枝半不禁"，陆游则云"也思试索梅花笑，冻蕊疏疏欲不禁"[10]，"如今莫索梅花笑，古驿灯前各自愁"[11]，"正喜巡檐梅花笑，已悲临水送将归"[12]。杜甫云"赖有苏司业，时时乞酒钱"，陆游则云"也知世少苏司业"[13]，"酒钱觅处无司业"[14]，"从来未识苏司业"[15]，"司

---

① （宋）陆游：《鼓楼铺醉歌》，《剑南诗稿校注》卷三，上海古籍出版社 2005 年版，第 224 页。

② （宋）陆游：《八月二十二日嘉州大阅》，《剑南诗稿校注》卷四，上海古籍出版社 2005 年版，第 339 页。

③ （宋）陆游：《夏夜大醉醒后有感》，《剑南诗稿校注》卷七，上海古籍出版社 2005 年版，第 582 页。

④ （宋）陆游：《晓出东城马上作》，《剑南诗稿校注》卷十九，上海古籍出版社 2005 年版，第 1497 页。

⑤ （宋）陆游：《予行蜀汉间道出潭毒关下每憩罗汉院山光轩今复过之怅然有感》，《剑南诗稿校注》卷三，上海古籍出版社 2005 年版，第 265 页。

⑥ （宋）陆游：《江渎池醉归马上作》，《剑南诗稿校注》卷五，上海古籍出版社 2005 年版，第 433 页。

⑦ （宋）陆游：《晦日西窗怀故山》，《剑南诗稿校注》卷四，上海古籍出版社 2005 年版，第 321 页。

⑧ （宋）陆游：《鲁墟》，《剑南诗稿校注》卷五十五，上海古籍出版社 2005 年版，第 3247 页。

⑨ （宋）陆游：《病中杂咏》，《剑南诗稿校注》卷八十五，上海古籍出版社 2005 年版，第 4536 页。

⑩ （宋）陆游：《东屯呈同游诸公》，《剑南诗稿校注》卷二，上海古籍出版社 2005 年版，第 207 页。

⑪ （宋）陆游：《梅花绝句》，《剑南诗稿校注》卷十，上海古籍出版社 2005 年版，第 847 页。

⑫ （宋）陆游：《别梅》，《剑南诗稿校注》卷十七，上海古籍出版社 2005 年版，第 1307 页。

⑬ （宋）陆游：《独饮醉卧比觉已夜半矣戏作此诗》，《剑南诗稿校注》卷七，上海古籍出版社 2005 年版，第 608 页。

⑭ （宋）陆游：《累日无酒亦不肉食戏作此诗》，《剑南诗稿校注》卷十四，上海古籍出版社 2005 年版，第 1141 页。

⑮ （宋）陆游：《秋晚湖上》，《剑南诗稿校注》卷四十八，上海古籍出版社 2005 年版，第 2899 页。

业与钱还复酤”[①]。杜甫云“咸阳客舍一事无，相与博塞为欢娱。冯陵大叫呼五白，袒跣不肯成枭卢”，陆游则云“酒酣博簺为欢娱，信手枭卢喝成采”[②]，“咸阳呼五白，何遽不能卢”[③]。杜甫云“许身一何愚，窃比稷与契”，陆游则云“杜老何妨希稷契”[④]，“士初许身辈稷契”[⑤]。杜甫云“勋业频看镜”，陆游则云“衰颜安用频看镜”[⑥]，“功名莫看镜”[⑦]，“看镜叹勋业”[⑧]，“看镜功名空自许，上楼怀抱若为宽”[⑨]。杜甫云“囊中恐羞涩”，陆游则云“未敢羞空囊”[⑩]，“那复计囊空”[⑪]。陆游“酒宁剩欠寻常债”[⑫]，“宁教酒欠寻常债”[⑬]，都使用杜甫“酒债寻常行处有”。陆游“爱花却笑拾遗狂”[⑭]，“爱花欲死杜陵狂”[⑮]，也使用相同的杜诗典故。陆

---

① （宋）陆游：《初寒对酒》，《剑南诗稿校注》卷五十一，上海古籍出版社2005年版，第3066页。

② （宋）陆游：《楼上醉书》，《剑南诗稿校注》卷八，上海古籍出版社2005年版，第629页。

③ （宋）陆游：《纵笔》，《剑南诗稿校注》卷十九，上海古籍出版社2005年版，第1514页。

④ （宋）陆游：《城东马上作》，《剑南诗稿校注》卷八，上海古籍出版社2005年版，第635页。

⑤ （宋）陆游：《读书》，《剑南诗稿校注》卷十四，上海古籍出版社2005年版，第1142页。

⑥ （宋）陆游：《题庵壁》，《剑南诗稿校注》卷八，上海古籍出版社2005年版，第655页。

⑦ （宋）陆游：《遣兴》，《剑南诗稿校注》卷九，上海古籍出版社2005年版，第704页。

⑧ （宋）陆游：《秋郊有怀》，《剑南诗稿校注》卷十九，上海古籍出版社2005年版，第1463页。

⑨ （宋）陆游：《晚登望云》，《剑南诗稿校注》卷四，上海古籍出版社2005年版，第320页。

⑩ （宋）陆游：《东郊饮村酒大醉后作》，《剑南诗稿校注》卷八，上海古籍出版社2005年版，第695页。陆游《次韵范参政书怀》“杖头何恨一钱无”，亦用杜甫《空囊》典，参见《剑南诗稿校注》卷二十四，上海古籍出版社2005年版，第1755页。

⑪ （宋）陆游：《屏迹》，《剑南诗稿校注》卷五十八，上海古籍出版社2005年版，第3368页。

⑫ （宋）陆游：《西村醉归》，《剑南诗稿校注》卷十三，上海古籍出版社2005年版，第1038页。

⑬ （宋）陆游：《园中小饮》，《剑南诗稿校注》卷二十九，上海古籍出版社2005年版，第2007页。

⑭ （宋）陆游：《病酒宿土坊驿》，《剑南诗稿校注》卷十三，上海古籍出版社2005年版，第1017页。

⑮ （宋）陆游：《梅花》，《剑南诗稿校注》卷三十八，上海古籍出版社2005年版，第2463页。

游“夜半归来步松影，真成赤脚踏层冰”①，“未能踏层冰”②，均使用杜甫《早秋苦热堆案相仍》之“安得赤脚踏层冰”。陆游《药圃》“馀年有几何？长镵真托汝”③，“惟应托长镵，寂寞送浮生”④，“托命须长镵”⑤，均用杜甫《同谷七歌》之“长镵长镵白木柄，我生托子以为命”。

正如钱锺书所说：“放翁多文为富，而意境实少变化。古来大家，心思句法，复出重见，无如渠之多者……虽以其才大思巧，善于泯迹藏拙，而凑添之痕，每不可掩。往往八句之中，啼笑杂遝，两联之内，典实丛叠；于首击尾应、尺接寸附之旨，相去殊远。文气不接，字面相犯。”⑥重复使用杜诗典故，是陆游诗歌的一个缺点。

三 南宋末年诗人使用杜诗典故较少

南宋后期首先登上诗坛的是永嘉四灵，再有就是江湖派诗人。宋亡之际，又出现了文天祥、谢翱、林景熙、汪元量、谢枋得、郑思肖等一大批诗人。南宋末年诗人使用杜诗典故较少。

在这个时期，汪元量在诗中化用了一些杜诗。他说“我宋麒麟阁，公当向上名”⑦，此出自杜诗“今代麒麟阁，何人第一功”。其“杜子肯依严武”⑧，“同谷歌臣甫”⑨，“勿诮草堂翁”⑩，此均用老杜事。其“南

---

① （宋）陆游：《夏夜泛舟书所见》，《剑南诗稿校注》卷一，上海古籍出版社2005年版，第66页。

② （宋）陆游：《明日再游又赋》，《剑南诗稿校注》卷十，上海古籍出版社2005年版，第817页。

③ （宋）陆游：《药圃》，《剑南诗稿校注》卷二十五，上海古籍出版社2005年版，第1775页。

④ （宋）陆游：《夜坐》，《剑南诗稿校注》卷三十一，上海古籍出版社2005年版，第2097页。

⑤ （宋）陆游：《秋晚》，《剑南诗稿校注》卷四十一，上海古籍出版社2005年版，第2578页。

⑥ 钱锺书：《谈艺录》，中华书局1984年版，第125—128页。

⑦ （宋）汪元量：《孙殿帅从魏公出师》，《汪元量集校注》卷一，浙江古籍出版社1999年版，第7页。

⑧ （宋）汪元量：《别杨驸马》，《汪元量集校注》卷一，浙江古籍出版社1999年版，第16页。

⑨ （宋）汪元量：《[illegible]溪王奉御寄诗次韵呈崖松卢奉御》，《汪元量集校注》卷三，浙江古籍出版社1999年版，第98页。

⑩ （宋）汪元量：《天山观雪王昭仪相邀割驼肉》，《汪元量集校注》卷三，浙江古籍出版社1999年版，第119页。

人堕泪北人笑，臣甫低头拜杜鹃”[①]，使用杜典。“天末有人难问讯”[②]，此用杜甫《天末怀李白》。“新鬼啾啾旧鬼啼”[③]，此用杜甫《兵车行》之“新鬼烦冤旧鬼哭，天阴雨湿声啾啾”。“秉烛相看真梦寐”[④]，此用杜诗“夜阑更秉烛，相对如梦寐”。“一月不梳头，一月不洗面”[⑤]，此出杜诗“百年浑得醉，一月不梳头”。“御宴时开礼数宽”[⑥]，此出杜诗“非关使者征求急，自识将军礼数宽”。“群峰如儿孙”[⑦]，此出杜诗“西岳崚嶒竦处尊，诸峰罗立如儿孙”。“妇女多在官军中，兵气不扬长太息”[⑧]，此用杜甫《新婚别》之“妇人在军中，兵气恐不扬”。《杭州杂诗和林石田》二十三首，[⑨] 多用杜诗典故，如“近法秦州体”“吟登李杜坛”“黑入太阴中”等，这组诗也颇有杜诗神韵。

林景熙也化用了一些杜诗。如杜甫云“桓桓陈将军”，他则云“桓桓李将军”[⑩]。杜甫云“路经滟滪双蓬鬓”，他则说“客鬓双蓬老拾遗”[⑪]。杜甫云“慎莫近前丞相嗔”，他则说“惟闻丞相嗔”[⑫]。杜甫云“杜曲幸

① （宋）汪元量：《送琴师毛敏仲北行》，《汪元量集校注》卷一，浙江古籍出版社 1999 年版，第 35 页。

② （宋）汪元量：《常州》，《汪元量集校注》卷二，浙江古籍出版社 1999 年版，第 45 页。

③ （宋）汪元量：《湖州歌》，《汪元量集校注》卷二，浙江古籍出版社 1999 年版，第 64 页。

④ （宋）汪元量：《三衢官舍和王府教》，《汪元量集校注》卷四，浙江古籍出版社 1999 年版，第 169 页。

⑤ （宋）汪元量：《草地》，《汪元量集校注》卷三，浙江古籍出版社 1999 年版，第 120 页。

⑥ （宋）汪元量：《万安殿夜直》，《汪元量集校注》卷三，浙江古籍出版社 1999 年版，第 123 页。

⑦ （宋）汪元量：《天坛山》，《汪元量集校注》卷三，浙江古籍出版社 1999 年版，第 128 页。

⑧ （宋）汪元量：《闻父老说兵》，《汪元量集校注》卷四，浙江古籍出版社 1999 年版，第 224 页。

⑨ （宋）汪元量：《杭州杂诗和林石田》，《汪元量集校注》卷一，浙江古籍出版社 1999 年版，第 25 页。

⑩ （宋）林景熙：《秦吉了》，《林景熙集校注》卷一，浙江古籍出版社 1995 年版，第 4 页。

⑪ （宋）林景熙：《独夜》，《林景熙集校注》卷一，浙江古籍出版社 1995 年版，第 11 页。

⑫ （宋）林景熙：《故相贾氏居》，《林景熙集校注》卷一，浙江古籍出版社 1995 年版，第 71 页。

有桑麻田”，林景熙则云“桑麻杜曲忆春风”①，“杜曲桑麻归已晚”②。杜甫云“安得赤脚踏层冰”，林景熙说“脚踏层冰思远壑”③。杜甫云“翻手作云覆手雨”，林景熙则云“世交翻覆如云雨”④。林景熙诗中的“溪冷浣花宗武哭”⑤，“臣甫再拜鹃”⑥，“老矣杜陵客”⑦，“安得千万间”⑧等，也使用杜典。

谢枋得欣赏杜诗，说杜诗“辞情绝妙，无以加之”⑨，但其诗不似杜诗。他在《谢张四居士惠纸衾》中说：“独怜无褐民，茅檐冻欲偾。大裘正万丈，德心欠广运。天下皆无寒，孔孟有素蕴。愿与物为春，衾铁吾不愠。”⑩ 此略有杜甫“安得广厦千万间”的情怀。他的“靖节少陵能自解”⑪，使用杜甫典故。郑思肖有两首诗写到杜甫，《杜子美茅屋为秋风所破歌图》云：“雨卷风掀地欲沉，浣花溪路似难寻。数间茅屋苦饶舌，说杀少陵忧国心。”⑫《杜子美骑驴图》云：“饭颗山前花正妍，饮愁为醉弄

---

① （宋）林景熙：《喜刘邦瑞迁居采芹坊》，《林景熙集校注》卷一，浙江古籍出版社 1995 年版，第 86 页。

② （宋）林景熙：《元日即事》，《林景熙集校注》卷二，浙江古籍出版社 1995 年版，第 121 页。

③ （宋）林景熙：《纳凉》，《林景熙集校注》卷二，浙江古籍出版社 1995 年版，第 216 页。

④ （宋）林景熙：《次韵山中见寄》，《林景熙集校注》卷二，浙江古籍出版社 1995 年版，第 219 页。

⑤ （宋）林景熙：《哭德和伯氏》，《林景熙集校注》卷一，浙江古籍出版社 1995 年版，第 92 页。

⑥ （宋）林景熙：《杂咏十首酬汪镇卿》（其五），《林景熙集校注》卷二，浙江古籍出版社 1995 年版，第 102 页。

⑦ （宋）林景熙：《陈子植草庐成求予赋》，《林景熙集校注》卷二，浙江古籍出版社 1995 年版，第 235 页。

⑧ （宋）林景熙：《陈子植草庐成求予赋》，《林景熙集校注》卷二，浙江古籍出版社 1995 年版，第 235 页。

⑨ （宋）谢枋得：《评陈后山示三子》，《谢叠山全集校注》卷七，华东师范大学出版社 1994 年版，第 197 页。

⑩ （宋）谢枋得：《谢张四居士惠纸衾》，《谢叠山全集校注》卷五，华东师范大学出版社 1994 年版，第 122 页。

⑪ （宋）谢枋得：《示儿》，《谢叠山全集校注》卷五，华东师范大学出版社 1994 年版，第 141 页。

⑫ （宋）郑思肖：《杜子美茅屋为秋风所破歌图》，《郑思肖集・一百二十图诗集》，上海古籍出版社 1991 年版，第 225 页。

吟颠。突然骑过草堂去，梦拜杜鹃声外天。”① 二诗大略借杜甫抒发忧国之情和故国之思。他另有《子美孔明庙古柏图行》②，主要吟咏诸葛亮事迹。总体上看，郑思肖的诗歌艺术性不强，也不似杜诗。

可见，虽然南宋末年杜甫和杜诗的影响比较大，但杜诗典故的使用并不多。

总体来看，宋人作诗喜用杜诗典故（关于杜甫使用典故，宋人也有极多的论述，对宋人在杜诗用典方面的艺术批评的总结和论述，详见本书第十二章）。北宋初期的王禹偁最早较多使用杜诗典故。北宋中期的大部分诗人都大量使用杜诗典故，苏轼是整个北宋使用杜诗典故最多的诗人。江西诗派普遍喜用杜诗典故，其中以黄庭坚使用杜诗典故最多。南宋前期诗人也普遍较多使用杜诗典故，陆游是两宋使用杜诗典故最多的诗人。南宋末年诗人则使用杜诗典故较少。

---

① （宋）郑思肖：《杜子美骑驴图》，《郑思肖集·一百二十图诗集》，上海古籍出版社1991年版，第225页。

② （宋）郑思肖：《子美孔明庙古柏图行》，《郑思肖集·一百二十图诗集》，上海古籍出版社1991年版，第225页。

第七章

宋代杜诗艺术成就论

前面我们讨论了杜诗对宋代诗歌创作的影响，特别讨论了杜诗影响宋诗的阶段性及其在不同阶段的特征。从本章开始，我们将讨论宋代的杜诗批评。如前所述，宋人对于杜诗的章法、句法、炼字、用典等诸多艺术手法均加以继承和学习，将杜诗奉为诗学楷模，因此，宋代的杜诗艺术批评也极为发达。本章主要讨论宋人对杜诗艺术成就的评论，特别对杜甫“诗圣”说的产生和内涵进行分析。

第一节 “诗圣”说的产生及其内涵

在中国文学史上，杜甫被尊称为“诗圣”。杜甫“诗圣”尊号中的“圣”，既有作为伦理道德层面的“圣贤”意义，又有艺术表现层面的“圣手”意义。杜甫“诗圣”说，是宋人对杜甫人格及其诗歌艺术成就的高度概括，其产生和内涵有如下特征。

首先，杜甫在宋代被尊为“诗圣”，是因为他是伦理道德层面的“圣贤”。

北宋文坛领袖苏轼曾在《王定国诗集叙》中提出：“古今诗人众矣，而杜子美独为首，岂非以流落饥寒，终身不用，而一饭未尝忘君也欤。”①其“一饭未尝忘君”所指，当为杜甫于大历二年（767）在夔州瀼西所作之《槐叶冷淘》，诗中述说槐叶冷淘的清新味美，并含有向君王献芹荐藻之意。杜甫《槐叶冷淘》云：

① （宋）苏轼：《苏轼文集》，中华书局1986年版，第318页。

青青高槐叶，采掇付中厨。新面来近市，汁滓宛相俱。入鼎资过熟，加餐愁欲无。碧鲜俱照箸，香饭兼苞芦。经齿冷于雪，劝人投比珠。愿随金騕褭，走置锦屠苏。路远思恐泥，兴深终不渝。献芹则小小，荐藻明区区。万里露寒殿，开冰清玉壶。君王纳凉晚，此味亦时须。

苏轼此论，凸显了杜甫浓厚的忠君恋阙的伦理道德意识。当然，苏轼称杜甫为“古今诗人之首”，忽略了杜诗中如“边庭流血成海水，武皇开边意未已”（《兵车行》），“唐尧真自圣，野老复何知”（《秦州杂诗二十首》其二十），“邺城反覆不足怪，关中小儿坏纪纲。张后不乐上为忙……犬戎直来坐御床，百官跣足随天王”（《忆昔二首》其一）等批判、讽刺玄宗、肃宗、代宗三代君王的诸多作品，不免有以偏概全之嫌。当然，苏轼此论的产生，有其具体的政治背景，此不予讨论。

苏轼《评子美诗》又云：“子美自比稷与契，人未必许也。然其诗云：‘舜举十六相，身尊道益高。秦时用商鞅，法令如牛毛。’此自是契、稷辈人口中语也。”[①] 苏轼引述杜甫的“许身一何愚，窃比稷与契”，称美杜甫人格堪比上古尧舜时代之圣贤契、稷。其弟苏辙亦云：“李白诗类其为人，骏发豪放，华而不实，好事喜名，不知义理之所在也……今观其诗固然。唐诗人李杜称首，今其诗皆在。杜甫有好义之心，白所不及也。”[②] 从“文如其人”的角度，比较李、杜二家，显然，苏辙更推重杜甫的“好义之心”，从伦理道德角度，扬杜而抑李。

北宋的王安石也曾在诗中写道：

吾观少陵诗，为与元气侔。力能排天斡九地，壮颜毅色不可求。浩荡八极中，生物岂不稠。丑妍巨细千万殊，竟莫见以何雕锼。惜哉命之穷，颠倒不见收。青衫老更斥，饿走半九州。瘦妻僵前子仆后，攘攘盗贼森戈矛。吟哦当此时，不废朝廷忧。常愿天子圣，大臣各伊周。宁令吾庐独破受冻死，不忍四海寒飕飕。伤屯悼屈止一

① （宋）苏轼：《苏轼文集》，中华书局1986年版，第2105页。
② （宋）苏辙：《苏辙集》，中华书局1990年版，第1228页。

身，嗟时之人死所羞。所以见公像，再拜涕泗流。惟公之心古亦少，愿起公死从之游。①

王安石以铺张扬厉的语言，高度赞美杜甫在家国离乱之际的忧国忧民的“圣贤”情怀，亦是从伦理道德层面着眼。胡仔《苕溪渔隐丛话》前集卷六云：“荆公编集四家诗，其先后之序，或以为存深意，或以为初无意。盖以子美为第一，此无可议者。”② 可知，王安石编选李白、杜甫、韩愈、欧阳修四家诗作，以杜甫为第一，正缘于王安石对杜甫“圣贤”情怀的钦仰。

黄庭坚《次韵伯氏寄赠盖郎中喜学老杜之诗》云：“老杜文章擅一家，国风纯正不欹斜……千古是非存史笔，百年忠义寄江花。”③ 潘淳《潘子真诗话》“山谷论杜甫韩偓诗”条称：“山谷尝谓余言：‘老杜虽在流落颠沛，未尝一日不在本朝，故善陈时事，句律精深，超古作者。忠义之气，感发而然。’”④ 可见，黄庭坚也认为杜甫超出古之诗人之处，乃在其“忠义之气”、圣贤之心。

南宋陈俊卿则云：“杜子美诗人冠冕，后世莫及，以其句法森严，而流落困踬之中，未尝一日忘朝廷也。”⑤ 此直承苏轼“一饭未尝忘君”之说，赞赏杜甫困顿中忠君恋阙之伦理纲常，故推其为“诗人冠冕”。

由此可见，宋人推崇杜甫，首先是因为他是伦理道德层面的圣贤。正如刘英奎、张小乐所云：“他们心目中的杜甫是一位人格高尚的伟大诗人，忠君意识当然是这种人格的组成部分，但更重要的则是以天下为己任的胸怀和关心天下苍生的赤子之心。”⑥ 伦理道德层面的圣贤，是宋代杜甫“诗圣”说的重要内涵之一。

其次，宋人推崇杜诗，还因为杜诗是可以直接体现儒家伦理道德的

---

① （宋）王安石：《王安石全集》，上海古籍出版社 1999 年版，第 410 页。

② （宋）胡仔：《苕溪渔隐丛话》前集，人民文学出版社 1962 年版，第 37 页。

③ （宋）黄庭坚：《山谷集·外集》卷十四，影印文渊阁四库全书本，台湾商务印书馆 1983 年版。

④ （宋）潘淳：《潘子真诗话》，《宋诗话辑佚》本，中华书局 1980 年版，第 310 页。

⑤ （宋）黄彻：《䂬溪诗话·序》，人民文学出版社 1986 年版，第 1 页。

⑥ 刘英奎、张小乐：《推陈出新的宋诗》，大众文艺出版社 2004 年版，第 168—169 页。

经典。

宋人推崇杜诗，除了因为杜甫是他们心中的圣贤之外，还因为杜诗直接体现了儒家的伦理道德。如北宋邹浩《送裴仲孺赴官江西叙》云："昔司马子长、杜子美皆放浪沅湘、窥九疑、登衡山，以搜抉天地之秘，然后发愤一鸣，声落万古，儒家仰之，几不减六经。"① 北宋李复《与侯谟秀才》云："盖子美深于经术，其言多止于礼义。至于陶冶性灵，留连光景之作，亦非若寻常之所谓诗人者。元微之作墓志甚称，尚竟不能发其气象意趣，盖子美诗自魏、晋以来，一人而已。"② 南宋陈善《扪虱新话》亦云："老杜诗当是诗中《六经》，他人诗乃诸子之流也。"③ 宋代的此类论述甚多。

又如南宋张戒《岁寒堂诗话》卷上云：

> 至于杜子美，则又不然，气吞曹刘，固无与为敌，如放归鄜州，而云："维时遭艰虞，朝野少暇日。顾惭恩私被，诏许归蓬荜。"新婚戍边，而云："勿为新婚念，努力事戎行。罗襦不复施，对君洗红妆。"《壮游》云："两宫各警跸，万里遥相望。"《洗兵马》云："鹤驾通宵凤辇备，鸡鸣问寝龙楼晓。"凡此皆微而婉，正而有礼，孔子所谓"可以兴，可以观，可以群，可以怨，迩之事父，远之事君"者。如"刺规多谏诤，端拱自光辉。俭约前王礼，风流后代希"，"公若登台辅，临危莫爱身"，乃圣贤法言，非特诗人而已。④

《岁寒堂诗话》列举数首杜诗，标举其有规谏、讽谕的伦理教化意义，以"圣贤法言"目之，则杜甫非止为诗人，更堪称"圣人"。

南宋赵与时《宾退录》卷二称："独唐杜工部如周公制作，后世莫能拟议。"⑤ 将杜诗比作"周公制作"，而周公是儒家先圣，则杜甫无疑被

---

① （宋）邹浩：《道乡集》卷二十七，影印文渊阁四库全书本，台湾商务印书馆 1983 年版。

② （宋）李复：《潏水集》卷五，影印文渊阁四库全书本，台湾商务印书馆 1983 年版。

③ （宋）陈善：《扪虱新话》下集卷一，《儒学警悟》本，中华书局 2001 年版。

④ （宋）张戒：《岁寒堂诗话》，《历代诗话续编》本，中华书局 1983 年版，第 453 页。

⑤ （宋）赵与时：《宾退录》卷二，上海古籍出版社 1983 年版，第 22 页。

视作圣人。南宋曾噩《九家集注杜诗序》称："以诗名家，惟唐为盛，著录传后，固非一种。独少陵巨编，至今数百年，乡校家塾，龆总之童，琅琅成诵，殆与《孝经》《论语》《孟子》并行。"① 可见，杜诗在有宋一代，被普遍当作圣贤之书加以尊奉和学习，则杜甫为"诗中圣人"，已不言自明。

再次，杜甫"诗圣"说与杜诗"集大成"说紧密相关。

宋人从艺术表现层面尊杜甫为诗中之"圣"，是与宋代杜诗"集大成"说的产生相关联的。

"集大成"之说，最早见于《孟子》。《孟子·万章下》云："伯夷，圣之清者也；伊尹，圣之任者也；柳下惠，圣之和者也；孔子，圣之时者也。孔子之谓集大成。集大成也者，金声而玉振之也。"② 孟子在这段话里历数古之圣人：商末孤竹君之长子伯夷，"非其君不事，非其友不友。不立于恶人之朝，不与恶人言"，有让国之德，武王兴兵灭纣后，与其弟叔齐，不食周粟，饿死于首阳山，品行清高，故以"清"称之。商汤之伊尹，将不遵汤规、横行无道的太甲放逐，三年后太甲悔过，乃复迎回，因伊尹勇于担当，以天下为己任，故以"任"称之。鲁国大夫柳下惠"不羞污君，不卑小官；进不隐贤，必以其道；遗佚而不怨，厄穷而不悯"③，曾止齐攻鲁，使两国和好，故以"和"称之。而孔子能集往古圣贤之所长，"时行则行，时止则止"④，就像奏乐时先以打击镈钟开始，再以敲击玉磬收尾一样，井然有序，有始有终，故称之为"集大成"。

孟子认为，圣人是天底下最为完美的人，"形、色，天性也，惟圣人然后可以践形"，堪为后世效法之楷模。"圣人，百世之师也"，"充实之谓美，充实而有光辉之谓大，大而化之之谓圣"，故唯有孔子可当之。"圣人之于民，亦类也。出于其类，拔乎其萃，自生民以来，未有盛于孔子也。"⑤

---

① （宋）郭知达：《九家集注杜诗》，《杜诗引得》本，上海古籍出版社1985年版，第1页。

② 李学勤：《十三经注疏·孟子注疏》，北京大学出版社1999年版，第269页。

③ 李学勤：《十三经注疏·孟子注疏》，北京大学出版社1999年版，第98页。

④ 李学勤：《十三经注疏·孟子注疏》，北京大学出版社1999年版，第269页。

⑤ 李学勤：《十三经注疏·孟子注疏》，北京大学出版社1999年版，第373、394、388、79页。

从诗歌艺术成就的角度视杜甫为“诗家圣手”的说法，在有宋一代比比皆是。如苏轼、秦观等皆多有论述。另外，南宋王迈《读诚斋新酒歌仍效其体》云：“古来作酒称杜康，作诗只说杜草堂。”① 将杜甫与“酒圣”杜康并提，也是视杜甫为“诗中之圣”。在我国民间，至今尚流传着所谓“十圣”之说，即“文圣”孔丘、“武圣”关羽、“诗圣”杜甫、“史圣”司马迁、“书圣”王羲之、“草圣”张旭、“画圣”吴道子、“医圣”张仲景、“茶圣”陆羽、“酒圣”杜康。将古代十位分别在不同领域被奉为“圣人”者加以并称，宋人已开此先河。

杜诗“集大成”说涉及杜诗的艺术渊源和艺术特征问题，我们将在下一章对此专门进行论述。

复次，宋人认为，在诗歌成就和诗歌艺术层面杜甫已达到巅峰。

除了对杜甫人格和杜诗思想内容加以充分肯定，宋人还称赞杜诗达到了诗歌艺术巅峰、独步诗坛、冠绝古今。

如张伯玉《读杜子美集》：“寂寞风骚主，先生第一才。”② 孙觌《浮溪集序》：“杜子美诗格力自大，雄跨百代，为古今诗人之冠。”③ 欧阳修《堂中画像探题得杜子美》：“风雅寂寞久，吾思见其人。杜君诗之豪，来者孰比伦?”④ 黄庭坚《题韩忠献诗杜正献草书》：“杜子美一生穷饿，作诗数千篇，与日月争光。”⑤ 方深道《诸家老杜诗评》：“老杜诗，盖备有众体，为诗之豪。”⑥ 郭思《瑶溪集》云：“至老杜体格无所不备，斯周诗以来老杜所以为独步也。”⑦ 张戒《岁寒堂诗话》卷下：“子美诗超今冠古，一人而已。”⑧

上述“第一才”“诗人之冠”“诗之豪”“独步”“超今冠古”等赞语，均系从杜甫诗才、诗艺之高度作论，足以显示其在古今诗坛的无与

---

① （宋）王迈：《臞轩集》卷十三，影印文渊阁四库全书本，台湾商务印书馆1983年版。

② （宋）佚名：《分门集注杜工部诗》序，四部丛刊本。

③ （宋）孙觌：《浮溪集》原序，影印文渊阁四库全书本，台湾商务印书馆1983年版。

④ （宋）欧阳修：《欧阳修全集》，中国书店1986年版，第369页。

⑤ （宋）黄庭坚：《山谷集》卷二十六，影印文渊阁四库全书本，台湾商务印书馆1983年版。

⑥ （宋）张忠纲：《杜甫诗话六种校注·诸家老杜诗评》，齐鲁书社2002年版，第47页。

⑦ （宋）郭思：《瑶溪集》，《宋诗话辑佚》本，中华书局1980年版，第532页。

⑧ （宋）张戒：《岁寒堂诗话》，《历代诗话续编》本，中华书局1983年版，第466页。

伦比的地位。

最后，南宋诗人杨万里最终提出杜甫“诗圣”说。

在杜诗诗歌艺术方面，宋人甚至认为杜甫超凡入圣，达到“天人”的境界。在一些宋人眼中，杜诗艺术超凡入圣，逼近造化之境，宋人直以天人视之。如南宋郭印云：“我公（指杜甫）本天人，造化生肝脾。”① 南宋楼钥则称：“杜之诗，韩之文，如王右军之书，皆古今一人而已……唐史赞之：‘诗人以来，未有如杜子美者’，皆极口称赞其诗。工部之诗，真有参造化之妙，别是一种肺肝，兼备众体，间见层出，不可端倪。”② 此将杜甫视为中国诗歌史上无人可及的“古今一人”，前无古人，后无来者。宋人这些推崇杜甫或杜诗的议论，其着眼点并不相同，但都含有视杜甫为“诗国圣人”之意。

南宋“中兴四大诗人”之一的杨万里，在其《江西宗派诗序》中径称杜甫为“圣于诗者”③，杜甫“诗圣”尊号之定名，至此水到渠成。

清人仇兆鳌在《杜诗详注·杜诗凡例》中说：“王介甫选四家诗，独以杜居第一。秦少游则推为孔子大成……杨诚斋则推为诗中之圣……诸家无不崇奉师法。”④ “诗圣”说的提出，与宋人普遍推崇杜诗艺术，奉杜甫为诗学楷模是分不开的。

可见，宋人对杜甫的人格和诗歌都非常推崇，是杨万里首先提出了杜甫“诗圣”说。宋人认为，杜甫之所以被称为“诗圣”，首先是因为杜甫在伦理道德层面堪称圣贤，杜诗则直接体现了儒家的思想；其次是因为杜诗在诗歌艺术层面达到了前无古人的高度。同时，杜甫“诗圣”说与杜诗“集大成”说也有着紧密的联系。

---

① （宋）郭印：《云溪集》卷三，影印文渊阁四库全书本，台湾商务印书馆 1983 年版。

② （宋）楼钥：《攻媿集》卷六十六，影印文渊阁四库全书本，台湾商务印书馆 1983 年版。

③ （宋）杨万里著，王琦珍整理：《杨万里诗文集》，江西人民出版社 2006 年版，第 1254 页。

④ （清）仇兆鳌：《杜诗详注》，中华书局 1979 年版，第 23 页。

第二节　杜诗艺术成就比较论

宋人认为杜甫具有“集大成”的成就，是从杜诗与宋代之前的诗歌的比较中得出的。通过比较，宋人加深了对杜诗艺术成就的认识，凸显了杜诗艺术的超凡入圣。

一　杜诗与“诗”“骚”比较

《诗经》不仅是文学作品，也是儒家经典。宋人经常将杜诗与《诗经》进行比较，以凸显杜诗的思想内容和艺术成就。

如南宋程珌《曹少监诗序》云：“诗难言也。自洙泗圣人既删之后，惟唐杜工部实擅其全。”① 南宋晁公遡《薛仲经诗集序》云：“子美之诗，掩魏晋以来，其殆庶几乎三百五篇。”② 陆游《读杜诗》亦赞云：“千载《诗》亡不复删，少陵谈笑即追还。”③ 此均将杜诗与《诗经》并称，认为其有诗界“擅全”之功。《诗经》三百篇既为孔子所删订，则喻杜甫为“诗圣”之意，不言自明。

张戒《岁寒堂诗话》卷上云：“子美诗奄有古今，学者能识《国风》、骚人之旨，然后知子美用意处。识汉魏诗，然后知子美遣词处。至于掩颜谢之孤高，杂徐庾之流丽，在子美不足道耳。”④ 张戒从“集大成”的诗学视野出发，肯定杜诗堪比《诗》《骚》与汉魏古诗，并对中唐元稹《唐故检校工部员外郎杜君墓系铭并序》中所谓杜诗“掩颜谢之孤高，杂徐庾之流丽”之论颇不以为然，认为“《国风》《离骚》固不论，自汉魏以来，诗妙于子建，成于李杜”⑤。

---

① （宋）程珌：《洺水集》卷八，影印文渊阁四库全书本，台湾商务印书馆 1983 年版。

② （宋）晁公遡：《嵩山集》卷四十七，影印文渊阁四库全书本，台湾商务印书馆 1983 年版。

③ （宋）陆游：《剑南诗稿》，岳麓书社 1998 年版，第 779 页。

④ （宋）张戒：《岁寒堂诗话》，《历代诗话续编》本，中华书局 1983 年版，第 451 页。

⑤ （宋）张戒：《岁寒堂诗话》，《历代诗话续编》本，中华书局 1983 年版，第 455 页。

二　杜诗与汉魏六朝诗比较

宋人还将杜甫与汉魏六朝诗人对比，以凸显杜诗的艺术成就和诗学地位。如张戒就将杜甫与建安诗人曹植、正始诗人阮籍、东晋诗人陶渊明等名家相比较：

> 阮嗣宗诗，专以意胜；陶渊明诗，专以味胜；曹子建诗，专以韵胜；杜子美诗，专以气胜。然意可学也，味亦可学也，若夫韵有高下，气有强弱，则不可强矣。此韩退之之文，曹子建、杜子美之诗，后世所以莫能及也……子美之诗，颜鲁公之书，雄姿杰出，千古独步，可仰而不可及耳。①

张戒分别以“意”“味”“韵”“气”等范畴，匹配、称道四家之诗，认为杜诗后世“莫能及也”，唯有建安诗坛代表诗人曹植之作可相媲美，而胜过阮、陶二家，其于诗坛，有如书界之颜真卿，可称“千古独步”。

北宋陈师道称：“余登多景楼，南望丹徒，有大白鸟飞近青林，而得句云：‘白鸟过林分外明。’谢朓亦云：‘黄鸟度青枝。’语巧而弱。老杜云：‘白鸟去边明。’语少而意广。”② 将南齐“永明体”代表诗人谢朓咏鸟名句与杜甫咏鸟名句相对比，指出谢诗之纤巧柔弱，杜诗语浅意广，从诗作鉴赏之细微处出发，肯定杜诗超越前人。南宋李昴英《吴荜门杜诗九发序》亦云：“工部胸襟气象摹写曲尽，皆前人所未到。”③

三　杜诗与盛唐诗歌比较

宋人诗论中将杜甫与唐诗名家相比较者非常多，其中尤以与李白比较为多。如苏轼《书黄子思诗集后》云：“李太白、杜子美以英伟绝世之姿，凌跨百代，古今诗人尽废。”④ 苏轼在诗中说“谁知杜陵杰，名与谪

---

①（宋）张戒：《岁寒堂诗话》，《历代诗话续编》本，中华书局1983年版，第450—451页。

②（宋）陈师道：《后山诗话》，《历代诗话》本，中华书局1981年版，第315页。

③（宋）李昴英：《文溪集》卷三，影印文渊阁四库全书本，台湾商务印书馆1983年版。

④（宋）苏轼：《苏轼文集》，中华书局1986年版，第2124页。

仙高"[①]，将李、杜并尊为诗坛巨擘。其《书李白集》云："良由太白豪俊，语不甚择，集中也往往有临时率然之句，故使妄庸辈敢耳。若杜子美，世岂复有伪撰者耶？"[②] 如此解读李白集中窜入伪作现象，足见在苏轼心目中，虽李、杜并雄，然杜诗艺术造诣更胜一筹。

南宋戴复古作论诗诗亦云："举世吟哦推李杜"，"呜呼杜少陵"，"文章万丈光"。[③] 宋祁《新唐书》卷二百一《杜甫传》称："昌黎韩愈于文章慎许可，至歌诗，独推曰：'李、杜文章在，光焰万丈长。'诚可信云。"[④] 罗大经《鹤林玉露》丙编卷六"李杜"条云："唐人每以李杜并称；韩退之识见高迈，亦惟曰'李杜文章在，光焰万丈长。'无所优劣也。至宋朝诸公，始知推尊少陵。"[⑤] 均引述中唐诗人韩愈《调张籍》诗中"李杜文章在，光焰万丈长"之论，[⑥] 在李杜并称之中，推尊杜甫。

严羽《沧浪诗话·诗辨》云："以李杜二集枕藉观之，如今人之治经……诗之极致有一：曰入神。诗而入神至矣！尽矣！蔑以加矣！惟李杜得之，他人得之盖寡也。"[⑦] 对李、杜诗皆以经书视之，并加以"入神"之誉。《沧浪诗话·诗评》云："论诗以李杜为准，挟天子以令诸侯也。少陵诗法如孙吴，太白诗法如李广……李、杜数公如金鸡擘海、香象渡河，下视郊岛辈，直虫吟草间耳。"[⑧] 更通过李、杜不同诗风的比拟，且与中晚唐孟郊、贾岛等辈对比，肯定杜甫与李白比肩齐名的诗学地位。

胡仔《苕溪渔隐丛话》后集卷八则称："元稹云：'余读诗至杜子美，而知古人之才，有所总萃焉……则诗人以来，未有如子美者。是时，山东人李白亦以奇文取称，时人谓之李、杜。余观其壮浪纵态，摆去拘束，模写物象，及乐府歌诗，诚亦差肩于子美矣。至若铺陈终始，排比声韵，

① （宋）苏轼：《苏轼诗集》，中华书局 1982 年版，第 266—267 页。

② （宋）苏轼：《苏轼文集》，中华书局 1986 年版，第 2096 页。

③ （宋）戴复古著，金芝山校点：《戴复古诗集》，浙江古籍出版社 1992 年版，第 230 页、14 页。

④ （宋）欧阳修、（宋）宋祁：《新唐书》，中华书局 1975 年版，第 5738 页。

⑤ （宋）罗大经：《鹤林玉露》，中华书局 1983 年版，第 341 页。

⑥ （清）彭定求等：《全唐诗》，中华书局 1960 年版，第 3814 页。

⑦ （宋）严羽著，郭绍虞校释：《沧浪诗话校释》，人民文学出版社 1983 年版，第 1—8 页。

⑧ （宋）严羽著，郭绍虞校释：《沧浪诗话校释》，人民文学出版社 1983 年版，第 168—177 页。

大或千言，次犹数百，词气豪迈，而风调清深，属对律切，而脱弃凡近，则李尚不能历其藩翰，况堂奥乎？'"① 此处引述中唐元稹《唐故检校工部员外郎杜君墓系铭并序》原文，认同其所谓李白"差肩于子美""不能历其藩翰"的扬杜抑李之论。

南宋王阮《次韵庸斋〈纳凉〉一首》云："所愧岑参聊尔耳，强将诗与少陵班。"② 明确指出，杜甫同时代的边塞诗人岑参诗才不及杜甫。南宋祝穆《古今事文类聚》"诗用茱萸"条称："诗中用茱萸者凡三人，杜甫云'醉把茱萸仔细看'，王维云'遍插茱萸少一人'，朱放云'学得年少插茱萸'，三君所用杜为优。"③ 将杜甫《九日蓝田崔氏庄》与王维《九月九日忆山东兄弟》、朱放《九日与杨凝崔淑期登江上山会有故不得往因赠之》相比较，称美杜诗之用语出类拔萃。

四 杜诗与中唐诗歌比较

宋人还将杜甫与中唐诗人进行了广泛比较。如南宋姚勉《秋崖毛应父诗序》云："杜子美、李太白、白乐天，唐诗人之冠冕者。"④ 认为中唐诗人白居易与李、杜皆为唐诗之冠冕。《苕溪渔隐丛话》前集卷二十一载："王直方《诗话》云：……老杜云：'眼前无俗物，多病也身轻'，而乐天有'眼前无俗物，身外即僧居'之句，世亦独称老杜。"⑤ 则通过白诗化用杜诗名句之比较，肯定杜诗更胜一筹。

苏辙《诗病五事》则云："老杜陷贼时，有诗曰：'少陵野老吞声哭，春日潜行曲江曲……人生有情泪沾臆，江水江花岂终极。黄昏胡骑尘满城，欲往城南忘南北。'予爱其词气如百金战马，注坡蓦涧，如履平地，得诗人之遗法。如白乐天诗，词甚工，然拙于纪事，寸步不遗，犹恐失之。此其所以望老杜之藩垣而不及也。"⑥ 苏辙引述杜甫《哀江头》诗全

---

① （宋）胡仔：《苕溪渔隐丛话》后集，人民文学出版社 1962 年版，第 56—57 页。

② （宋）王阮：《义丰集》卷一，影印文渊阁四库全书本，台湾商务印书馆 1983 年版。

③ （宋）祝穆：《古今事文类聚》前集卷十一，影印文渊阁四库全书本，台湾商务印书馆 1983 年版。

④ （宋）姚勉：《雪坡集》卷三十七，影印文渊阁四库全书本，台湾商务印书馆 1983 年版。

⑤ （宋）胡仔：《苕溪渔隐丛话》前集，人民文学出版社 1962 年版，第 143 页。

⑥ （宋）苏辙著，陈宏天等点校：《苏辙集》，中华书局 1990 年版，第 1228 页。

文，赞赏其词气纵横，叙事自然，批评白居易诗“拙于纪事，寸步不遗”，远不及杜诗。

陆游《老学庵笔记》卷七云：“蜀人石耆公言：苏黄门尝语其侄孙在庭少卿曰：《哀江头》即《长恨歌》也。《长恨》冗而凡，《哀江头》简而高。”① 通过对杜甫《哀江头》与白居易《长恨歌》两首歌行体名篇的品评，鲜明地指出白诗冗长，而杜诗高古，高下立见。

张戒《岁寒堂诗话》卷上云：

> 杨太真事，唐人吟咏至多，然类皆无礼。太真配至尊，岂可以儿女语黩之耶？惟杜子美则不然，《哀江头》云：“昭阳殿里第一人，同辇随君侍君侧。”不待云“娇侍夜”、“醉和春”，而太真之专宠可知，不待云“玉容”、“梨花”，而太真之绝可想也。至于言一时行乐事，不斥言太真，而但言辇前才人，此意尤不可及。如云：“翻身向天仰射云，一笑正坠双飞翼。”不待云“缓歌慢舞凝丝竹，尽日君王看不足”，而一时行乐可喜事，笔端画出，宛在目前。“江水江花岂终极”，不待云“比翼鸟”、“连理枝”，“此恨绵绵无尽期”，而无穷之恨，黍离麦秀之悲，寄于言外。题云《哀江头》，乃子美在贼中时，潜行曲江，睹江水江花，哀思而作。其词婉而雅，其意微而有礼，真可谓得诗人之旨者。《长恨歌》在乐天诗中为最下，《连昌宫词》在元微之诗中乃最得意者，二诗工拙虽殊，皆不若子美诗微而婉也。元白数十百言，竭力摹写，不若子美一句，人才高下乃如此。②

此亦通过白居易、元稹歌行体名篇《长恨歌》《连昌宫词》与杜甫《哀江头》诗的详细比较，认为元白“竭力摹写，不若子美一句”，用语虽有夸张之嫌，然亦符合三人的创作实际。该书卷下“剑门”条云：

> 子美诗设词措意，与他人不可同年而语。如状昭陵之威灵，乃

① （宋）陆游：《老学庵笔记》，中华书局1979年版，第95页。

② （宋）张戒：《岁寒堂诗话》，《历代诗话续编》本，中华书局1983年版，第457页。

> 云“玉衣晨自举，铁马汗常趋”；状泥功山之险，乃云“朝行青泥上，暮在青泥中。白马为铁骊，小儿成老翁”；状岳麓寺之佳，乃云“塔劫宫墙壮丽敌，香厨松道清凉俱”。此其用意处，皆他人所不到也。《鹿头山》云“游子出京华，剑门不可越”，《七歌》云“山中儒生旧相识，但话宿昔伤怀抱”，《遭田父泥饮》云“久客惜人情，如何拒邻叟”，《又上后园山脚》云“到今事反覆，故老泪万行。龟蒙不可见，况乃怀故乡”，皆人心中事而口不能言者，而子美能言之，然词高雅，不若元白之浅近也。①

列举多首杜诗名篇，以证其用词精练高雅，不似元白诗作之凡俗浅近。

葛立方《韵语阳秋》卷一称：“杜子美《曹将军丹青引》云：‘将军魏武之子孙，于今为庶为清门。’元微之《去杭州》诗亦云：‘房杜王魏之子孙，虽及百代为清门。’则知子美于当时已为诗人所钦服如此。残膏余馥，沾丐后人，宜哉！故微之云：‘诗人已来，未有如子美者也。’”②引述元稹学杜之诗作及《唐故检校工部员外郎杜君墓系铭并序》之赞语，以证其对杜诗钦服备至。

张戒《岁寒堂诗话》卷上云：“才力有不可及者，李太白、韩退之是也。意气有不可及者，杜子美是也……杜子美、李太白、韩退之三人，才力俱不可及。”称道中唐诗人韩愈与李、杜才力非凡。又云：“苏黄门子由有云：‘唐人诗当推韩杜，韩诗豪，杜诗雄，然杜之雄亦可以兼韩之豪也。’”③ 此处引述苏辙之语，指出韩愈虽以诗风著称，但杜诗风格兼有雄、豪之气，为韩诗所不及。刘克庄《后村诗话》新集卷五云：“韩诗沉着痛快，可以配杜，但以气为之，直截者多，隽永者少。”④ 此是从诗歌语言的角度批评韩愈诗太过直截，不及杜诗沉厚浑成。南宋吴沆《环溪诗话》云：“若论诗之妙，则好者固多；若论诗之正，则古今惟有三人。

---

① （宋）张戒：《岁寒堂诗话》，《历代诗话续编》本，中华书局 1983 年版，第 470 页。

② （宋）葛立方：《韵语阳秋》，上海古籍出版社 1984 年版，第 7 页。

③ （宋）张戒：《岁寒堂诗话》，《历代诗话续编》本，中华书局 1983 年版，第 452—453、459 页。

④ （宋）刘克庄：《后村诗话》，中华书局 1983 年版，第 164 页。

所谓一祖、二宗，杜甫、李白、韩愈是也。”① 他品第古今诗人，提出“一祖二宗”之说，而以杜为祖，李、韩为宗，更是明确尊杜甫为古今诗坛第一。

宋末范晞文《对床夜语》卷三云：“子厚‘西岑极远目，毫末皆可了’，老杜有‘齐鲁青未了’。刘禹锡‘一方明月可中庭’，老杜有‘清池可方舟’。退之‘绿净不可唾’，老杜有‘自为青城客，不唾青城地’，乃知老杜无所不有。”② 《对床夜语》分别将中唐诗人柳宗元《与崔策登西山》、刘禹锡《金陵五题·生公讲堂》、韩愈《合江亭》等诗中名句与杜甫《望岳》《发秦州》《丈人山》诸篇相比较，从造语的角度，指出中唐诸家句中得意之语，杜诗中已先道之，故称赏其“无所不有”。

五　杜诗与晚唐诗歌比较

宋人论杜，多有将杜甫与晚唐诗歌加以比较者。如北宋陈师道《后山诗话》云：“杜牧云‘南山与秋色，气势两相高’，最为警绝。而子美才用一句，语益工，云‘千崖秋气高’。”③ 将杜牧《长安秋望》与杜甫《王良州筵奉酬十一舅惜别之作》诗中警句相比较，指出二诗同摹山崖秋色，“小杜”以二句概括之，“老杜”只用一句，且语言更加工巧凝练，足见其诗才之高下。北宋吴幵《优古堂诗话》“花应解笑人，无穷事有限身”条称：

> 唐李敬方《欢醉》诗云：“不向花前醉，花应解笑人。只应连夜雨，又过一年春。日日无穷事，区区有限身。若非杯里酒，何以寄天真。”杜子美绝句云：“二月已破三月来，渐老逢春能几回？莫悲身外无穷事，且进生前有限杯。”二诗虽相沿，而杜则尤工者也。④

此将晚唐诗人李敬方五律《欢醉》与杜甫七绝《绝句漫兴九首》相

---

① （宋）吴沆：《环溪诗话》卷二，影印文渊阁四库全书本，台湾商务印书馆1983年版。

② （宋）范晞文：《对床夜语》，《历代诗话续编》本，中华书局1983年版，第425—426页。

③ （宋）陈师道：《后山诗话》，《历代诗话》本，中华书局1981年版，第307页。

④ （宋）吴幵：《优古堂诗话》，《历代诗话续编》本，中华书局1983年版，第247页。

比较，指出李诗虽沿袭杜诗之意，衍为八句，然不及杜诗之精工自然。

张戒《岁寒堂诗话》卷下“秦州杂诗”条云：“‘长江风送客，孤馆雨留人’，此晚唐佳句也。然子美‘塞门风落木，客舍雨连山’，则留人送客不待言矣。第十八首‘塞云多断续，边日少光辉’，此两句画出边塞风景也。‘山雪河冰野萧索，青是烽烟白人骨’，亦同。”① 此将贾岛的五言名联与杜甫五律《秦州杂诗二十首》中同类诗句相比较，指出贾诗借景抒情虽佳，然不及杜诗融情入景更为精工。又引《秦州杂诗二十首》其十八及《悲青坂》中同样手法之诗联为例，说明杜诗此种手法运用之纯熟。

北宋孙仅《读杜工部诗集序》云：“公之诗支而为六家，孟郊得其气焰，张籍得其简丽，姚合得其清雅，贾岛得其奇僻，杜牧、薛能得其豪健，陆龟蒙得其赡博，皆出公之奇偏尔，尚轩然自号一家……风骚而下，唐而上，一人而已。”② 此更从诗歌风格的角度，指出上述中晚唐六家诗人虽独具特色、各擅胜场，然仅得杜甫诗风之一体，其不及杜诗远矣。

由以上比较可见，在宋人的诗学视野中，杜甫的诗才和艺术成就最为杰出。正如北宋毕仲游《陈子思传》所称：“唐人以诗名家者甚众，而皆在杜甫下。”③

六　杜诗与宋诗比较

宋人也将杜诗与当代诗人的作品相比较，品第高下。如陈师道《后山诗话》称：“余每还里，而每觉老，复得句云‘坐下渐人多’，而杜云‘坐深乡里敬’，而语益工。乃知杜诗无不有也。”④ 陈氏将己身即景咏怀所得诗句，与杜甫同类诗句相比较，顿觉不及杜诗意广、语工，可谓心悦诚服。

张戒《岁寒堂诗话》卷上云：

---

① （宋）张戒：《岁寒堂诗话》，《历代诗话续编》本，中华书局1983年版，第469页。

② （宋）黄希、（宋）黄鹤：《补注杜诗》传序碑铭，影印文渊阁四库全书本，台湾商务印书馆1983年版。

③ （宋）毕仲游：《西台集》卷六，影印文渊阁四库全书本，台湾商务印书馆1983年版。

④ （宋）陈师道：《后山诗话》，《历代诗话》本，中华书局1981年版，第315页。

人才各有分限，尺寸不可强。同一物也，而咏物之工有远近；皆此意也，而用意之工有浅深……梅圣俞云：“气想下时险，喘汗头目旋。不知且安坐，休用窥云烟。”何其语之凡也。东坡《真兴寺阁》云：“山林与城郭，漠漠同一形。市人与鸦鹊，浩浩同一声。侧身送落日，引手攀飞星。登者尚呀咻，作者何以胜。”《登灵隐寺塔》云：“足劝小举相，前路高且长。渐闻钟磬音，飞鸟皆下翔。入门亦何有，云海浩茫茫。”意虽有佳处，而语不甚工，盖失之易也。刘长卿《登西灵寺塔》云：“化塔凌虚空，雄规压川泽。亭亭楚云外，千里看不隔。盘梯接元气，坐壁栖夜魄。”王介甫《登景德寺塔》云：“放身千仞高，北望太行山。邑屋如蚁冢，蔽亏尘雾间。”此二诗语虽稍工，而不为难到。杜子美则不然，《登慈恩寺塔》首云：“高标跨苍天，列风无时休。自非旷士怀，登兹翻百忧。”不待云“千里”、“千仞”、“小举足”、“头目旋”而穷高极远之状，可喜可愕之趣，超轶绝尘而不可及也。“七星在北户，河汉声西流。羲和鞭白日，少昊行清秋。”视东坡“侧身”、“引手”之句陋矣。“秦山忽破碎，泾渭不可求。俯视但一气，焉能辨皇州？”岂特“邑屋如蚁冢，蔽亏尘雾间”，山林城郭，漠漠一形，市人鸦鹊，浩浩一声而已哉？人才有分限，不可强乃如此。①

此分别将北宋诗人梅尧臣、苏轼、王安石的登临诗作，与杜甫《同诸公登慈恩寺塔》相对比，一一指出宋人之不足，若梅诗之“语凡”、苏诗之“句陋”、王诗之“不为难到”，而杜诗不用夸张语，而临眺高远之状毕陈，才气之高，力压群贤。

范温《潜溪诗眼》“杜诗高处”条称：

或问余：“东坡有言：‘诗至于杜子美，天下之能事毕矣’。老杜之前，人固未有如老杜，后世安知无过老杜者？”余曰：“如‘一片花飞减却春’，若咏落花，则语意皆尽，所以古人既未到，决知后人更无好语。如《画马诗》云：‘玉花却在御榻上，榻上庭前屹相向。’则曹将军能事与造化之功，皆不可以有加矣。至其它吟咏人情，模

① （宋）张戒：《岁寒堂诗话》，《历代诗话续编》本，中华书局1983年版，第455页。

写景物，皆如是也。”①

此引苏轼论杜之语及杜甫咏花、题画名篇，力证杜诗之艺术成就非但古人不及，且后世亦难于超越。许顗《彦周诗话》亦云：“画山水诗，少陵数首后，无人可继者。”② 更是直言称赞杜诗为后世诗人难及。胡仔《苕溪渔隐丛话》前集卷六载：

> 《遯斋闲览》云：“或问王荆公云：‘编四家诗，以杜甫为第一，李白为第四，岂白之才格词致不逮甫也？’公曰：‘白之歌诗，豪放飘逸，人固莫及；然其格止于此而已，不知变也。至于甫，则悲欢穷泰，发敛抑扬，疾徐纵横，无施不可，故其诗有平淡简易者，有绮丽精确者，有严重威武若三军之帅者，有奋迅驰骤若泛驾之马者，有淡泊闲静若山谷隐士者，有风流酝藉若贵介公子者。盖其诗绪密而思深，观者苟不能臻其阃奥，未易识其妙处，夫岂浅近者所能窥哉？此甫所以光掩前人，而后来无继也。’”③

此引王安石之语，从杜诗兼备诸体诗风的角度，称赞其前无古人，后无来者。以上三家所谓“后人更无好语”“无人可继”“后来无继”之论，说明宋人认为后世诗人包括宋代诗人在内难以企及杜诗。

王得臣《增注杜工部诗序》称：“唐兴，承陈隋之遗风，浮靡相矜，莫崇理致。开元之间，去雕篆，黜浮华，稍裁以雅正。虽绨句绘章，人既一概，各争所长。如大羹玄酒者，薄滋味；如孤峰绝岸者，骇廊庙；秾华可爱者，乏风骨；烂然可珍者，多玷缺。逮至子美之诗，周情孔思，千汇万状，茹古涵今，无有涯涘，森严昭焕，若在武库，见戈戟布列，荡人耳目，非特意语天出，尤工于用字，故卓然为一代冠，而历世千百，脍炙人口。”④ 王得臣从诗歌发展史的角度立论，使用了极其华丽、铺排

① （宋）范温：《潜溪诗眼》，《宋诗话辑佚》本，中华书局 1980 年版，第 331 页。

② （宋）许顗：《彦周诗话》卷一，影印文渊阁四库全书本，台湾商务印书馆 1983 年版。

③ （宋）胡仔：《苕溪渔隐丛话》前集，人民文学出版社 1962 年版，第 37 页。

④ （宋）黄希、（宋）黄鹤：《补注杜诗》传序碑铭，影印文渊阁四库全书本，台湾商务印书馆 1983 年版。

的辞藻和形象化的语言，对杜诗的艺术成就加以概括和褒扬。此外，南宋胡铨《僧祖诗信序》云："少陵杜甫耽作诗，不事他业……甫之诗，短章大篇，纡余妍而卓荦杰，笔端若有鬼神，不可致诘。后之议者至谓：书至于颜、画至于吴、诗至于甫极矣。"[①] 晦斋《简斋诗集引》亦云："诗至老杜，极矣。"[②] 可见，在宋人的诗学批评视野中，杜甫诗歌的艺术成就已然超凡入圣、登峰造极。

另外，北宋诗人刘敞《编杜子美外集》云："少陵诗笔捷悬河"，"斯文未丧微而显"[③]。南宋诗人史弥宁《和黄云夫武攸见寄韵》云："诗名千古杜陵翁。"[④] 陆游《宋都曹屡寄诗且督和答作此示之》云："天未丧斯文，杜老乃独出。"[⑤] 更纷纷以"未丧斯文"慨叹杜甫艺术成就之超绝无伦，名扬千古。

综上所述，宋人不但从伦理道德之"圣贤"层面，将杜甫作为理想人格的化身加以推崇，还将杜诗视为经典加以宗奉，与《孝经》《论语》《孟子》等儒家经书并行。宋人从艺术表现层面对杜诗的艺术与成就倍加赞赏，"诗人之冠""第一才""光掩前人，而后来无继""超今冠古"之类的赞评层出不穷。宋人将杜诗与历代诗坛名家诗歌相比较，更在创作层面确定了杜诗的崇高地位。以上批评、论述，构成了宋代杜甫"诗圣"说的理论基础与内涵。杜甫堪为"诗中之圣"，此说在两宋时期可谓深入人心。至南宋杨万里的《江西宗派诗序》，则明确尊杜甫为"圣于诗者"[⑥]，代表了宋人对于杜甫人格和杜诗艺术成就的定评。通过以上材料可知，杜甫"诗圣"之尊位，在宋代已几成定论。宋人的杜甫"诗圣"说，在文学史和文学批评史上都具有重要意义和深远影响。

---

① （宋）胡铨：《胡澹庵先生文集》卷十三，乾隆二十二年（1757）刊本。

② （宋）陈与义撰，白敦仁校笺：《陈与义集校笺》，上海古籍出版社 1990 年版，第 1017 页。

③ 傅璇琮等：《全宋诗》第九册，北京大学出版社 1992 年版，第 5867 页。

④ （宋）史弥宁：《友林乙稿》卷一，影印文渊阁四库全书本，台湾商务印书馆 1983 年版。

⑤ （宋）陆游：《剑南诗稿》，岳麓书社 1998 年版，第 606 页。

⑥ （宋）杨万里著，王琦珍整理：《杨万里诗文集》，江西人民出版社 2006 年版，第 1254 页。

第八章

宋代杜诗艺术渊源论

宋人对杜甫诗歌的艺术表现进行了多方位研究，并给予了极高的赞誉。与此同时，他们也从诗歌发展史的角度，对杜诗的艺术渊源进行了深入而细致的探索。本章将对宋代关于杜诗渊源的观点进行梳理，并特别对杜诗“集大成”说进行讨论。

第一节 “集大成”说的产生与确立

如前所述，“集大成”本为孟子称颂孔子之语，出自《孟子·万章下》“孔子之谓集大成”①，指孔子集前圣先贤之所长，成之于己身。关于杜诗“集大成”说，从萌芽到正式提出经历了一个较为复杂的过程。

一 杜诗“集大成”说的雏形

关于杜诗为中国古典诗歌艺术之“集大成”者的最早评述，可上溯至中唐时期元稹所作的《唐故检校工部员外郎杜君墓系铭并序》：

余读诗至杜子美，而知大小之有所总萃焉……至于子美，盖所谓上薄风骚，下该沈宋，言夺苏李，气吞曹刘，掩颜谢之孤高，杂徐庾之流丽，尽得古今之体势，而兼人人之所独专矣。使仲尼锻其旨要，尚不知贵，其多乎哉。苟以其能所不能，无可无不可，则诗

① 李学勤：《十三经注疏·孟子注疏》，北京大学出版社 1999 年版，第 269 页。

人以来，未有如子美者。①

元稹指出，杜诗兼集前辈诗人名家之所长，可谓前所未有。元稹虽未明言，而"集大成"之意，已呼之欲出。

至北宋，欧阳修、宋祁《新唐书》卷二百一《杜甫传赞》云：

> 唐兴，诗人承陈隋风流，浮靡相矜。至宋之问、沈佺期等，研揣声音，浮切不差，而号"律诗"，竞相沿袭。逮开元间，稍裁以雅正，然恃华者质反，好丽者壮违，人得一概，皆自名所长。至甫，浑涵汪茫，千汇万状，兼古今而有之，他人不足，甫乃厌余，残膏剩馥，沾丐后人多矣。故元稹谓："诗人以来，未有如子美者。"②

此亦沿袭元稹之论，以史家之笔梳理唐代诗歌发展史，指出杜诗"兼古今而有之"的艺术特征与成就。

二　杜诗"集大成"说的正式提出

苏轼对杜诗"集大成"说亦有论述，其《书唐氏六家书后一首》云："杜子美诗，格力天纵，奄有汉、魏、晋、宋以来风流。"《辨杜子美杜鹃诗》云："子美诗，备诸家体。"《书吴道子画后》云："诗至于杜子美……而古今之变，天下之能事毕矣。"③ 可见，苏轼亦推杜诗为古来诗家之最，能集古今诗家之所长。

关于这个问题，陈师道《后山诗话》中有两则材料可为补充，其一云："苏子瞻云：'子美之诗，退之之文，鲁公之书，皆集大成者也。'"④ 其二云："子瞻谓杜诗、韩文、颜书、左史，皆集大成者也。"⑤ 由此可见，苏轼多次明确提出了杜诗"集大成"的论断，当为"集大成"说的首倡者。

---

① （唐）元稹：《元稹集》，东方出版社 1996 年版，第 600—601 页。

② （宋）欧阳修、（宋）宋祁：《新唐书》，中华书局 1975 年版，第 5738 页。

③ （宋）苏轼：《苏轼文集》，中华书局 1986 年版，第 2206、2100、2210 页。

④ （宋）陈师道：《后山诗话》，《历代诗话》本，中华书局 1981 年版，第 304 页。

⑤ （宋）陈师道：《后山诗话》，《历代诗话》本，中华书局 1981 年版，第 309 页。

三 北宋其他诗论家对“集大成”说的讨论

在苏轼正式提出杜诗“集大成”说的同时或稍后，北宋其他诗论家对此问题也有所讨论。如苏辙《和张安道读杜集》云：“杜叟诗篇在，唐人气力豪。近时无沈宋，前辈蔑刘曹。天骥精神稳，层台结构牢。龙腾非有迹，鲸转自生涛。浩荡来何极，雍容去若遨。”① 苏辙上承中唐元稹之论，其“近时无沈宋，前辈蔑刘曹”之句，直接出自元稹《唐故检校工部员外郎杜君墓系铭并序》。可见，元稹认同杜诗在艺术上的“集大成”说。

秦观《韩愈论》云：

> 杜子美之于诗，实积众流之长，适当其时而已。昔苏武、李陵之诗长于高妙；曹植、刘公干之诗长于豪逸；陶潜、阮籍之诗长于藻丽；于是子美者，穷高妙之格，极豪逸之气，包冲澹之趣，兼峻洁之姿，备藻丽之态，而诸家之作所不及焉。然不集诸家之长，子美亦不能独至于斯也，岂非适当其时故耶？《孟子》曰：“伯夷，圣之清者也。伊尹，圣之任者也。柳下惠，圣之和者也。孔子，圣之时者也。孔子之所谓‘集大成’。”呜呼，子美亦集诗之大成者欤？②

秦观继承了苏轼的观点，将杜甫与历代诗坛名家相对比，更加具体详尽地论述了杜诗艺术“集大成”说的内涵：“集诸家之长”，“积众流之长，适当其时”。经过宋祁、苏轼兄弟、秦观等人的先后评述，杜诗“集大成”说最终得以定型。

关于这个问题，在北宋时期还有一些论述。如王得臣《增注杜工部诗序》云：“逮至子美之诗……千汇万状，茹古涵今，无有涯涘……故卓然为一代冠，而历世千百，脍炙人口。”③ 黄裳《陈商老诗集序》云：

---

① （宋）苏辙：《苏辙集》，中华书局1990年版，第54页。

② （宋）秦观：《淮海集笺注》，上海古籍出版社1994年版，第751—752页。

③ （宋）黄希、（宋）黄鹤：《补注杜诗》传序碑铭，影印文渊阁四库全书本，台湾商务印书馆1983年版。

“读杜甫诗，如看羲之法帖，备众体而求之无所不有。”[①] 方深道《诸家老杜诗评》卷三称：“老杜诗，盖备有众体。”[②] 诗僧释普闻《诗论》云：“老杜之诗，备于众体。”[③] 这些关于杜诗艺术风貌“备有众体”的评论，均概括了杜诗“集大成”说的特征。这些论述，也代表了北宋诗坛对于杜诗艺术渊源的认知。

四　南宋诸家论杜诗“集大成”

至南宋，杜诗“集大成”说依旧传播深远。胡仔《苕溪渔隐丛话》后集卷八引述了《新唐书·杜甫传赞》和秦观《韩愈论》原文，指出其“皆本元稹之说”[④]。这说明南宋时期对杜诗“集大成”说与北宋诸家认识一致。

李纲《读四家诗选四首并序》云：“子美诗闳深典丽，集诸家之大成。”[⑤] 吕午《书题紫芝编唐诗》云：“唐诗惟杜工部号‘集大成’，自我朝数钜公发明之，后学咸知宗师，如车指南，罔迷所向也。”[⑥] 陈必复《山居存稿》自序云：“余爱晚唐诸子……及读少陵先生集，然后知晚唐诸子之诗尽在是矣。所谓诗之集大成者也。”[⑦] 徐鹿卿《跋黄瀛父适意集》则称：

> 余幼读少陵诗，知其辞而未知其义，少长知其义而未知其味，迨今则略知其味矣。大抵义到则辞到，辞义俱到，味道而体质实矣。故有豪放焉，有奇崛焉，有平易焉，有藻丽焉，而四体之中平易尤难工。就唐人论之，则太白得其豪，牧之得其奇，乐天得其易，晚唐得其丽，兼之者少陵，所谓集大成者也。[⑧]

---

① （宋）黄裳：《演山集》卷二十一，影印文渊阁四库全书本，台湾商务印书馆 1983 年版。

② （宋）张忠纲：《杜甫诗话六种校注·诸家老杜诗评》，齐鲁书社 2002 年版，第 47 页。

③ （宋）释普闻：《诗论》卷七十九，《说郛》本，商务印书馆 1927 年版。

④ （宋）胡仔：《苕溪渔隐丛话》后集，人民文学出版社 1962 年版，第 56—58 页。

⑤ （宋）李纲著，王瑞明点校：《李纲全集》，岳麓书社 2004 年版，第 97 页。

⑥ （宋）吕午：《竹坡类稿》卷三，《北京图书馆古籍珍本丛刊》本。

⑦ （宋）陈必复：《山居存稿》卷一，《南宋群贤小集》本，清嘉庆石门顾氏读画斋刊本。

⑧ （宋）徐鹿卿：《清正存稿》卷五，影印文渊阁四库全书本，台湾商务印书馆 1983 年版。

此是以其个人学诗体会，通过杜甫与唐诗名家的比较，对杜诗“集大成”说予以肯定。

此外，南宋吴沆《环溪诗话》云：“古今之美备在杜诗。”[①] 袁燮《题魏丞相诗》云：“唐人最工于诗，苦心疲神以索之，句愈新巧，去古愈邈。独杜少陵雄杰宏放，兼有众美，可谓难能矣。”[②] 此类评述，属于杜诗“集大成”说的回响。

可见，杜诗“集大成”说在两宋诗坛得到了广泛传播和普遍认同，这对当时及后代诗学观都有着深远的影响。

第二节　宋人论杜诗取法风骚及汉魏六朝

杜诗“集大成”说在宋代得到了普遍认同，宋人对于杜诗如何“集大成”的探讨也随之兴起，很多诗论家对此发表意见。如南宋释居简云：“少陵得《三百篇》之旨归，鼓吹汉魏六朝之作，遂集大成。”[③] 张戒《岁寒堂诗话》卷上云：“子美诗奄有古今，学者能识《国风》、骚人之旨，然后知子美用意处。识汉魏诗，然后知子美遣词处。至于掩颜谢之孤高，杂徐庾之流丽，在子美不足道耳。”[④] 严羽《沧浪诗话》“诗评”篇云：“少陵诗宪章汉魏而取材于六朝，至其自得之妙，则前辈所谓集大成者也。”[⑤] 这些论述指出杜诗远绍《诗经》之旨，兼宗汉魏六朝诗风，故有“集大成”之谓。宋末刘辰翁《语罗履泰》亦云：“杜诗‘不及前人更勿疑，递相祖述竟先谁。别裁伪体亲风雅，转益多师是汝师’，此杜示后人以学诗之法。”[⑥] 引述杜甫《戏为六绝句》其六，指出其学诗之法乃在“转益多师”。下面对宋人关于杜诗取法风骚及汉魏六朝的观点进行梳理和讨论。

---

① （宋）吴沆：《环溪诗话》卷一，影印文渊阁四库全书本，台湾商务印书馆1983年版。

② （宋）袁燮：《絜斋集》卷八，影印文渊阁四库全书本，台湾商务印书馆1983年版。

③ （宋）释居简：《北涧集》卷五，影印文渊阁四库全书本，台湾商务印书馆1983年版。

④ （宋）张戒：《岁寒堂诗话》，《历代诗话续编》本，中华书局1983年版，第451页。

⑤ （宋）严羽著，郭绍虞校释：《沧浪诗话校释》，人民文学出版社1983年版，第171页。

⑥ （宋）刘辰翁：《须溪集》卷六，影印文渊阁四库全书本，台湾商务印书馆1983年版。

一　宋人论杜诗宗法《诗经》《楚辞》

宋人多有论及杜诗宗法《诗经》者，如北宋蔡絛《西清诗话》云：

唐人吊杜子美："赋出三都上，诗须二雅求。"盖少陵远继周诗法度。余尝以经旨笺其诗云："与奴白饭马青刍"，虽不言主人，而待奴、马如此，则主人可知。与《诗》所谓"言刈其楚，言秣其马"，"言刈其蒌，言秣其驹"同意。又"小城万丈余，大城铁不如"，则小城难为高、大城难为坚故也。正得古人著书互相备意……少陵《饮中八仙歌》用韵，"船"字、"眠"字、"天"字各二用，"前"字凡三，于古未见其体。余尝质之叔父文正，曰："此歌分八篇，人人各异，虽制重韵无害，亦周诗分章意也。"握牍吮墨者，可不知乎。①

此从诗意及用韵的角度，指出杜诗承继"周诗法度"，有《诗经》之遗风。

北宋马永卿《嬾真子》云：

古人吟诗，绝不草草。至于命题，各有深意。老杜《独酌》诗云："步屧深林晚，开樽独酌迟。仰蜂粘落絮，行蚁上枯梨。"《徐步》诗云："整履步青芜，荒庭日欲晡。芹泥随燕嘴，花蕊上蜂须。"且独酌则无献酬也，徐步则非奔走也，以故蜂蚁之类微细之物皆能见之也。若夫与客对谈，急趋而过，则何暇详视至于是哉……《东山》之诗盖尝言之："伊威在室，蠨蛸在户。町畽鹿场，熠耀宵行。"……杜诗之源出于此。②

此认为杜甫《独酌》《徐步》二诗取法《诗经》之《东山》，讨论了杜诗对于《诗经》具体诗篇的效法。

① （宋）蔡絛：《西清诗话》卷上，《古今诗话续编》影印本，台湾广文书局1973年版。

② （宋）马永卿：《嬾真子》卷一，影印文渊阁四库全书本，台湾商务印书馆1983年版。

此外，北宋时期关于杜诗效法《诗经》的论述还有一些。如郭思《瑶溪集》云：

《诗》之六义，后世赋别为一大文，而比少兴多。诗人之全者，惟杜子美时能兼之。如《新月诗》“光细弦欲上，影斜轮未安”，位不正，德不充，风之事也。“微升古塞外，已隐暮云端”，才升便隐，似当日事，比之事也。“河汉不改色，关山空自寒”，河汉是矣，而关山自凄然，有所感兴也。①

北宋范温《潜溪诗眼》“形似语与激昂语”条云：

形似之意，盖出于诗人之赋，“萧萧马鸣，悠悠旆旌”是也。激昂之语，盖出于诗人之兴，“周余黎民，靡有孑遗”是也。古人形似之语，如镜取形、灯取影也。故老杜所题诗，往往亲到其处，益知其工。激昂之言，《孟子》所谓“不以文害辞，不以辞害志”，初不可形迹考，然如此乃见一时之意。余游武侯庙，然后知《古柏诗》所谓“柯如青铜根如石”信然，决不可改，此乃形似之语。“霜皮溜雨四十围，黛色参天二千尺，云来气接巫峡长，月出寒通雪山白。”此激昂之语，不如此则不见柏之大也。文章固多端，警策往往在此两体耳。②

南宋罗大经《鹤林玉露》乙编卷四“诗兴”条云：

诗莫尚乎兴……兴多兼比赋，而比赋不兼与。古诗皆然，今姑以杜陵诗言之。《发潭州》云：“岸花飞送客，樯燕语留人。”盖因飞花、语燕，伤人情之薄。言送客、留人，止有燕与花耳。此赋也，亦兴也。若“感时花溅泪，恨别鸟惊心”，则赋而非兴矣。《堂成》云：“暂止飞乌将数子，频来语燕定新巢。”盖因乌飞、燕语，而喜

① （宋）郭思：《瑶溪集》，《宋诗话辑佚》本，中华书局1980年版，第532页。
② （宋）范温：《潜溪诗眼》，《宋诗话辑佚》本，中华书局1980年版，第322页。

己之携雏卜居，其乐与之相似。此比也，亦兴也。若“鸿雁影来联塞上，鹡鸰飞急到沙头”，则比而非兴矣。①

以上各举具体诗篇，指出《诗经》“六义”中赋、比、兴之法，于杜诗中皆可见之，足见其宗法之迹。正如南宋张镃《俞玉汝以诗编来因次卷首韵》诗中所云：“大雅既不作，少陵得深致。”② 南宋著名词人姜夔，曾著《白石道人诗说》云：“诗有出于《风》者，出于《雅》者，出于《颂》者。屈、宋之文，《风》出也；韩、柳之诗，《雅》出也；杜子美独能兼之。”③ 其对于杜诗宗法《诗经》风、雅、颂诸体的总结，可谓出语中的。

南宋陈造《答陈梦锡书》则云：“夫三百篇之为经，后世无以加。士以诗名，舍是无善学。屈氏之骚，杜氏之古律，三百篇之正派。”其《题韵类诗史》亦云：“学诗，三百篇其祖也，次《楚辞》……杜子美古律诗，实与之表里。”④ 均从诗学经典角度，指出杜诗实与《诗经》《楚辞》一脉相承。

南宋葛立方《韵语阳秋》卷三称：

李太白、杜子美诗皆掣鲸手也。余观太白《古风》、子美《偶题》之篇，然后知二子之源流远矣。李云：“《大雅》久不作，吾衰竟谁陈。《王风》委蔓草，战国多荆榛。”则知李之所得在《雅》。杜云：“文章千古事，得失寸心知。骚人嗟不见，汉选盛于斯。”则知杜之所得在《骚》。⑤

此亦引杜甫《偶题》诗中名句，认为杜诗于《诗经》外，更对屈骚为代表的《楚辞》有所宗法。

---

① （宋）罗大经：《鹤林玉露》，中华书局1983年版，第185页。

② （宋）张镃：《南湖集》卷一，影印文渊阁四库全书本，台湾商务印书馆1983年版。

③ （宋）姜夔：《白石诗说》，人民文学出版社1962年版，第30页。

④ （宋）陈造：《江湖长翁集》卷二十六、卷三十一，影印文渊阁四库全书本，台湾商务印书馆1983年版。

⑤ （宋）葛立方：《韵语阳秋》，上海古籍出版社1984年版，第36页。

杜诗中有“窃攀屈宋宜方驾”（《戏为六绝句》其五）、“迟迟恋屈宋，渺渺卧荆衡”（《送覃二判官》）、“羁离交屈宋”（《赠郑十八贲》）、“先生有才过屈宋”（《醉时歌》）、“不必伊周地，皆登屈宋才”（《秋日荆南述怀三十韵》）等诗句，由此看来，杜甫确实是以屈原、宋玉等楚辞代表作家为艺术标杆的，宋人的评述符合事实。

二　宋人论杜诗取法两汉乐府、古诗

宋人亦多论及杜诗取法两汉乐府、古诗者。如北宋潘淳《潘子真诗话》“杜诗来历”条云：“古人造语，俯仰纡余各有态。‘小麦青青大麦枯，谁当获者妇与姑，丈夫何在西击胡。’凡此句中，每涵问答之词……老杜‘大麦干枯小麦黄’，‘问谁腰镰胡与羌’，句法实有所自。”① 指出杜甫《大麦行》诗自设问答之句法，乃本自东汉桓帝时期乐府民歌《小麦谣》。南宋吴曾《能改斋漫录》“杜子美杜鹃诗用乐府《江南》古辞格”条载：

> 王观国《学林新编》云：“子美绝句云：‘前年渝州杀刺史，今年开州杀刺史。群盗相随剧虎狼，食人更肯留妻子。’此诗正与《杜鹃》诗相类，乃是一格。”……予尝以为王氏甚得之，但不曾援引古人为证，且乐府有《江南》古辞云：“江南可采莲，荷叶何田田，鱼戏荷叶间。鱼戏荷叶东，鱼戏荷叶西，鱼戏荷叶南，鱼戏荷叶北。”子美正用此格。②

此通过对杜甫《杜鹃诗》与《三绝句》（其一）等诗篇押重韵体制特征的总结与溯源，指出杜甫此类诗篇乃是对汉乐府《江南》的效法。北宋释惠洪《石门洪觉范天厨禁脔》云：

> 《题省中院壁》：“掖垣竹埤梧十寻，洞门对雪常阴阴。落花游丝

① （宋）潘淳：《潘子真诗话》，《宋诗话辑佚》本，中华书局1980年版，第301页。

② （宋）吴曾：《能改斋漫录》卷十，影印文渊阁四库全书本，台湾商务印书馆1983年版。

白日静，鸣鸠乳燕青春深。腐儒衰晚谬通籍，退食迟回违寸心。衮职曾无一字补，许身愧比双南金。”《卜居》：“浣花流水水西头，主人为卜林塘幽。已知出郭少尘事，更有澄江销客愁。无数蜻蜓齐上下，一双鸂鶒对沉浮。东行万里堪乘兴，须向山阴上小舟。”……前二诗子美作……皆于引韵便失粘。既失粘，则若不拘声律。然其对偶时精到，谓之骨含苏李体。①

此指出杜甫拗体律诗引古入律，有汉代“苏李体”之古风。北宋吴幵《优古堂诗话》“杜甫取李陵诗”条云：“杜诗：‘思家步月清宵立，忆弟看云白日眠。’又云：‘别时孤云今不飞，时复看云泪横臆。’盖取李陵《别苏武》诗云：‘仰视浮云飞，奄忽互相逾。长当从此别，且复立斯须。’”② 指出杜甫《恨别》及《苦战行》等诗中句意，乃取自李陵五言古诗《别苏武》，亦为对“苏李体”之效法。南宋孙奕《示儿编》“用古今句法”条云：“杜诗‘刈葵莫放手，放手莫伤根’……用古诗‘采葵莫伤根，伤根葵不生’。”③ 则指出杜甫《示从孙济》诗对东汉无名氏《古诗二首》（其一）诗句的化用。

三　宋人论杜诗取法建安诗风

宋人亦多论及杜诗取法建安诗风，如北宋范温《潜溪诗眼》“诗宗建安”条云：

建安诗辩而不华，质而不俚，风调高雅，格力遒壮，其言直致而少对偶，指事情而绮丽……唐诸诗人……惟老杜、李太白、韩退之早年皆学建安，晚乃各自变成一家耳。如老杜“崆峒小麦熟”、“人生不相见”、《新安》《石壕》《潼关吏》《新婚》《垂老》《无家别》《夏日》《夏夜叹》，皆全体作建安语。④

---

① （宋）释惠洪：《石门洪觉范天厨禁脔》卷上，古典文学出版社 1958 年版。

② （宋）吴幵：《优古堂诗话》，《历代诗话续编》本，中华书局 1983 年版，第 272 页。

③ （宋）孙奕：《示儿编》卷九，影印文渊阁四库全书本，台湾商务印书馆 1983 年版。

④ （宋）范温：《潜溪诗眼》，《宋诗话辑佚》本，中华书局 1980 年版，第 315 页。

范温认为杜甫诸多新题乐府及古风诗作，于造语皆习建安诗风，格调高古而情感深厚，甚至全篇“作建安语”。南宋刘克庄《后村诗话》新集卷一则云：

> 《舞剑器行》，世所脍炙绝妙好词也。内云：“先帝侍女八千人，公孙剑器初第一。五十年间似反掌，风尘鸿洞昏王室。梨园子弟散如烟，女乐余姿映寒日。金粟堆前木已拱，瞿塘石城草萧瑟。玳宴急管曲复终，乐极哀来月东出。”余谓此篇与《琵琶行》，一如壮士轩昂赴敌场，一如儿女恩怨相尔汝。杜有建安黄初气骨，白未脱长庆体耳。①

刘克庄通过杜甫与白居易歌行体代表诗作的形象对比，指出杜诗有汉魏风骨之高古慷慨，而白诗则难脱中唐后期诗歌纤弱哀怨的风格。

此外，南宋曾季狸《艇斋诗话》云：“老杜‘主人敬爱客’，出曹子建诗‘公子敬爱客。’”② 王楙《野客丛书》“杜诗合古意”条称：“阮籍诗：‘昔年十四五，志尚好书诗。’杜诗：‘往昔十四五，出游翰墨场。’”③ 吴曾《能改斋漫录》“浮蚁”条云：“曹子建《七启》：‘盛以翠尊，而酌以雕觞。浮蚁鼎沸，酷烈馨香。’故杜子美《赠汝阳王》诗曰：‘仙醴求浮蚁。’《江楼夜宴》诗：‘尊蚁添相续。’《简院内诸公》诗云：‘蚁浮仍腊味，鸥泛已春声’。”该书“不翅犹过多”条亦云：“杜子美诗‘方驾曹刘不啻过’，见王仲宣《公讌》诗‘见眷良不翅’。”④ 以上评论均指出杜甫在创作实践中常化用曹植、王粲等建安诗人的名句入诗，足见其对建安诗风的推重与取法。

四　宋人论杜诗宗法《文选》

唐人重视《文选》，杜甫诗中有“熟精《文选》理”之句，这是他对

---

① （宋）刘克庄：《后村诗话》，中华书局 1983 年版，第 164 页。

② （宋）曾季狸：《艇斋诗话》，《历代诗话续编》本，中华书局 1983 年版，第 313 页。

③ （宋）王楙：《野客丛书》卷十九，影印文渊阁四库全书本，台湾商务印书馆 1983 年版。

④ （宋）吴曾：《能改斋漫录》卷六、卷七，影印文渊阁四库全书本，台湾商务印书馆 1983 年版。

儿子宗武的叮嘱。《文选》所录诗文始于先秦而迄于梁，其中以魏晋以后的作品居多，包括诗、赋和文章。宋人论述杜诗宗法《文选》者颇多。如：

郭思《瑶溪集》："子美教其子曰：'熟精《文选》理。'……老杜于诗学，世以谓前无古人，后无来者。然观其诗大率宗法《文选》，摭其华髓，旁罗曲探，咀嚼为我语。至老杜体格，无所不备，斯周诗以来，老杜所以为独步也。"①

张戒《岁寒堂诗话》卷上："杜子美云'续儿诵《文选》'，又云'熟精《文选》理'……子美不独教子，其作诗乃自《文选》中来，大抵宏丽语也。"②

葛立方《韵语阳秋》卷三云："杜子美诗喜用《文选》语，故宗武亦习之不置，所谓'熟精《文选》理，休觅彩衣轻'。又云'呼婢取酒壶，续儿诵《文选》'是也。"③

高似孙《选诗句图》序亦云："杜公训儿熟精选理，儿岂能熟，公自熟耳。早参公法，全律用六朝句。"④

以上皆引杜甫《宗武生日》等诗中之句，以证杜诗创作之取法《文选》，故能体格完备，出语宏丽，独步于诗史。朱熹则称："李太白始终学《选》诗，所以好。杜子美诗好者，亦多是效选体，渐放手"⑤；"李杜韩柳，初亦皆学选诗者，然杜韩变多而柳李变少"⑥。朱熹通过对唐诗名家诗学渊源的比较，指出杜诗宗法《文选》的倾向，并论及杜诗能将通与变、继承与创新并重，故能超出同代。

五　宋人论杜诗取法六朝

论及杜诗取法六朝诗作者，在宋人诗话、笔记中比比皆是。如南宋

① （宋）郭思：《瑶溪集》，《宋诗话辑佚》本，中华书局1980年版，第532页。
② （宋）张戒：《岁寒堂诗话》，《历代诗话续编》本，中华书局1983年版，第456页。
③ （宋）葛立方：《韵语阳秋》，上海古籍出版社1984年版，第39页。
④ （宋）高似孙：《选诗句图》序，《百川学海》本。
⑤ （宋）黎靖德：《朱子语类》，中华书局1994年版，第3326页。
⑥ （宋）朱熹：《晦庵先生朱文公文集》卷八十四，四部丛刊本。

孙奕《示儿编》“递相祖述”条云：

> 老杜《戏为》诗曰“未及前贤更勿疑，递相祖述复先谁”，所谓夫子自道也。当观其《后出塞》曰“借问大将谁，恐是霍骠姚”，句法得之郭景纯《游仙诗》“借问此为谁？云是鬼谷子”。《送十一舅》云“虽有车马客，而无世人喧”，句法得之渊明《杂诗》“结庐在人境，而无车马喧”……《醉歌》云“天开地裂长安陌，寒尽春生洛阳殿”，即灵运“日映昆明水，春生洛阳殿”之体也。①

孙奕指出杜诗对郭璞、陶渊明、谢灵运诗句的承袭。南宋龚颐正《芥隐笔记》“古人用字”条云：“渊明‘日月不肯迟’、‘晨鸡不肯鸣’。老杜有‘秋天不肯明’、‘江平不肯流’、‘兵戈不肯休’、‘王室不肯微’。”② 吴曾《能改斋漫录》“逝湍奔峭”条云：“谢灵运《七里濑》：‘孤客伤逝湍，徒旅苦奔峭。’……故杜子美诗云：‘奔峭背赤甲。’”③ 曾季狸《艇斋诗话》云：“老杜‘白首飒凄其’，出谢灵运诗‘怀贤亦凄其’。”④ 葛立方《韵语阳秋》卷一云：

> 老杜诗以后二句续前二句处甚多。如《喜弟观到》诗云：“待尔嗔乌鹊，抛书示鹡鸰。枝间喜不去，原上急曾经。”《晴》诗云：“啼乌争引子，鸣鹤不归林。下食遭泥去，高飞恨久阴。”《江阁卧病》诗云：“滑忆雕菰饭，香闻锦带羹。溜匙兼暖腹，谁欲致杯罂。”《寄张山人》诗云：“曹植休前辈，张芝更后身。数篇吟可老，一字买堪贫。”如此之类甚多。此格起于谢灵运，《庐陵王暮下》诗云：“延州协心许，楚老惜兰芳。解剑竟何及，抚坟徒自伤。”⑤

---

① （宋）孙奕：《示儿编》卷九，影印文渊阁四库全书本，台湾商务印书馆 1983 年版。

② （宋）龚颐正：《芥隐笔记》卷一，影印文渊阁四库全书本，台湾商务印书馆 1983 年版。

③ （宋）吴曾：《能改斋漫录》卷七，影印文渊阁四库全书本，台湾商务印书馆 1983 年版。

④ （宋）曾季狸：《艇斋诗话》，《历代诗话续编》本，中华书局 1983 年版，第 313 页。

⑤ （宋）葛立方：《韵语阳秋》，上海古籍出版社 1984 年版，第 7 页。

《韵语阳秋》指出杜诗善于学习陶、谢诗之造语、用字、体格等。宋末陈仁子《玄晖宣城集序》云："古今以陶之兴趣，兼谢之才力，惟子美一人。"① 称美杜诗能兼集陶、谢二人之所长，可为中的。杜诗中有"焉得思如陶谢手，令渠述作与同游"（《江上值水如海势聊短述》），"陶谢不枝梧，风骚共推激"（《夜听许十一诵诗爱而有作》）等语，亦可见杜甫对于陶、谢诗篇的推崇与接受。

北宋邵博《河南邵氏闻见后录》卷十八曰："古今诗人多以记境熟，语或相类。鲍明远云：'昔如韝上鹰，今似槛中猿。'杜子美云：'昔如纵壑鱼，今如丧家狗。'"② 南宋王楙《野客丛书》"贱子具陈"条亦称："杜子美《上韦右丞》诗曰：'丈人试静听，贱子请具陈。甫昔少年日，早充观国宾'云云，此诗正用鲍照《东武吟》意，照曰：'主人且勿喧，贱子歌一言。仆本寒乡士，出身蒙汉恩。'"③ 均指出杜诗对鲍照诗作有所承袭。同书"杜诗合古意"条云：

> 鲍照诗："昔如韝上鹰，今如槛中猿。"杜诗："昔如水上鳞，今如罝中兔。"庾信诗："细笹缠钟格，圆花钉鼓床。"杜诗："绣段装额檐，金花帖鼓腰。"鲍照诗："北风驱雁天雨霜。"杜诗："驱马天雨雪。"沈约诗："山樱花欲燃。"杜诗："山青花欲燃。"杜诗合古人之意，往往若此，注所不闻……杜诗"速令相就饮一斗"，人多引鲍照"且愿得志数相就"，以证"相就"二字有所自，不知"相就饮"三字，见庾信诗"野人相就饮"。④

此从创作出发，点明杜诗对于鲍照、沈约、庾信等南朝诗人的取法。吴曾《能改斋漫录》"白露团"条云：

> 杜子美《初月》诗云"庭前有白露，暗满菊花团"。又《白露》

① （宋）陈仁子：《牧莱脞语》卷七，北京图书馆藏清初影元钞本。

② （宋）邵博：《河南邵氏闻见后录》，中华书局1983年版，第142页。

③ （宋）王楙：《野客丛书》卷十九，影印文渊阁四库全书本，台湾商务印书馆1983年版。

④ （宋）王楙：《野客丛书》卷十九，影印文渊阁四库全书本，台湾商务印书馆1983年版。

诗云“白露团甘子”。又《江月》诗云“玉露团清影”。又绝句“玉座应悲白露团”。按谢惠连诗“团团满叶露”，谢玄晖“犹沾余露团”，庾信《挹得胥台露》诗“惟有团阶露，承睫共沾衣”，杜诗所本也。[①]

此亦从诗中意象之承袭角度，指出杜诗对于刘宋之谢惠连、南齐之谢朓、梁之庾信等南朝三代诗人作品语词的化用。

北宋吴幵《优古堂诗话》则对杜诗宗法庾信句法论述颇多，其书“石燕泥龙”条云：“周庾信《喜晴》诗：‘已欢无石燕，弥欲弃泥龙。’又《初晴》诗云：‘燕燥还为石，龙残更是泥。’此意凡两用，然前一联不及后一联也。乃知杜子美‘红稻啄馀鹦鹉粒，碧梧栖老凤凰枝’斡旋句法所本。”[②] 指出杜甫《秋兴八首》其八颔联之句法，出自庾信。陈师道《后山诗话》亦载：“黄鲁直云：‘杜之……句法出庾信，但过之尔。’”[③] 亦不为虚言。南宋杨万里《诚斋诗话》则云：“句有偶似古人者，亦有述之者……杜云‘薄云岩际宿，孤月浪中翻’，此庾信‘白云岩际出，清月波中上’也，‘出’‘上’二字胜矣……庾信云‘永韬三尺剑，长卷一戎衣’，杜云‘风尘三尺剑，社稷一戎衣’，亦胜庾矣。”[④] 通过对比杜甫与庾信之诗作，指出杜甫对庾诗句法的效法，且能学而胜之。杜诗中有“庾信文章老更成，凌云健笔意纵横”（《戏为六绝句》其一），“庾信平生最萧瑟，暮年诗赋动江关”（《咏怀古迹五首》其一）等对庾信作品高度评价的诗句，可见宋人之评价是完全符合杜甫创作实际的。

南宋陈傅良《书种德堂因记陈仲孚问诗语》云：“杜子美云‘谢朓每篇堪讽咏’，盖尝得法于此耳。”[⑤] 此引杜甫《寄岑嘉州》诗中之句，以论其对南齐“永明体”代表诗人谢朓的师法。南宋吴曾《能改斋漫录》

---

① （宋）吴曾：《能改斋漫录》卷六，影印文渊阁四库全书本，台湾商务印书馆1983年版。

② （宋）吴幵：《优古堂诗话》，《历代诗话续编》本，中华书局1983年版，第251页。

③ （宋）陈师道：《后山诗话》，《历代诗话》本，中华书局1981年版，第303页。

④ （宋）杨万里：《诚斋诗话》，《历代诗话续编》本，中华书局1983年版，第136页。

⑤ （宋）陈傅良：《止斋集》卷四十一，影印文渊阁四库全书本，台湾商务印书馆1983年版。

“沧洲趣”条亦称：“谢玄晖《之宣城出新林浦向板桥》：‘既欢怀禄情，复协沧洲趣。’……乃悟杜子美《刘少府山水障歌》：‘闻君扫却赤县图，乘兴遗画沧洲趣。’”① 指出杜诗创作中效法谢朓之处。杜甫曾自言：“孰知二谢将能事”（《解闷十二首》其七），可见其对“大谢”谢灵运、“小谢”谢朓均有意加以学习，对此宋人也十分认同。

吴曾《能改斋漫录》“关山月”条亦云：

> 王褒有《关山月》诗云：“关山夜月明，秋色照孤星。半形同汉阵，全影逐胡兵。天寒光转白，风多晕欲生。寄言亭上吏，游客解鸡鸣。”……故杜子美咏月凡使关山者五，《初月》云“关山空自寒”，《玩月呈汉中王》云“关山同一照”，《吹笛》云“月傍关山几处明”，又《寄张彪》诗云“关山信月明”，又《十六夜玩月》诗“关山随地阔，河汉近人流”。②

同书“黄鸟”条云：“杜诗‘转枝黄鸟近，泛渚白鸥轻’，盖用齐虞炎《玉阶怨》云‘紫藤拂花树，黄鸟度青枝’。”又同书“丽人行”条云：“梁沈约有《丽人赋》……故杜子美有《丽人行》。”又“冥冥江雨”条云：“杜子美诗‘冥冥江雨熟杨梅’，‘冥冥江雨’盖用梁范云《巫山高》云‘冥冥暮雨归’。”又“花照眼”条云：“杜子美诗‘花枝照眼句还成’，盖本于梁武帝《春歌》‘阶上香入怀，庭中花照眼’。”③ 此则把杜诗对于王褒、虞炎、范云、沈约、梁武帝萧衍等人作品的承袭化用一一罗列。其中的后三位，加之前述的谢朓，同属南朝“永明体”诗人群体“竟陵八友”之列，从中亦足见杜甫对“永明体”作家的自觉学习。

北宋黄伯思《东观余论》卷下云：

---

① （宋）吴曾：《能改斋漫录》卷七，影印文渊阁四库全书本，台湾商务印书馆1983年版。

② （宋）吴曾：《能改斋漫录》卷六，影印文渊阁四库全书本，台湾商务印书馆1983年版。

③ （宋）吴曾：《能改斋漫录》卷七，影印文渊阁四库全书本，台湾商务印书馆1983年版。

（何逊）集中若“团团月隐洲”，“轻燕逐飞花”，“绕岸平沙合，连山远雾浮”，“岸花临水发，江燕绕樯飞”，“游鱼上急濑”，“薄云岩际宿”等语，子美皆采为己句，但小异耳。故曰“能诗何水曹”，信非虚赏。①

此指出杜甫对于梁代诗人何逊语句的取法，并引杜诗“能诗何水曹”（《北邻》）为佐证。北宋蔡絛《西清诗话》云：

诗之声律，至唐始成。然亦多原六朝旨意，而造语工夫，各有微妙。何逊《入西塞诗》“薄云岩际出，初月波中上”。至少陵《江边小阁》则云“薄云岩际宿，孤月浪中翻”。虽因旧而益妍，此类獭髓补痕也。②

可见，《西清诗话》亦通过具体作品指出杜诗对何逊的因袭，但杜甫能够做到“原六朝旨意”而化为己用，推陈出新。

南宋龚颐正《芥隐笔记》“杜诗用前人意”条云：“老杜‘寒日出雾迟，清江转山急’，亦用阴铿‘野日烧中昏，山路入江穷’意。”同卷“作诗祖述有自”条云：

阴铿诗有“天边看烟树，大江静犹浪”，老杜所以有“江流静犹涌，云中辨烟树”。铿有“薄云岩际出，初月波中上”，杜诗“薄云岩际宿，孤月浪中翻”。铿有“中川闻棹讴”，杜有“中流闻棹讴”。铿有“花逐下山风”，杜有“云逐度溪风”。祖述有自，青出于蓝也。③

此指出杜诗对于陈代诗人阴铿语词和意象的袭用，并称美杜甫既善

① （宋）黄伯思：《东观余论》卷下，影印文渊阁四库全书本，台湾商务印书馆 1983 年版。

② （宋）蔡絛：《西清诗话》卷上，《古今诗话续编》影印本，台湾广文书局 1973 年版。

③ （宋）龚颐正：《芥隐笔记》卷一，影印文渊阁四库全书本，台湾商务印书馆 1983 年版。

用前人语句，复能青出于蓝。杨万里《诚斋诗话》称：

> 句有偶似古人者，亦有述之者。杜子美《武侯庙》诗云："映阶碧草自春色，隔叶黄鹂空好音。"此何逊《行孙氏陵》云"山莺空树响，垅月自秋晖"也。……阴铿云："莺随入户树，花逐下山风。"杜云："月明垂叶露，云逐渡溪风。"又云："水流行地日，江入度山云。"此一联胜。①

此亦分别指出杜甫对于阴铿、何逊诗作的取法之处。杜甫在诗中曾言："阴何尚清省"（《秋日夔府咏怀奉寄郑监审李宾客之芳一百韵》），"颇学阴何苦用心"（《解闷十二首》其七）。阴铿、何逊的创作讲究炼句修辞与音韵和谐，在斟字酌句和用韵方面颇下苦功，杜甫对他们清省的诗风以及锤炼诗句的精神十分钦佩，且有意效法。由上可以看出，宋人对于杜诗取法阴、何取得的成就也是十分肯定的。

北宋吴幵《优古堂诗话》"姬人荐初酝"条称："江总《稀州九日》诗：'姬人荐初酝，幼子问残疾。'故杜子美取其意以为《遣怀》云：'老妻忧坐痹，幼女问头风。'"② 南宋吴曾《能改斋漫录》"身轻一鸟过"条称："杜子美：'身轻一鸟过，枪急万人呼。'盖用虞世南《侍宴应诏》诗云：'横空一鸟度，照水百花燃'。"③ 此分别指出了杜诗对于江总和虞世南诗作的承袭化用。

宋人常对杜诗化用前代诗作的现象，从文学史的角度加以具体的梳理评述，如前述之吴曾《能改斋漫录》、孙奕《示儿编》、龚颐正《芥隐笔记》等均是。而吴幵的《优古堂诗话》则更为典型，如该书"身轻一鸟过"条载：

> 欧阳文忠公《诗话》：陈公时得杜集，至《蔡都尉》"身轻一

① （宋）杨万里：《诚斋诗话》，《历代诗话续编》本，中华书局1983年版，第136页。

② （宋）吴幵：《优古堂诗话》，《历代诗话续编》本，中华书局1983年版，第253页。

③ （宋）吴曾：《能改斋漫录》卷七，影印文渊阁四库全书本，台湾商务印书馆1983年版。

鸟”，下脱一字。数客补之，各云“疾”、“落”、“起”、“下”，终莫能定。后得善本，乃是“过”字。其后东坡诗“如观李杜飞鸟句，脱字欲补知无缘”，山谷诗“百年青天过鸟翼”，东坡诗“百年同过鸟”，皆从而效之也。予见张景阳诗云：“人生瀛海内，忽如鸟过目。”则知老杜盖取诸此。况杜又有《贶柳少府》诗“余生如过鸟”，又云“愁窥高鸟过”。景阳之诗，梁氏取以入《选》。杜《赠骥子》诗：“熟精《文选》理。”则其所取，亦自有本矣。如《赠韦左丞》诗，皆仿鲍明远《东武吟》：“主人且勿喧，贱子歌一言。”然古《咏香炉》诗：“且座且勿喧，愿歌一言。”①

此列举数首古今诗例，对杜甫《送蔡希鲁都尉还陇右因寄高三十五书记》之用字加以溯源，且论及其《奉赠韦左丞丈二十二韵》开篇“丈人试静听，贱子请具陈”句法的传承，可谓考镜源流，细致入微。

《优古堂诗话》“友于”条云：

洪驹父《诗话》谓：“世以兄弟为友于，子姓为贻厥，歇后语也。杜子美诗云：‘山鸟山花皆友于。’子美未能免俗，何邪？”予以为不然。按《南史》刘湛“友于素笃”，《北史》李谧“事兄尽友于之诚”。故陶渊明诗云“一欣侍温颜，再喜见友于”。子美盖有所本耳。子美《上太常张卿》诗亦云：“友于皆挺拔。”

《优古堂诗话》“咏妇人多以歌舞为称”条亦云：

古今诗人咏妇人者，多以歌舞为称。梁元帝《妓应令》诗云：“歌清随涧响，舞影向池生。”刘孝绰《看妓》诗云：“燕姬奏妙舞，郑女爱清歌。”北齐萧放《冬夜对妓》诗云：“歌还团扆后，舞出妓行前。”弘执恭《观妓》诗云：“合舞俱回雪，分歌共落尘。”陈阴铿《侯司空宅咏妓》诗云：“莺啼歌扇后，花落舞衫前。”陈刘珊亦云：“山边歌落日，池上舞《前溪》。”庾信《和赵王看妓》诗云：

① （宋）吴幵：《优古堂诗话》，《历代诗话续编》本，中华书局1983年版，第229页。

“绿珠歌扇薄，飞燕舞衫长。”江总《看妓》诗云：“并歌时转黛，息舞暂分香。”隋卢思道《夜闻邻妓》诗云：“怨歌声易断，妙舞态难双。”陈李元操《春园听妓》诗云：“红树摇歌扇，绿珠飘舞衣。”释法宣《观妓》诗云：“早时歌扇薄，今日舞衫长。”刘希夷《春日闺人》诗云：“池月怜歌扇，山云爱舞衣。”以歌对舞者七，以歌扇对舞衣者亦七，虽相沿以起，然详味之自有工拙也。杜子美取以为《艳曲》云：“江清歌扇底，野旷舞衣前。”①

以上两节分别考察历代文人诗作，探究杜诗中“友于”“歌舞”等语汇之发展源流，皆以诗例为证，可谓不遗余力。

由上述宋人的诸多评论可见，杜甫不仅能够师法《诗经》《楚辞》及汉魏古风，而且对晋、宋、齐、梁、陈之诗坛名家皆有所继承，并能原其旨意，化为己出，青出于蓝而胜于蓝。诚如南宋严羽《沧浪诗话》“诗评”所云：“少陵诗宪章汉魏而取材于六朝，至其自得之妙，则前辈所谓集大成者也。”②

第三节　宋人论杜诗取法唐代诸家

如前所述，宋人对于杜甫学习、模拟前代名家诗作有众多评述。不仅如此，杜甫在创作中对于唐代诗作亦多有取法，正如其诗中所云“不薄今人爱古人，清词丽句必为邻”（《戏为六绝句》其五）。我们看到，宋代对杜甫之师法唐人也给予关注，为杜甫所师法者，既包括初唐时期的前辈诗人，也包括盛唐时期的诗人。

一　宋人论杜甫对初唐诗人的师法

宋人对杜甫效法初唐诗人多有评述。如北宋吴幵《优古堂诗话》“啼

① （宋）吴幵：《优古堂诗话》，《历代诗话续编》本，中华书局1983年版，第231、246页。

② （宋）严羽著，郭绍虞校释：《沧浪诗话校释》，人民文学出版社1983年版，第168—177页。

猿树”条云：“杜诗‘影著啼猿树，魂飘结蜃楼’，盖用卢照邻《巫山高》云：‘莫辨啼猿树，徒看神女云。’”① 指出杜甫五律《第五弟丰独在江左近三四载寂无消息觅使寄此二首》其二之颈联，化用了卢照邻《巫山高》中的诗句。

论述杜诗效法沈佺期诗作的评论有很多，如苏轼《书杜子美诗》云：“‘省郎忧病士，书信有柴胡。饮子频通汗，怀君想报珠……’此杜子美诗也。沈佺期《回波》诗云：‘姓名虽蒙齿录，袍笏未易牙绯。’子美用‘饮子’对‘怀君’，亦‘齿录’、‘牙绯’之比也。”② 指出杜甫《寄韦有夏郎中》诗中“饮子频通汗，怀君想报珠”一联，乃是模拟初唐宫廷诗人沈佺期诗的借对之法。南宋吴曾《能改斋漫录》“地如平掌”条云：“沈佺期《长安路》诗：‘秦地如平掌，层城出云汉。’故杜子美《乐游原歌》云：‘公子华筵势最高，秦川对酒如平掌。’”③ 指出杜甫《乐游原歌》诗，对于沈佺期《长安路》的化用。

北宋范温《潜溪诗眼》“杜诗学沈佺期”条称：

> 古人学问必有师友渊源。汉杨恽一书，迥出当时流辈，则司马迁外甥故也。自杜审言已自工诗，当时沈佺期、宋之问等，同在儒馆为交游，故杜甫律诗布置法度，全学沈佺期，更推广集大成耳。沈云：“云白山青千万里，几时重谒圣明君。”杜云：“云白山青万余里，愁看直北是长安。”沈云：“人如天上坐，鱼似镜中悬。”杜云：“春水船如天上坐，老年花似雾中看。”是皆不免蹈袭前辈，然前后杰句，亦未易优劣也。④

此指出杜甫七律《小寒食舟中作》之颔联与尾联，分别取法自沈佺期的《钓竿篇》与《小寒食舟中作》。南宋孙奕《示儿编》“用古今句法”条云：“杜诗……《寒食舟中》云‘云白山青万余里，愁看直北是

① （宋）吴开：《优古堂诗话》，《历代诗话续编》本，中华书局1983年版，第258页。

② （宋）苏轼：《苏轼文集》，中华书局1986年版，第2118页。

③ （宋）吴曾：《能改斋漫录》卷六，影印文渊阁四库全书本，台湾商务印书馆1983年版。

④ （宋）范温：《潜溪诗眼》，《宋诗话辑佚》本，中华书局1980年版，第317—318页。

长安'，用沈佺期云'云白山青千万里，几时重谒圣明君'。《寒食舟中》云'春水船如天上坐，老年花似雾中看'，用沈佺期云'船如天上坐，人似镜中行'……此皆取古人之句也。"① 此亦认同范氏之论。南宋王楙《野客丛书》"损益前人诗语"条称：

> 《诗眼》曰："沈佺期诗：'人如天上坐，鱼似镜中悬。'子美诗：'春水船如天上坐，老年花似雾中看。'不免蹈袭。"……仆谓此非袭用前人句也，以前人诗语而以己意损益之，在当时自有此体……有全用前人一句而以己意贴之者，如沈云卿："云白山青千万里，几时重谒圣明君。"而子美曰："云白山青万余里，愁看直北是长安"是也。②

可见，王楙认为杜诗损益前人诗语之做法，乃自是一体，是"以己意贴之"。胡仔《苕溪渔隐丛话》后集卷五亦载："《复斋漫录》云：山谷言：'船如天上坐，人似镜中行。'又云：'船如天上坐，鱼似镜中悬。'沈云卿诗也。老杜云'春水船如天上坐'，祖述佺期之语也。继之以'老年花似雾中看'，盖触类而长之……虽有所袭，然语益工也。"③ 更引黄庭坚之语，认为杜甫《小寒食舟中作》诗虽祖述沈佺期语，然能造语益工，可谓青出于蓝，点铁成金。

在宋人诗话、笔记中，论及杜甫诗传承其祖父杜审言诗法者，亦大有人在。如北宋陈师道《后山诗话》载："黄鲁直云：'杜之诗法出审言，句法出庾信，但过之尔。'"④ 陈师道引黄庭坚之语，指出杜甫诗法本自乃祖。至南宋，胡仔《苕溪渔隐丛话》前集卷六载："《后山诗话》云：鲁直言'杜之诗法出审言，句法出庾信，但过之耳'。《苕溪渔隐》曰：老杜亦自言'吾祖诗冠古'。则其诗法乃家学所传云。"⑤ 蔡梦弼《杜工部草堂诗话》卷一亦载："后山陈无己《诗话》曰：黄鲁直言'杜子美之

---

① （宋）孙奕：《示儿编》卷九，影印文渊阁四库全书本，台湾商务印书馆1983年版。

② （宋）王楙：《野客丛书》卷七，影印文渊阁四库全书本，台湾商务印书馆1983年版。

③ （宋）胡仔：《苕溪渔隐丛话》后集，人民文学出版社1962年版，第30页。

④ （宋）陈师道：《后山诗话》，《历代诗话》本，中华书局1981年版，第303页。

⑤ （宋）胡仔：《苕溪渔隐丛话》前集，人民文学出版社1962年版，第33页。

诗法出审言，句法出庾信，但过之耳’。苕溪胡元任曰：‘老杜亦自言‘吾祖诗冠古’，则其诗法乃家学所传耳。”① 宋代三部知名的诗话，不约而同地转述黄庭坚语，略可见其作者对于杜甫诗法源自家传之论的普遍认同。

北宋邵博《河南邵氏闻见后录》卷十八云：“杜审言，字必简，子美大父也，景龙初为国子监主簿……味其句法，知子美之诗有自云。”② 指出杜甫诗之句法对其祖的承袭。北宋王得臣《麈史》云：

> 杜审言，子美之祖也。唐则天时，以诗擅名，与宋之问相唱和。其诗有“绾雾清条弱，牵风紫蔓长”，又有“寄语洛城风月道，明年春色倍还人”之句。若子美“林花带雨胭脂落，水荇牵风翠带长”，又云“传语风光共流转，暂时相赏莫相违”，虽不袭取其意，而语脉盖有家法矣。③

王得臣通过创作实际的对比，指出杜甫之七律《曲江对雨》颔联与《曲江二首》其二尾联，分别出自杜审言《和韦承庆过义阳公主山池》其二及《春日京中有怀》。另南宋龚颐正《芥隐笔记》“子美诗有祖述”条，与胡仔《苕溪渔隐丛话》后集卷五，亦皆引述有王得臣此语，仅部分字句略有不同。

南宋舒岳祥《王任诗序》云：

> 诗必有家也，家必有世也，不家非诗也，不世非家也。唐诗人惟杜甫家为最大，要自其祖审言世之也。“枝亚果新肥”，审言诗也，甫用之为“花亚欲移竹”之句。“飞花搅独愁”，审言诗也，甫用之为“树搅离思花冥冥”之语。而甫亦自谓“诗是吾家事”，非夸也。盛唐之时，诗未脱梁陈之习，至审言始句律情切，华而不靡，典而

---

① （宋）蔡梦弼：《杜工部草堂诗话》，《历代诗话续编》本，中华书局1983年版，第194页。

② （宋）邵博：《河南邵氏闻见后录》，中华书局1983年版，第142页。

③ （宋）王得臣：《麈史》卷二，影印文渊阁四库全书本，台湾商务印书馆1983年版。

不质，观其《和李嗣真奉使村抚河东》诗，则甫之《夔府书怀》等作有自来矣。[①]

此节通过分析杜审言、杜甫祖孙二人诗作，指出杜甫对其祖父句法、诗法的学习。南宋陈振孙《直斋书录解题》云：“审言诗虽不多，句律极严，无一失粘者。甫之家传，有自来矣。”[②] 南宋赵以夫《石屏诗后集序》称：“少陵之诗，是固天授神助，而发源实自于审言。审言之诗至少陵而工。”[③] 宋末刘克庄《后村诗话》前集卷一称：“杜审言《夜宴》云：‘酒中堪累月，身外即浮云。’《登襄阳城》云：‘楚山横地出，汉水接天回。’《妾薄命》云：‘啼鸟惊残梦，飞花搅独愁。’杜氏句法有自来矣。”[④] 刘克庄《跋黄贡士诗卷》云：“少陵有云：‘吾祖诗冠古。’又云：‘诗是吾家事。’其尊祖至矣。然少陵实兼风雅、骚、选、隋唐众体，非不欲放他姓入社者。”[⑤] 亦认同杜诗本自家传。此外，杜甫在《唐故万年县君京兆杜氏墓志》中对其祖父评价极高，云“天下之人谓之才子”，从中亦足见宋人评述之客观属实。

二 宋人对杜甫取法盛唐诸家的评述

宋人对于杜诗取法盛唐诗作加以评述者，亦有很多。如北宋吴幵《优古堂诗话》“洞房悬月影”条称：“张说有《深度驿》诗云：‘洞房悬月影，高枕听江流。’杜子美用其意，见于《客夜篇》云：‘入帘残月影，高枕远江声。’”[⑥] 指出杜甫《客夜》之颔联，化用张说诗句。陈师道《后山诗话》称：

子美《怀薛据》云：“独当省署开文苑，兼泛沧浪学钓翁。”

---

① （宋）舒岳祥：《阆风集》卷十，影印文渊阁四库全书本，台湾商务印书馆1983年版。

② （宋）陈振孙：《直斋书录解题》卷十九，影印文渊阁四库全书本，台湾商务印书馆1983年版。

③ （宋）戴复古著，金芝山校点：《戴复古诗集》，浙江古籍出版社1992年版，第325页。

④ （宋）刘克庄：《后村诗话》，中华书局1983年版，第7页。

⑤ （宋）刘克庄：《后村先生大全集》卷一百一十，四部丛刊本。

⑥ （宋）吴幵：《优古堂诗话》，《历代诗话续编》本，中华书局1983年版，第247页。

"省署开文苑，沧浪忆钓翁"，据之诗也。王摩诘云："九天阊阖开宫殿，万国衣冠拜冕旒。"子美取作五字云："阊阖开黄道，衣冠拜紫宸"，而语益工。①

陈师道指出杜甫七绝《解闷十二首》其四《怀薛据》下半直接取自薛据之作，仅每句增二字，化五言为七言；而杜甫五排《太岁日》，亦裁王维七言律《和贾舍人早朝大明宫之作》颔联为五言，化而为己用。南宋王楙《野客丛书》"损益前人诗语"条则云：

薛据诗："省署开文苑，沧浪学钓翁。"而子美诗："独当省署开文苑，兼泛沧浪学钓翁"……增前人之语者如此。又有损前人句语者，如王维诗："九天阊阖开宫殿，万国衣冠拜冕旒。"而杜子美诗"阊阖开黄道，衣冠拜紫宸"是也。②

葛立方《韵语阳秋》卷一亦云："'九天阊阖开宫殿，万国衣冠拜冕旒'，王摩诘诗也。杜子美删之为五言句'阊阖开黄道，衣冠拜紫宸'，而语益工。"③ 可见此已为当时诗坛之共识。北宋王观国《学林》"李杜"条云：

李太白《宫词》曰："山花插宝髻，石竹绣罗衣"。杜子美《琴台》诗曰："野花留宝靥，蔓草见罗裙。"此相仿之句也。按太白《宫词》，乃开元盛时所撰。司马相如琴台在西蜀，子美《琴台》诗乃天宝末避地西蜀时所撰。则子美仿太白之词也。太白《宫词》曰："宫中谁第一，飞燕在昭阳。"子美《哀江头》诗乃禄山陷京师后所作，亦子美仿太白之句也。④

---

① （宋）陈师道：《后山诗话》，《历代诗话》本，中华书局1981年版，第304页。
② （宋）王楙：《野客丛书》卷七，影印文渊阁四库全书本，台湾商务印书馆1983年版。
③ （宋）葛立方：《韵语阳秋》，上海古籍出版社1984年版，第14—15页。
④ （宋）王观国：《学林》卷八，影印文渊阁四库全书本，台湾商务印书馆1983年版。

王观国指出杜甫《琴台》诗中“野花留宝靥，蔓草见罗裙”句，与《哀江头》诗中“昭阳殿里第一人”句，是对李白《宫词》的模仿。南宋孙奕《示儿编》“递相祖述”条亦云：

> 老杜《戏为》诗曰：“未及前贤更勿疑，递相祖述复先谁。”所谓夫子自道也。当观其……《春日忆李白》云：“何时一樽酒，重与细论文?”，即孟浩然“何时一杯酒，重与李膺倾”之体。《复愁》云“月生初学扇，云细不成衣”，即李义府“镂月成歌扇，裁云成舞衣”之体。①

此节分别指出杜甫《春日忆李白》与《复愁》二诗对于孟浩然《永嘉别张子容》及李义府《堂堂》句法的效仿。

值得一提的是，宋人还对杜甫在诗歌创作中大量借鉴当时民歌、谣谚的现象给予关注。如南宋吴可《藏海诗话》云：“老杜诗云：‘一夜水高二尺强，数日不可更禁当。南市津头有船卖，无钱即买系篱傍。’与《竹枝词》相似，盖即俗为雅。”② 指出杜甫上元二年（761）流寓成都时期所作七绝《春水生二绝》（其二）对《竹枝词》的取法。

南宋吴曾《能改斋漫录》“猿啼三声泪沾衣”条：“《川峡记》：行者歌曰‘巴东三峡猿鸣悲，猿啼三声泪沾衣’。故古乐府有‘巫峡长，猿鸣三声泪沾衣’……故子美诗：‘听猿实下三声泪。’”③ 亦指出杜甫大历元年（766）秋流寓夔州时期所作之《秋兴八首》其二，曾化用巴东民谣入诗。南宋张表臣《珊瑚钩诗话》卷三云：“杜诗……《戏作俳谐体二首》纯用方语，云：‘异俗吁可怪，斯人难并居。家家养乌鬼，顿顿食黄鱼。旧识能为态，新知已暗疏。治生且耕凿，只有不关渠’；‘西历青羌板，南留白帝城。於菟侵客恨，粔籹作人情。瓦卜传神语，畬田费火声。是非何处定，高枕笑浮生。’”④ 此节引用杜甫大历二年（767）在夔州所作

① （宋）孙奕：《示儿编》卷九，影印文渊阁四库全书本，台湾商务印书馆1983年版。

② （宋）吴可：《藏海诗话》，《历代诗话续编》本，中华书局1983年版，第340页。

③ （宋）吴曾：《能改斋漫录》卷八，影印文渊阁四库全书本，台湾商务印书馆1983年版。

④ （宋）张表臣：《珊瑚钩诗话》，《历代诗话》本，中华书局1981年版，第475页。

之《戏作俳谐体遣闷二首》，谓其“纯用方语”。南宋黄彻《䂬溪诗话》卷十也称：“子美亦戏效俳谐体。”[①] 杜诗颇记述当地人情世俗，有时使用方言，效法民歌。另胡仔《苕溪渔隐丛话》后集卷五载：“《乐府解题》云：‘武王伐纣，作歌，使士习之，号曰《巴渝之曲》。’因其地以巴渝取名，故《题瀼西草堂》云：‘万里《巴渝曲》，三年实饱闻。’”[②] 此引杜诗为据，指出杜甫因晚年长期流寓巴渝之地，深入民间，故能多闻其地俚曲、俗谣，并自觉加以学习。应该说，胡仔对杜诗的分析是十分到位的。

综上，通过考察宋代杜诗“集大成”说，本章分析了杜诗“集大成”说从提出、定型到得到普遍认同的过程，充分体现了宋人对于杜诗艺术渊源的全面探讨。宋人关于杜诗艺术宗尚、诗法家数的探究，紧密联系杜诗创作情况，细致入微、层出不穷，上起《风》《骚》、乐府，中有汉、魏、六朝，下及唐代诸贤，充分验证了杜甫“转益多师是汝师”的诗学精神和创作态度，对其师法众家、艺出多门的评述可谓数不胜数。更为难得的是，宋人还通过艺术比较，特别指出了杜诗推陈出新、化腐朽为神奇的创新之举。宋人对杜诗艺术渊源的探讨，为宋代的诗学发展与艺术创新提供了理论上的借鉴和启迪。

---

① （宋）黄彻：《䂬溪诗话》，人民文学出版社 1986 年版，第 168 页。

② （宋）胡仔：《苕溪渔隐丛话》后集，人民文学出版社 1962 年版，第 32 页。

第九章

宋代杜诗体裁艺术论

宋代有很多从诗歌体裁角度立论的杜诗艺术批评，其所关注的多是杜诗诸体兼备、古律均擅的特色。如北宋郭思云：“至老杜体格无所不备，斯周诗以来老杜所以为独步也。”[①] 南宋楼钥《答杜仲高旃书》云：“工部之诗，真有参造化之妙，别是一种肺肝，兼备众体，间见层出，不可端倪。”[②] 蔡梦弼《杜工部草堂诗笺跋》曰：“少陵先生博极群书，驰骋今古……具乎众体。”[③] 林希逸《竹溪鬳斋十一稿续集》则云：“杜诗……至其思致之貌，体格之多，非惟一时人所不能及，而个人亦有未到焉者。”[④] 南宋俞成《校正草堂诗笺跋》通过列举诗体名目，称道杜诗体裁多样，云：“子美之诗如化工，千形万状，体态不一，演而为歌、为行，发而为叹、为引，曰短述、曰口号，大而至于古风百韵，小而至于绝句五言，同出异名，初无定体。”[⑤] 陈造《题韵类诗史》云：“学诗，三百篇其祖也，次《楚辞》……杜子美古律诗，实与之表里。”[⑥] 陈鹄《耆旧续闻》称：“老杜歌行并长韵律诗，切宜留意。”[⑦] 从学诗的角度，

---

① （宋）郭思：《瑶溪集》，《宋诗话辑佚》本，中华书局 1980 年版，第 532 页。

② （宋）楼钥：《攻媿集》卷六十六，影印文渊阁四库全书本，台湾商务印书馆 1983 年版。

③ （宋）佚名：《集千家注杜工部诗集》序，影印文渊阁四库全书本，台湾商务印书馆 1983 年版。

④ （宋）林希逸.《竹溪鬳斋十一稿续集》卷三十，影印文渊阁四库全书本，台湾商务印书馆 1983 年版。

⑤ （宋）黄鹤：《黄氏集千家注杜工部诗史补遗》跋，《古逸丛书》本。

⑥ （宋）陈造：《江湖长翁集》卷三十一，影印文渊阁四库全书本，台湾商务印书馆 1983 年版。

⑦ （宋）陈鹄：《耆旧续闻》卷二，影印文渊阁四库全书本，台湾商务印书馆 1983 年版。

宋人肯定杜诗无论古体、近体均甚擅长，并奉之为与《诗经》《楚辞》并列的诗坛楷模。宋人对于杜诗之体格完备、诸体皆长非常推崇，并对杜诗之古体、近体作品有深入细致的评析。本章拟对宋代关于杜诗体裁艺术方面的论述进行梳理和讨论。

第一节　杜诗古体艺术批评

从诗歌体裁的角度，宋人对杜甫的古体诗有诸多议论，对杜甫古体诗中的不同类型的诗歌也多有讨论。

一　对杜甫古体诗的总体认识

宋人对于杜诗中的古体诗基本上持推崇的态度。如南宋胡仲弓《次适安〈感古〉二首》（其一）云“少陵合与古诗班”①，认为杜甫古诗可与汉代古诗相匹敌。严羽《沧浪诗话》“诗评”篇则云：“太白《梦游天姥吟》《远离别》等子美不能道；子美《北征》《兵车行》《垂老别》等太白不能作。”② 列举杜甫数篇古体诗作，与李白古风相比较，认为二者不可相互替代，故李、杜各领风骚，并雄诗坛。杨万里《诚斋诗话》云：“五言古诗，句雅淡而味深长者……如少陵《羌村》、后山《送内》，皆是一唱三叹之声。”③ 称美杜甫和陈师道的古诗均具有平淡悠远的情韵，有一唱三叹之妙。胡仔《苕溪渔隐丛话》后集卷六称：“许彦周《诗话》云：‘画山水诗，少陵数首，无人可继者……’苕溪渔隐曰：‘少陵题画山水数诗，其间古风二篇，尤为超绝。’”④ 指出杜甫的题画诗“无人可继”，其中《奉先刘少府新画山水障歌》《戏题王宰山水图歌》二首古风，尤获“超绝”之誉，足见其对杜诗古体作品的推崇。

宋末刘克庄则历数杜甫多首古体名篇，加以赞评，如其《后村诗话》新集卷一云：

---

① （宋）胡仲弓：《苇航漫游稿》卷四，影印文渊阁四库全书本，台湾商务印书馆 1983 年版。

② （宋）严羽著，郭绍虞校释：《沧浪诗话校释》，人民文学出版社 1983 年版，第 168 页。

③ （宋）杨万里：《诚斋诗话》，《历代诗话续编》本，中华书局 1983 年版，第 142 页。

④ （宋）胡仔：《苕溪渔隐丛话》后集，人民文学出版社 1962 年版，第 37 页。

《前出塞》云："君已富土境，开边一何多？弃绝父母恩，吞声行负戈。"又云："生死向前去，不劳吏怒嗔。路逢相识人，附书与六亲。哀哉两决绝，不复同苦辛。"又言："军中异苦乐，主将宁尽闻？"又云："杀人亦有限，列国自有疆。苟能制侵陵，岂在多杀伤？"又云："驱马天雨雪，军行入高山。径危抱寒石，指落层冰间。已去汉月远，何时筑城还？"《后出塞》云："千金买马鞍，百金装刀头。"又云："渔阳豪侠地，击鼓吹笙竽。云帆转辽海，粳稻来东吴。越罗与楚练，照耀舆台躯。主将位益崇，气骄凌上都。边人不敢议，议者死路衢。"又云："中夜问道归，故里但空村。恶名幸脱免，穷老无儿孙。"此十四篇，笔力与《文选》中《拟古》十九首并驱。①

刘克庄认为，杜甫《前出塞九首》《后出塞五首》堪与《古诗十九首》并驾齐驱。该书卷二云："《与韦左丞》五言二篇，当以古风为胜。"② 其所论者，乃是杜甫于天宝年间在长安写给尚书左丞韦济的两首投赠诗，即五排《赠韦左丞丈济》和五古《奉赠韦左丞丈二十二韵》。显然，刘克庄更加推重后者。他又说：

《壮游》诗押五十六韵，在五言古风中尤多悲壮语，如云："往者十四五，出游翰墨场。斯文崔魏徒，以我似班扬。"又云："脱略小时辈，结交皆老苍"；"东下姑苏台，已具浮海航。到今有遗恨，不得穷扶桑。"又云："上感九庙焚，下悯万民疮"；"小臣议论绝，老病客殊方。"虽荆卿之歌，雍门之琴，高渐离之筑，音调节奏不如是之跌宕豪放也。③

他认为杜甫以《壮游》为代表的古体诗多有佳句，并具有"跌宕豪放"的风格。

除对杜甫古体诗的总体评价外，宋人对于杜甫古体诗的批评，更多

① （宋）刘克庄：《后村诗话》，中华书局1983年版，第157—158页。
② （宋）刘克庄：《后村诗话》，中华书局1983年版，第173页。
③ （宋）刘克庄：《后村诗话》，中华书局1983年版，第171页。

集中在他的“新题乐府”、长篇古风、歌行体、古体绝句等不同类型的作品上。

二 “新题乐府”艺术

“新题乐府”为杜甫所开创，它有别于以往沿用旧题的乐府诗，而是自立新题以书写时事，其特征是“即事名篇，无复依傍”。中唐诗人元稹在其《乐府古题序》中说：“近代唯诗人杜甫《悲陈陶》《哀江头》《兵车》《丽人》等，凡所歌行，率皆即事名篇，无复依傍。余少时与友人乐天、李公垂辈，谓是为当，遂不复拟复古题。”① 其后宋人亦多沿袭此论，如北宋蔡启《蔡宽夫诗话》“乐府辞”条云：“齐、梁以来，文人喜为乐府辞，然沿袭之久，往往失其命题本意……虽李白亦不免此。惟老杜《兵车行》《悲青坂》《无家别》等数篇，皆因事自出己意，立题略不更蹈前人陈迹，真豪杰也。”② 他历数齐、梁以来乐府诗创作，发现就连李白亦不免“蹈前人陈迹”，从而高度称赞了杜甫“新题乐府”的开创之功。

从杜甫的创作实际来看，杜甫乐府诗并非全部自拟新题，如乐府旧题与其所吟咏之事相合，他亦会采用旧题，如《少年行》、前后《出塞》十四首等。只有当乐府旧题不适合体现诗中所要表述的内容时，杜甫才“因事自出己意”，即事名篇。杜甫的“新题乐府”是首创之举，“彻底结束了前人用旧题写时事的文不对题的局面，为后来白居易等人倡导的新乐府运动奠定了基石”③。杜甫功不可没，亦不愧蔡氏之评。

至南宋，陈模《怀古录》云：“苍山曰：乐府自有声调，所谓清调、侧调、平调是也。李太白……不问音调。杜工部则不作乐府，而《悲陈陶》《悲青坂》则隐然乐府风味。若不晓音调，不若以工部为法。”④ 此从乐府声调音韵角度，肯定了杜甫的“新题乐府”《悲陈陶》《悲青坂》虽不刻意以求合乐，但终“隐然乐府风味”的诗体魅力。赵与时《宾退

---

① （唐）元稹：《元稹集》，东方出版社 1996 年版，第 255 页。

② （宋）蔡启：《蔡宽夫诗话》，《宋诗话辑佚》本，中华书局 1980 年版，第 379 页。

③ 韩成武：《诗圣：忧患世界中的杜甫》，河北大学出版社 2004 年版，第 294 页。

④ （宋）陈模：《怀古录》卷中，明抄《说集》本。

录》卷二记载："刘中叟次庄《尘土黄》诗序谓：乐府自唐以来，杜甫则壮丽结约，如龙骧虎伏，容止有威。"① 此回溯乐府诗发展历程，给予杜甫乐府诗以极高的评价。

三　长篇古风艺术

在杜甫的古体诗中，宋人较为关注的是那些十韵以上的长篇古风，因为五七言长古最能考较诗人才力。南宋叶梦得《石林诗话》卷上云："长篇最难，晋魏以前，诗无过十韵者。盖常使人以意逆志，初不以序事倾尽为工。至老杜《述怀》《北征》诸篇，穷极笔力，如太史公纪传，此固古今绝唱。"② 与魏晋之前"无过十韵"的古风相较，宋人更看重杜甫长韵古风的魅力。晁公遡《谢王甲献诗启》亦称"慕《北征》制作之大"③。刘辰翁《跋白廷玉诗》云："杜子美大篇，江河转怪不测，虽太白、退之天才罕及……若七言宕丽，或更入古野，而不为俚，亦惟作者自知，虽大家数不能评也。"④ 此认为虽李白、韩愈之天才制作，尚不能及杜甫之长篇古风。杨万里《诚斋诗话》亦云："七言长韵古诗，如杜少陵《丹青引曹将军画马》《奉先县刘少府山水障歌》等篇，皆雄伟宏放，不可捕捉。学诗者于李杜苏黄诗中，求此等类，诵读沉酣，深得其意味，则落笔自绝矣。"⑤ 此从学诗者的角度审视和品味杜甫七言长古的雄放之气，认为其可作为诗学榜样。

此外，胡仔《苕溪渔隐丛话》前集卷十一云："《少陵诗总目》云：《八哀诗》维古风中最为大笔，崔德符尝论斯文可以表里雅颂，中古作者莫及也。"⑥ 高度称赞杜甫的长篇五言古体组诗，认为其可直追《诗经》，为魏晋六朝诗人所不能及。蔡梦弼《杜工部草堂诗话》卷一亦云："崔德符曰：'少陵……两纪行诗，《发秦州》至《凤凰台》，《发同谷县》至

① （宋）赵与时：《宾退录》，上海古籍出版社1983年版，第21页。

② （宋）叶梦得：《石林诗话》，《历代诗话》本，中华书局1981年版，第411页。

③ （宋）晁公遡：《嵩山集》卷二十四，影印文渊阁四库全书本，台湾商务印书馆1983年版。

④ （宋）刘辰翁：《须溪集》卷六，影印文渊阁四库全书本，台湾商务印书馆1983年版。

⑤ （宋）杨万里：《诚斋诗话》，《历代诗话续编》本，中华书局1983年版，第139页。

⑥ （宋）胡仔：《苕溪渔隐丛话》前集，人民文学出版社1962年版，第70页。

《成都府》二十四首，皆以经行为先后，无复差舛。昔韩子苍尝论此诗笔力变化当与太史公诸赞并驾，学者宜常讽诵之。'"① 赞赏杜甫乾元二年（759）两组长篇五言古体纪行诗，强调其随物赋形、随行纪事的"笔力变化"之妙。朱熹亦云："杜诗……自秦州入蜀诸诗，分明如画。"② 朱熹对杜甫的长篇古体组诗给以独到的关注，还将其与《史记》之笔力相提并论，可谓慧眼所见略同。正是由于长篇古风韵长难作、非高才不足以驾驭的文体特性，才使得"以文字为诗，以才学为诗"的宋代文人对杜甫的长篇古体诗备加赞赏，这也是文坛的风气使然。

值得注意的是，宋代也有对杜甫长篇古风（特别是《八哀诗》）的冗长累句颇致不满者。如叶梦得《石林诗话》卷上云："《八哀》八篇，本非集中高作，而世多尊称之不敢议，此乃揣骨听声耳。其病盖伤于多也。如李邕、苏源明诗中极多累句，余尝痛刊去，仅取其半方尽善。然此语不可为不知者言也。"③ 刘克庄《后村诗话》亦持此论，其后集卷二云：

> 杜《八哀诗》，崔德符谓可以表里《雅》《颂》，中古作者莫及。韩子苍谓其笔力变化，当与太史公诸赞方驾。惟叶石林谓长篇最难，晋魏以前无过十韵，常使人以意逆志，初不以叙事倾倒为工。此八篇本非集中高作，而世多尊称，不敢议其病，盖伤于多。如李邕、苏源明篇中多累句，刮去其半，方尽善。余谓崔、韩比此诗于太史公纪传，固不易之语。至于石林之评，累句之病，为长篇者不可不知。

其新集卷一又云：

> 《八哀诗》如张曲江云："仙鹤下人间，独立霜毛整"；"上君白玉堂，倚君金华省。"如李北海云："古人不可见，前辈复谁继。"又

---

① （宋）蔡梦弼：《杜工部草堂诗话》，《历代诗话续编》本，中华书局1983年版，第202页。

② （宋）黎靖德：《朱子语类》，中华书局1994年版，第3326页。

③ （宋）叶梦得：《石林诗话》，《历代诗话》本，中华书局1981年版，第411页。

> 云："碑板照四裔。"又云："丰屋珊瑚钩，麒麟织成罽。紫骝随剑几，义取无虚岁。"又云："独步四十年，风听九皋唳。"子美惟此二公尤尊敬。如李临淮云："平生白羽扇，零落蛟龙匣。"极悲壮。又云："青蝇纷营营，风雨秋一叶。内省未入朝，死泪终映睫。"其形容临淮忧谗畏讥，不敢入朝之意，说得出。余人如郑虔之类，非无可说，但每篇多芜词累句，或为韵所拘……不如《饮中八仙》之警策。盖《八仙》篇，每人只三二句，《八哀诗》或累押二三十韵，以此知繁不如简，大手笔亦然。[①]

此谓《八哀诗》中有芜词累句，并与《饮中八仙歌》之警策句相对比，指出其不足之处，认为此"或为韵所拘"，以佐证叶梦得之评。然而，《八哀诗》实为诗中之纪传体，分别为八人立传，记叙传主生平，似不得从略。《饮中八仙歌》非纪传体诗，两者本不可相比。所谓"芜词累句"，不免有苛责之嫌。

四　歌行体艺术

所谓歌行体，乃是"七言古诗与骈赋相互渗透和融合而产生的一种诗体"[②]，以七言为主，间以杂言，其体流动通脱，长于气势。宋人对杜甫歌行体诗亦有评述，如南宋项安世《项氏家说》"诗赋"条云："李杜之歌行……序事丛蔚，写物雄丽，小者十余韵，大者百余韵，皆用赋体作诗，此亦汉人之所未有也。"[③] 南宋吴曾《能改斋漫录》"歌行吟谣"条则称："蔡元长尝谓之曰：'汝知歌、行、吟、谣之别乎？近人昧此，作歌而为行，制谣而为曲者多矣。且虽有名章秀句，苦不得体。如人眉目娟好而颠倒位置，可乎？'余退读少陵诸作，默有所契，惟心语口，未尝为人道也。"[④] 其虽未明言，但暗示出杜甫歌行体诗较宋人之作更合乎

---

① （宋）刘克庄：《后村诗话》，中华书局1983年版，第59、155页。

② 袁行霈：《中国文学史》（第二卷），高等教育出版社2005年版，第186页。

③ （宋）项安世：《项氏家说》卷八，影印文渊阁四库全书本，台湾商务印书馆1983年版。

④ （宋）吴曾：《能改斋漫录》卷十，影印文渊阁四库全书本，台湾商务印书馆1983年版。

该文体的特征与要求。南宋王正德《馀师录》亦云“老杜歌行最见次第出入本末”[①]，可相参证。

宋人对于杜甫歌行体诗具体作品的批评，主要集中在他在乾元二年（759）十一月寓居同谷县时所作的《乾元中寓居同谷县作歌七首》。南宋王炎《七歌并序》称：“杜工部有同谷七歌，其辞高古难及，而音节悲壮。”[②] 朱熹《跋杜工部同谷七歌》亦云：“杜陵此歌，豪宕奇绝，诗流少及之者。”[③] 均是从诗体审美及流变角度，对这组诗给予极高评价。南宋何汶《竹庄诗话》卷一云：“杜老歌行……后人莫及。”[④] 这句话基本代表了宋人对杜甫歌行体诗的评价。

五 古体绝句艺术

宋人对杜诗中大量存在的古体绝句也多有评述，如何汶《竹庄诗话》卷六称赞杜甫《江畔独步寻花七绝句》“有醇醲之气”[⑤]。这组诗是上元二年（761）杜甫寓居成都时所作，诗云：

其一

江上被花恼不彻，无处告诉只颠狂。
走觅南邻爱酒伴，经旬出饮独空床。

其二

稠花乱蕊裹江滨，行步欹危实怕春。
诗酒尚堪驱使在，未须料理白头人。

---

① （宋）王正德：《馀师录》卷三，影印文渊阁四库全书本，台湾商务印书馆1983年版。
② （宋）王炎：《双溪类稿》卷九，影印文渊阁四库全书本，台湾商务印书馆1983年版。
③ （宋）朱熹：《晦庵先生朱文公文集》卷八十四，四部丛刊本。
④ （宋）何汶：《竹庄诗话》，中华书局1984年版，第11页。
⑤ （宋）何汶：《竹庄诗话》，中华书局1984年版，第131页。

其三

江深竹静两三家，多事红花映白花。
报答春光知有处，应须美酒送生涯。

其四

东望少城花满烟，百花高楼更可怜。
谁能载酒开金盏，唤取佳人舞绣筵。

其五

黄师塔前江水东，春光懒困倚微风。
桃花一簇开无主，可爱深红爱浅红？

其六

黄四娘家花满蹊，千朵万朵压枝低。
留连戏蝶时时舞，自在娇莺恰恰啼。

其七

不是爱花即欲死，只恐花尽老相催。
繁枝容易纷纷落，嫩蕊商量细细开。

此组绝句大体合律，但有部分诗句不合乎声律规则，从而富于古风意味。如这组诗中第一首的平仄声调为："平仄仄平仄仄仄，平仄仄仄仄平平。仄仄平平仄仄仄，平平仄仄仄平平。"首句和第三句均为三仄尾。第六首的平仄声调为："平仄平平平仄平，平仄仄仄仄平平。平平仄仄平平仄，仄仄平平仄仄平。"第二句的"朵"字用韵有误。因与格律不合，这组诗中的个别作品似亦可以看作古体。

在杜甫集中，类似的古绝组诗还有《绝句漫兴九首》《夔州歌十绝句》等。胡仔《苕溪渔隐丛话》前集卷四十七亦称："苕溪渔隐曰：'古诗不拘声律，自唐至今诗人皆然，初不待破弃声律。诗破弃声律，老杜自有此体，如《绝句漫兴》《黄河》《江畔独步寻花》《夔州歌》《春水生》，皆不拘声律，浑然成章，新奇可爱。'"① 指出杜甫古绝不拘声律、语言清新、浑然一体的艺术特色。

南宋吴曾《能改斋漫录》"口号"条亦云："郭思《诗话》以口号之始，引杜甫《欢喜口号绝句》十二首云：'观其辞语，殆似今通俗凯歌，军人所道之辞。'余按梁简文帝已有《和卫尉新渝侯巡城口号》，不始于杜甫也。"② 所引乃杜甫于大历二年（767）所作的《承闻河北诸节度入朝欢喜口号绝句十二首》：

其一

禄山作逆降天诛，更有思明亦已无。
汹汹人寰犹不定，时时战斗欲何须。

其二

社稷苍生计必安，蛮夷杂种错相干。
周宣汉武今王是，孝子忠臣后代看。

其三

喧喧道路好童谣，河北将军尽入朝。
自是乾坤王室正，却教江汉客魂销。

---

① （宋）胡仔：《苕溪渔隐丛话》前集，人民文学出版社 1962 年版，第 319 页。

② （宋）吴曾：《能改斋漫录》卷二，影印文渊阁四库全书本，台湾商务印书馆 1983 年版。

其四

不道诸公无表来，茫茫庶事遣人猜。
拥兵相学干戈锐，使者徒劳万里回。

其五

鸣玉锵金尽正臣，修文偃武不无人。
兴王会静妖氛气，圣寿宜过一万春。

其六

英雄见事若通神，圣哲为心小一身。
燕赵休矜出佳丽，宫闱不拟选才人。

其七

抱病江天白首郎，空山楼阁暮春光。
衣冠是日朝天子，草奏何时入帝乡。

其八

澶漫山东一百州，削成如案抱青丘。
苞茅重入归关内，王祭还供尽海头。

其九

东逾辽水北滹沱，星象风云喜共和。
紫气关临天地阔，黄金台贮俊贤多。

其十

渔阳突骑邯郸儿，酒酣并辔金鞭垂。
意气即归双阙舞，雄豪复遣五陵知。

其十一

李相将军拥蓟门，白头惟有赤心存。
竟能尽说诸侯入，知有从来天子尊。

其十二

十二年来多战场，天威已息阵堂堂。
神灵汉代中兴主，功业汾阳异姓王。

诗人因闻河北诸道节度使归降，安史叛乱已息，国家承平在望，遂欢欣鼓舞，“口号”成诗。这组诗也大体合律，但有个别诗句不合律。如第十首的平仄声调为：“平平平仄平平平，仄平仄仄平平平。仄仄仄平平仄仄，平平仄仄仄平平。”首二句均为“三平尾”，这样的诗歌似可视为古体。而吴氏所论之“通俗”，正符合“口号”体的创作特征。

此外，宋人还对杜甫其他特殊类型的古体诗加以评价。杜甫《曲江三章章五句》作于困守长安时期的天宝十一载（752），共三章，每首五句，其体为诗人自创。北宋诗僧惠洪《石门洪觉范天厨禁脔》“子美五句法”条云：“此格即事遣兴可作。如题物、赠送之类，皆不可用。”① 从功用角度对这一诗体进行了分析。三首每句皆为七言，既不符合近体诗格律规则，又不同于一般的古风或歌行体作品，故南宋张表臣《珊瑚钩

① （宋）释惠洪：《石门洪觉范天厨禁脔》卷下，古典文学出版社 1958 年版。

诗话》卷三曰："曲江三章云：'即事非今亦非古。'余曰：在今古间。"①这是一种特殊的七言古体诗，"在今古间"之论，包含了对杜甫诗体创新意识的肯定。

第二节 杜诗近体艺术批评

近体诗自初唐时期定型之后，经过盛唐、中唐、晚唐的发展，产生了许多近体诗名家与名作，成为宋代文人学习和效法的对象。在众多的唐代诗人中，杜甫的近体诗无疑是出类拔萃的。据萧涤非先生《杜甫研究》一书统计，杜甫诗现存1458首，其中五言律诗631首，七言律诗151首，五言排律123首，七言排律8首，五言绝句31首，七言绝句107首。② 以上诸体共计1037首，约占其诗歌总量的71%。葛景春先生说："杜甫的主要成就是他完善并完成了自齐、梁、初唐以来的近体诗的创作范式，特别是对七律的完善与定型，起了关键作用，对新体是个开创。"③因此，宋人最终选取杜诗作为近体诗学习和效法的楷模。正如南宋吴沆《环溪诗话》所云："前辈作诗皆有法，近体当法杜，长句当法韩与李。"④不仅如此，宋人对杜甫的绝句、律诗、排律等各体诗作，均有纷繁多样的艺术批评。

一 近体绝句艺术

宋人对于杜诗的近体绝句的独特性非常关注。如严羽《沧浪诗话》"诗评"篇指出："五言绝句众，唐人是一样，少陵是一样，韩退之是一样，王荆公是一样，本朝诸公是一样。"⑤ 叶适《习学记言》亦云："七言绝句，凡唐人所谓工者，今人皆不能到，惟杜甫功力气势掩夺，则不

① （宋）张表臣：《珊瑚钩诗话》，《历代诗话》本，中华书局1981年版，第469页。
② 萧涤非：《杜甫研究》，齐鲁书社1980年版，第138页。
③ 葛景春：《李杜之变与唐代文化转型·前言》，大象出版社2009年版，第9页。
④ （宋）吴沆：《环溪诗话》卷二，影印文渊阁四库全书本，台湾商务印书馆1983年版。
⑤ （宋）严羽著，郭绍虞校释：《沧浪诗话校释》，人民文学出版社1983年版，第141页。

复在其绳墨中。”①

宋人对杜甫绝句有很多具体的评论，如黄彻《䂬溪诗话》卷四云：“杜诗四韵并绝句，味之皆觉字多，以字字不闲故也。他人虽长篇，若无可读。正如贤人君子，并处朝廷，但得一二相助，已号得人。若不能为有无者，纵累千百辈，蔑如也。”② 从用字角度指出了杜甫绝句亦如四韵律诗一样，具有笔不虚泛、“字字不闲”的特长。曾季狸《艇斋诗话》云：“韩子苍云：老杜‘两个黄鹂鸣翠柳，一行白鹭上青天’，古人用颜色事亦须匹配得相当方用，翠上方见得黄，青上方见得白。此说有理。”③ 此从造境着色角度，揭示了老杜绝句清新自然的艺术特色。严羽《沧浪诗话》“考证”篇云：“杜诗‘五云高太甲，六月旷抟扶’，太甲之义殆不可晓，得非高太乙耶？乙为甲盖亦相近，以星对风亦从其类也。至于‘杳杳东山携汉妓’亦无义理，疑是‘携妓去’，盖子美每于绝句喜对偶耳，臆度如此更俟宏识。”④ 此虽谈文字考证，但也总结了杜诗“每于绝句喜对偶”的创作特色。宋人对于杜诗绝句的艺术总结，皆从其创作实际出发，颇有意味。

此外，宋人还针对杜甫近体绝句创作的不足提出意见。如南宋陈模《怀古录》云：“李杜虽为唐诗之宗师，好绝句直是少。然唐绝句多，好者亦不过二三人而已。”⑤ 另如南宋洪迈《容斋五笔》卷十“绝句诗不贯穿”条云：

> 永嘉士人薛韶喜论诗，尝立一说云：老杜近体律诗，精深妥帖，虽多至百韵，亦首尾相应，如常山之蛇，无间断龃龉处。而绝句乃或不然，五言如“迟日江山丽，春风花草香。泥融飞燕子，沙暖睡鸳鸯”；“急雨捎溪足，斜晖转树腰。隔巢黄鸟并，翻藻白鱼跳”；

---

① （宋）叶适：《习学记言》卷四十七，影印文渊阁四库全书本，台湾商务印书馆 1983 年版。

② （宋）黄彻：《䂬溪诗话》，人民文学出版社 1986 年版，第 52 页。

③ （宋）曾季狸：《艇斋诗话》，《历代诗话续编》本，中华书局 1983 年版，第 303 页。

④ （宋）严羽著，郭绍虞校释：《沧浪诗话校释》，人民文学出版社 1983 年版，第 241—242 页。

⑤ （宋）陈模：《怀古录》卷上，明抄《说集》本。

"江动月移石，溪虚云傍花。鸟栖知故道，帆过宿谁家"；"凿井交棕叶，开渠断竹根。扁舟轻袅缆，小径曲通村"；"日出篱东水，云生舍北泥。竹高鸣翡翠，沙僻舞鹍鸡"；"钓艇收缗尽，昏鸦接翅稀。月生初学扇，云细不成衣"；"舍下笋穿壁，庭中藤刺檐。地晴丝冉冉，江白草纤纤"，七言如"惨径杨花铺白毡，点溪荷叶叠青钱。笋根雉子无人见，沙上凫雏傍母眠"；"两个黄鹂鸣翠柳，一行白鹭上青天。窗含西岭千秋雪，门泊东吴万里船"之类是也。[①]

此通过列举大量的杜甫五言、七言近体绝句，证明薛氏老杜"绝句诗不贯穿"之论。但从文体特征的角度看，绝句篇幅短小，只有四句，固不及四韵八句之近体律诗有起、承、转、合与首尾相应的章法表现空间。薛氏之论，未免求全责备。

相较之下，南宋吴可《藏海诗话》所说则较为公允。吴可云："有大才，作小诗辄不工，退之是也，子苍然之。刘禹锡、柳子厚小诗极妙，子美不甚留意绝句，子苍亦然之。子苍云：'绝句如小家事，句中著大家事不得。'"[②] 曹丕《典论·论文》云："文非一体，鲜能备善。"[③] 创作主体的才具不同，其所适合并擅长的文体亦各有不同。就具体创作实践而言，律诗、排律、乐府、歌行等适于展示纵横才气与华丽藻饰，而绝句较为短小单一，故并非杜甫所长。吴氏所论，较为客观。

二　律诗艺术

在杜甫的近体诗中，律诗不仅数量众多，而且多有佳作。据葛景春先生《李杜之变与唐代文化转型》一书统计，"杜甫律诗的数量占其诗总量 1458 首的 62.14%。就是说，杜甫的诗大多数是律诗。他的律诗的数量，差不多是盛唐诗人律诗数量的总和"，"杜甫律诗的质量，不仅是唐人第一，也是古今第一"。[④] 在宋人的诗学批评视野中，杜甫的律诗在唐

---

① （宋）洪迈：《容斋随笔》，上海古籍出版社 1978 年版，第 920 页。

② （宋）吴可：《藏海诗话》，《历代诗话续编》本，中华书局 1983 年版，第 337 页。

③ 郭绍虞：《中国历代文论选》（第一册），上海古籍出版社 1979 年版，第 158 页。

④ 葛景春：《李杜之变与唐代文化转型》，大象出版社 2009 年版，第 82—83 页。

诗诸家中，亦具有独树一帜的榜样地位。如南宋叶适《习学记言》云："五七言律诗……极于唐人，而古诗废矣。杜甫强作近体，以功力气势，掩夺众作。"① 张戒《岁寒堂诗话》卷上则云："世以王摩诘律诗配子美，古诗配太白，盖摩诘古诗能道人心中事而不露筋骨，律诗至佳丽而老成。"② 此虽称美王维律诗，但仍以杜甫律诗作为标杆。

就杜甫律诗具体篇目而言，苏轼《评七言丽句》云："七言之伟丽者，杜子美云：'旌旗日暖龙蛇动，宫殿风微燕雀高'、'五更晓角声悲壮，三峡星河影动摇'。尔后寂寥无闻焉。"③ 杨万里《诚斋诗话》则云："七言褒颂功德，如少陵、贾至诸人倡和《早朝大明宫》，乃为典雅重大。"④ 宋末刘克庄《后村诗话》新集卷二称："《谒玄元庙》《次昭陵》二诗，巨丽骏壮，为千古五言律诗典则。"⑤ 可见，在宋人眼中，无论五言还是七言，杜律名作在近体诗发展史上均有着极高的地位。

宋代从律诗作法角度评价杜律者也有很多。如北宋沈括在《梦溪笔谈》中称："诗又有正格、偏格，类例极多。故有三十四格、十九图、四声、八病之类……唐名贤辈诗，多用正格，如杜甫律诗，用偏格者十无一二。"⑥ 从律诗声律体制正格、变格角度，肯定以杜律为代表的"唐名贤辈诗"多采用正格。而南宋严羽《沧浪诗话》论"诗体"则云："有律诗彻首尾对者（少陵多此体，不可概举），有律诗彻首尾不对者。"⑦ 则从律诗对仗的角度，指出杜甫律诗中多有四联八句、首尾皆对之变体。律诗一般多以颔联、颈联对仗为正体，然杜律变体殊多，可称独步。

南宋杨万里《诚斋诗话》云：

---

① （宋）叶适：《习学记言》卷四十七，影印文渊阁四库全书本，台湾商务印书馆 1983 年版。

② （宋）张戒：《岁寒堂诗话》，《历代诗话续编》本，中华书局 1983 年版，第 460 页。

③ （宋）苏轼：《苏轼文集》，中华书局 1986 年版，第 2143 页。

④ （宋）杨万里：《诚斋诗话》，《历代诗话续编》本，中华书局 1983 年版，第 138 页。

⑤ （宋）刘克庄：《后村诗话》，中华书局 1983 年版，第 173 页。

⑥ （宋）沈括：《梦溪笔谈》卷十五，影印文渊阁四库全书本，台湾商务印书馆 1983 年版。

⑦ （宋）严羽著，郭绍虞校释：《沧浪诗话校释》，人民文学出版社 1983 年版，第 73 页。

> 唐律七言八句，一篇之中，句句皆奇，一句之中，字字皆奇，古今作者皆难之……如老杜《九日》诗云："老去悲秋强自宽，兴来今日尽君欢。"不徒入句便字字对属，又顷刻变化，才说悲秋，忽又自宽，以"自"对"君"甚切，君者君也，自者我也。"羞将短发还吹帽，笑倩旁人为正冠。"将一事翻腾作一联，又孟嘉以落帽为风流，少陵以不落为风流，翻尽古人公案，最为妙法。"蓝水远从千涧落，玉山高并两峰寒。"诗人至此，笔力多衰，今方且雄杰挺拔，唤起一篇精神，自非笔力拔山，不至于此。"明年此会知谁健，醉把茱萸仔细看。"则意味深长，悠然无穷矣。①

此从律诗篇章及用字角度，称赞杜甫七律名作起承转合，笔力奇绝，且结句收尾，意韵悠长。该书又云：

> 《金针法》云："八句律诗，落句要如高山转石，一去无回。"予以为不然。诗已尽而味方永，乃善之善也。子美《重阳》诗云："明年此会知谁健，醉把茱萸仔细看。"《夏日李尚书期不赴》云："不是尚书期不顾，山阴野雪兴难乘。"②

此以杜律末句之意味隽永，不同寻常，为尽善尽美。范季随《陵阳先生室中语》亦云："杜少陵作八句近体诗，卒章有时而对，然语意皆卒章之词。今人学之，临了却作一景联，一篇之意无所归，大可笑也。"③感慨宋人学杜律以对作结，而不得要领。可见宋人对于杜甫律诗的创作手法，多有高论。

三　排律艺术

排律即四韵以上的长篇律诗，除首尾联外，中间各联均要求对仗，各句间也都要严守平仄粘对的声律格式，且须以一韵到底，此非才高者

① （宋）杨万里：《诚斋诗话》，《历代诗话续编》本，中华书局1983年版，第139—140页。
② （宋）杨万里：《诚斋诗话》，《历代诗话续编》本，中华书局1983年版，第137页。
③ （宋）范季随：《陵阳先生室中语》卷四十三，《说郛》本，商务印书馆1927年版。

不堪为。杜甫创作了大量排律，据葛景春先生统计，“杜甫的排律，共有五排127首，七排8首”[①]。宋人对于杜甫排律的关注，主要集中在他那些数十及百韵的长篇排律上。

北宋时期，宋祁作《新唐书·杜甫传赞》即云：“甫又善陈时事，律切精深，至千言不少衰，世号诗史。”[②] 蔡启《蔡宽夫诗话》“荆公选杜韩诗”条亦云：“子美诗善叙事，故号‘诗史’。其律诗多至百韵，本末贯穿如一辞，前此盖未有。”[③] 蔡絛《西清诗话》云：“少陵渊蓄云萃，变态百出，虽数十百韵，格律益严谨，盖操制诗家法度如此。”[④] 均指出其数十百韵排律不仅体制长大，而且做到了本末贯穿、格律严谨，故具有“前此盖未有”的首创之功。

至南宋，胡仔《苕溪渔隐丛话》后集卷八转述中唐诗人元稹所作《唐检校工部员外郎杜君墓系铭并序》原文，认同在排律方面李白不能历老杜之藩翰的观点。严羽《沧浪诗话》论“诗体”云：“有律诗至百五十韵者（少陵有百韵律诗）。”[⑤] 也以杜诗为范例。刘克庄《后村诗话》新集卷五称：“韩、杜二公五言有至百韵者，但韩喜押窄韵，杜喜押宽韵。”[⑥] 指出杜甫的长韵排律，不似韩愈强押窄韵以出奇。杨万里《诚斋诗话》称：“褒颂功德五言长韵律诗，最要典雅重大。如杜云：‘凤历轩辕纪，龙飞四十春。八荒开寿域，一气转洪钧。’又云：‘碧瓦初寒外，金茎一气旁。山河扶绣户，日月近雕梁。’”[⑦] 洪迈《容斋五笔》卷十“绝句诗不贯穿”条亦称：“老杜近体律诗，精深妥帖，虽多至百韵，亦首尾相应，如常山之蛇，无间断龃龉处。”[⑧] 均以杜甫五排为典范。

现依照仇本《杜诗详注》，统计杜甫二十韵以上长篇排律的情况，归纳为表9－1：

---

① 葛景春：《李杜之变与唐代文化转型》，大象出版社2009年版，第105页。

② （宋）欧阳修、（宋）宋祁：《新唐书》，中华书局1975年版，第5738页。

③ （宋）蔡启：《蔡宽夫诗话》，《宋诗话辑佚》本，中华书局1980年版，第393页。

④ （宋）蔡絛：《西清诗话》卷中，《古今诗话续编》影印本，台湾广文书局1973年版。

⑤ （宋）严羽著，郭绍虞校释：《沧浪诗话校释》，人民文学出版社1983年版，第73页。

⑥ （宋）刘克庄：《后村诗话》，中华书局1983年版，第221页。

⑦ （宋）杨万里：《诚斋诗话》，《历代诗话续编》本，中华书局1983年版，第138页。

⑧ （宋）洪迈：《容斋随笔》，上海古籍出版社1978年版，第920页。

表 9－1　　杜甫二十韵以上长篇排律诗情况

排律韵数	篇数	篇名
二十韵	七首	《奉赠鲜于京兆二十韵》 《投赠哥舒开府翰二十韵》 《奉赠太常张卿垍二十韵》 《上韦左相二十韵》 《喜闻官军已临贼境二十韵》 《寄李十二白二十韵》 《遣闷奉呈严公二十韵》
二十二韵	一首	《赠特进汝阳王二十二韵》
二十四韵	一首	《送卢十四弟侍御护韦尚书灵榇归上都二十四韵》
三十韵	八首	《桥陵诗三十韵因呈县内诸官》 《奉送郭中丞兼太仆卿充陇右节度使三十韵》 《秦州见敕目，薛三璩授司议郎，毕四曜除监察，与二子有故，远喜迁官，兼述索居，凡三十韵》 《寄彭州高三十五使君适、虢州岑二十七长史参三十韵》 《寄张十二山人彪三十韵》 《赠李八秘书别三十韵》 《秋日荆南述怀三十韵》 《秋日荆南送石首薛明府辞满告别，奉寄薛尚书，颂德叙怀，斐然之作三十韵》
三十六韵	一首	《风疾舟中，伏枕书怀三十六韵，奉呈湖南亲友》
四十韵	四首	《赠王二十四侍御契四十韵》 《寄刘峡州伯华使君四十韵》 《夔府书怀四十韵》 《大历三年春，白帝城放船出瞿塘峡。久居夔府，将适江陵，漂泊有诗凡四十韵》
五十韵	一首	《寄岳州贾司马六丈、巴州严八使君两阁老五十韵》
一百韵	一首	《秋日夔府咏怀，奉寄郑监、李宾客一百韵》
共计	二十五首	

表 9－1 中的杜甫长篇排律作品，大多为投赠、赠答之作，以五排为主，属对精切，辞藻华美，首尾贯通，一气连属。杜甫非常注重排律的

实用性，甚至他的绝笔之作《风疾舟中，伏枕书怀三十六韵，奉呈湖南亲友》，也是用长篇排律写成。可见两宋文人之赞评，并非虚谈。

南宋吴沆《环溪诗话》云：“他人之诗至十韵、二十韵则委靡叛散，而不能收拾；杜甫之诗至二十韵、三十韵则气象愈高，波澜愈阔，步骤驰骋，愈严愈紧。非有本者，能如是乎。唐史有言：诗人以来未有如子美，浑涵汪洋，千汇万状，兼古今而有之也。”何汶《竹庄诗话》卷一亦云：“杜老……长韵律诗，后人莫及。”这是宋人对杜甫排律的最高赞誉。

宋人对于杜甫排律非议者极少，唯洪迈《容斋续笔》卷十四“诗要检点”条云：“作诗至百韵，词意既多，故有失于点检者。如杜老《夔府咏怀》，前云‘满坐涕潺湲’，后又云‘伏腊涕涟涟’。”指出杜甫《夔府书怀四十韵》前后用语雷同，此亦杜诗之白璧微瑕。

综上可知，宋代诗论家对于杜诗中不同体裁的运用有很多评论，十分深入细致。大体说来，宋人对杜诗，无论是古体诗，还是近体诗，均赞赏有加，褒多于贬，充分肯定了杜诗“体格无所不备”、诸体兼擅的特征。宋人还总结了杜诗各体诗作之所长，如古体之才高韵长、跌宕豪放，近体之典雅伟丽、律切精深等。对杜甫的新题乐府、长篇古风、律诗、排律等诗体，宋人均从推陈出新、承前启后的角度，给予了极高的评价。同时，宋人也对杜甫不太擅长绝句创作有所关注，指出“子美不甚留意绝句”，其“绝句诗不贯穿”等，体现出批评视野的全面性。尽管宋人对杜诗体裁艺术的批评与研究，还没有像后来注杜者和研究者那样（如清代浦起龙《读杜心解》等）作出精确的量化统计与分析，但他们关于杜诗体裁艺术的评述，对于确定杜甫在宋代诗坛的崇高地位起到了促进作用。

第 十 章

宋代杜诗艺术风格论

宋代印刷术的革新与推广，在客观上为杜集的编纂与评注提供了便利条件，使宋代出现了“千家注杜”的盛况，这也为宋人通读杜诗并了解其艺术全貌提供了可能。因此，宋人对杜诗艺术风格有较为全面的把握，既认识到其“沉郁顿挫”的主体诗风，也对杜诗多样化的风格有深入体认。

第一节 对“沉郁顿挫”风格的体认

“沉郁顿挫”，本为杜甫天宝十三载（754）在《进〈雕赋〉表》中对自己诗赋作品的评价，他说：“臣之述作，虽不能鼓吹六经，先鸣数子，至于沉郁顿挫，随时敏捷，而扬雄、枚皋之徒，庶可跂及也。”① 后世遂以之作为杜诗主体艺术风格的定评。南宋葛立方《韵语阳秋》卷八云：“老杜高自称许，有乃祖之风。上书明皇云：‘臣之述作，沉郁顿挫，扬雄、枚皋，可企及也。’……甫以诗雄于世，自比诸人诚未为过。”② 惜其对“沉郁顿挫”未从风格角度加以指认。严羽《沧浪诗话》，始在其“诗体”篇中专门标举“少陵体”③，用以代指杜诗独特的艺术风格。严羽还在“诗评”篇中以李杜比较的方式，对杜诗的主体风格加以概括：

---

① （清）仇兆鳌：《杜诗详注》，中华书局 1979 年版，第 2172 页。

② （宋）葛立方：《韵语阳秋》，上海古籍出版社 1984 年版，第 102 页。

③ （宋）严羽著，郭绍虞校释：《沧浪诗话校释》，人民文学出版社 1983 年版，第 58 页。

李杜二公正不当优劣，太白有一二妙处子美不能道；子美有一二妙处太白不能作；子美不能为太白之飘逸；太白不能为子美之沉郁。①

此明确将杜诗之“沉郁”与李诗的“飘逸”风格相提并论。而杨万里《诚斋诗话》则通过列举杜诗中具有“沉郁顿挫”风格特征的典型诗例，凸显“杜子美诗体”的主体风格：

“麒麟图画鸿雁行，紫极出入黄金印。”又：“白摧朽骨龙虎死，黑入太阴雷雨垂。”又：“指挥能事回天地，训练强兵动鬼神。”又：“路经滟滪双蓬鬓，天入沧浪一钓舟。”此杜子美诗体也。②

关于“沉郁顿挫”风格的艺术内涵，历代论者多从浑厚宏壮的境界、起伏跌宕的手法等角度分释“沉郁”与“顿挫”，认为“沉郁，是感情的悲慨壮大深厚；顿挫，是感情表达的波浪起伏、反复低回”③，“思想感情的博大深厚，以及表现手法的沉着蕴藉，是形成这种风格的主要因素”④。宋人亦多从杜诗“沉郁”的艺术境界与“顿挫”的艺术表现两方面来揭示其主体风格的内涵，以下分而论之。

一 “沉郁”的艺术境界——深沉、浑厚、壮阔

关于“沉郁顿挫”中的“沉郁”，学界多从其包蕴的思想感情角度加以解读和阐释，如韩成武先生认为：“‘沉郁’的思想感情所指，人们认为是深厚、深沉、沉雄、沉着、浓郁、郁勃、忧郁、郁结。”⑤ 罗宗强先生在其《唐诗小史》一书中也指出，杜诗之“沉郁”，在艺术上表现为

① （宋）严羽著，郭绍虞校释：《沧浪诗话校释》，人民文学出版社1983年版，第166—168页。

② （宋）杨万里：《诚斋诗话》，《历代诗话续编》本，中华书局1983年版，第137页。

③ 袁行霈主编：《中国文学史》（第二卷），高等教育出版社2005年版，第291页。

④ 游国恩等：《中国文学史》（第二册），人民文学出版社1983年版，第98页。

⑤ 韩成武：《少陵体诗选·前言》，河北大学出版社2004年版，第1页。

“一种悲壮的、阔大的感情境界”①。杜诗的思想感情表达，从艺术层面来审视，的确体现出浑厚、壮阔、宏深的艺术境界。

宋人从杜诗之造语、造境、气韵等诸多艺术角度，对其沉郁雄浑的风格给予了较高的赞评，如：

潘淳《潘子真诗话》：“至造语则杜浑厚而有工，是知文章当以韵为胜也。”②

张方平《读杜工部诗》：“文物皇唐盛，诗家老杜豪。”③

苏轼《书唐氏六家书后一首》：“杜子美诗，格力天纵，奄有汉、魏、晋、宋以来风流。”④

孙觌《浮溪集》：“杜子美诗格力自大，雄跨百代，为古今诗人之冠。”⑤

胡仔《苕溪渔隐丛话》：“半山老人诗云：‘吾观少陵诗，谓与元气侔。力能排天斡九地，壮颜毅色不可求。’”⑥

吴聿《观林诗话》：“杜工部诗，世传骨气高峭，如爽鹘摩霄，骏马绝地。”⑦

张戒《岁寒堂诗话》：“（杜子美）作诗乃自《文选》中来，大抵宏丽语也。”⑧

李纲《读四家诗选四首并序》：“子美诗闳深典丽，集诸家之大成。”⑨

以上举凡浑厚、雄豪、壮毅、高峭、宏丽、闳深等诸多赞评，均道出了杜诗“沉郁”的诗境表征。我们发现，在“沉郁”的诸多艺术呈现

---

① 罗宗强：《唐诗小史》，百花文艺出版社2008年版，第134页。
② （宋）潘淳：《潘子真诗话》，《宋诗话辑佚》本，中华书局1980年版，第302页。
③ （宋）张方平：《乐全集》卷二，影印文渊阁四库全书本，台湾商务印书馆1983年版。
④ （宋）苏轼：《苏轼文集》，中华书局1986年版，第2206页。
⑤ （宋）孙觌：《浮溪集》原序，影印文渊阁四库全书本，台湾商务印书馆1983年版。
⑥ （宋）胡仔：《苕溪渔隐丛话》前集，人民文学出版社1962年版，第72页。
⑦ （宋）吴聿：《观林诗话》，《历代诗话续编》本，中华书局1983年版，第129页。
⑧ （宋）张戒：《岁寒堂诗话》，《历代诗话续编》本，中华书局1983年版，第456页。
⑨ （宋）李纲著，王瑞明点校：《李纲全集》，岳麓书社2004年版，第97页。

中，宋人更加着眼于其浑成自然、沉着深厚的艺术境界。如：

陈模《怀古录》：“工部笔力沛然，如天涵地负……如杜诗：‘吴楚东南坼，乾坤日夜浮’；‘碧知湖外草，红见海东云’；‘浮云连海岱，平野入青徐’；‘江山有巴蜀，栋宇自齐梁’。所谓乾端坤倪，轩豁呈露者……其工处直与造化相等，浑涵而无迹可见。宋人力极其描模，终不及其自然之工。”①

朱弁《风月堂诗话》：“世之爱老杜者尝谓人曰：‘此老出语绝人……’此老句法妙处，浑然天成，如虫蚀木，不待刻雕，自成文理。其鼓铸镕泻，殆不用世间橐钥，近古以还，无出其右，真诗人之冠冕也。”②

曾丰《赠豫章来子仪言诗》：“老杜气浑全。”③

程公许《诸友载酒饮沧江海棠下，公许以上寿亲庭，不克与胜赏。翌日招饮，出示新作，敬和元韵》：“杜陵老翁身转蓬，浣花溪头诗更工。向来隐语最沉着，锦官花里看晓红。”④

黄庭坚云：“子美诗妙处乃在无意于文”，“观杜子美到夔州后诗……皆不烦绳削而自合矣。”⑤ 山谷之评，正如许总在其《杜诗学发微》中所言：“‘无意于文’，正是反对‘构空强作’，主张‘待境而生’，追求如同‘流水鸣无意，白云出无心’的浑成自然的艺术境界。”⑥ 宋人之所以对杜诗浑成自然的境界最为注重，当与宋代诗风多以自然、平淡为主导的美学追求有关，杜诗深沉、浑厚的境界表现，正与之相应。

宋代就杜诗中的具体篇目，来讨论其豪壮、沉雄、伟丽之艺术境界

---

① （宋）陈模：《怀古录》卷上，明抄《说集》本。

② （宋）朱弁：《风月堂诗话》卷下，影印文渊阁四库全书本，台湾商务印书馆1983年版。

③ （宋）曾丰：《缘督集》卷三，影印文渊阁四库全书本，台湾商务印书馆1983年版。

④ （宋）程公许：《沧洲尘缶编》卷七，影印文渊阁四库全书本，台湾商务印书馆1983年版。

⑤ （宋）黄庭坚：《山谷集》卷十七、卷十九，影印文渊阁四库全书本，台湾商务印书馆1983年版。

⑥ 许总：《杜诗学发微》，南京出版社1989年版，第82页。

者亦颇多，如：

黄彻《䂬溪诗话》：“观杜老《壮游》云：‘东下姑苏台，已具浮海航。到今有遗恨，不得穷扶桑……剑池石壁仄，长洲荷芰香。嵯峨阊门北，清庙映回塘……越女天下白，鉴湖五月凉。剡溪蕴秀异，欲罢不能忘。归帆拂天姥，中岁贡旧乡……放荡齐赵间，西归到咸阳。’其豪气逸韵，可以想见。”①

许顗《彦周诗话》：“《出塞曲》：‘落日照大旗，马鸣风萧萧。悲笳数声动，壮士惨不骄。’又《八哀诗》：‘汝阳让帝子，眉宇真天人。虬髯似太宗，色映塞外春。’此等力量，不容他人到。”②

朱熹《跋杜工部同谷七歌》：“杜陵此歌，豪宕奇绝，诗流少及之者。”③

王炎《七歌并序》：“杜工部有同谷七歌，其辞高古难及，而音节悲壮。”④

刘克庄《后村诗话》新集：“《闻官军临贼》篇，二十韵，多佳句……其叙时事，甚悲壮老健。”⑤

叶梦得《石林诗话》：“七言难于气象雄浑，句中有力，而纡徐不失言外之意。自老杜‘锦江春色来天地，玉垒浮云变古今’与‘五更角鼓声悲壮，三峡星河影动摇’等句之后，尝恨无复继者。”⑥

苏轼《评七言丽句》：“七言之伟丽者，杜子美云：‘旌旗日暖龙蛇动，宫殿风微燕雀高’、‘五更晓角声悲壮，三峡星河影动摇。’尔后寂寥无闻焉。”⑦

同时，宋人亦多通过对杜诗与其他诗人（特别是盛唐诸家）的纵横

① （宋）黄彻：《䂬溪诗话》，人民文学出版社 1986 年版，第 126 页。
② 吴文治：《宋诗话全编》，江苏古籍出版社 1998 年版，第 1402 页。
③ （宋）朱熹：《晦庵先生朱文公文集》卷八十四，四部丛刊本。
④ （宋）王炎：《双溪类稿》卷九，文渊阁四库全书本。
⑤ （宋）刘克庄：《后村诗话》，中华书局 1983 年版，第 175 页。
⑥ （宋）叶梦得：《石林诗话》，《历代诗话》本，中华书局 1981 年版，第 432 页。
⑦ （宋）苏轼：《苏轼文集》，中华书局 1986 年版，第 2143 页。

比较，对其“沉郁”的风格加以体认，如：

欧阳修《六一诗话》：“唐之晚年，诗人无复李、杜豪放之格。”①

谢采伯《密斋笔记》：“杜诗、韩笔、颜书，规模大，气韵高古。”②

陈仁子《唐诗序》：“李豪、韩赡、韦淡、柳遒、白俗、杜浑成。”③

张戒《岁寒堂诗话》：“阮嗣宗诗，专以意胜；陶渊明诗，专以味胜；曹子建诗，专以韵胜；杜子美诗，专以气胜。然意可学也，味亦可学也，若夫韵有高下，气有强弱，则不可强矣。此韩退之之文，曹子建、杜子美之诗，后世所以莫能及也……子美之诗、颜鲁公之书，雄姿杰出，千古独步，可仰而不可及耳……杜子美、李太白、韩退之三人，才力俱不可及……太白多天仙之词，退之犹可学，太白不可及也。至于杜子美，则又不然，气吞曹刘，固无与为敌……唐人诗当推韩杜，韩诗豪，杜诗雄，然杜之雄亦可以兼韩之豪也。”④

蔡梦弼《杜工部草堂诗话》：“陶渊明诗：‘采菊东篱下，悠然见南山。’……老杜亦曰：‘夜阑接软语，落月如金盆。’予爱其意度闲雅，不减渊明，而语句雄健过之。”⑤

刘克庄《后村诗话》新集：“《舞剑器行》，世所脍炙，绝妙好词也……余谓此篇与《琵琶行》，一如壮士轩昂赴敌场，一如儿女恩怨相尔汝。杜有建安黄初气骨，白未脱长庆体耳。”⑥

朱弁《风月堂诗话》：“李义山拟老杜诗云：‘岁月行如此，江湖

---

① （宋）欧阳修：《六一诗话》，人民文学出版社 1962 年版，第 9 页。

② （宋）谢采伯：《密斋笔记》卷三，影印文渊阁四库全书本，台湾商务印书馆 1983 年版。

③ （宋）陈仁子：《牧莱脞语》卷七，北京图书馆藏清初影元钞本。

④ （宋）张戒：《岁寒堂诗话》，《历代诗话续编》本，中华书局 1983 年版，第 450—459 页。

⑤ （宋）蔡梦弼：《杜工部草堂诗话》，《历代诗话续编》本，中华书局 1983 年版，第 207 页。

⑥ （宋）刘克庄：《后村诗话》，中华书局 1983 年版，第 164 页。

坐渺然。' 直是老杜语也……然未似老杜沉涵汪洋，笔力有余也。"①

通过对比，杜诗之沉雄豪健、富于气骨的艺术境界，更加凸显，这使宋人对杜诗"沉郁"风格的认知更为清晰具体。

此外，杜诗艺术境界的浑厚、壮阔、宏深，也与其创作中精湛的造境技巧分不开，如韩成武先生指出："杜甫每每采用'时空并驭'的手法，即在一个联语（一个押韵单元的两句诗）中，从时间和空间两个角度下笔，使诗境具有超常的广度、厚度与深度，这也是形成'沉郁'风格的因素。"② 关于这一点，宋人在杜诗具体篇什的批评中，亦颇有体认。如对杜甫《登岳阳楼》，北宋蔡絛《西清诗话》云："洞庭天下壮观，自昔骚人墨客斗丽搜奇者尤众……然未若孟浩然'气蒸云梦泽，波动岳阳城'，则洞庭空阔无际、气象雄张如在目前。至读杜子美诗，则又不然，'吴楚东南坼，乾坤日夜浮'，不知少陵胸中吞几云梦也。"③ 蔡氏通过对比指出，杜诗之境，远远比孟诗壮阔。而杜诗高超之处，更在于其联上下两句，分别从时空（"吴楚""日夜"）两个角度，纵横交叉落笔，时空并驭，故其境界比孟诗仅从空间着眼更加宏大，气象浑厚而吞吐天地，从而超越同辈诗人。强幼安《唐子西文录》亦云："过岳阳楼观杜子美诗，不过四十字尔，气象闳放，涵蓄深远，殆与洞庭争雄，所谓富哉言乎者。太白、退之辈率为大篇，极其笔力，终不逮也。杜诗虽小而大，馀诗虽大而小。"④

南宋时期，魏庆之《诗人玉屑》"豪壮"条下引"吴楚东南坼，乾坤日夜浮"句，⑤ 亦赞赏此联时空并举，遂成豪壮浑厚之境界。袁文《瓮牖闲评》云："杜工部……'江山有巴蜀，栋宇自齐梁'，至矣哉，诗之极也。"⑥ 此处所引为杜甫《上兜率寺》颔联，亦是从时、空两个角度入

---

① （宋）朱弁：《风月堂诗话》卷下，影印文渊阁四库全书本，台湾商务印书馆 1983 年版。

② 韩成武：《少陵体诗选·前言》，河北大学出版社 2004 年版，第 2 页。

③ （宋）蔡絛：《西清诗话》卷中，《古今诗话续编》影印本，台湾广文书局 1973 年版。

④ （宋）强幼安：《唐子西文录》，《历代诗话》本，中华书局 1981 年版，第 447 页。

⑤ （宋）魏庆之：《诗人玉屑》卷三，影印文渊阁四库全书本，台湾商务印书馆 1983 年版。

⑥ （宋）袁文：《瓮牖闲评》，上海古籍出版社 1985 年版，第 95 页。

手，描述兜率寺江山形胜、历史悠久，认为此联诗境宏阔，与《登岳阳楼》有异曲同工之妙。

此外，北宋方勺《泊宅编》卷二“杜甫用乾坤字”条云：“诗中用‘乾坤’字最多且工唯杜甫，记其十联：‘乾坤万里眼，时序百年心’；‘身世双蓬鬓，乾坤一草亭’；‘江汉思归客，乾坤一腐儒’；‘吴楚东南坼，乾坤日夜浮’；‘不眠忧战伐，无力正乾坤’；‘纳纳乾坤大，行行郡国遥’；‘日月笼中鸟，乾坤水上萍’；‘胡虏三年入，乾坤一战收’；‘日月低秦树，乾坤绕汉宫’；‘开辟乾坤正，荣枯雨露偏’。”[①] 在所引杜诗联语中，若“乾坤万里眼，时序百年心”“吴楚东南坼，乾坤日夜浮”“日月笼中鸟，乾坤水上萍”“胡虏三年入，乾坤一战收”等，均从时、空两个角度落笔，造成宏壮深沉的诗境。可见，宋人对于杜诗“时空并驭”的造境技巧，虽未能从理论上加以总结，但在创作层面多有体认，从中获得了对杜诗深沉、浑厚、壮阔的艺术境界及其“沉郁”风格的认知。

二 “顿挫”的艺术表现——抑扬、跌宕、逆折

关于杜诗之“顿挫”，历代论者亦多从艺术表现层面加以阐释。如韩成武先生认为：“‘顿挫’一词的本原意义是‘抑折’，后来又派生出新的意义。南朝宋人范晔作《后汉书》，在《孔融传赞》中说：‘北海天逸，音情顿挫。’李贤注：‘顿挫，犹抑扬也。’此后，‘顿挫’一词就常被人用来指诗文、绘画、书法、舞蹈的跌宕起伏、回旋转折……杜诗的‘顿挫’风格，也是包含着艺术形式的层面的。当今学者对于杜诗‘顿挫’作出多种解释，或曰‘表达方式的回旋纡折’，或曰‘表现手法的沉着蕴藉’，或曰‘形式上的波澜老成’，或曰‘声调、词句有停顿、转折’。”[②] 罗宗强先生在其《唐诗小史》中说：“杜诗……顿挫的特点，还表现在百转千回、反复咏叹的抒情方式。”[③] 的确，杜诗并不像李白诗那样喷薄而发，如长江奔腾，一泻千里，而是极尽抑扬、跌宕、逆折之变

---

① （宋）方勺：《泊宅编》，中华书局1983年版，第12页。

② 韩成武：《少陵体诗选·前言》，河北大学出版社2004年版，第10页。

③ 罗宗强：《唐诗小史》，百花文艺出版社2008年版，第134页。

化，如黄河之水，百曲千折。杜甫曾在诗中提出“思飘云物外，律中鬼神惊。毫发无遗憾，波澜独老成”（《敬赠郑谏议十韵》）的审美追求，赞赏“庾信文章老更成，凌云健笔意纵横”（《戏为六绝句》其一）的创作风貌，而宋人对杜诗这种“顿挫”的艺术表现，亦颇为认同与推崇。

如北宋范温《潜溪诗眼》“命意用事”条云：“诗有一篇命意，有句中命意。如老杜《上韦见素》诗，布置如此，是一篇命意也。至其道迟迟不忍去之意，则曰‘尚怜终南山，回首清渭滨’；其道欲与见素别，则曰‘常拟报一饭，况怀辞大臣’。此句中命意也。盖如此，然后可以顿挫高雅。”[①] 范氏所引者，为杜甫困守长安时期所作的《奉赠韦左丞丈二十二韵》，韦见素，乃韦济之误。其篇末欲作归隐之想，反言之以“尚怜终南山，回首清渭滨”，终南山、渭水皆在长安附近，借指京城，以“道迟迟不忍去之意”。与韦左丞道别，却说“常拟报一饭，况怀辞大臣”，语意含蓄，顿挫典雅。南宋陈模《怀古录》亦云：“杜诗：‘午夜角声悲自壮，中天月色好谁看。’盖言角声悲矣，然而自壮；月色好矣，然又谁看。此又每一句之中自转者。”[②] 此所引为杜甫七律《宿府》之颔联（“悲自壮”当为“悲自语”），上下两句句意自转，富于抑扬、逆折之势。蔡梦弼《杜工部草堂诗话》卷二，更以杜诗长篇古风《自京赴奉先县咏怀五百字》为例，揭示其“顿挫”的艺术表现：

> 士人程文穷日力作一论，既不限声律，复不拘诗句，尚罕得反复折难，使其理判然者。观《赴奉先咏怀五百言》，乃声律中老杜心迹论一篇也。自“杜陵有布衣，老大意转拙。许身一何愚，窃比稷与契”，其心术祈响，自是稷契等人。“穷年忧黎元，叹息肠内热”，与饥渴由己者何异？然常为不知者所病，故曰“取笑同学翁”。世不我知，而所守不变，故曰“浩歌弥激烈”。又云：“非无江海志，潇洒送日月。当今廊庙具，建厦岂云缺？葵藿倾太阳，物性固莫夺。”言非不知隐遁为高也，亦非以国无其人也，特废义乱伦，有所不可。“以兹悟生理，独耻事干谒。”言志大术疏，未始阿附以借势也，为

---

① （宋）范温：《潜溪诗眼》，《宋诗话辑佚》本，中华书局1980年版，第325—326页。

② （宋）陈模：《怀古录》卷中，明抄《说集》本。

下士所笑。而浩歌自若，皇皇慕君而雅志栖遁，既不合时，而又不为低屈，皆设疑互答，屡致意焉，非巨刃有馀，孰能之乎。①

在该篇中，杜甫自言其心路历程：年岁老大，不巧反拙；许身至愚，却自比稷契；世不我知，而浩歌弥烈；以兹悟理，然不为低屈……各句之间，语意频频逆折、对撞，极尽起伏跌宕之妙。韩成武先生认为："杜诗每于一句或两句之中，意思发生逆转，前后形成针锋相对之势，是造成'顿挫'的重要原因之一。"② 正所谓"人贵直，文贵曲"，"文似看山不喜平"。但洋洋数百言长篇，相邻诗句间逆折、对撞的频率竟如此之高，实所罕见，蔡氏以"巨刃有馀"评之，实不谬也。

除此之外，宋人还指出杜诗创作中几种特殊表现手法的运用，也是构成其"顿挫"艺术风格的重要因素。

其一，杜诗取景抒情中的"以乐写哀"手法。

北宋蔡絛《西清诗话》云："人之好恶，固自不同。杜子美在蜀作《闷》诗，乃云：'卷帘惟白水，隐几亦青山。'若使予居此，应从王逸少语：'吾当卒以乐死'，岂复更有闷耶？"③ 其所引杜甫原诗如下：

瘴疠浮三蜀，风云暗百蛮。
卷帘唯白水，隐几亦青山。
猿捷长难见，鸥轻故不还。
无钱从滞客，有镜巧催颜。

张邦基《墨庄漫录》卷二"蔡约之未契杜子美《闷》诗"条云："蔡絛约之《西清诗话》云：人之好恶，固自不同，杜子美在蜀作《闷》诗，乃云：'卷帘惟白水，隐几亦青山。'若使予居此，应从王逸少语：'吾当卒以乐死。'岂复更有闷乎？予以谓此时约之未契此语耳。人方忧

① （宋）蔡梦弼：《杜工部草堂诗话》，《历代诗话续编》本，中华书局 1983 年版，第 222—223 页。

② 韩成武：《少陵体诗选·前言》，河北大学出版社 2004 年版，第 10 页。

③ （宋）蔡絛：《西清诗话》卷上，《古今诗话续编》影印本，台湾广文书局 1973 年版。

愁亡聊，惟清歌妙舞满前，无适而非闷。子美居西川，一饭未尝忘君，其忧在王室，而又生理不具，与死为邻，其闷甚矣。故对青山，青山闷；对白水，白水闷。平时可爱乐之物，皆寓之为闷也。约之处富贵，所欠二物耳。其后窜斥，经历崎岖险阻，必悟此诗之为工也。”① 张氏所评之杜甫《闷》诗颔联，正是借青山、白水之乐景，反衬诗人家国之忧，其情与景的关系不是和谐相融，而是冲突对撞，并以此增强作品抒情的力度，正如清人王夫之《姜斋诗话》所言“以乐景写哀，以哀景写乐，以倍增其哀乐”②。惜蔡氏未能领悟杜诗妙处。

至南宋，亦有多家评者论及此诗。如王楙《野客丛书》“子美《闷》诗”条载：“《西清诗话》曰：人之好恶，固自不同，子美在蜀作《闷》诗，乃云：‘卷帘惟白水，隐几亦青山。’若使余若此，从王逸少语，当卒以乐死，岂复更有闷乎？仆谓《西清诗话》此言事未识牢度之趣耳，平时见青山白水，固自可乐，然当愁闷无聊之时，青山白水，但见其愁，不见其乐，岂可以常理观哉？老杜在蜀，栖栖依人，无聊之甚，安得不以青山白水为闷邪。”③ 曹彦约《昌谷集》“杜少陵《闷》诗说”条亦云：“黄太史云：杜少陵《闷》诗‘卷帘惟白水，隐几亦青山’。使余得此，当如王逸少语，正须卒以乐死，宁更闷耶！余谓少陵……大历间往来东屯、白帝，贫病甚矣，所谓‘为客无时了，悲秋向夕终’，‘瘴疠浮三蜀，风云暗百蛮’。见青山白水，安得不闷也。”④ 均指出杜甫《闷》诗，乃以青山、白水之乐景，反衬己身愁闷孤苦之情，而以蔡氏之论为非。

费衮《梁溪漫志》“杜少陵《闷》诗”条，亦论及此诗：“杜少陵作《闷》诗云：‘卷帘惟白水，隐几亦青山。’或曰：‘人之好恶，固自不同，若使吾居此，当卒以乐死矣。’予以为不然，人心忧郁，则所触而皆闷；其心平和，则何适而非快。青山白水，本是乐处，苟其心中不快，则惨淡苍莽适足以增闷耳。少陵又有诗云：‘感时花溅泪，恨别鸟惊心。’

---

①（宋）张邦基：《墨庄漫录》，中华书局2002年版，第55页。

②（清）王夫之等：《清诗话·姜斋诗话》，上海古籍出版社1999年版，第4页。

③（宋）王楙：《野客丛书》卷九，影印文渊阁四库全书本，台湾商务印书馆1983年版。

④（宋）曹彦约：《昌谷集》卷十六，影印文渊阁四库全书本，台湾商务印书馆1983年版。

花鸟本是平时可喜之物，而抑郁如此者，亦以触目有感，所遇之时异耳。”① 其说与王楙、曹彦约略同，并另举《春望》诗颔联加以佐证。杜甫深陷安史叛军统治下的长安，时当春日，伤国怀家，大自然冬去春来、花开鸟鸣，家国时局却依旧动荡不堪，遂观花而溅泪，听鸟而惊心，如钟嵘《诗品序》中所谓“气之动物，物之感人，故摇荡性情，行诸舞咏”②。此乃是以乐景反衬哀情，从而掀起巨大的感情波澜，获得超强的抒情效果。

然而，宋代仍有许多诗论家未能深入理解杜诗这种“以乐写哀”的表现手法，如：

> 强幼安《唐子西文录》：“古之作者，初无意于造语，所谓因事以陈词，如杜子美《北征》一篇，直纪行役尔，忽云‘或红如丹砂，或黑如点漆，雨露之所濡，甘苦齐结实’，此类是也。文章只如人作家书乃是。”③
>
> 惠洪《石门洪觉范天厨禁脔》：“《送路六侍御入朝》：‘不分桃花红胜锦，生憎柳絮白于绵。’……锦、绵，色红白而适用。朝廷用真材，天下福也。而真材者忠正，小人谄谀似忠，诈奸似正，故为子美所不分而憎之也。”④
>
> 吴可《藏海诗话》：“老杜诗云：‘行步欹危实怕春。’‘怕春’之语，乃是无合中有合。谓‘春’字上不应用‘怕’字，今却用之，故为奇耳。”⑤

按《北征》诗中对山间丽景的描写，是为了反衬篇中所述之“靡靡逾阡陌，人烟眇萧瑟。所遇多被伤，呻吟更流血”的人间苦难，以乐写哀，慨叹安史叛乱，生灵涂炭，人反不及草木幸运，并非强氏所谓“只如人作家书”之闲笔。而《送路六侍御入朝》亦借“红似锦”之桃花、

① （宋）费衮：《梁溪漫志》卷七，影印文渊阁四库全书本，台湾商务印书馆 1983 年版。
② （南朝梁）钟嵘：《诗品》，《历代诗话》本，中华书局 1981 年版，第 2 页。
③ （宋）强幼安：《唐子西文录》，《历代诗话》本，中华书局 1981 年版，第 447 页。
④ （宋）释惠洪：《石门洪觉范天厨禁脔》卷中，古典文学出版社 1958 年版。
⑤ （宋）吴可：《藏海诗话》，《历代诗话续编》本，中华书局 1983 年版，第 328 页。

“白于绵”之柳絮，诸般丽景，反衬“更为后会知何地？忽漫相逢是别筵”的别愁。因情、景的不协与冲突，故有“生憎”的心理失衡，由此更加凸显别情之苦，并无惠洪所谓讽刺朝廷忠奸不辨的政治功用。同样，吴可虽称赞《江畔独步寻花》诗“怕春”出语之奇，却未能正确分析其何以为奇。杜甫之意，乃为后半“诗酒尚堪驱使在，未须料理白头人”预设铺垫，以反衬自身头白年老仍羁旅异乡之愁。

韩成武先生说：“杜诗的‘顿挫’风格还来自他独特的取景抒情方式……他惯以丽景伴愁心，心越愁而景越丽，从而构成情与景的巨大冲突，在冲突中，感情获得了超常的力度。”① 从以上可见，在宋代诗论家中，唯张邦基、王楙、曹彦约、费衮等数人，能够领悟杜诗“以乐写哀”手法的个中三昧，借此深化对杜诗“顿挫”风格的体认。

其二，杜诗即事咏怀中的“以有衬无”手法。

司马光《温公续诗话》云：“古人为诗，贵于意在言外，使人思而得之，故言之者无罪，闻之者足戒也。近世诗人惟杜子美最得诗人之体，如‘国破山河在，城春草木深。感时花溅泪，恨别鸟惊心’。山河在，明无余物矣；草木深，明无人矣；花鸟平时可娱之物，见之而泣，闻之而悲，则时可知矣。他皆类此，不可遍举。”② 司马光所评《春望》一诗，首联“国破山河在，城春草木深”，通过眺望沦陷后长安的破败景象，抒写了忧国伤时的深沉感慨，其中即运用了“以有写无”的表现手法：山河依旧却国都沦陷，草木深深却荒无人迹，通过眼前之“有”来衬托“无”，使得诗人的痛悼之情更加深沉。

南宋胡仔《苕溪渔隐丛话》前集卷三十六亦云：“老杜《题蜀相庙诗》云：‘映阶碧草自春色，隔叶黄鹂空好音。’亦自别托意在其中矣。”③ 所论为杜甫作于流寓成都时期的《蜀相》，此诗云：“丞相祠堂何处寻？锦官城外柏森森。映阶碧草自春色，隔叶黄鹂空好音。三顾频烦天下计，两朝开济老臣心。出师未捷身先死，长使英雄泪满襟。”其颔联借“映阶碧草”“隔叶黄鹂”的艳丽春景，反衬诗人此刻唯有对于蜀汉贤

① 韩成武：《少陵体诗选·前言》，河北大学出版社2004年版，第11页。

② （宋）司马光：《温公续诗话》，《历代诗话》本，中华书局1981年版，第277—278页。

③ （宋）胡仔：《苕溪渔隐丛话》前集，人民文学出版社1962年版，第242页。

相的一片缅怀敬仰之心，故无暇观赏景色，所以碧草自春、黄鹂空好，“自别托意”，以申“出师未捷身先死，长使英雄泪满襟”的伤悼之情，与《春望》首联俱属同一笔墨。

此二家所揭示的杜诗“以有衬无”的艺术表现手法，通过描写眼前之“有”，来反衬“无”，“有”中生“无”，确实能出奇制胜，强化作品的抒情效果，使作品更加委婉含蓄，曲尽人情，富于艺术感染力。

其三，杜诗造境中的“以巨写微”手法。

南宋罗大经《鹤林玉露》丙编卷一“笼鸟水萍”条云：“或问杜陵诗云：‘日月笼中鸟，乾坤水上萍。’何也？余曰，此自叹之词耳。盖拘束以度日月，若鸟在笼中，漂泛于乾坤间，若萍浮水上。本是形容凄凉之意，乃翻作壮丽之语。”① 罗氏所论为杜甫五律《衡州送李大夫七丈勉赴广州》：

斧钺下青冥，楼船过洞庭。
北风随爽气，南斗避文星。
日月笼中鸟，乾坤水上萍。
王孙丈人行，垂老见飘零。

罗大经指出此诗颈联的本意，乃为借日月、乾坤之壮丽语境，以巨写微，慨叹自身之凄凉孤苦。正如与罗氏同时代的赵次公所云：“我身于日月之下，如笼中之鸟局而不伸；于天地之中，如水上之萍而不定。”② 此即“以空阔显孤微”的艺术手法，即“采用反衬的艺术手法，把自身放在空阔无垠的宇宙间，构成宇宙之广与一己之微的极度反差”③。宋人对杜诗这种表现手法多有赞誉，如南宋张表臣《珊瑚钩诗话》卷二云：“《江汉》诗，言乾坤之大，腐儒无所寄其身……兹非命意之深乎？”④ 杜甫此诗云：

---

① （宋）罗大经：《鹤林玉露》，中华书局 1983 年版，第 251 页。

② （宋）赵次公注，林继中辑校：《杜诗赵次公先后解辑校》，上海古籍出版社 1994 年版，第 1503 页。

③ 韩成武：《杜诗艺谭》，河北教育出版社 2002 年版，第 53 页。

④ （宋）张表臣：《珊瑚钩诗话》，《历代诗话》本，中华书局 1981 年版，第 464 页。

江汉思归客，乾坤一腐儒。
片云天共远，永夜月同孤。
落日心犹壮，秋风病欲苏。
古来存老马，不必取长途。

诗人将自我抒情形象置身于浩荡壮阔的“乾坤”“江汉”之间，从而倍显一己的孤微与渺小。南宋何汶《竹庄诗话》卷二十三云：“山谷云：凡作诗要开广，如老杜‘日月笼中鸟，乾坤水上萍’之类。”① 然杜诗开广之景，正为反衬自身孤微而设。该书卷六亦云：“师先生《诗注》云：鲍当《孤雁》诗云：‘更无声接续，空有影相随’，孤则孤矣，岂若子美有饮啄念群之语，孤中乃有不孤之意。而‘谁怜一片影，相失万重云’，又有不尽之意乎？”② 对比二首《孤雁》，杜诗孤雁意象不仅有“饮啄念群”的不孤之意，更在“万重云”的宏大背景烘托之下，以巨写微，愈显其孤，从而紧扣诗题。

综合以上宋人对杜诗“以乐写哀”“以有衬无”“以巨写微”等几种特殊艺术手法的评价，可以看出，杜诗在艺术表现上很少平铺直叙，而是常常以委婉曲折、前后冲突、情景对撞的笔法，使作品达到微婉顿挫、波澜起伏的艺术效果。而宋人所论的杜诗艺术表现，也都是形成杜诗“顿挫”风格的重要因素。

第二节　对杜诗多样化艺术风格的批评

由前文可知，宋人认为杜诗的主体风格为“沉郁顿挫”，并从“沉郁”的艺术境界和“顿挫”的艺术表现两方面分别给予深入剖析。但杜诗在主体风格以外，还呈现出多样化的艺术风貌，宋人对此也给予了较多的关注与评述。

早在北宋时期，苏轼在《辨杜子美杜鹃诗》中就说：“子美诗，备诸

① （宋）何汶：《竹庄诗话》，中华书局1984年版，第435页。
② （宋）何汶：《竹庄诗话》，中华书局1984年版，第129页。

家体。”① 秦观则在其《韩愈论》中称：“杜子美之于诗，实积众流之长，适当其时而已。昔苏武、李陵之诗长于高妙，曹植、刘公干之诗长于豪逸，陶潜、阮籍之诗长于藻丽。于是子美者，穷高妙之格，极豪逸之气，包冲澹之趣，兼峻洁之姿，备藻丽之态，而诸家之作所不及焉。然不集诸家之长，子美亦不能独至于斯也。”② 以集两汉、魏晋诗坛各家之长称道杜诗风格之多样，并由此引发出了杜诗的“集大成”说（详见本书第七章）。

胡仔《苕溪渔隐丛话》前集卷六，载北宋陈正敏《遯斋闲览》云：

> 或问王荆公云：“编四家诗，以杜甫为第一，李白为第四，岂白之才格词致不逮甫也？”公曰：“白之歌诗，豪放飘逸，人固莫及；然其格止于此而已，不知变也。至于甫，则悲欢穷泰，发敛抑扬，疾徐纵横，无施不可，故其诗有平淡简易者，有绮丽精确者，有严重威武若三军之帅者，有奋迅驰骤若泛驾之马者，有淡泊闲静若山谷隐士者，有风流酝藉若贵介公子者。盖其诗绪密而思深，观者苟不能臻其阃奥，未易识其妙处，夫岂浅近者所能窥哉？此甫所以光掩前人，而后来无继也。”③

可见，王安石系从宋人之唐诗选本评论角度，通过与李白诗的对比，肯定了杜诗风格“疾徐纵横，无施不可”的特征。北宋孙仅《读杜工部诗集序》云：

> 公之诗支而为六家，孟郊得其气焰，张籍得其简丽，姚合得其清雅，贾岛得其奇僻，杜牧、薛能得其豪健，陆龟蒙得其赡博，皆出公之奇偏尔，尚轩轩然自号一家，爀世烜俗。后人师拟不暇，矧

① （宋）苏轼：《苏轼文集》，中华书局1986年版，第2100页。

② （宋）秦观撰，徐培均笺注：《淮海集笺注》，上海古籍出版社1994年版，第751—752页。

③ （宋）胡仔：《苕溪渔隐丛话》前集，人民文学出版社1962年版，第37页。

合之乎。风骚而下，唐而上，一人而已。[①]

此则通过分析杜诗艺术在中晚唐的传承流变，揭示其兼具众长、雄跨一代的文学史地位。

到南宋，徐鹿卿《跋黄瀛父适意集》云："有豪放焉，有奇崛焉，有平易焉，有藻丽焉，而四体之中平易尤难工。就唐人论之，则太白得其豪，牧之得其奇，乐天得其易，晚唐得其丽，兼之者少陵。"[②] 此亦通过与有唐一代诗坛名家风格对比，凸显"少陵体"的兼容多样。袁燮《题魏丞相诗》则云："唐人最工于诗……独杜少陵雄杰宏放，兼有众美。"[③] 魏庆之《诗人玉屑》在"典重""清新""奇伟""绮丽""刻琢""自然""豪壮""闲适"诸风格条目下，均有杜甫诗句列选。[④] 可见在魏氏心目中，亦对杜诗风格作兼美之评。

宋人还将杜诗与当代诗人风格特征对比，论其诗才多样、诗思宽广。如北宋陈师道《后山诗话》云："诗欲其好，则不能好矣。王介甫以工，苏子瞻以新，黄鲁直以奇。而子美之诗，奇常、工易、新陈，莫不好也。"[⑤] 南宋张戒《岁寒堂诗话》卷上亦论曰："王介甫只知巧语之为诗，而不知拙语亦诗也。山谷只知奇语之为诗，而不知常语亦诗也。欧阳公诗专以快意为主，苏端明诗专以刻意为工，李义山诗只知有金玉龙凤，杜牧之诗只知有绮罗脂粉，李长吉诗只知有花草蜂蝶，而不知世间一切皆诗也。惟杜子美则不然，在山林则山林，在廊庙则廊庙，遇巧则巧，遇拙则拙，遇奇则奇，遇俗则俗，或放或收，或新或旧，一切物，一切事，一切意，无非诗者。"[⑥]

由是，关于杜诗风格"备极全美"之论不绝于宋代文坛：

---

① （宋）黄希、（宋）黄鹤：《补注杜诗》传序碑铭，影印文渊阁四库全书本，台湾商务印书馆1983年版。

② （宋）徐鹿卿：《清正存稿》卷五，影印文渊阁四库全书本，台湾商务印书馆1983年版。

③ （宋）袁燮：《絜斋集》卷八，影印文渊阁四库全书本，台湾商务印书馆1983年版。

④ （宋）魏庆之：《诗人玉屑》卷三，影印文渊阁四库全书本，台湾商务印书馆1983年版。

⑤ （宋）陈师道：《后山诗话》，《历代诗话》本，中华书局1981年版，第306页。

⑥ （宋）张戒：《岁寒堂诗话》，《历代诗话续编》本，中华书局1983年版，第464页。

蔡絛《西清诗话》云："少陵渊蓄云萃，变态百出。"①

曾季狸《艇斋诗话》："杜诗，备极全美。"②

吴沆《环溪诗话》："古今之美，备在杜诗。"③

方深道《诸家老杜诗评》："老杜诗，盖备有众体。"④

释普闻《诗论》："老杜之诗，备于众体。"⑤

黄裳《陈商老诗集序》："读杜甫诗，如看羲之法帖，备众体而求知无所不有。"⑥

此外，从诗歌造语角度论述和总结杜诗多样化语言风格者亦颇多，如胡仔《苕溪渔隐丛话》前集卷六所载："谢无逸语江信民云：老杜有自然不做底语到极至处者，有雕琢语到极至处者。如'丹青不知老将至，富贵于我如浮云'，此自然不做底语到极至处者也。如'金钟大镛在东序，冰壶玉衡悬清秋'，此雕琢语到极至处者也。"⑦ 分举杜诗《丹青引赠曹将军霸》《寄裴施州》中名句为例，证其雕琢语与自然语兼备。吴可《藏海诗话》亦云："老杜句语稳顺而奇特"，并称"杜诗叙年谱，得以考其辞力，少而锐，壮而肆，老而严，非妙于文章不足以致此。如说华丽平淡，此是造语也。方少则华丽，年加长渐入平淡也"。⑧ 吴氏认为杜甫语言风格变换多样与生活阅历相关。

此外，鲁訔《编次杜工部诗序》云：

骚人雅士，同知祖尚少陵，同欲模楷声韵，同苦其意律深严难读也。余谓少陵老人，初不事艰涩左隐以病人，其平易处，有贱夫老妇初可道者。至其深纯宏妙，千古不可追迹，则序事稳实，立意

---

① （宋）蔡絛：《西清诗话》卷中，《古今诗话续编》影印本，台湾广文书局 1973 年版。

② （宋）曾季狸：《艇斋诗话》，《历代诗话续编》本，中华书局 1983 年版，第 297 页。

③ （宋）吴沆：《环溪诗话》卷一，影印文渊阁四库全书本，台湾商务印书馆 1983 年版。

④ （宋）张忠纲：《杜甫诗话六种校注·诸家老杜诗评》，齐鲁书社 2002 年版，第 47 页。

⑤ （宋）释普闻：《诗论》卷七十九，《说郛》本，商务印书馆 1927 年版。

⑥ （宋）黄裳：《演山集》卷二十一，影印文渊阁四库全书本，台湾商务印书馆 1983 年版。

⑦ （宋）胡仔：《苕溪渔隐丛话》前集，人民文学出版社 1962 年版，第 36 页。

⑧ （宋）吴可：《藏海诗话》，《历代诗话续编》本，中华书局 1983 年版，第 328—330 页。

浑大；遇物写难状之景，纾情出不说之意；借古的确，感时深远，若江海浩渼，风云荡汨，蛟龙鼋鼍，出没其间，而变化莫测，风澄云霁，象纬回薄，错峙伟丽，细大无不可观……其夐邈高耸，则若凿太虚而嗷万籁；其驰骤怪骇，则若仗天策而骑箕尾；其直截峻整，则若俨钩陈而界云汉。①

此赞誉杜诗语言变化莫测，如风云变幻、龙鼋出没，颇为形象。叶梦得《石林诗话》卷上则借禅语论杜诗，云：

禅宗论云门有三种语：其一为随波逐浪句，谓随物应机，不主故常；其二为截断众流句，谓超出言外，非情识所到；其三为函盖乾坤句，谓泯然皆契，无间可伺。其深浅以是为序。余尝戏为学子言：老杜诗亦有此三种语，但先后不同，“波飘菰米沉云黑，露冷莲房坠粉红”为函盖乾坤句，以“落花游丝白日静，鸣鸠乳燕青春深”为随波逐浪句，以“百年地迥柴门辟，五月江深草阁寒”为截断众流句。②

称道杜诗之造语，兼集佛教禅宗“云门三境”。

宋人亦多从具体篇目而论证杜诗兼集众美者，如北宋范温《潜溪诗眼》“杜诗巧而能壮”条曰：

老杜云：“绿垂风折笋，红绽雨肥梅”，“岸花飞送客，樯燕语留人”，亦极绮丽，其模写景物，意自亲切，所以妙绝古今。其言春容闲适，则有“穿花蛱蝶深深见，点水蜻蜓款款飞”，“落花游丝白日静，鸣鸠乳燕青春深”。其言秋景悲壮，则有“蓝水远从千涧落，玉山高并两峰寒”，“无边落木萧萧下，不尽长江滚滚来”。其富贵之词，则有“香回合殿春风转，花覆千官淑景移”，“麒麟不动炉烟转，

---

① （宋）黄希、（宋）黄鹤：《补注杜诗》传序碑铭，影印文渊阁四库全书本，台湾商务印书馆1983年版。

② （宋）叶梦得：《石林诗话》，《历代诗话》本，中华书局1981年版，第406页。

> 孔雀徐开扇影还”。其吊古，则有“映阶碧草自春色，隔叶黄鹂空好音”，“竹送清溪月，苔移玉座春”。皆出于风花，然穷理尽性，移夺造化。自古诗人巧即不壮，壮即不巧。巧而能壮，乃如是也矣。[①]

征引多首杜诗名篇名句，论述其“巧而能壮”、兼容壮美与优美的风格特征。而南宋张表臣《珊瑚钩诗话》卷一亦云：

> 予读杜诗云：“江汉思归客，乾坤一腐儒”，“功业频看镜，行藏独倚楼”，叹其含蓄如此。及云“虎气必腾上，龙身宁久藏”，“蛟龙得云雨，雕鹗在秋天”，则又骇其奋迅也。“草深迷市井，地僻懒衣裳”，“经心石镜月，到面雪山风”，爱其清旷如此。及云“退朝花底散，规院都边迷”，“君随丞相后，我住日华东”，则又怪其华艳也。“久客得无泪，故妻难及晨”，“囊空苦羞涩，留得一钱看”，嗟其穷愁如此。及云“香雾云鬟湿，清辉玉臂寒”，“笑时花近靥，舞罢锦缠头”，则又疑其侈丽也。至读“识归龙凤质，威定虎狼都”，“风尘三尺剑，社稷一戎衣”，则又见其发扬而蹈厉矣。“五圣联龙衮，千官列雁行”，“圣图天广大，宗祀日光辉”，则又得其雄深而雅健矣。[②]

此亦从杜诗创作实际出发，论述其备极“含蓄”“奋迅”“清旷”“华艳”“侈丽”“雄深雅健”等诸般艺术风貌。以上两家论者皆称引杜诗例证达十数处，充分说明了杜诗风格多样、兼容众貌的艺术特征。

宋末刘克庄《后村诗话》前集卷一云：“杜五言……用事琢对，如‘须为殿下走，不可好楼居’，如‘竟无宣室召，徒有茂陵求’，如‘鲁卫弥尊重，徐陈略丧亡’。八句之中，着此一联，安得不独步乎？若全集千四百篇，无此等句为气骨，篇篇都作‘园荷浮小叶，细麦落轻花’，道了则似近人诗矣。”[③] 此将杜诗的壮美、优美兼备，与近世诗人专擅一格比较，指出其不可企及之处。正如胡铨《僧祖诗信序》所言：“甫之诗，

---

① （宋）范温：《潜溪诗眼》，《宋诗话辑佚》本，中华书局1980年版，第326—327页。

② （宋）张表臣：《珊瑚钩诗话》，《历代诗话》本，中华书局1981年版，第453—454页。

③ （宋）刘克庄：《后村诗话》，中华书局1983年版，第7页。

短章大篇，纡余妍而卓荦杰，笔端若有鬼神，不可致诘。后之议者至谓：书至于颜、画至于吴、诗至于甫，极矣。"①

可以看出，宋人通过将杜诗与古今诗风对比、分析杜诗遣词造语、列举杜诗名篇名句等途径，在对杜诗"沉郁顿挫"主体风格的认定之外，对其兼具豪放、奇伟、典重、清新、绮丽、自然等多样化艺术风格，亦给予了既宏观又具体的阐释。

综上所述，在宋人关于杜诗艺术风格方面的诸多批评中，除南宋严羽《沧浪诗话》外，尚未普遍标举"沉郁顿挫"作为杜诗的主体风格，但在对"少陵体""杜子美诗体"诗体特征的概括和评述中，却从杜诗深沉、浑厚、壮阔的艺术境界与抑扬、跌宕、逆折的艺术表现两方面，分别对杜诗"沉郁""顿挫"两大艺术特征给予了总结。这足以说明，在宋人的杜诗艺术批评中，对杜诗"沉郁顿挫"主体风格的认定是比较清晰的。当然，也有个别诗评家，如蔡絛、强幼安、惠洪、吴可等，对杜诗中"顿挫"风格的理解，尚不够准确。独具个性的风格，是一个作家艺术成熟的主要标志。宋人对杜诗主体风格的体认，正是宋人尊杜、崇杜的前提。与此同时，宋人也能够从杜诗的创作实际出发，将杜诗与古今诗作对比，从而关注到其主体诗风外"备极全美"的多样化的艺术风格，体现出宋人对于杜诗艺术风格认知的全面性。

---

①（宋）胡铨：《胡澹庵先生文集》卷十三，乾隆二十二年（1757）刊本。

第十一章

宋代杜诗对仗艺术论

在宋人的论著特别是众多诗话中，对于杜诗对仗艺术有颇多的评述。关于对仗，刘勰云：“造物赋形，支体必双。神理为用，事不孤立。”① 指出对仗是文学对自然形态的模仿，是在天人合一的传统理念下，诗人对于中正、和谐之美的追求。杜甫诗歌中对仗手法灵活，格律精深，因此宋人对杜诗的对仗艺术推崇备至，每多褒扬之语。如南宋胡仔《苕溪渔隐丛话》前集卷八云：“先生诗该众美者，不唯近体严于属对，至于古风句对者亦然。”② 称美杜甫古、近体诗尽皆对仗精严。南宋孙奕《示儿编》“属对不拘”条则称：“草堂先生……未始有一字非的对也。先生词源衮衮，不择地而出，无可无不可。”③ 对杜诗对仗之多变、精工给予极高的赞誉。本章即对宋人关于杜甫对仗艺术的观点进行讨论。

第一节　“偷春格”“地名对”“互体”与通篇对仗

宋人经常择取杜诗中的多种对仗体式进行艺术批评。如北宋惠洪《石门洪觉范天厨禁脔》“近体三种颔联法”条云：“《寒食对月》：‘无家对寒食，有泪如金波。斫却月中桂，清光应更多。仳离放红蕊，想象颦青蛾。牛女漫愁思，秋期犹渡河。’此杜子美诗也。其法颔联虽不拘对

① （南朝梁）刘勰：《文心雕龙》，中国友谊出版公司 1997 年版，第 143 页。

② （宋）胡仔：《苕溪渔隐丛话》前集，人民文学出版社 1962 年版，第 51—52 页。

③ （宋）孙奕：《示儿编》卷十，影印文渊阁四库全书本，台湾商务印书馆 1983 年版。

偶……然破题引韵已的对矣。谓之偷春格，言如梅花偷春色而先开也。”① 即律诗首联即使用对仗，而三四句则不用对仗之体。再如杜甫《王竟携酒高亦同过共用寒字》：“卧病荒郊远，通行小径难。故人能领客，携酒重相看。自愧无鲑菜，空烦卸马鞍。移樽劝山简，头白恐风寒。”《月三首》（其二）：“并照巫山出，新窥楚水清。羁栖愁里见，二十四回明。必验升沉体，如知进退情。不违银汉落，亦伴玉绳横。”以上两首五言律诗，亦是首联对而颔联不对的“偷春格”。

北宋赵次公则论及杜诗对仗中的地名对，其注解杜甫七律《送韩十四江东省觐》颈联“黄牛峡静滩声转，白马江寒树影稀”云：“此在蜀州作。黄牛峡，韩所经之地。白马江，蜀州江名，今所称亦然，乃韩与公为别之处……公诗凡寄远及送行，或居此念彼，必两句分言地之所在。”② 赵次公指出，此联中上下两句嵌入黄牛峡、白马江二地名，分寓韩、杜二人，言彼行至黄牛峡，已犹于白马江遥望，足见惜别之情，总结出了杜诗对仗中的以地代人之体。

此体在杜诗对仗中普遍出现。如《赠别何邕》：“绵谷元通汉，沱江不向秦。”《送舍弟频赴齐州三首》（其二）：“岷岭南蛮北，徐关东海西。”《春日忆李白》：“渭北春天树，江东日暮云。”《赠别郑炼赴襄阳》：“地阔峨眉晚，天高岘首春。”诸诗皆以地名入对，分寓主、客二人，抒发了对友人的惜别与思念之情，含蓄而蕴藉。

宋代还论及杜诗对仗中的“互体”。南宋罗大经《鹤林玉露》乙编卷一“诗互体”条云：“杜少陵诗云：‘风含翠筱娟娟净，雨裛红蕖冉冉香。’上句风中有雨，下句雨中有风，谓之互体。”③ 此以杜甫七律《狂夫》颔联为例，总结出此种上下句语义互文的特殊对仗形式，并称之为“互体”。

宋人还发现杜甫律诗很多采用通篇对仗。南宋严羽《沧浪诗话》论“诗体”云：“有律诗彻首尾对者。少陵多此体，不可概举。”④ 据笔者统

---

① （宋）释惠洪：《石门洪觉范天厨禁脔》卷上，古典文学出版社 1958 年版。

② （宋）赵次公注，林继中辑校：《杜诗赵次公先后解辑校》，上海古籍出版社 1994 年版，第 476 页。

③ （宋）罗大经：《鹤林玉露》，中华书局 1983 年版，第 132 页。

④ （宋）严羽著，郭绍虞校释：《沧浪诗话校释》，人民文学出版社 1983 年版，第 73 页。

计，在杜甫的五律中，有如下篇目，为首尾四联八句全对者：《王命》："汉北豺狼满，巴西道路难。血埋诸将甲，骨断使臣鞍。牢落新烧栈，苍茫旧筑坛。深怀喻蜀意，恸哭望王官。"《春日江村五首》（其一）："农务村村急，春流岸岸深。乾坤万里眼，时序百年心。茅屋还堪赋，桃源自可寻。艰难昧生理，飘泊到如今。"《秋野五首》（其四）："远岸秋沙白，连山晚照红。潜鳞输骇浪，归翼会高风。砧响家家发，樵声个个同。飞霜任青女，赐被隔南宫。"《登牛头山亭子》："路出双林外，亭窥万井中。江城孤照日，山谷远含风。兵革身将老，关河信不通。犹残数行泪，忍对百花丛。"《戏题寄上汉中王三首》（其一）："西汉亲王子，成都老客星。百年双白鬓，一别五秋萤。忍断杯中物，只看座右铭。不能随皂盖，自醉逐浮萍。"《随章留后新亭会送诸君》："新亭有高会，行子得良时。日动映江幕，风鸣排槛旗。绝荤终不改，劝酒欲无词。已堕岘山泪，因题零雨诗。"《老病》："老病巫山里，稽留楚客中。药残他日裹，花发去年丛。夜足沾沙雨，春多逆水风。合分双赐笔，犹作一飘蓬。"《戏寄崔评事表侄、苏五表弟、韦大少府诸侄》："隐豹深愁雨，潜龙故起云。泥多仍径曲，心醉阻贤群。忍待江山丽，还披鲍谢文。高楼忆疏豁，秋兴坐氛氲。"《夜二首》（其二）："城郭悲笳暮，村墟过翼稀。甲兵年数久，赋敛夜深归。暗树依岩落，明河绕塞微。斗斜人更望，月细鹊休飞。"《题柏大兄弟山居屋壁二首》（其二）："野屋流寒水，山篱带薄云。静应连虎穴，喧已去人群。笔架沾窗雨，书签映隙曛。萧萧千里足，个个五花文。"《上巳日徐司录林园宴集》："鬓毛垂领白，花蕊亚枝红。欹倒衰年废，招寻令节同。薄衣临积水，吹面受和风。有喜留攀桂，无劳问转蓬。"以上共计十一首之多。

杜甫还有一些七言律诗通篇皆对，例如：《登高》："风急天高猿啸哀，渚清沙白鸟飞回。无边落木萧萧下，不尽长江滚滚来。万里悲秋常作客，百年多病独登台。艰难苦恨繁霜鬓，潦倒新停浊酒杯。"《阁夜》："岁暮阴阳催短景，天涯霜雪霁寒宵。五更鼓角声悲壮，三峡星河影动摇。野哭几家闻战伐，夷歌数处起渔樵。卧龙跃马终黄土，人事依依漫寂寥。"《冬至》："年年至日长为客，忽忽穷愁泥杀人。江上形容吾独老，天涯风俗自相亲。杖藜雪后临丹壑，鸣玉朝来散紫宸。心折此时无一寸，路迷何处是三秦。"以上三首均系通篇八句全为对仗者。

可见，宋人对于杜诗对仗艺术的批评，均立足于杜诗的创作实际。而严氏“少陵多此体”之论，不为虚言。

第二节　杜诗借对艺术批评

宋人还非常关注杜诗中的借对。借对，亦称“假对”，即在构成对仗的上下两句中，通过一词多义或谐音的特殊途径，借义或借音实现工对的对仗方式。

宋人诗话中曾多次引杜诗为例，提及此种对仗。如北宋蔡启《蔡宽夫诗话》“假对”条云：“诗家有假对，本非用意，盖造语适到，因以用之。若杜子美‘本无丹灶术，那免白头翁’……借‘丹’对‘白’……而晚唐诸人，遂立以为格。”① 南宋严羽《沧浪诗话》论“诗体”则称：“有借对……少陵‘竹叶于人既无分，菊花从此不须开’是也。”② 此联引自杜甫《九日五首》（其一），“竹叶”为酒名，此处借其植物学意义，与‘菊花’构成工对。

南宋孙奕《示儿编》“假对”条，则征引了更多杜诗借对诗例：

> 诗律有借对法，苟下字工巧，贤于正格也。少陵《北邻》云：“爱酒晋山简，能诗何水曹。”《赠张四学士》云：“紫诰仍兼绾，黄麻似六经。”又：“无复随高凤，空余泣聚萤。”《送杨六使西蕃》云：“子云清自守，今日起为官。”《寄韦有夏郎中》云：“饮子频通汗，怀君想报珠。”《九日》云：“坐开桑落酒，来折菊花枝。”盖用“山简”对“水曹”，“兼绾”对“六经”，“高凤”对“聚萤”，“子云”对“今日”，“饮子”对“怀君”，“桑落”对“菊花”。③

可见，宋人主要是根据杜诗的创作实践，为借对加以命名。借对又可分为借义对和借音对两种，宋人分别列举大量杜诗给予了细致评析。

---

① （宋）蔡启：《蔡宽夫诗话》，《宋诗话辑佚》本，中华书局1980年版，第400页。

② （宋）严羽著，郭绍虞校释：《沧浪诗话校释》，人民文学出版社1983年版，第74页。

③ （宋）孙奕：《示儿编》卷九，影印文渊阁四库全书本，台湾商务印书馆1983年版。

所谓借义对，亦称“字对”，如王力先生所说：“一个词有两个以上的意义，诗人在诗中用的是甲义，但是同时借用它的乙义或丙义来与另一词相对。”[①] 宋人曾多次论及杜诗中的借义对，如北宋惠洪《石门洪觉范天厨禁脔》云：“《春日曲江》：‘朝回日日典春衣，每日江头尽醉归。酒债寻常行处有，人生七十古来稀。穿花蛱蝶深深见，点水蜻蜓款款飞，传语春光共流转，暂时相赏莫相违。’……‘寻常’，七尺为寻，八尺为常。”[②] 南宋吴可《藏海诗话》亦云：“世传‘酒债寻常行处有，人生七十古来稀’，以为‘寻常’是数，所以对‘七十’。”[③] 均指出杜诗此对看似宽泛，实则借“寻常”二字表数量之义，与下句“七十”一词构成了数目类的工对。

南宋罗大经《鹤林玉露》乙编卷四“云日对”条称：“叶石林云：杜工部诗，对偶至严，而《送杨六判官》云‘子云清自守，今日起为官’，独不相对。窃意‘今日’字，当是‘令尹’字传写之讹耳。余谓不然，此联之工，正为假‘云’对‘日’，两句一意，乃诗家活法。若作‘令尹’字，则索然无神，夫人能道之矣？且送杨姓人，故用子云为切题，岂应又泛然用一令尹耶？如‘次第寻书札，呼儿检赠篇’之句，亦是假以‘第’对‘儿’，诗家此类甚多。”[④] 指出此诗借“子云”人名中“云”字，与下句“日”字构成了天文时令类的对仗，然忽略了杜诗借“子”字表干支纪时之意，亦与“今”字构成了时令类的对仗。同时，“子”字谐“紫”，与“今”字谐“金”，亦可构成颜色类的对仗。许顗《彦周诗话》则云：“‘万里戎王子，何年别月支？……’不晓此诗指何物。”[⑤] 此处引杜诗《陪郑广文游何将军山林十首》其三之首联，“戎王子”乃产自月支国的一种奇花，杜诗亦分别借“子”与“支”字表干支纪时之意，构成了时令类的对仗。

蔡启《蔡宽夫诗话》“杜诗白鸟解”条曰：“‘江湖多白鸟，天地有青蝇。’人遂以白鸟为鹭。而《礼记·月令》‘群鸟养羞’，郑氏乃引《夏

---

① 王力：《古代汉语》，中华书局1978年版，第1456页。
② （宋）释惠洪：《石门洪觉范天厨禁脔》卷上，古典文学出版社1958年版。
③ （宋）吴可：《藏海诗话》，《历代诗话续编》本，中华书局1983年版，第330页。
④ （宋）罗大经：《鹤林玉露》，中华书局1983年版，第194页。
⑤ （宋）许顗：《彦周诗话》卷一，影印文渊阁四库全书本，台湾商务印书馆1983年版。

小正》‘丹鸟白鸟’之说，谓‘白鸟’为蚊蚋，则知以对‘青蝇’，意亦深矣。”① 指出杜诗借蚊蚋之异名“白鸟”，与下句“青蝇”一词构成动物类的工对。惠洪《冷斋夜话》“稚子”条亦云：“老杜诗曰：‘竹根稚子无人见，沙上凫雏并母眠。’世或不解‘稚子无人见’何等语。唐人《食笋》诗曰：‘稚子脱锦绷，骈头玉香滑。’则稚子为笋明矣。”② 指出其借竹笋之异名“稚子”的字面意义，与下句“凫雏”一词构成了动物类工对。还有，苏轼《书杜子美诗》云：“‘省郎忧病士，书信有柴胡。饮子频通汗，怀君想报珠……’此杜子美诗也。沈佺期《回波》诗云：‘姓名虽蒙齿录，袍笏未易牙绯。’子美用‘饮子’对‘怀君’，亦‘齿录’、‘牙绯’之比也。”③ 苏轼不仅指出杜甫《寄韦有夏郎中》诗中借汤药俗称之“饮子”中的“子”字，与下句中的“君”字构成了代名类的对仗，且与初唐诗人沈佺期的《回波》诗中同类对仗相比，将借义对这一对仗形式加以归类总结。两宋之际的计有功《唐诗纪事》卷十八“杜甫”条亦云：“《寄韦有夏都中诗》云：‘省郎忧病士，书信有柴胡。饮子频通汗，怀君想报珠。’‘饮子’对‘怀君’，或云沈佺期‘齿录’对‘牙绯’……之类也。”④ 所见略同。

所谓借音对，亦称“声对”，即在一联中，通过上下句某语词的谐音构成工整的对仗。宋人诗话亦有论及杜诗借音对者，如北宋邵博《邵氏闻见后录》卷十七云：“唐诗家有假对律……如杜子美‘枸杞因吾有，鸡栖奈汝何’。”⑤ 指出其借药材“枸杞”之“枸”的谐音“狗”，与下句“鸡栖”（皂荚树）之“鸡”在字面上构成了动物类的工对。南宋俞成《萤雪丛说》亦云：“诗史以‘皇眷’对‘紫宸’……自然假借使得好。”⑥ 此处所引为杜甫《奉赠鲜于京兆二十韵》诗中“献纳纡皇眷，中间谒紫宸”一联，指出其巧借“皇”字与“黄”谐音，与“紫”构成颜

---

① （宋）蔡启：《蔡宽夫诗话》，《宋诗话辑佚》本，中华书局1980年版，第385页。

② （宋）释惠洪：《冷斋夜话》卷二，影印文渊阁四库全书本，台湾商务印书馆1983年版。

③ （宋）苏轼：《苏轼文集》，中华书局1986年版，第2118页。

④ （宋）计有功撰，王仲镛校笺：《唐诗纪事校笺》，中华书局2007年版，第589页。

⑤ （宋）邵博：《河南邵氏闻见后录》，中华书局1983年版，第135页。

⑥ （宋）俞成：《萤雪丛说》卷下，《百川学海》本，中华书局2009年版。

色类的工对。南宋罗大经《鹤林玉露》乙编卷四“云日对”条称：“杜工部诗……如‘次第寻书札，呼儿检赠篇’之句，亦是假以‘第’对‘儿’，诗家此类甚多。”① 引用杜诗《哭李常侍峄二首》（其二）中诗句，指出其借上句“次第”之“第”字，谐音“弟”，与下句“儿”字构成了人伦类的工对。

此外，北宋张邦基《墨庄漫录》卷二“白题乃毡笠”条曰：“杜子美《秦州》诗云：‘马骄珠汗落，胡舞白题斜。’……《南史》：宋武帝时，有西北远边有滑国遣使入贡，莫知所出，裴子野云：‘汉颍阴侯胡白题将一人。服虔注曰：白题，胡名也。又汉定远侯击虏入滑，此其后乎？’人服其博识。予常疑之。盖白题其胡下马舍之，始悟白题乃胡人为毡笠也。”② 指出杜诗借上句“珠汗”中“珠”字与表颜色的“朱”字谐音，与下句胡人毡笠之异名“白题”中的“白”字，构成了颜色类的工对。并且，此对系双借——上句借音，下句借义，堪称卓绝。

可见，宋人所论之杜诗借对，无论是借音还是借义，都可使本已成对的诗句锦上添花，由宽对变为工对，有工巧而又自然之妙。这种对仗通过读者仔细鉴赏方能领会，耐人寻味，妙趣横生，从中亦可看出论诗者独到的审美眼光与鉴赏力。

第三节　杜诗流水对、当句对、扇对艺术批评

除以上对仗形式外，宋人还对杜诗中另外几种特殊的对仗形式，如当句对、扇对、流水对等，通过大量诗例列举，加以艺术总结。

流水对，即构成对仗的一联诗的上下两句，连贯而下地表达一个完整的意思，形如流水，动态成对，故称。其五言者称为“十字对（格）”，七言者称为“十四字对（格）”。如严羽《沧浪诗话》论“诗体”云：“有十字对：刘昚虚‘沧浪千万里，日夜一孤舟’……有十四字对：刘长

① （宋）罗大经：《鹤林玉露》，中华书局1983年版，第194页。

② （宋）张邦基：《墨庄漫录》，中华书局2002年版，第58页。

卿‘江客不堪频北望，塞鸿何事又南飞’是也。”[①] 由于流水对上、下两句意脉相联，富于动感，所以是一种动态的对仗，可以克服一般对举式对仗的凝固、刻板的缺陷。

南宋葛立方《韵语阳秋》卷一亦曾论及杜诗中的流水对，云：“五言律诗，于对联中十字作一意处……诗家谓之‘十字格’，今人用此格者殊少。老杜亦时有此格，《放船》诗云：‘直愁骑马滑，故作泛舟回。’《对雨》云：‘不愁巴道路，恐湿汉旌旗。’《江月》云：‘天边长作客，老去一霑巾。’”[②] 葛氏所引杜诗三联对仗，第一、第三例均为因果关系的复句流水对，第二例则为转折关系的复句流水对。南宋陈模《怀古录》亦云：“杜诗‘风磴吹阴雪，云门吼瀑泉。酒醒思卧簟，衣冷欲装绵’，此本是难解，乃是十字一意解。‘风磴吹阴雪’者，乃‘云门吼瀑泉’也。酒醒而思卧簟之衣，冷则装绵矣。读者要当以活法求之，不可据以一律。”[③] 所引两联出自杜甫《陪郑广文游何将军山林十首》（其六），每联上、下两句皆意脉相承，“十字一意”，均为顺承关系的复句流水对。杜诗这些流水对的运用，使其对仗充满了流动感，既保证了诗联文字上的对仗，又具有前波后浪、相互衔接的意脉。

应该说，杜诗对仗多用流水对，也与诗人的审美情趣有重要关系。“以‘飞动’为美，是杜甫审美情趣的一个重要方面……在此情趣支配下，他难以满足那种板滞的、凝固的对仗形式，而采用活泼的、富于流动感的‘流水对’。”[④] 在“用此格者殊少”的宋代，葛氏对杜诗对仗多用流水对非常推重。

当句对，亦称“就句对”，即构成对仗的一联诗上下两句本身又自成对仗之意，有广义和狭义之分。广义的当句对，是指对仗的上下两句，在本句中各自都具有两个语法结构相同的词或词组构成对偶。宋人诗话中曾多次论及杜诗中的此种对仗，如严羽《沧浪诗话》论“诗体”曰：“有就句对（又曰当句有对），如少陵‘小院回廊春寂寂，浴凫飞鹭晚悠

① （宋）严羽著，郭绍虞校释：《沧浪诗话校释》，人民文学出版社 1983 年版，第 74 页。

② （宋）葛立方：《韵语阳秋》，上海古籍出版社 1984 年版，第 8 页。

③ （宋）陈模：《怀古录》卷上，明抄《说集》本。

④ 韩成武：《杜诗艺谭》，河北教育出版社 2002 年版，第 171—172 页。

悠'，李嘉佑'孤云独鸟川光暮，万里千山海气秋'是也。"① 洪迈《容斋续笔》卷三"诗文当句对"条亦云：

> 唐人诗文，或于一句中自成对偶，谓之当句对……杜诗"小院回廊春寂寂，浴凫飞鹭晚悠悠"，"清江锦石伤心丽，嫩蕊浓花满目斑"，"书签药裹封蛛网，野店山桥送马蹄"，"戎马不如归马逸，千家今有百家存"，"犬羊曾烂漫，宫阙尚萧条"，"蛟龙引子过，荷芰逐花低"，"干戈况复尘随眼，鬓发还应雪满头"，"百万传深入，寰区望匪他"，"象床玉手，万草千花"，"落絮游丝，随风照日"，"青袍白马，金谷铜驼"，"竹寒沙碧，菱刺藤梢"，"长年三老，捩拖开头"，"门巷荆棘底，君臣豺虎边"，"养拙干戈，全生麋鹿"，"舍舟策马，拖玉腰金"，"高江急峡，翠木苍藤"，"古庙杉松，岁时伏腊"，"三分割据，万古云霄"，"伯仲之间，指挥若定"，"桃蹊李径，栀子红椒"，"庾信罗含，春来秋去"，"枫林橘树，复道重楼"之类，不可胜举。②

此立足于杜诗创作实际，罗列其二十余首诗中的对仗为证，说明杜诗中广义当句对之多。南宋魏庆之《诗人玉屑》则将广义当句对称为"连珠"，并列举杜甫《戏题寄上汉中王三首》（其一）中的"百年双白鬓，一别五秋萤"为例证。③

狭义的当句对，则在对仗形式上要求更为严格，它"是指对仗的两句每句中不但出现语法结构相同的词或词组，而且这两个词或词组须有一个字重复"④。上述洪迈《容斋续笔》"诗文当句对"条所列杜诗当句对中，仅"戎马不如归马逸，千家今有百家存"一例为狭义当句对，其余均为广义当句对。胡仔《苕溪渔隐丛话》前集卷八载："《漫叟诗话》云：'桃花细逐杨花落，黄鸟时兼白鸟飞。'李商老云：

---

① （宋）严羽著，郭绍虞校释：《沧浪诗话校释》，人民文学出版社 1983 年版，第 74 页。

② （宋）洪迈：《容斋随笔》，上海古籍出版社 1978 年版，第 248—249 页。

③ （宋）魏庆之：《诗人玉屑》卷三，影印文渊阁四库全书本，台湾商务印书馆 1983 年版。

④ 韩成武：《杜诗艺谭》，河北教育出版社 2002 年版，第 174—175 页。

'尝见徐师川说一士大夫家，有老杜墨迹，其初云桃花欲共杨花语，自以淡墨改三字。'乃知古人字不厌改也，不然何以有日锻月炼之语。"[①]此处虽言杜诗炼字，但所引其《曲江对酒》中的颔联，正是句中自成对仗，且各有一字相重的狭义当句对。据韩成武先生《杜诗艺谭》统计，在现存全部杜诗中，共有八处狭义当句对，除上例外，还有如"即从巴峡穿巫峡，便下襄阳向洛阳"（《闻官军收河南河北》），"朱樱此日垂朱实，郭外谁家负郭田?"（《惠义寺园送辛员外》），"戎马不如归马逸，千家今有百家存"（《白帝》），"南京久客耕南亩，北望伤神坐北窗"（《进艇》），"自去自来堂上燕，相亲相近水中鸥"（《江村》），"此日此时人共得，一谈一笑俗相看"（《人日二首》其二），"一重一掩吾肺腑，山鸟山花吾友于"（《岳麓山道林二寺行》等。[②]当句对的大量使用，能使诗句音节流转，和谐入耳，更有助于诗中情感的抒发，故为宋人所称赏。可惜的是，宋人对于杜诗中狭义当句对的认识，尚不够深刻全面。

扇对者，亦称"隔句对"，如严羽《沧浪诗话》云："有扇对。又谓之隔句对……盖以第一句对第三句，第二句对第四句。"[③]胡仔《苕溪渔隐丛话》前集卷九曾论及杜诗中的扇对："律诗有扇对格，第一与第三句对，第二与第四对，如少陵《哭台州郑司户苏少监诗》云：'得罪台州去，时危弃硕儒。移官蓬阁后，谷贵殁潜夫。'……是也。"[④]南宋蔡梦弼《杜工部草堂诗话》卷一则全文转引此条。两部诗话所引杜诗中的扇对，乃杜甫追怀友人郑虔、苏源明之作，故上下两联分而叙之，以点清题面，且又交错隔句成对，有如折扇弯曲而合之貌，故称"扇对"。

综上所述，在宋人的诗学批评中，对杜诗对仗艺术的属对工巧、多样精深，均有深入而细腻的评析。宋人立足于杜诗创作实际，列举了大量的诗例加以佐证，特别对杜诗中几种特殊的对仗形式，如"借对""流

---

① （宋）胡仔：《苕溪渔隐丛话》前集，人民文学出版社 1962 年版，第 49 页。

② 韩成武：《杜诗艺谭》，河北教育出版社 2002 年版，第 178 页。

③ （宋）严羽著，郭绍虞校释：《沧浪诗话校释》，人民文学出版社 1983 年版，第 74 页。

④ （宋）胡仔：《苕溪渔隐丛话》前集，人民文学出版社 1962 年版，第 57 页。

水对”“当句对”“扇对”等，进行了细致的品评。无论是创作现象层面的分析，还是诗学理论层面的总结，都对后世的诗歌创作和文学理论批评具有指导意义。

第十二章

宋代杜诗用典艺术论

用典，一称用事，刘勰《文心雕龙·事类篇》云：“事类者，盖文章之外，据事以类义，援古以证今者也。”① 道出了用典这一文学修辞手法的内涵。今人罗积勇在其《用典研究》一书中指出：“为了一定的修辞目的，在自己的言语作品中明引或暗引古代故事或有来历的现成话，这种修辞手法就是用典。”② 罗先生定义中所说的“引古代故事”，就是用事典；引用“有来历的现成话”，就是用语典。宋人对于杜诗用典艺术的论述极多，这与当时的社会历史文化背景密切相关。

第一节　宋代重视用典的社会文化背景

有宋一代，自建隆元年（960）北宋开国，到祥兴二年（1279）南宋灭亡，一直都在实行“崇文抑武”的基本国策，文臣的权力一直高于武将。宋朝还继承并发展了唐朝的选官制度，实行科举取士，从而打破了门第限制，广开门路，把更多的人引导到读书仕进的道路上来。“‘万般皆下品，惟有读书高’这样的社会心态，正在逐渐形成。”③ 诚如柳诒徵先生在《中国文化史》一书中所言：“有宋一代，武功不竞，而学术特昌。”④ 所以，宋代文人士子的社会地位有了极大的提高。

为适应此种崇文政策，从开国之始，宋代统治者便积聚人力，编撰

① （南朝梁）刘勰：《文心雕龙》，中国友谊出版公司 1997 年版，第 152 页。

② 罗积勇：《用典研究》，武汉大学出版社 2005 年版，第 2 页。

③ 姚瀛艇：《宋代文化史》，河南大学出版社 1992 年版，第 9 页。

④ 柳诒徵：《中国文化史》，东方出版中心 1988 年版，第 503 页。

了四部大型书籍，即《太平广记》《太平御览》《文苑英华》《册府元龟》，为宋人的诗文创作和学术研究奠定了良好的基础。宋代印刷术的改良，特别是活字印刷术的产生，使书籍得以大量印行，只要有经济条件，在当时藏书万卷，竟“可不逾时而集”①。书籍的易得，为宋人阅读前人诗文典籍提供了极大便利，也为宋人了解杜诗典故出处，提供了可靠依据。正如邬国平在《中国古代接受文学与理论》一书中所说：

> 宋代文人生活条件比较优厚，读书成才为人所羡慕，而印刷术的进步使刻印图书的品种和数量都有较大增长，使许多典籍广为流传，为读者提供了方便。在这种条件下，当时士人们嗜好读书蔚为风气。其反映在诗歌创作和批评中，形成偏重学问的倾向。②

缘于主观、客观两方面的因素，宋人尚学问的风气和重读书的热情被调动起来，使宋代文人的读书量远远超过了唐代文人。宋代的皇帝也普遍提倡读书，如宋太宗就曾对臣下说：“朕性喜读书，开卷有益，不为劳也”，“他无所爱，但喜读书”。③ 宋真宗也说：“太祖太宗丕变弊俗，崇尚斯文。朕获绍先业，谨导圣训，礼乐交举，儒术化成。”④ 传说他曾亲作《劝学诗》云：“富家不用买良田，书中自有千钟粟。安房不用架高梁，书中自有黄金屋。娶妻莫恨无良媒，书中自有颜如玉。出门莫恨无人随，书中车马多如簇。男儿欲遂平生志，六经勤向窗前读。”⑤ 以帝王之尊，用功利主义的态度，为读书人描绘了美妙的前景，认为读书可以帮助人获得富贵，实现“学而优则仕”的人生理想。

上有所行，下有所效。北宋汪洙曾作《神童诗·劝学》云：

> 天子重英豪，文章教尔曹。
> 万般皆下品，惟有读书高。

---

① 曹之：《中国古籍版本学》，武汉大学出版社 1992 年版，第 198 页。

② 邬国平：《中国古代接受文学与理论》，黑龙江人民出版社 2005 年版，第 103—104 页。

③ （宋）李焘：《续资治通鉴长编》，中华书局 1986 年版，第 213、274 页。

④ （元）脱脱等：《宋史》卷二八七《陈彭年传》，中华书局 1977 年版，第 9664 页。

⑤ 黄坚选编，熊礼汇点校：《详说古文真宝大全》，湖南人民出版社 2007 年版，第 14 页。

少小须勤学，文章可立身。
满朝朱紫贵，尽是读书人。
学问勤中得，萤窗万卷书。
三冬今足用，谁笑腹空虚。
自小多才学，平生志气高。
别人怀宝剑，我有笔如刀。
朝为田舍郎，暮登天子堂。
将相本无种，男儿当自强。
学乃身之宝，儒为席上珍。
君看为宰相，必用读书人。
莫道儒冠误，诗书不负人。
达而相天下，穷则善其身。
遗子黄金宝，何如教一经。
姓名书锦轴，朱紫佐朝廷。
古有千文义，须知后学通。
圣贤俱间出，以此发蒙童。
神童衫子短，袖大惹春风。
未去朝天子，先来谒相公。
年纪虽然小，文章日渐多。
待看十五六，一举便登科。
大比因时举，乡书以类升。
名题仙桂籍，天府快先登。
喜中青钱选，才高压众英。
萤窗新脱迹，雁塔早题名。
年少初登第，皇都得意回。
禹门三级浪，平地一声雷。
一举登科日，双亲未老时。
锦衣归故里，端的是男儿。①

① 毛水清、梁扬：《中国传统蒙学大典》，广西人民出版社 1993 年版，第 3—21 页。

此诗中提出了“万般皆下品，惟有读书高”的口号，功利的诱引，对宋代甚至后世的读书人产生了深远影响。

因此，宋人多有勤学以求学问仕进者。苏轼诗云：“别来十年学不厌，读破万卷诗愈美”[①]，可见其重读书、重才学的诗学追求。陆游云：“我生学语即耽书，万卷纵横眼欲枯”，“一编蠹简晴窗下，数卷疏篱落木中”，“倦枕续成惊断梦，斜风吹落读残书”，[②] 足见其启蒙之早，读书之勤。

在这样一个注重读书和学问的时代，在诗文创作和文学批评中出现学问化的倾向，是很自然的。黄庭坚云：“词意高胜，要从学问中来。”[③] 他评论友人的作品说：“予友生王观复作诗有古人态度，虽气格已超俗，但未能从容中玉佩之音，左准绳、右规矩尔。意者读书未破万卷，观古人之文章未能尽得其规摹及所总览笼络。”[④] 南宋葛立方《韵语阳秋》卷一云：“杜甫云：‘读书破万卷，下笔如有神。’欲下笔，当自读书始。”[⑤] 因而，“宋人诗话多有总结用事使典方法技巧的内容，这也是重学问的一种反映。宋人往往将杜甫视为士人而重学问的典范”[⑥]。

杜甫作诗，提倡“读书破万卷，下笔如有神”（《奉赠韦左丞丈二十二韵》）、“群书万卷常暗诵”（《可叹》）、“男儿须读五车书”（《题柏学士茅屋》）、“觅句新知律，摊书解满床”（《又示宗武》）。这种重视学问的作诗之法，在“以文字为诗，以才学为诗”[⑦] 的宋代诗坛，很容易获得认同。据胡仔《苕溪渔隐丛话》后集卷五载：“《东皋杂录》云：有问荆公：‘老杜诗，何故妙绝古今？’公曰：‘老杜固尝言之：读书破万卷，下笔如有神。’”[⑧] 王安石认为，杜诗之所以“妙绝古今”，是因为他曾“读

---

① （宋）苏轼撰，（清）王文诰辑注：《苏轼诗集》，中华书局1982年版，第233—234页。

② （宋）陆游：《剑南诗稿》，岳麓书社1998年版，第1415、327、1390页。

③ （宋）黄庭坚：《山谷集·别集》卷六，影印文渊阁四库全书本，台湾商务印书馆1983年版。

④ （宋）黄庭坚：《山谷集》卷二十六，影印文渊阁四库全书本，台湾商务印书馆1983年版。

⑤ （宋）葛立方：《韵语阳秋》，上海古籍出版社1984年版，第11页。

⑥ 邬国平：《中国古代接受文学与理论》，黑龙江人民出版社2005年版，第104页。

⑦ （宋）严羽著，郭绍虞校释：《沧浪诗话校释》，人民文学出版社1983年版，第26页。

⑧ （宋）胡仔：《苕溪渔隐丛话》后集，人民文学出版社1962年版，第29页。

书破万卷”。南宋曾噩《九家集注杜诗序》也说：“‘读书破万卷，下笔如有神。’此杜少陵作诗之根柢也。”[①] 宋末陈仁子《万氏诗社序》云：“杜少陵读书万卷……胸中所学，汪洋郁积，随其兴观，自然流丽。”[②] 宋末刘克庄《后村诗话》前集卷二云：“放翁，学力也，似杜甫；诚斋，天分也，似李白。”[③] 可见，两宋文坛皆以读书万卷作为杜甫诗歌创作取得成功的原因。

同时，宋人也把读书治学作为认识和解读杜诗的前提。计有功《唐诗纪事》卷十八“杜甫”条称：“先儒云：‘不行一万里，不读万卷书，不知老杜诗。’信然。”[④] 南宋李昴英《吴荜门杜诗九发序》亦云：“不读万卷书，莫读杜诗。”[⑤] 因为宋人重视读书，在宋人的杜诗艺术批评中，对于最能体现学问的用典，自然就极为关注。

在北宋诗坛，黄庭坚颇具影响力，其《答洪驹父书》曰：“自作语最难。老杜作诗，退之作文，无一字无来处。盖后人读书少，故谓韩杜自作此语耳。古之能为文章者，真能陶冶万物，虽取古人之陈言入于翰墨，如灵丹一粒，点铁成金也。”[⑥] 其同时代人惠洪《冷斋夜话》“换骨夺胎法”条亦云：“山谷云：‘诗意无穷，而人之才有限。以有限之才，追无穷之意，虽渊明、少陵不得工也。然不易其意而造其语，谓之换骨法。规模其意形容之，谓之夺胎法。’”[⑦] 这就是有名的“点铁成金”“夺胎换骨”说，他们认为像杜甫、韩愈、陶渊明这样的文坛巨擘，亦多用前人典故，“无一字无来处”。黄庭坚《论诗作文》又云：“作诗句要须详略用事精切，更无虚字也。如老杜诗，字字有出处，熟读三五十遍，寻其用意处，则所得多矣。”[⑧] 他提倡学诗者要同杜诗一样“用事精切”，字

① （宋）郭知达：《九家集注杜诗》，《杜诗引得》本，上海古籍出版社 1985 年版，第 1 页。

② （宋）陈仁子：《牧莱脞语二稿》卷五，北京图书馆藏清初影元钞本。

③ （宋）刘克庄：《后村诗话》，中华书局 1983 年版，第 33 页。

④ （宋）计有功撰，王仲镛校笺：《唐诗纪事校笺》，中华书局 2007 年版，第 589 页。

⑤ （宋）李昴英：《文溪集》卷三，影印文渊阁四库全书本，台湾商务印书馆 1983 年版。

⑥ （宋）黄庭坚：《山谷集》卷十九，影印文渊阁四库全书本，台湾商务印书馆 1983 年版。

⑦ （宋）释惠洪：《冷斋夜话》卷一，影印文渊阁四库全书本，台湾商务印书馆 1983 年版。

⑧ （宋）黄庭坚：《山谷集·别集》卷六，影印文渊阁四库全书本，台湾商务印书馆 1983 年版。

字“有出处”，对前代诗歌语言认真借鉴。以上江西诗派的诗学理论，在两宋诗坛产生了深远影响。

对此，钱锺书先生在《宋诗选注》中指出：“杜诗是否处处有来历，没有半个字杜撰，且撇开不谈。至少黄庭坚是那样看它，要学它那样的……‘无一字无来处’就是钟嵘《诗品》所谓‘句无虚语，语无虚字’。钟嵘早就反对的这种‘贵用事’、‘殆同书抄’的形式主义。”① 金人王若虚对黄庭坚此论颇不以为然，其《滹南诗话》卷一云：“鲁直论诗，有‘夺胎换骨，点铁成金’之喻，世以为名言。以予观之，特剽窃之黠者耳。”② 此批判江西诗派观点，并称黄庭坚之论“世以为名言”，此情况应当属实。另据胡仔《苕溪渔隐丛话》前集卷十一载：“苕溪渔隐曰：余观《注诗史》是二曲李歜，述其《自序》云：‘……少游一日来问余曰：某细味杜诗，皆于古人语句补缀为诗，平稳妥帖，若神施鬼设，不知工部腹中几个国子监邪？余喜此谭，遂笔寄同叔，子由一字同叔。使知少游留心于老杜。’”③ 此引述北宋李歜所著之《注诗史》自序中所载秦观语，认同其提出的杜诗擅长化用古人语典之说。由此可见，黄庭坚所称杜诗“无一字无来处”之论，在其当世亦广有知音。

在南宋，亦有很多人沿袭此论。如陈善《扪虱新话》云：“文人自是好采取。韩文杜诗，号簿蹈袭者，然无一字无来处……老杜诗如董仲舒策，句句典实，堪出题目。”④ 此将杜诗比之于汉儒文章，认为“句句典实”。林希逸《竹溪鬳斋十一稿续集》云：“赵次公注杜诗，用工极深。其自序云：余喜本朝孙觉莘老之说，谓‘杜子美诗无两字无来处’。又王直方立之之说，谓‘不行一万里，不读万卷书，不可看老杜诗’。因留功十年，注此诗，稍尽其诗，乃知非特两字如此耳，往往一字繁切，必有来处，皆从万卷中来。”⑤ 从注杜的角度，指出杜诗用典广博的特征，亦属“无一字无来处”之论。南宋王楙《野客丛书》“杜诗合古意”条云：

① 钱锺书：《宋诗选注》，人民文学出版社 1958 年版，第 97 页。

② （金）王若虚：《滹南诗话》，《历代诗话续编》本，中华书局 1983 年版，第 523 页。

③ （宋）胡仔：《苕溪渔隐丛话》前集，人民文学出版社 1962 年版，第 75 页。

④ （宋）陈善：《扪虱新话》上集卷三，《儒学警悟》本，中华书局 2001 年版。

⑤ （宋）林希逸：《竹溪鬳斋十一稿续集》卷三十，影印文渊阁四库全书本，台湾商务印书馆 1983 年版。

鲍照诗："昔如鞲上鹰，今如槛中猿。"杜诗："昔如水上鸥，今如罝中兔。"庾信诗："细管缠钟格，圆花钉鼓床。"杜诗："绣段装额檐，金花帖鼓腰。"鲍照诗："北风驱雁天雨霜。"杜诗："驱马天雨雪。"沈约诗："山樱花欲燃。"杜诗："山青花欲燃。"杜诗合古人之意，往往若此，注所不闻。又如子美《鹰》诗："侧目似愁胡。"王原叔但引隋魏彦深赋为言，不知"状似愁胡"，乃晋孙楚《鹰赋》中语耳。杜诗"速令相就饮一斗"，人多引鲍照"且愿得志数相就"，以证相就二字有所自，不知相就饮三字，见庾信诗，"野人相就饮"……前辈谓老杜诗无两字无来历，山谷亦云："老杜诗，退之文，无一字无来处。"信哉。①

此谓杜诗多使用前代诗文语典。杨万里《诚斋诗话》亦云："庾信《月》诗云：'渡河光不湿。'杜云：'入河蟾不没。'……此皆用古人句律，而不用其句意，以故为新，夺胎换骨。"② 此列举杜甫化用前人语典的实例，以证明其善用典故。张戒《岁寒堂诗话》卷上云："诗以用事为博，始于颜光禄而极于杜子美"③，亦认为杜诗集用事之大成。

宋人重视杜诗用典，也与当时的政治环境有关。宋代虽以文士治国，但较前代加强了中央集权，并着力控制社会舆论。南宋洪迈《容斋续笔》卷二"唐诗无避讳"条称："唐人歌诗，其于先世及当时事，直辞咏寄，略无避隐。至宫禁嬖昵，非外间所应知者，皆反复极言，而上之人亦不以为罪……今之诗人不敢尔也。"④ 可见，宋代的文字禁忌日渐严密。苏轼曾因"乌台诗案"入狱，黄庭坚也曾因"荆南碑文案"遭除名羁管，这些都深刻影响了文人士大夫的创作自由。为避文祸，宋人只好另辟蹊径，从寻求典故出处、挖掘艺术价值等角度解读杜诗，而忽略了杜诗的思想性与批判现实精神。正如韩成武先生所言，"不敢标举杜诗的灵魂旗

① （宋）王楙：《野客丛书》卷十九，影印文渊阁四库全书本，台湾商务印书馆 1983 年版。

② （宋）杨万里：《诚斋诗话》，《历代诗话续编》本，中华书局 1983 年版，第 148 页。

③ （宋）张戒：《岁寒堂诗话》，《历代诗话续编》本，中华书局 1983 年版，第 452 页。

④ （宋）洪迈：《容斋随笔》，上海古籍出版社 1978 年版，第 236—237 页。

帜，而仅将杜诗的用典一途指为康庄大道”①。因而才会对杜诗用典津津乐道，百谈不厌。

宋人论杜诗用典，多从其使用事典、语典，以及正用、反用、明用、暗用典故等角度，进行细致评论，下面逐项进行归纳和总结。

第二节 杜诗事典艺术批评

所谓使用“事典”，即在作品中引用古代名人的事迹、故事或传说，从而使作品内涵深厚，富有“典雅性”。正如罗积勇所说：“典故，顾名思义，一般认为是典正、典雅之故事。故典雅性效果历来被看作用典的主要修辞效果……典雅这一修辞效果的形成，很大程度上与士大夫、文化人这一特殊阶层有关。这一阶层负责雅文化的传播，所以传播者本身的趣味品性及他们传播时所使用的工具——书面语就与典雅密切有关。而典故正是多用于书面语，典故的内容很多就是有关名士文人的故事。所以，在用这些典故叙说、描写某一对象时，就往往使人觉得这个对象也带上了典雅性。”②

然而诗贵含蓄凝练，事典亦不可滥用，其使用当以简约精切为佳，正如刘勰《文心雕龙·事类篇》所云：“综学在博，取事贵约。”③ 宋人亦有此论，如南宋叶梦得《石林诗话》卷上云：“诗之用事，不可牵强，必至于不得不用而后用之，则事词为一，莫见其安排斗凑之迹。”④ 叶氏从使用典故的合理性和必要性的角度，强调了用事要自然、妥帖，特别是所使用的事典要与诗歌内容融合，浑然一体。

正缘于此，宋人对于杜诗使用事典之精练浑成，常给予高度评价。如北宋蔡启《蔡宽夫诗话》“诗家使事之难”条云：“安禄山之乱，哥舒翰与贼将崔乾祐战潼关，见黄旗军数百队，官军以为贼，贼以为官军，相持久之，忽不知所在。是日，昭陵奏陵内前石马皆汗流。子美诗所谓

① 韩成武：《杜诗艺谭》，河北教育出版社2002年版，第75页。

② 罗积勇：《用典研究》，武汉大学出版社2005年版，第257—258页。

③ （南朝梁）刘勰：《文心雕龙》，中国友谊出版公司1997年版，第153页。

④ （宋）叶梦得：《石林诗话》，《历代诗话》本，中华书局1981年版，第411页。

'玉衣晨自举，铁马汗常趋'，盖记此事也。李晟平朱泚，李义山作诗，复引用之，云'天教李令心如旧，可待昭陵石马来'。此虽一等用事，然义山但知推美西平，不知于昭陵似不当耳。乃知诗家使事难。若子美，所谓不为事使者也。"① 此将杜甫《行次昭陵》与李商隐《复京》之用事对比，指出虽系用同一事，然杜甫是过唐太宗昭陵而自然用之，不似李商隐那样牵强，杜甫确乎是"不为事使者"。该书"用事浑成"条亦云："杜子美《收京诗》以'樱桃'对'杕杜'，荐樱桃事，初若不类，及其云'赏因歌杕杜，归及荐樱桃'，则浑然天成，略不见牵强之迹，如此乃为工耳。"② 此处所引为杜甫《收京三首》（其三），该诗写至德二载（757）唐朝官军收复两京后的繁忙场景，"杕杜"，即《诗经·小雅》中的名篇《杕杜》，其内容为慰劳征戍归还者。而"荐樱桃"，典出《礼记·月令》："仲夏之月……天子乃雏尝黍，羞以含桃，先荐寝庙。"③ 指此月天子向祖先宗庙进献樱桃为享。这两个事典初看或似不类，然杜诗合为一联，正切当时唐肃宗收京事，自然浑成，为用事之上乘。

北宋潘淳《潘子真诗话》"乘龙"条称："《楚国先贤传》：'孙隽，字文英，与李元礼俱娶太尉桓叔玄女，时人谓桓叔玄两女乘龙，言得婿如龙也。'杜诗云：'门阑多喜色，女婿近乘龙。'宋景文亦云：'承家男得凤，择婿女乘龙。'俱用乘龙事，而不如宋之切当。至造语则杜浑厚而有工，是知文章当以韵为胜也。"④ 此通过杜甫《李监宅》与宋祁《肃简鲁公挽词四首》（其四）使用事典的对比，指出宋诗不及杜诗造语"浑厚而有工"。宋末刘克庄《后村诗话》新集卷二亦称："《别房太尉墓》云：'对棋陪谢傅，把剑觅徐君。'用事极精切。"⑤ 其所论杜诗乃杜甫为凭吊房琯所作，诗中首先引用了东晋宰相谢安弈棋破敌的事典。据《晋书》卷七十九《谢安传》："玄等既破坚，有驿书至，安方对客围棋，看书既竟，便摄放床上，了无喜色，棋如故。客问之，徐答云：'小儿辈遂已破

① （宋）蔡启：《蔡宽夫诗话》，《宋诗话辑佚》本，中华书局 1980 年版，第 382 页。
② （宋）蔡启：《蔡宽夫诗话》，《宋诗话辑佚》本，中华书局 1980 年版，第 390 页。
③ 李学勤：《十三经注疏·礼记正义》，北京大学出版社 1999 年版，第 498—504 页。
④ （宋）潘淳：《潘子真诗话》，《宋诗话辑佚》本，中华书局 1980 年版，第 302 页。
⑤ （宋）刘克庄：《后村诗话》，中华书局 1983 年版，第 177 页。

贼。'"①其次使用了吴季札挂剑徐君坟上的典故。据《史记》卷三十一《吴太伯世家》："季札之初使，北过徐君。徐君好季札剑，口弗敢言。季札心知之，为使上国，未献。还至徐，徐君已死，于是乃解其宝剑，系之徐君冢树而去。从者曰：'徐君已死，尚谁予乎？'季子曰：'不然。始吾心已许之，岂以死倍吾心哉。'"②此二事典简约精练，且切合杜甫、房琯二人之身份关系，可谓以古切今，浑然一体。宋末范晞文《对床夜语》卷三称："诗用古人名，前辈谓之点鬼簿，盖恶其为事所使也。如老杜'但见文翁能化俗，焉知李广不封侯'，'今日朝廷须汲黯，中原将帅忆廉颇'等作，皆借古以明今，何患乎多？李商隐集中半是古人名，不过因事造对，何益于诗？"③此亦将杜诗与李商隐诗相比较，指出其借古喻今、不为事所使的特点，不似李商隐诗但以古事成对，无益于诗。

南宋吴沆《环溪诗话》云：

> 古今诗人未有不用事，观杜诗"绣衣屡许携佳酝，皂盖能忘折野梅。戏假霜威促山简，真成一醉习池回"，是四句中浑将太守、御史事实使到，诗人岂可以不用事。然善用之，即是使事；不善用之，则反为事所使。事只是众人家事，但要人会使。如"黄绮终辞汉，巢由不见尧"，巢、由、黄、绮，是人能知；至"终辞汉、不见尧"六字，即非杜甫不能道矣。巢、由合下不见尧，黄、绮初年不出，但终能辞汉而已。又从"风鸳"、"雨燕"上说来，风鸳、雨燕以喻祸难，"藏近渚"、"集深条"以喻避祸难之意，则用意尤深矣。又如"前军苏武节，左将吕虔刀"，苏武节、吕虔刀二事，亦人所共知；至"前军、左将"四字，即非杜甫不能道矣。又如"弟子贫原宪，诸生老服虔"，原宪、服虔二事，亦众所共知；至"弟子、诸生"四字，即非杜甫不能道矣。"前军"、"左将"、"弟子"、"诸生"八字皆实，故下面驱遣得动，是名使事。若取次用一虚字贴之，即名羊

① （唐）房玄龄：《晋书》卷七十九《谢安传》，中华书局 1974 年版，第 2075 页。

② （汉）司马迁：《史记》卷三十一《吴太伯世家》，中华书局 1959 年版，第 1459 页。

③ （宋）范晞文：《对床夜语》，《历代诗话续编》本，中华书局 1983 年版，第 427—428 页。

将狼兵，安能使之哉。[①]

此从列举杜诗所用事典，指出其所用都“只是众人家事”之熟典，但能善用之耳。王得臣《麈史》云：“杜子美善于用事。”[②] 杜诗中使用事典，是为了叙事、抒情的需要，并非为卖弄学问，且其所用亦多非僻典。

第三节　杜诗语典艺术批评

所谓语典，指在作品中化用的古代文献、经典或名家诗文中的成语、成句，即前文罗积勇所谓“有来历的现成话”。杜甫自称“读书破万卷，下笔如有神”（《奉赠韦左丞丈二十二韵》）、“转益多师是汝师”（《戏为六绝句》其六），其作品中化用前代文献与诗文经典的地方不胜枚举，比比皆是。正如北宋李复《与侯谟秀才》中所称：“承问杜诗所用事实。杜读书多，不曾尽见其所读之书，则不能尽注。”[③] 宋人常常在诗话和笔记中，对杜诗所用语典竭力加以注解，包括杜甫使用的诗、文、骚、赋，乃至佛经、笔记、天文、方志等，不一而足。从中亦可以见宋人读书之多，学识之广博，这也是宋代特有的文化现象。兹各列举数例。

论杜诗用经者，如：

陈鹄《耆旧续闻》：“作诗用经语，尤难得峭健，杜子美《端午赐衣》诗：‘自天题处湿，当暑著来轻。’‘自天’、‘当暑’皆经语，而用之不觉其弱。此可为省题诗法。”[④]

黄彻《䂬溪诗话》卷四：“古人作诗，有用经传全句……杜：‘谁谓荼苦甘如荠’，‘富贵于我如浮云。’”[⑤]

《䂬溪诗话》卷七：“《杜集》多用经书语，如‘车辚辚，马萧

① （宋）吴沆：《环溪诗话》卷三，影印文渊阁四库全书本，台湾商务印书馆1983年版。
② （宋）王得臣：《麈史》卷二，影印文渊阁四库全书本，台湾商务印书馆1983年版。
③ （宋）李复：《潏水集》卷五，影印文渊阁四库全书本，台湾商务印书馆1983年版。
④ （宋）陈鹄：《耆旧续闻》卷五，影印文渊阁四库全书本，台湾商务印书馆1983年版。
⑤ （宋）黄彻：《䂬溪诗话》，人民文学出版社1986年版，第55页。

萧’，未尝外入一字。如‘天属尊《尧典》，神功协《禹谟》’，‘卿月升金掌，王春度玉墀’，‘霁潭鳣发发，春草鹿呦呦’，皆浑然严重，如天陛赤墀，植璧鸣玉，法度森锵。然后人不敢用者，岂所造语肤浅不类耶？……子美‘南风作秋声，杀气薄炎炽’，盖用《易》：‘雷风相薄’。”①

《䂬溪诗话》卷九：“凡作诗，有用事出处，有造语出处。如‘五陵衣马自轻肥’，虽出《论语》，总合其语，乃潘岳‘裘马悉轻肥’。”②

吕祖谦《诗律武库》后集“作霖雨”条：“《书·说命》：‘若岁大旱，用汝作霖雨。’又《左传》：‘凡雨自三日以往为霖。’故杜甫《上韦相》云：‘霖雨思贤佐’。”③

杨万里《诚斋诗话》：“有用文语为诗句者，尤工。杜云：‘侍姬双宋玉，战策两穰苴。’盖用如‘六五帝，四三王’。”④

吴曾《能改斋漫录》“腹腴”条：“杜子美：‘遍劝腹腴愧少年’，本《礼记》：‘冬右腴，夏右鳍。’郑氏曰：‘腴，腹下也。’”⑤

由以上可见，杜甫在其作品中常用经书语，举凡《诗》《书》《易》《礼》《春秋》等儒家经典，皆能用之，甚至“用经传全句”而不失于纤弱。此为宋人所叹服。

论杜诗用史书者，如：

程大昌《演繁露续集》“蹄间三丈”条：“杜诗曰：‘蹄间三丈是徐行。’《史记》：‘陈轸曰：秦马蹄间三寻。’”⑥

---

① （宋）黄彻：《䂬溪诗话》，人民文学出版社 1986 年版，第 107—110 页。

② （宋）黄彻：《䂬溪诗话》，人民文学出版社 1986 年版，第 153 页。

③ （宋）吕祖谦：《诗律武库》后集卷十，《金华丛书》本，江苏广陵古籍刻印社 1983 年版。

④ （宋）杨万里：《诚斋诗话》，《历代诗话续编》本，中华书局 1983 年版，第 148 页。

⑤ （宋）吴曾：《能改斋漫录》卷七，影印文渊阁四库全书本，台湾商务印书馆 1983 年版。

⑥ （宋）程大昌：《演繁露续集》卷四，影印文渊阁四库全书本，台湾商务印书馆 1983 年版。

范晞文《对床夜语》卷三："《汉书》：'大儿孔文举，小儿杨德祖。'《最能行》云：'小儿学问止《论语》，大儿结束随商旅。'《徐卿二子歌》：'大儿九龄色清澈，秋水为神玉为骨。小儿五岁气食牛，满堂宾客皆回头。'《刘少府画山水歌》：'大儿聪明到，能添老树巅崖里。小儿心孔开，貌得山僧及童子。'本汉语也。"①

孙奕《示儿编》"类前人句"条："《晋书·载记》云：'蛟龙得云雨，雕鹗在秋天。'杜子美《赠严八阁》亦全用之。"②

潘淳《潘子真诗话》"露井冻银床"条："《晋书·乐志·淮南篇》云：'淮南王，自言尊，百尺高楼与天连。后园凿井银作床，金瓶素绠汲寒浆。'杜诗'露井冻银床'事，始见于此。"③

程大昌《演繁露续集》"乞为奴"条："杜诗：'不敢长语临交衢，但道困苦乞为奴。'《南史》：'齐武子真，明帝遣杀之，子真走入林下，叩头乞为奴赎死，不许。'"④

吕祖谦《诗律武库》"倚杖对孤松"条："《晋·谢安传》：'安初未仕时，所居有松一株，安常倚杖相对。'……杜公诗有'倚杖对孤松'，即此事也。"⑤

吕祖谦《诗律武库》后集"咫尺万里"条："《南史·竟陵王子良传》云：'贲文焕善画，于扇上图山水，曰：咫尺之内，万里非遥。'故杜公《题王宰画山水图》云：'尤工远势古难比，咫尺应须论万里'是也。"⑥

可见，从《史记》至《汉书》《晋书》《南史》等唐前诸史，杜诗皆有引用，且多全句用之，正如南宋胡仔《苕溪渔隐丛话》后集卷一所云："工部善看史书。"⑦ 因杜诗能出入经史之间，典实厚重，故南宋何汶

① （宋）范晞文：《对床夜语》，《历代诗话续编》本，中华书局 1983 年版，第 425 页。

② （宋）孙奕：《示儿编》卷九，影印文渊阁四库全书本，台湾商务印书馆 1983 年版。

③ （宋）潘淳：《潘子真诗话》，《宋诗话辑佚》本，中华书局 1980 年版，第 300 页。

④ （宋）程大昌：《演繁露续集》卷四，影印文渊阁四库全书本，台湾商务印书馆 1983 年版。

⑤ （宋）吕祖谦：《诗律武库》卷十三，《金华丛书》本。

⑥ （宋）吕祖谦：《诗律武库》后集卷六，《金华丛书》本。

⑦ （宋）胡仔：《苕溪渔隐丛话》后集，人民文学出版社 1962 年版，第 5 页。

《竹庄诗话》卷一云：“《漫斋语录》云：‘（杜诗）大率诗语出入经史，自然有力。’”①

论杜诗用诸子者，如：

潘淳《诗话补遗》：“《孙子杂书》：‘楚庄王攻宋，厨有臭肉，尊有败酒，而三军有饥色。’杜诗：‘朱门酒肉臭，路有冻死骨。’亦有所自。”②

吕祖谦《诗律武库》“响遏行云”条：“《列子》：‘昔薛谭学讴于秦青，未穷青之技，自谓尽之，求辞去，青弗止，饯于郊衢，抚节悲歌，声振林木，响遏行云。谭于是愧谢求返，终身不敢言归。’故杜公《听杨氏歌》：‘吾昔闻秦青，倾侧天下耳。’”③

龚颐正《芥隐笔记》“老杜仿淮南子语”条：“《淮南子》：‘水清则鱼聚，木茂而鸟乐。’所以老杜有‘林茂鸟攸归，水深鱼知聚。’”④

论杜诗用楚骚者，如：

吴开《优古堂诗话》“成枭而科五白”条：“杜子美《今夕行》：‘凭陵大叫呼五白，袒跣不肯成枭卢。’学者谓杜用刘毅刘裕东府樗蒱事，虽杜用此，然屈原《招魂》已尝云：‘成枭而科五白。’”⑤

曾季狸《艇斋诗话》：“老杜诗用‘粔籹’，出《楚词·招魂》‘粔籹蜜饵，有餦餭些’。”⑥

吕祖谦《诗律武库》“沆瀣朝霞”条：“《楚辞》云：‘餐六气而饮沆瀣，漱正阴而餐朝霞。’……故杜公《空囊》诗：‘翠柏苦犹食，

---

① （宋）何汶：《竹庄诗话》，中华书局 1984 年版，第 4 页。

② （宋）张忠纲：《杜甫诗话六种校注·诸家老杜诗评》，齐鲁书社 2002 年版，第 72 页。

③ （宋）吕祖谦：《诗律武库》卷七，《金华丛书》本。

④ （宋）龚颐正：《芥隐笔记》卷一，影印文渊阁四库全书本，台湾商务印书馆 1983 年版。

⑤ （宋）吴开：《优古堂诗话》，《历代诗话续编》本，中华书局 1983 年版，第 255 页。

⑥ （宋）曾季狸：《艇斋诗话》，《历代诗话续编》本，中华书局 1983 年版，第 315 页。

明霞高可餐。’”①

论杜诗用古乐府者，如：

曾季狸《艇斋诗话》：“老杜‘使君自有妇，莫学野鸳鸯’，出古乐府，云：‘使君自有妇，罗敷自有夫。’……老杜‘同姓古所敦，不受外嫌猜’，用古乐府《放歌行》‘明虑自天断，不受外嫌猜。’”②

吴曾《能改斋漫录》“野鸳鸯”条：“杜子美《艳曲》云：‘使君自有妇，莫学野鸳鸯。’古乐府《夜黄倚歌》云：‘湖中百种鸟，半雌半是雄。鸳鸯逐野鸭，恐畏不成双。’岂非用此耶?”③

吴曾《能改斋漫录》“猿啼三声泪沾衣”条：“《川峡记》：‘行者歌曰：巴东三峡猿鸣悲，猿啼三声泪沾衣。’故古乐府有‘巫峡长，猿鸣三声泪沾衣’……故子美诗：‘听猿实下三声泪。’”④

吕祖谦《诗律武库》后集“击唾壶”条：“魏太祖乐府云：‘老骥伏枥，志在千里。烈士暮年，壮心不已。’……杜公《和刘景文》：‘莫因老骥思千里，醉后哀歌缺唾壶。’”⑤

强幼安《唐子西文录》：“杜子美祖《木兰诗》。”⑥

曾季狸《艇斋诗话》：“老杜《还成都草堂诗》云‘城郭喜我来’、‘大官喜我来’等语，本古乐府《木兰诗》‘爷娘闻我归’、‘阿姨闻我归’之语，老杜用此体。”⑦

吴子良《荆溪林下偶谈》：“子美《草堂》诗：‘旧犬喜我来，低徊入衣裙。邻舍喜我归，沽酒携葫芦。大官喜我来，遣骑问所须。城郭闻我来，宾客隘村墟。’盖用《木兰诗》，云：‘爷娘闻女来，出

① （宋）吕祖谦：《诗律武库》卷六，《金华丛书》本。

② （宋）曾季狸：《艇斋诗话》，《历代诗话续编》本，中华书局1983年版，第313页。

③ （宋）吴曾：《能改斋漫录》卷七，影印文渊阁四库全书本，台湾商务印书馆1983年版。

④ （宋）吴曾：《能改斋漫录》卷八，影印文渊阁四库全书本，台湾商务印书馆1983年版。

⑤ （宋）吕祖谦：《诗律武库》后集卷十三，《金华丛书》本。

⑥ （宋）强幼安：《唐子西文录》，《历代诗话》本，中华书局1981年版，第444页。

⑦ （宋）曾季狸：《艇斋诗话》，《历代诗话续编》本，中华书局1983年版，第307页。

郭相扶将。阿姊闻妹来，当户理红妆。小弟闻姊来，磨刀霍霍向猪羊。’但连用古人句。”①

范晞文《对床夜语》卷二：“若‘爷娘妻子走相送’，则本《木兰》‘不闻爷娘哭子声’。”②

可见，杜甫不仅在乐府诗创作上有“即事名篇，无复依傍”的“新题乐府”，而且善用汉魏以来古乐府中的语典。宋人所论，符合杜诗创作实际。

论杜诗用赋者，如：

胡仔《苕溪渔隐丛话》前集卷九：“三山老人《语录》云：张平子《南都赋》：‘淯水荡其胸。’相如《子虚赋》：‘弓不虚发，中必决眦。’《望岳诗》：‘荡胸生层云，决眦入归鸟。’借用二赋中字也。”③

吴曾《能改斋漫录》“云阁”条：“《甘泉赋》：‘乘云阁而上下兮’……杜子美诗：‘散骑未知云阁处。’”④

曾季狸《艇斋诗话》：“老杜‘侧生野岸及江蒲’，出《蜀都赋》‘旁挺龙目，侧生荔枝’。老杜‘鱼知丙穴由来美’，出《蜀都赋》‘嘉鱼出于丙穴’。”⑤

王得臣《麈史》：“古善诗者善用人语，浑然若己出，唯李杜。颜延年《赭白马赋》云：‘旦刷幽燕，夕秣荆楚。’子美《骢马行》曰：‘昼洗须腾泾渭深，夕趋可刷幽并夜。’……盖皆出于颜赋也。”⑥

潘淳《诗话补遗》：“马融《广成颂》云：‘洞荡胸臆，发明耳

---

① （宋）吴子良：《荆溪林下偶谈》卷二，影印文渊阁四库全书本，台湾商务印书馆 1983 年版。

② （宋）范晞文：《对床夜语》，《历代诗话续编》本，中华书局 1983 年版，第 418—419 页。

③ （宋）胡仔：《苕溪渔隐丛话》前集，人民文学出版社 1962 年版，第 61 页。

④ （宋）吴曾：《能改斋漫录》卷六，影印文渊阁四库全书本，台湾商务印书馆 1983 年版。

⑤ （宋）曾季狸：《艇斋诗话》，《历代诗话续编》本，中华书局 1983 年版，第 316 页。

⑥ （宋）王得臣：《麈史》卷二，影印文渊阁四库全书本，台湾商务印书馆 1983 年版。

目。’杜诗云：‘荡胸生层云’。”①

吕祖谦《诗律武库》后集“半死心”条：“枚乘《七发》云：‘龙门之桐，高百尺而无枝。其根半死半生’……故杜少陵诗有‘犹伤半死心’之句，此也。”②

吕祖谦《诗律武库》“冯夷击鼓”条：“曹子建《洛神赋》云：‘冯夷击鼓，女娲清歌。’……故杜诗：‘冯夷击鼓群龙趋。’”③

杜甫本擅长作赋，其诗中自称“赋料扬雄敌”（《奉赠韦左丞丈二十二韵》）。在困守长安时期（746—755），他还曾多次向唐玄宗献赋，如《三大礼赋》《雕赋》《天狗赋》《封西岳赋》等。杜甫对古代辞赋名家的作品烂熟于心，宋人以为杜诗中多用古赋语典，所论甚是。

论杜诗用《文选》者，如：

郭思《瑶溪集》：“子美教其子曰：‘熟精《文选》理。’《文选》之尚，不爱奇乎。今人不为诗则已，苟为诗，则《文选》不可不熟也。《文选》是文章祖宗，自两汉而下，至魏、晋、宋、齐，精者斯采，萃而成编，则为文章者，焉得不尚《文选》也。唐时文弊，尚《文选》太甚，李卫公德裕云‘家不蓄《文选》’，此盖有激而说也。老杜于诗学，世以谓前无古人，后无来者。然观其诗大率宗法《文选》，摭其华髓，旁罗曲探，咀嚼为我语。”④

王应麟《困学纪闻》：“少陵有诗云：‘续儿诵《文选》。’又训其子‘熟精《文选》理。’盖《选》学自成一家……故曰：《文选》烂，秀才半。”⑤

张戒《岁寒堂诗话》卷上：“杜子美云‘续儿诵《文选》’，又云‘熟精《文选》理’……子美不独教子，其作诗乃自《文选》中

① （宋）张忠纲：《杜甫诗话六种校注·诸家老杜诗评》，齐鲁书社2002年版，第70页。

② （宋）吕祖谦：《诗律武库》后集卷十四，《金华丛书》本。

③ （宋）吕祖谦：《诗律武库》卷七，《金华丛书》本。

④ （宋）郭思：《瑶溪集》，《宋诗话辑佚》本，中华书局1980年版，第532页。

⑤ （宋）王应麟：《困学纪闻》卷十七，影印文渊阁四库全书本，台湾商务印书馆1983年版。

来，大抵宏丽语也。”①

葛立方《韵语阳秋》卷三：“杜子美诗喜用《文选》语，故宗武亦习之不置，所谓‘熟精《文选》理，休觅彩衣轻’。又云‘呼婢取酒壶，续儿诵《文选》’是也。”②

葛立方《韵语阳秋》卷一：“杜甫《观安西过兵诗》云：‘谈笑无河北，心肝奉至尊。’……盖用左太冲《咏史诗》‘长啸激清风，志若无东吴’也。”③

曾季狸《艇斋诗话》：“老杜‘立登要路津’，‘要路津’三字出《选》诗‘何不策高足，先据要路津’……老杜‘食薇不愿余’，‘不愿余’三字出《选》诗，左太冲《咏史》云：‘饮河期满腹，贵足不愿余。’老杜‘草《玄》吾岂敢，赋或似相如’，出左太冲《咏史》诗‘言论准宣尼，词赋拟相如’。”④

邵博《河南邵氏闻见后录》卷十八：“杜子美‘使君自有妇’，《选》中《罗敷诗》语也。”⑤

吕祖谦《诗律武库》后集“朱丝绳玉壶冰”条：“《文选》鲍照《白头吟》：‘直如朱丝绳，清如玉壶冰。’……故杜诗云：‘荧荧金错刀，濯濯朱丝绳。’”⑥

《昭明文选》选录的是先秦至梁代的诗文辞赋，将千余年间名家名作，尽行囊括。唐初高宗显庆年间，即有该书的“李善注本”。玄宗开元年间，又出现了“五臣注本”，使“选学”成为当时的显学。杜甫对《昭明文选》非常重视，在其客居蜀地期间，就开始指导孩子们诵读这部文学总集，故其《水阁朝霁奉简云安严明府》云：“续儿诵《文选》。”他还在《宗武生日》一诗中教育小儿子宗武要“熟精《文选》理”。因

① （宋）张戒：《岁寒堂诗话》，《历代诗话续编》本，中华书局 1983 年版，第 456 页。

② （宋）葛立方：《韵语阳秋》，上海古籍出版社 1984 年版，第 39 页。

③ （宋）葛立方：《韵语阳秋》，上海古籍出版社 1984 年版，第 7 页。

④ （宋）曾季狸：《艇斋诗话》，《历代诗话续编》本，中华书局 1983 年版，第 315—318 页。

⑤ （宋）邵博：《河南邵氏闻见后录》，中华书局 1983 年版，第 143 页。

⑥ （宋）吕祖谦：《诗律武库》后集卷七，《金华丛书》本。

此杜诗对于《文选》之语典，最为精熟善用，可以“咀嚼为我语”。

论杜诗用神话、仙话者，如：

潘淳《诗话补遗》：“《穆天子传》：‘天子之马走千里，胜人猛兽。’……杜诗云：‘吾闻天子之马走千里。’……《穆天子传》：‘壬寅，天子饮于文山之下。天子之豪马、龙狗、豪牛，以三十祭文山。’……杜诗云：‘曾祝沉豪牛’。”①

张邦基《墨庄漫录》卷九“曾彦和题《穆天子传》”条：“《穆天子传》，古书也。杜子美多用其事语，如‘天子之马走千里’，‘王命官属休’，‘曾祝沉豪牛’，‘喷玉大宛儿’，凡此四皆出此书也。”②

吕祖谦《诗律武库》“王母谣”条：“《穆天子传》：‘穆王西征，至昆仑丘。见西王母，与之觞于瑶池之上。’……杜诗：‘惜哉瑶池饮，日晏昆仑丘’之句。”③

胡仔《苕溪渔隐丛话》后集卷五：“葛洪《神仙传》亦云：‘王遥遇雨，使弟子以九节杖担箧，不沾湿。’刘向《列仙传》云：‘华山绝项，有石臼，号玉女洗头盆。中有碧水，未尝增减。’故《望岳诗》：‘安得仙人九节杖，拄到玉女洗头盆。’”④

论杜诗用佛经者，如：

吕祖谦《诗律武库》“是身如丘井”条：“《维摩经》云：‘……是身如浮云，须臾变灭。是身如电，念念不住。’……杜公《别赞上人》：‘是身如浮云，安可限南北。’”⑤

《诗律武库》“摩尼珠”条：“《圆觉经》云：‘譬如清静摩尼宝珠，映于五色，随方各见。’……故杜诗有：‘惟有摩尼珠，可照浊

① （宋）张忠纲：《杜甫诗话六种校注·诸家老杜诗评》，齐鲁书社2002年版，第71页。

② （宋）张邦基：《墨庄漫录》，中华书局2002年版，第240页。

③ （宋）吕祖谦：《诗律武库》卷五，《金华丛书》本。

④ （宋）胡仔：《苕溪渔隐丛话》后集，人民文学出版社1962年版，第32页。

⑤ （宋）吕祖谦：《诗律武库》卷八，《金华丛书》本。

水源。'"①

论杜诗用笔记者，如：

方深道《诸家老杜诗评》卷三："《西京杂记》云：'瓠子河决，有蛟龙从九子，自决中逆入上河，喷沫流波数十里。'杜诗云：'蛟龙引子过'，用此事也。"②

吕祖谦《诗律武库》"牛马缩如猬"条："《西京杂记》：'汉元封二年，大雪深一丈，野兽皆死，牛马蜷缩如猬。'……故杜公《寒》诗用此事云：'汉时长安雪一丈，牛马毛寒缩如猬。'"③

吴曾《能改斋漫录》"观者如堵墙"条："《世说》：'卫玠自豫章至下都，人久仰其名，观者如堵墙。'故杜子美诗：'集贤学士如堵墙，观我落笔中书堂。'"④

胡仔《苕溪渔隐丛话》后集卷五："张华《博物志》曰：'江陵有台甚大，而惟有一柱，众梁皆共此柱。后土人呼为木履观，或曰一柱观。'……故子美《泊松滋江亭》云：'一柱全应近，高密莫再经。'《下峡》云：'船经一柱过，留眼共登临。'《送李功曹之荆州》云：'孤城一柱观，落日九江流。'又《所思》云：'九江日落醒何处，一柱观头眠几回。'《夔府咏怀》云：'音徽一柱数。'"⑤

论杜诗用天文志者，如：

吕祖谦《诗律武库》"老人星"条："《汉·天文志》云：'比地有大星曰南极老人，老人见，治安；不见，兵起。常以秋分时候之

① （宋）吕祖谦：《诗律武库》卷十，《金华丛书》本。

② （宋）张忠纲：《杜甫诗话六种校注·诸家老杜诗评》，齐鲁书社2002年版，第61页。

③ （宋）吕祖谦：《诗律武库》卷十三，《金华丛书》本。

④ （宋）吴曾：《能改斋漫录》卷七，影印文渊阁四库全书本，台湾商务印书馆1983年版。

⑤ （宋）胡仔：《苕溪渔隐丛话》后集，人民文学出版社1962年版，第30页。

于南郊。’杜诗：‘今宵南极外，甘作老人星。’”①

吕祖谦《诗律武库》“南极”条：“《晋·天文志》云：‘南极常以秋分之旦见于丙，春分之夕而没于丁。见则治平，主寿昌’。故诗有‘南极老人应寿昌’之句。”②

论杜诗用地方志者，如：

吴曾《能改斋漫录》“青田鹤”条：“晋《永嘉郡记》曰：‘有沐溪野，去青田九里，此中有双白鹤，年年生子，长大便去，只余父母一双在耳。清白可爱，多云神所养。’故杜子美《薛少保画鹤》诗云：‘薛公十一鹤，皆写青田真。’《夔府咏怀》诗：‘马来皆汗血，鹤唳必青田。’”③

龚颐正《芥隐笔记》“老杜秦城字”条：“《三辅黄图》：‘长安故城，城南为南斗形，城北为北斗形，故号斗城。’……老杜：‘秦城近斗勺’，‘秦城北斗边’，‘北斗临故秦’。”④

此外，还有如北宋潘淳《诗话补遗》称：“《六韬》云：‘爱及于屋上之乌，憎人憎及于储胥。’……老杜诗：‘丈人屋上乌，人好乌亦好。’”⑤此论杜诗用武经。南宋吕祖谦《诗律武库》后集“紫金丹”条云：“《灵枢经》，扁鹊所注。其言画霞为姹女之胎，十月分胎，状如紫金，上赤下黑，左青右白，其中央黄，号曰紫金丹。故杜公《寄严武》诗有‘衰颜欲付紫金丹’之句。”该书“甲子雨”条称：“《齐民要术》：‘谚云：春甲子雨，赤地千里。夏甲子雨，乘船入市。秋甲子雨，禾头生耳。’故杜工部《雨》诗云：‘冥冥甲子雨，已度立春时。’又《秋雨叹》

① （宋）吕祖谦：《诗律武库》卷四，《金华丛书》本。

② （宋）吕祖谦：《诗律武库》卷四，《金华丛书》本。

③ （宋）吴曾：《能改斋漫录》卷十五，影印文渊阁四库全书本，台湾商务印书馆1983年版。

④ （宋）龚颐正：《芥隐笔记》卷一，影印文渊阁四库全书本，台湾商务印书馆1983年版。

⑤ （宋）张忠纲：《杜甫诗话六种校注·诸家老杜诗评》，齐鲁书社2002年版，第67页。

云：'禾头生耳黍穗黑'。"① 以上分别论杜诗用医书、农书。

此外，宋人诗话中还有一些将杜诗语典综合加以评论。如北宋潘淳《潘子真诗话》"杜诗来历"条称：

> 颜之推论文章云："至于陶冶性情，从容讽谏，入其滋味，亦乐事也。"老杜"陶冶性灵存底物"，盖本于此……陆士衡《伤逝赋》云"托末契于后生"，杜诗云"晚将末契托年少"。《瑞应图》曰"王者宴不及醉，则银瓮出"；《洗兵马》诗云："不知何国进白环，复道诸山出银瓮。"舜时西王母进白环，见《宋书志》。"游子久在外，门户无人持"，古乐府《陇西行》："健妇持门户，胜一大丈夫。焉知肘腋祸，自及枭獍徒。"肘腋是赵灭智伯事。苏秦激张仪相秦，以马鞯席坐之，"人来坐马鞯"之句，出于此也。古人造语，俯仰纡余，各有态。"小麦青青大麦枯，谁当获者妇与姑，丈夫何在西击胡。"凡此句中，每函问答之词，"大麦干枯小麦黄，问谁腰镰胡与羌"，句法实有所自。刘孝标《广绝交论》云："王阳登则贡公喜，罕生逝而国子悲。"故老杜诗云："窃效贡公喜。"②

南宋胡仔《苕溪渔隐丛话》前集卷十一云：

> 余读史传，及旧闻于知识间，得少陵诗事甚多，皆王原叔所不注者。如《冬狩行》云："自从献宝朝河宗。"《穆天子传》："天子西征，至阳纡山，河伯冯夷之所居，是为河宗，天子乃沉璧礼焉。河伯乃与天子披图视典，以观天下宝器。"《秋日夔府咏怀》云："穰多栗过拳。"《西京杂记》："上林苑峄阳栗大如拳。"又云："门求七祖禅。"《传灯录》："北宗神秀门人普寂立其师为第六祖，而自称七祖。"《秋日题郑监湖上亭》云："高唐寒浪减，髣髴识昭丘。"《荆州图记》："当阳东南七十里有楚昭王墓，登楼即见，所谓昭丘也。"《夔府书怀》云："藻绘忆游睢。"魏文帝《与曹洪书》："游睢涣者，

---

① （宋）吕祖谦：《诗律武库》后集卷六、卷十，《金华丛书》本。

② （宋）潘淳：《潘子真诗话》，《宋诗话辑佚》本，中华书局1980年版，第300—301页。

学藻缋之彩。”注云：“睢、涣之间出文章。”《枯柟诗》：“冻雨落流胶。”《楚词》：“使冻雨兮洒尘。”注云：“江东呼夏月暴雨为冻雨，音东。”《八哀·张九龄》诗：“仙鹤下人间，独立霜毛整。”《张九龄家传》：“九龄初生，母梦九鹤从天而下”，恐少陵用此事。《西京杂记》：“元封中，雪大寒，牛马皆蜷缩如猬。”故《前苦寒行》云：“汉时长安雪一丈，牛马毛寒缩如猬。”《述古诗》：“邪赢无乃劳。”张平子《西京赋》：“邪赢优而足恃。”注云：“邪伪之利，自饶足恃也。”一作嬴，一作羸，非是。《腊日》云：“口脂面乐随恩泽，翠管银罂下九霄。”唐制，腊日赐北门学士口脂，盛以碧镂牙筩，《酉阳杂俎》亦云。《滟滪堆》云：“如马戒舟航。”《水经》：“白帝山城门西江有孤石，冬出二十余丈，夏即没，有时才出。”又《十道志》：“滟滪大如马，瞿塘不可下。”《秋兴》云：“昆吾御宿自逶迤。”事见《扬雄传》：“武帝开广上林，南至宜春、鼎湖、御宿、昆吾。”《旧唐书》：“郭子仪上言，吐蕃、党项不可忽，宜早为备。广德元年，遣李之芳等使于吐蕃，为虏所留，二年乃得归。”故《哭李之芳》诗云“奉使失张骞”，盖此事也。代宗自楚王徙封成王，《洗兵马》云“成王功大心转小”，代宗时为元帅故也。《自京赴奉先县咏怀》云：“君臣留欢娱，乐动殷胶葛。”半山老人刊作胶葛，未详其事所出，后读《上林赋》：“张乐乎胶葛之寓。”寓，屋也；胶葛，旷远深貌，乃出此也。《梅雨》云：“南京犀浦道，四月熟黄梅。”今本犀作西，非是。犀浦在成都府二十五里，太守李冰作五石犀沉江以压水怪，因以名县，出《成都记》。《赠射洪李四丈》云：“丈人屋上乌，人好乌亦好。”《六韬》：“武王登夏台以临殷民，周公曰：爱人者，爱其屋上乌；憎人者，憎其余胥。”《和贾至舍人早朝大明宫》云：“五夜漏声催晓箭。”《颜氏家训》：“或问一夜五更何所训？答云：汉魏以来，谓甲夜乙夜丙夜丁夜戊夜，又谓之五鼓，亦谓之五更，皆以五为节也。”《风疾舟中伏枕书怀》云：“疑惑樽中弩。”乐广乃弓影，此云弩影，事见《风俗通》：“应郴为汲令，夏至日，赐主簿杜宣酒，北壁上有悬赤弩，照杯中，形如蛇，因得疾。郴知之，使宣于旧处设酒，犹有蛇。郴指曰：此弩影耳。”《解闷》云：“复忆襄阳孟浩然，清诗句句尽堪传，即今耆旧无新语，漫钓槎头缩项

> 鳊。”《襄阳耆旧传》：“岘山下汉水中出鳊鱼，味极肥美，常禁人采捕，以槎断水，因谓之槎头鳊。宋张敬儿为刺史，作六橹船献齐高帝曰：奉槎头缩项鳊一千八百头。孟浩然尝有诗云‘试垂竹竿钓，果得槎头鳊’，用此事也。”《饮中八仙歌》云：“天子呼来不上船。”按范传正《李太白墓碑》云：“明皇泛白莲池，召公作序，公已被酒，命高将军扶以登舟。”恐少陵用此事。或云蜀人呼衣襟纽为船，有以见太白醉甚，虽见天子，披襟自若，其真率之至也。①

该书后集卷六亦载：

> 《复斋漫录》云：张景阳诗：“昔在西京时，朝野多欢娱。”故子美诗：“朝野欢娱后，乾坤震荡中。”后汉吴汉亡命在渔阳，会王郎起，汉说太守彭宠曰：“渔阳突骑，天下所闻也。君何不合二郡精锐，附刘公击邯郸，此一时之功也。”故子美诗：“渔阳突骑犹精锐。”又：“渔阳突骑邯郸儿。”刘劭《赵都赋》云：“其用器则六弓四弩、绿沉黄间，堂溪鱼肠，丁令角端。”故《重过何氏诗》：“雨抛金锁甲，苔卧绿沉枪。”……《古诗》云：“采葵莫伤根，伤根葵不生。结友莫羞贫，羞贫友不成。”杜诗“刈葵莫放手，放手伤葵根”者，盖取此也。②

由上可见，宋人诗话将杜诗所用各类语典的文献出处，若经、史、子、集，诗、文、乐府、辞赋，甚或笔记、方志、灯录等几乎列举殆尽，以说明杜诗“无一字无来处”。宋人注解细致入微，从中亦可见杜诗所用语典的确是出入经史。

第四节 杜诗活用典故论

关于用典的要求，刘勰《文心雕龙·事类篇》云：“虽引古事，而莫

---

① （宋）胡仔：《苕溪渔隐丛话》前集，人民文学出版社1962年版，第70—72页。

② （宋）胡仔：《苕溪渔隐丛话》后集，人民文学出版社1962年版，第41页。

取旧辞。"[①] 在宋人的诗学批评中，杜诗的用典并非照搬古事，全抄古语，而是活用典故，"点铁成金"。如南宋林希逸《竹溪鬳斋十一稿续集》云："事则或专用，或借用，或直用，或翻用，或用其意……杜公诗句皆有焉。"[②] 杜诗除了上述的正用、明用典故以外，还擅长反用、暗用典故，这一点宋人亦有关注。

所谓反用典故，是指将所用故事或语句从反面意义来征引，即翻用典故，又被称为"翻案法"。关于杜诗反用典故，北宋陈师道《后山诗话》云："孟嘉落帽，前世以为胜绝。杜子美《九日诗》云：'羞将短发还吹帽，笑倩旁人为正冠。'其文雅旷达，不减昔人。故谓诗非力学可致，正须胸肚中泄尔。"[③] 杜诗所用"孟嘉落帽"典，出自《晋书》卷九十八《孟嘉传》："孟嘉……后为征西桓温参军，温甚重之。九月九日，温燕龙山，僚佐毕集。时佐吏并著戎服。有风至，吹嘉帽堕落，嘉不之觉。温使左右勿言，欲观其举止。嘉良久如厕，温令取还之，命孙盛作文嘲嘉，著嘉坐处。嘉还见，即答之，其文甚美，四坐嗟叹。"[④] 此典用以形容文士才思敏捷，有风度。杜诗则借以说自己恐风吹帽而露发，无以遮羞，故倩人正冠。此是自我解嘲，正系反用典故。

南宋黄彻《䂬溪诗话》卷四亦云："老杜'涂穷反遭俗眼白'，本用阮籍事，意谓我辈本宜以白眼视俗人，至小人得志，嫉视君子，是反遭其眼白，故倒用之。"[⑤] 所引杜诗为《丹青引赠曹霸将军》，其"青白眼"之事典，出自《晋书》卷四十九《阮籍传》："籍又能为青白眼，见礼俗之士，以白眼对之。常言'礼岂为我设耶'？时有丧母，嵇喜来吊，阮作白眼，喜不怿而去。喜弟康闻之，乃备酒挟琴造焉，阮大悦，遂见青眼。"[⑥] 杜甫此中借此言曹霸穷途，反遭世俗小人白眼，感叹世态炎凉，亦为反面用典。

---

① （南朝梁）刘勰：《文心雕龙》，中国友谊出版公司 1997 年版，第 152 页。

② （宋）林希逸：《竹溪鬳斋十一稿续集》卷三十，影印文渊阁四库全书本，台湾商务印书馆 1983 年版。

③ （宋）陈师道：《后山诗话》，《历代诗话》本，中华书局 1981 年版，第 302 页。

④ （唐）房玄龄：《晋书》卷九十八《孟嘉传》，中华书局 1974 年版，第 2580—2581 页。

⑤ （宋）黄彻：《䂬溪诗话》，人民文学出版社 1986 年版，第 60—61 页。

⑥ （唐）房玄龄：《晋书》卷四十九《阮籍传》，中华书局 1974 年版，第 1361 页。

南宋叶某《爱日斋丛钞》则称："陶诗：'结庐在人境，而无车马喧。'少陵《东楼》诗：'虽有车马客，而无人世喧。'就古语一转，正使事之法……不为古事所使也。"① 其所引杜诗反用陶渊明《饮酒》（其五）首二句之语典，此正是"点铁成金""莫取旧辞"之法，故为叶氏所称善。

暗用典故，即用典与写实密合无间，使读者感觉不到是在用典，即或不知此典亦不妨碍其对诗句的理解，如果知道典故则更能体味其中情味。此乃最为上乘的用典手法。正如罗积勇所说："暗用是将典故的出处、来历等隐去，使故事、古语与自己的叙说尽可能衔接无痕的一种用典方式。"②

关于杜诗暗用典故，北宋蔡絛《西清诗话》云："杜少陵云：'作诗用事，要如释氏语：水中着盐，饮水乃知盐味。'此说诗家密藏也。如'五更鼓角声悲壮，三峡星河影动摇'。人徒见凌轹造化之气，不知乃用事也。《祢衡传》：'挝渔阳掺，声悲壮。'《汉武故事》：'星辰影动摇，东方朔谓民劳之应。'则善用故事者，如系风捕影，岂有迹耶？此理迨不容声，余乃显言之，已落第二矣。"③ 此引"水中着盐"之语，比拟杜甫暗用典故之妙，并引杜甫《阁夜》以证之，说明杜甫虽用古书语典而不露痕迹。南宋周紫芝《竹坡诗话》卷二亦云："凡诗人作语，要令事在语中而人不知。余读太史公《天官书》：'天一、枪、棓、矛、盾动摇，角大，兵起。'杜少陵诗云：'五更鼓角声悲壮，三峡星河影动摇。'盖暗用迁语，而语中乃有用兵之意。诗至于此，可以为工也。"④ 此亦称美杜甫暗用典故之工妙，说杜诗"事在语中而人不知"，能使典故与写实融而为一。

宋末蔡正孙《诗林广记》前集卷二"杜子美"条则云："（杜甫《示宗武》）诗注云：嵇绍，新解觅句，稍知音律。王浑、阿戎年小，渐解满床摊书。谢玄少好配紫罗香囊，叔父安焚之。嵇康顾其子绍曰：阿绍明

① （宋）叶某：《爱日斋丛钞》卷三，影印文渊阁四库全书本，台湾商务印书馆1983年版。

② 罗积勇：《用典研究》，武汉大学出版社2005年版，第24页。

③ （宋）蔡絛：《西清诗话》卷上，《古今诗话续编》影印本，台湾广文书局1973年版。

④ （宋）周紫芝：《竹坡诗话》，《历代诗话》本，中华书局1981年版，第346页。

年共我长矣，吾甚喜尔成人。愚谓：前辈云：用事多，填塞故实，谓之录鬼簿。如少陵此诗，未尝不用事，而浑然不觉其为用事，可谓精妙者也。”① 其所引杜甫《示宗武》云：“汝啼吾手战，吾笑汝身长。处处逢正月，迢迢滞远方。飘零还柏酒，衰病只藜床。训喻青衿子，名惭白首郎。赋诗犹落笔，献寿更称觞。不见江东弟，高歌泪数行。”该书指出杜诗暗用典故，能使之与本篇浑然一体，从而避免“录鬼簿”之评。

宋末王构《修辞鉴衡》载《薄氏漫斋录》云：“用故事当如己出，如杜甫寄人诗云：‘径欲依刘表，还疑厌祢衡。’此事用王粲依刘表、曹公厌祢衡，却点化只作杜甫欲去依他人、恐他人厌之语，此便如己出也。”② 引用杜甫长篇排律《奉送郭中丞兼太仆卿充陇右节度使三十韵》中诗句，指出其借古事切今人，点化自然，用典如同己出。据北宋蔡启《蔡宽夫诗话》“荆公言使事法”条载，王安石论诗中用典曾云：“若能自出己意，借事以相发明，情态毕出，则用事虽多，亦何所妨。”③ 杜诗用典，正不愧此论。可见，杜诗的暗用典故，造语自然，不露痕迹，确能达到刘勰所谓“用旧合机，不啻自其口出”“用人若己”的艺术境界。

此外，宋人还评述了杜诗其他一些活用典故的方式。如南宋黄彻《䂬溪诗话》卷四云：“律诗有一对通用一事者。‘更寻嘉树传，莫忘《角弓》诗。’乃《左传》：‘韩宣子聘鲁，尝赋《角弓》，及誉嘉树。鲁人请封殖此树，以无忘《角弓》’。”④ 指出杜甫五律《冬日有怀李白》颔联上下两句合用一则典故。南宋吴曾《能改斋漫录》“子美笛诗引胡骑武陵事”条云：“杜子美《吹笛》七言诗云：‘胡骑中宵堪北走，武陵一曲想南征。’上句取陈周宏让《长笛吐清气》诗‘胡骑争北归，遍知别乡苦’，下句取陈贺彻《长笛吐清气》诗‘方知出塞者，不惮武陵深’。”⑤ 指出杜甫七律《吹笛》颈联，上下两句各用一古人同题之语典，可称用典之一格。杜仲陵先生说，杜诗方式灵活、形态不一的用典手法，“自有

① （宋）蔡正孙：《诗林广记》，中华书局1982年版，第31页。

② （宋）王构：《修辞鉴衡》卷一，影印文渊阁四库全书本，台湾商务印书馆1983年版。

③ （宋）蔡启：《蔡宽夫诗话》，《宋诗话辑佚》本，中华书局1980年版，第419页。

④ （宋）黄彻：《䂬溪诗话》，人民文学出版社1986年版，第57页。

⑤ （宋）吴曾：《能改斋漫录》卷六，影印文渊阁四库全书本，台湾商务印书馆1983年版。

其特色，不惟超迈六代，在唐诗中也是独辟蹊径，而为后人所宗仰、所师法的”①。杜甫的用典方式极为灵活多样，这一点早已为宋人所普遍认知。

综上所述，基于宋代“崇文抑武”的基本国策和重读书、尊士人的社会文化背景，以及“以文字为诗，以才学为诗”的诗歌创作和批评倾向，宋人对于杜诗中的用典艺术极为关注，他们对杜诗用典的论述成为宋代杜诗艺术批评中的重要内容。宋人评论杜诗用典，既包括不厌其烦地钩稽事典、注释语典，也注重总结其多种用典手法（包括正用、反用、明用、暗用等）。宋人遍读经史子集、百家典籍，以探寻杜诗中的典故出处，态度极为认真。宋人论杜诗用典，自然不免有迂腐之见，但其中也多有真知灼见。宋人对杜诗用典艺术的批评，成为宋代杜诗学研究的重要内容之一。特别是黄庭坚关于杜诗“无一字无来处”的评论，对后世杜诗学研究产生了深远影响。

---

① 杜仲陵：《读杜卮言》，巴蜀书社 1986 年版，第 72 页。

结　论

杜甫诗歌对宋代的诗歌创作产生了巨大影响，两宋不同阶段的诸多诗人都以杜诗为其诗歌创作的典范，或不同程度地受到杜诗的影响。同时，杜甫在宋代诗坛的地位极高，从宋代的诗歌艺术批评看，杜甫是宋人讨论最多的诗人。本书主要讨论了杜甫诗歌对宋代诗歌创作的影响，并归纳和总结了宋代杜诗艺术批评的主要观点。

一

通过对宋代诗歌的考察，本书梳理了宋人学杜的阶段性，并讨论了各个阶段宋人学杜的基本特征。本书认为：

北宋初期是学杜的初始期。这个时期，杜甫还没有引起宋代诗人的广泛注意，杜诗的诗学地位在这个时期尚未确立。

北宋中期是杜诗的广泛影响期。在这个时期，杜甫在诗歌史上的典范地位已经确立，重要诗人对杜甫和杜诗都非常推重。苏轼提出了杜甫“一饭不忘君”这一影响深远的命题。诗人们普遍继承了杜甫的“诗史”精神，写出了许多关心国事民生的作品。但是，从诗歌创作的成就看，尽管有苏舜钦这样的在内容和风格上都学习杜甫的诗人，但这个时期并没有出现能全面继承杜诗精髓的诗作。

北宋后期是杜诗的艺术继承期。这个时期，杜甫在诗坛的地位无比崇高，宋代诗人最终选择杜甫作为诗歌典范。以黄庭坚和陈师道为代表的江西诗派，非常注重对杜甫艺术技巧的学习。通过学习杜诗的艺术技巧，特别是通过对诗歌字句的反复锤炼，宋代诗人创作出平淡瘦劲、平和内敛的诗歌。但片面学习诗歌技巧，也造成了诗情寡淡和诗味贫乏。

所以，这个时期的诗歌有脱离现实的倾向。值得注意的是，陈师道写出了感情真挚、沉郁孤峭的作品，在风格上很接近杜诗，这是这个时期诗人学杜的最重要收获，陈师道也成为北宋后期学习杜甫最有成就的诗人。

南宋前期是学杜高潮期。在这个时期，因为国家的动荡，诗人对杜诗有了更深刻更亲切的认识。杜诗不仅是他们诗歌技巧上学习的典范，也是战火中的知音。陈与义的五言诗沉郁顿挫，七言诗雄浑阔大，继承了杜诗的风格，在内容上也接近杜诗，他是两宋学杜取得最高成就的诗人。陆游诗的圆熟和注重句法锤炼的特点，以及其集大成的成就和爱国精神，也明显受到杜诗影响。这个时期，江西诗派的势力和影响在逐步减小，“点铁成金”“夺胎换骨”的创作方法与宋诗平易的风格相结合，最终形成宋诗多用典、有筋骨、好议论、较平白的典型风格。

南宋后期是宋诗的以诗存史期。这个时期，永嘉四灵和江湖诗派在诗歌创作中取得的成绩有限，但他们从晚唐入手的创作方法标示了宋诗向唐诗的复归。宋末遗民诗人虽然也创作了一些优秀的文学作品，但总体成就不高，艺术性不强。除文天祥、汪元量以外，其他遗民诗人，如林景熙、谢枋得、郑思肖等，其诗歌受杜甫诗歌的影响很小。从文天祥、汪元量等诗人的诗歌可以看出，他们普遍有以诗存史的观念，这是杜甫“诗史”精神所产生的影响，也是这个阶段诗人学杜的最大特点。

对宋人学杜的阶段性及其特征的判定，是本书对宋人诗歌创作学杜问题的基本认识，也是本书较为重要的结论。

二

杜甫诗歌对宋代诗歌创作的影响，是本书重点讨论的问题。经过对宋代诗歌文本的细读，本书得出如下结论。

关于杜诗对宋诗的影响，本书认为主要表现在以下方面：宋人在诗学观念上推崇杜诗，他们继承杜甫“诗史”精神，写出了关心国事民生的诗歌。宋代诗人在诗歌风格上学习杜诗，也注重学习杜诗的诗歌技巧。他们模拟杜诗，使用杜诗典故，集杜为诗并集杜入乐。宋人作诗还经常模拟杜诗题目或以杜诗为韵。

关于宋人学杜的成就，本书认为，从诗歌创作的角度看，宋人学杜的成就表现在陈与义写出了在内容和风格上极似杜诗的诗歌，陈师道等也写出了具有沉郁顿挫风格的诗歌。此外，宋代诗人广泛学习杜诗技巧，并写出了许多有“诗史”意味的诗歌。尽管如此，宋代并没有出现全面继承杜诗思想内容和艺术风格的诗人，宋代诗人在艺术技巧方面用力太过，多是得杜之一体，这是宋人学杜的局限所在。

本书梳理了宋代崇杜观念的产生和发展的复杂过程。本书认为，北宋初期杜诗的地位并不甚高，王禹偁首开崇杜学杜风气。杜甫在诗坛的崇高地位在北宋中期得以确立，大规模论杜崇杜也从这个时期开始，苏轼甚至提出了杜甫“一饭不忘君”的命题。北宋后期杜甫在诗坛的地位更为崇高，江西诗派视杜甫为诗歌典范，对杜诗有极高评价。南宋前期诗人对杜诗有了更深刻的认识，杜诗成为诗人战火中的知音。南宋后期诗人注重杜诗的“诗史”性质，他们的诗歌创作也有以诗存史的意味。

杜诗被称为“诗史”，本书梳理了宋代诗歌对杜甫“诗史”精神的继承情况。本书认为，北宋初期大部分诗歌对社会现实关注不够。北宋中期诗人努力扭转西昆体脱离现实的不良倾向，开始注重诗歌的思想内容，写出了许多广泛反映社会生活的诗歌。北宋后期，江西诗派的诗歌有脱离现实的倾向，这是片面学习杜甫字句、法度所产生的不良后果。南宋前期呼吁抗金、描写现实、叙写离乱、抒发爱国情怀的诗歌大量涌现，反映现实的诗歌达到高潮。南宋后期，永嘉四灵的诗歌不太关注社会现实，但宋亡之际的文天祥、汪元量等用诗歌歌咏和记录亡国的痛苦与悲哀，叙写现实的诗歌又一次大量出现。

宋代诗人重视学习杜诗，使杜诗风格在宋代诗歌中得以重现。通过考察宋诗中的杜诗风格，本书认为，陈师道、陈与义、陆游等诗人学习了杜甫五言诗沉郁顿挫的风格，苏轼、苏辙的诗歌学习了杜甫七言律诗老健疏放的风格。杜甫浑涵汪茫、雄浑悲壮的七言律诗代表了杜诗七律的最高成就，陈与义学习杜诗的此类风格最为成功。此外，苏舜钦、王安石等学习了杜诗萧淡婉丽的风格。宋代出现了在风格上接近杜诗的诗人，这是宋人学杜的最大创获。

宋人非常注重对杜诗艺术技巧的学习，本书讨论了杜诗艺术技巧对宋代诗歌产生的影响。本书认为，宋代诗歌中广泛使用了杜诗中经常使用的“当句对”。宋人还模仿杜诗，在一联的两句中分别使用一个人名，以表达思想感情。宋人较多使用杜诗中惯用的“时空并驭”的对仗，并普遍重视对诗句的锤炼。此外，宋代诗人也十分注重对杜诗章法的学习。

在宋代崇杜、学杜的背景下，宋代诗人作诗喜用杜诗典故。通过对宋代诗人使用杜诗典故情况的考察和梳理，本书认为，北宋初期的王禹偁是最早较多使用杜诗典故的诗人。北宋中期的梅尧臣、苏舜钦、欧阳修、王安石、苏轼等诗人都大量使用杜诗典故，苏轼是北宋使用杜诗典故最多的诗人。江西诗派也普遍喜用杜诗典故，其中使用杜诗典故最多的诗人是黄庭坚。南宋前期诗人依然普遍较多使用杜诗典故，陆游是两宋使用杜诗典故最多的诗人。南宋末年诗人使用杜诗典故较少。

三

宋代是中国古代诗歌批评高度自觉的时期，诗学理论高度繁荣。在杜诗学史上，两宋时期是第一个研杜的高潮期，“学诗者莫不以杜师”（赵蕃《石屏诗集序》）、“天下以杜甫为师”（叶适《徐斯远文集序》）、“千家注杜”等评述的出现，足资证明。杜诗学中一些最重要的理论建树，如杜甫“诗圣”说、杜诗“诗史”说以及“集大成”说，都在这个时期逐步确立。本书对浩繁的杜诗艺术批评进行梳理和总结，得出如下结论。

关于杜诗艺术成就，本书指出，杜甫被称作“诗圣”，其肇始在宋代。宋人对于杜诗成就之批评分为两方面，在伦理道德层面，将杜甫作为理想人格的化身加以推崇，并将杜诗视为与《孝经》《论语》《孟子》等儒家经书并行的经典加以宗奉。而在艺术表现层面也对杜诗的诗歌艺术高度赞赏，并将其与古今历代诗坛名家的诗歌艺术相比较，对其有“诗人之冠”“第一才”“光掩前人”“超今冠古”等诸多赞语，在杜诗学史上影响深远。这两方面的批评和论述，构成了“诗圣”说的理论基础与内涵。

本书梳理了宋人考证杜诗艺术渊源的主要观点。本书指出，杜诗之“集大成”说产生并定型于宋代。宋人认真考察杜诗的艺术宗尚和诗法家数，认为杜诗上起诗骚、乐府，中含汉、魏、六朝，下包唐代诸贤，具有“转益多师”和“别裁伪体”的诗学精神和创作态度。宋人对杜诗艺术师法诸家、艺出多门的评述数不胜数。宋代杜诗学史上三大理论支柱之一的“集大成”说由此最终定型。

在诗歌创作实践中，杜甫对各类体裁运用自如，并均有佳作名篇。宋代诗论家对于杜诗各类体裁的批评，亦十分细致，无论对其古体诗还是近体诗，均赞赏有加，褒多于贬。宋人充分肯定了杜诗“体格无所不备”、众体兼擅的诗体运用才能。并且，宋人还总结出杜诗各体诗作的特征，如古体之才高韵长、跌宕豪放，近体之典雅伟丽、律切精深，尤其是对其富于代表性的新题乐府、长篇古风、律诗、排律等多种诗体，均从其推陈出新、承前启后等方面，给予了极高的诗学评价。同时，宋人亦指出杜甫绝句创作之不足。宋代的杜诗体裁艺术论，为后世的杜诗学理论批评提供了诸多借鉴。

独具个性的风格，是一个作家艺术成熟的主要标志。宋人关于杜诗艺术风格方面的诸多批评，主要表现在对“少陵体”“杜子美诗体”典型性特征的概括评述中。宋人体会到杜诗深沉、浑厚、壮阔的艺术境界，从而对杜诗“沉郁”的艺术特征给予体认。宋人看到了杜诗抑扬、跌宕、逆折的艺术表现，从而对杜诗“顿挫”的艺术特征予以总结。宋人还将杜甫与古今诗人的风格进行类比，从而关注到杜诗主体诗风之外的多样化艺术风格。

杜诗中的对仗，工巧、多样且精深。在宋人的诗学批评中，对杜诗对仗有诸多深入而细致的评析。宋人诗论中列举了大量的杜诗对仗诗例，并特别对其中几种特殊的对仗形式，如“借对”“流水对”“当句对”“扇对”等进行艺术分析与品鉴，最终上升到诗学理论层面予以总结。宋代杜诗对仗艺术论对杜诗学和中国诗歌理论批评具有指导意义。

杜诗中之用典使事，可谓运用自如、灵活多样。宋人对杜诗用典艺术极为关注，这也使用典成为宋代杜诗诗学批评中的重要内容。宋代诗歌有“以文字为诗，以才学为诗”的特征，宋代的诗歌批评也有重文字来历出处、崇尚才学的倾向。宋人对于杜诗用典艺术的批评，既有不厌其烦的钩稽事典、注释语典，也注重总结其多种用典手法，包括正用、反用、明用、暗用等。

总之，杜甫对宋代诗歌创作产生了巨大影响，本书以宋诗文本为基础，从诗学观念、诗歌成就、崇杜风气、“诗史”精神、风格和艺术技巧继承、典故运用等方面考察宋代诗歌，较为全面地讨论了杜诗对宋代诗歌创作的影响。同时，宋人对杜诗进行了既广博宏观又细致入微的批评和研究，本书从诗歌成就、艺术渊源、体裁特征、主体风格、对仗、用典等方面，总结了宋代杜诗艺术批评的主要观点，较为全面地反映了宋人对杜甫诗歌艺术的认识。

参考文献

（汉）司马迁撰：《史记》，中华书局 1959 年版。

（唐）白居易撰，顾学颉校点：《白居易集》，中华书局 1979 年版。

（唐）岑参著，陈铁民、侯忠义校注：《岑参集校注》，上海古籍出版社 2004 年版。

（唐）岑参撰，刘开扬笺注：《岑参诗集编年笺注》，巴蜀书社 1995 年版。

（唐）长孙无忌等：《隋书》，中华书局 1973 年版。

（唐）陈子昂撰，徐鹏校：《陈子昂集》，中华书局 1960 年版。

（唐）杜甫著，（清）杨伦笺注：《杜诗镜铨》，上海古籍出版社 1962 年版。

（唐）杜甫撰，（清）仇兆鳌注：《杜诗详注》，中华书局 1979 年版。

（唐）杜甫撰，（清）浦起龙注：《读杜心解》，中华书局 1977 年版。

（唐）杜牧撰，（清）冯集梧注：《樊川诗集注》，上海古籍出版社 1962 年版。

（唐）高适撰，刘开扬笺注：《高适诗集编年笺注》，中华书局 1981 年版。

（唐）韩愈撰，马其昶校注，马茂元整理：《韩昌黎文集校注》，上海古籍出版社 1987 年版。

（唐）韩愈撰，钱仲联集释：《韩昌黎诗系年集释》，上海古籍出版社 1984 年版。

（唐）李白撰，（清）王琦注：《李太白全集》，中华书局 1977 年版。

（唐）李贺撰，（清）王琦等注：《李贺诗歌集注》，上海古籍出版社 1977 年版。

（唐）李商隐撰，刘学锴、余恕诚集解：《李商隐诗歌集解》，中华书局 1998 年版。

（唐）刘禹锡撰，卞孝萱校订：《刘禹锡集》，中华书局1990年版。

（唐）柳宗元：《柳宗元集》，中华书局1979年版。

（唐）卢照邻撰，李云逸校注：《卢照邻集校注》，中华书局1998年版。

（唐）骆宾王撰，（清）陈熙晋笺注：《骆临海集笺注》，中华书局1961年版。

（唐）孟浩然撰，佟培基笺注：《孟浩然诗集笺注》，上海古籍出版社2000年版。

（唐）孟郊撰，华忱之、喻学才校注：《孟郊集校注》，人民文学出版社1995年版。

（唐）王勃撰，（清）蒋清翊注：《王子安集注》，上海古籍出版社1995年版。

（唐）王维撰，陈铁民校注：《王维集校注》，中华书局1997年版。

（唐）杨炯撰，徐明霞点校：《杨炯集》，中华书局1980年版。

（唐）元稹撰，冀勤点校：《元稹集》，中华书局1982年版。

（五代）李璟、（五代）李煜著，王兆鹏注评：《南唐二主词选》，上海古籍出版社2002年版。

（五代）刘昫等：《旧唐书》，中华书局1975年版。

（宋）欧阳修、（宋）宋祁：《新唐书》，中华书局1975年版。

（宋）陈师道撰，任渊注，冒广生补笺，冒怀辛整理：《后山诗注补笺》，中华书局1995年版。

（宋）陈与义撰，白敦仁校笺：《陈与义集校笺》，上海古籍出版社1990年版。

（宋）范成大：《范石湖集》，上海古籍出版社1981年版。

（宋）郭茂倩编：《乐府诗集》，中华书局1998年版。

（宋）郭知达注：《九家集注杜诗》，《杜诗引得》本，上海古籍出版社1985年版。

（宋）黄鹤注：《黄氏集千家注杜工部诗史补遗》，《古逸丛书》本。

（宋）黄坚选编，熊礼汇点校：《详说古文真宝大全》，湖南人民出版社2007年版。

（宋）黄庭坚撰，（宋）任渊、（宋）史容、（宋）史季温注，刘尚荣校点：《黄庭坚诗集注》，中华书局2003年版。

（宋）李焘：《续资治通鉴长编》，上海古籍出版社 1986 年版。
（宋）李昉等编：《文苑英华》，中华书局 1966 年版。
（宋）林逋著，沈幼征校注：《林和靖诗集》，浙江古籍出版社 1986 年版。
（宋）林景熙著，陈增杰校注：《林景熙集校注》，浙江古籍出版社 1995 年版。
（宋）陆游著，钱仲联点校：《剑南诗稿》，岳麓书社 1998 年版。
（宋）陆游著，钱仲联校注：《剑南诗稿校注》，上海古籍出版社 2005 年版。
（宋）梅尧臣著，朱东润编年校注：《梅尧臣集编年校注》，上海古籍出版社 2006 年版。
（宋）梅尧臣著，朱东润选注：《梅尧臣诗选》，人民文学出版社 1980 年版。
（宋）欧阳修著，李逸安点校：《欧阳修全集》，中华书局 2001 年版。
（宋）欧阳修：《新五代史》，中华书局 1974 年版。
（宋）秦观撰，周义敢、程自信、周雷编注：《秦观集编年校注》，人民文学出版社 2001 年版。
（宋）司马光等：《资治通鉴》，中华书局 1956 年版。
（宋）苏轼撰，（清）王文诰辑注，孔凡礼点校：《苏轼诗集》，中华书局 1982 年版。
（宋）苏轼撰，孔凡礼点校：《苏轼文集》，中华书局 1986 年版。
（宋）苏舜钦著，傅平骧、胡问陶校注：《苏舜钦集编年校注》，巴蜀书社 1991 年版。
（宋）苏洵著，邱少华点校：《苏洵集》，中国书店 2000 年版。
（宋）苏洵著，曾枣庄、金成礼笺注：《嘉祐集笺注》，上海古籍出版社 1993 年版。
（宋）苏辙著，陈宏天、高秀芳点校：《苏辙集》，中华书局 1990 年版。
（宋）汪元量著，胡才甫校注：《汪元量集校注》，浙江古籍出版社 1999 年版。
（宋）王安石著，（宋）李壁注，李之亮校点补笺：《王荆公诗注补笺》，巴蜀书社 2002 年版。
（宋）王安石著，秦克、巩军标点：《王安石全集》，上海古籍出版社

1999 年版。

（宋）王钦若等编：《册府元龟》，中华书局 1960 年版。

（宋）王禹偁著，王延梯选注：《王禹偁诗文选》，人民文学出版社 1996 年版。

（宋）文天祥：《文天祥全集》，中国书店 1985 年版。

（宋）谢枋得著，熊飞、漆身起、黄顺强校注：《谢叠山全集校注》，华东师范大学出版社 1994 年版。

（宋）徐照、（宋）徐玑、（宋）翁卷、（宋）赵师秀著：《永嘉四灵诗集》，浙江古籍出版社 1985 年版。

（宋）薛居正等：《旧五代史》，中华书局 1976 年版。

（宋）杨万里：《杨万里诗集》，《全宋诗》本，北京大学出版社 1998 年版。

（宋）杨亿等著，王仲荦注：《西昆酬唱集注》，上海书店出版社 2001 年版。

（宋）佚名注：《分门集注杜工部诗》，四部丛刊本。

（宋）张耒撰，李逸安、孙通海、傅信点校：《张耒集》，中华书局 1990 年版。

（宋）赵次公注，林继中辑校：《杜诗赵次公先后解辑校》，上海古籍出版社 1994 年版。

（宋）郑樵：《通志二十略》，中华书局 1995 年版。

（宋）郑思肖著，陈福康校点：《郑思肖集》，上海古籍出版社 1991 年版。

（宋）朱熹集注：《孟子集注》，中华书局 1983 年版。

（宋）朱熹集注：《诗集传》，上海古籍出版社 1980 年版。

（宋）朱熹集注：《诗经集传》，中华书局 1962 年版。

（元）马端临：《文献通考》，中华书局 1986 年版。

（元）脱脱等：《宋史》，中华书局 1977 年版。

（明）陶宗仪编：《说郛》，商务印书馆 1927 年版。

（清）边连宝著，韩成武、贺严、孙微、綦维点校：《杜律启蒙》，齐鲁书社 2005 年版。

（清）董诰等编：《全唐文》，中华书局 1983 年版。

（清）何文焕辑：《历代诗话》，中华书局 1981 年版。

（清）厉鹗辑撰：《宋诗纪事》，上海古籍出版社 1983 年版。

（清）梁运昌：《杜园说杜》，书目文献出版社 1995 年版。

（清）吕之振、（清）吕留良、（清）吴自牧选，（清）管庭芬、（清）蒋光熙补：《宋诗钞》，中华书局 1986 年版。

（清）彭定求等编：《全唐诗》，中华书局 1999 年版。

（清）乾隆敕辑：《武英殿聚珍版丛书》，同治十三年（1874）江西书局刊本。

（清）阮元等编：《十三经注疏》，中华书局 1980 年版。

（清）严可均校辑：《全上古三代秦汉三国六朝文》，中华书局 1958 年版。

（清）永瑢等：《四库全书总目》，中华书局 1965 年版。

白寿彝主编：《中国通史》，上海人民出版社 1995 年版。

北京大学古文献研究所编，傅璇琮、倪其心、孙钦善、陈新、许逸民主编：《全宋诗》，北京大学出版社 1998 年版。

陈伯海等：《唐诗学史稿》，河北人民出版社 2004 年版。

陈文忠：《中国古典诗歌接受史研究》，安徽大学出版社 1998 年版。

陈贻焮主编：《增订注释全唐诗》，文化艺术出版社 2000 年版。

陈贻焮：《杜甫评传》，北京大学出版社 2003 年版。

陈贻焮：《论诗杂著》，北京大学出版社 1989 年版。

陈寅恪：《隋唐制度渊源略论稿》，生活·读书·新知三联书店 2001 年版。

陈寅恪：《唐代政治史述论稿》，生活·读书·新知三联书店 2001 年版。

陈永正选注：《江西派诗选注》，中山大学出版社 1985 年版。

陈志平：《黄庭坚书学研究》，中华书局 2006 年版。

程千帆、吴新雷：《两宋文学史》，上海古籍出版社 1991 年版。

程树德集解：《论语集解》，中华书局 1990 年版。

邓红梅：《乱世流萍——杜甫传》，河北人民出版社 1999 年版。

邓小军：《诗史释证》，中华书局 2004 年版。

丁福保辑：《历代诗话续编》，中华书局 1983 年版。

范文澜：《中国通史》，人民出版社 1994 年版。

方勇：《南宋遗民诗人群体研究》，人民出版社 2000 年版。

冯友兰：《中国哲学史新编》，人民出版社 1964 年版。

冯至：《杜甫传》，百花文艺出版社 1999 年版。

傅璇琮：《唐代诗人丛考》，中华书局 1980 年版。

葛景春、胡永杰、隋秀玲：《杜甫与地域文化》，社会科学文献出版社 2016 年版。

葛晓音：《汉唐文学的嬗变》，北京大学出版社 1990 年版。

龚鹏程：《诗史本色与妙悟》，台湾学生书局 1986 年版。

郭绍虞：《宋诗话辑佚》，中华书局 1980 年版。

郭绍虞：《宋诗话考》，中华书局 1979 年版。

郭兴良、周建忠主编：《中国古代文学》，高等教育出版社 2000 年版。

郭英德等：《中国古典文学研究史》，中华书局 1995 年版。

韩成武、张志民：《杜甫诗全译》，河北人民出版社 1997 年版。

韩成武：《杜诗艺谭》，河北教育出版社 2002 年版。

韩成武：《诗圣：忧患世界中的杜甫》，河北大学出版社 2000 年版。

郝润华：《〈钱注杜诗〉与诗史互证方法》，黄山书社 2000 年版。

胡传安：《诗圣杜甫对后世文学的影响》，台湾幼狮文化事业公司 1996 年版。

胡可先：《杜甫诗学引论》，安徽大学出版社 2003 年版。

华文轩：《古典文学研究资料——杜甫卷》（上编），中华书局 1964 年版。

黄进德：《欧阳修评传》，南京大学出版社 1998 年版。

黄启方：《王禹偁研究》，台湾学海出版社 1979 年版。

黄珅：《杜甫心影录》，中华书局 2004 年版。

霍松林主编：《杜甫研究论集》，香港天马图书有限公司 2000 年版。

季明华：《南宋咏史诗研究》，台湾文津出版社 1997 年版。

蒋先伟：《杜甫夔州诗论稿》，巴蜀书社 2002 年版。

金开诚、葛兆光：《古诗文要籍叙录》，中华书局 2005 年版。

金性尧选注：《宋诗三百首》，上海古籍出版社 1996 年版。

孔凡礼：《宋代文史论丛》，学苑出版社 2006 年版。

孔令纪等：《中国历代官制》，齐鲁书社 1993 年版。

李道显：《杜甫诗史研究》，台湾华冈出版部 1973 年版。

梁桂芳：《杜甫与宋代文化》，重庆大学出版社 2011 年版。

廖仲安：《反刍集》，北京师范学院出版社 1986 年版。

林庚：《中国文学简史》，北京大学出版社 1995 年版。
林语堂：《苏东坡传》，百花文艺出版社 2000 年版。
刘崇德：《敝帚集》，河北大学出版社 2001 年版。
刘大杰：《中国文学发展史》，百花文艺出版社 1999 年版。
刘明华：《杜诗修辞艺术》，中州古籍出版社 1991 年版。
柳存仁等：《中国大文学史》，上海书店出版社 2001 年版。
逯钦立辑校：《先秦汉魏晋南北朝诗》，中华书局 1983 年版。
罗宗强：《隋唐五代文学思想史》，中华书局 1999 年版。
莫砺锋：《杜甫评传》，南京大学出版社 1993 年版。
莫砺锋：《江西诗派研究》，齐鲁书社 1986 年版。
莫砺锋：《莫砺锋诗话》，北京大学出版社 2006 年版。
钱基博：《中国文学史》，中华书局 1995 年版。
钱志熙：《黄庭坚诗学体系研究》，北京大学出版社 2003 年版。
钱锺书：《管锥编》，中华书局 1986 年版。
钱锺书：《七缀集》，上海古籍出版社 1985 年版。
钱锺书：《钱锺书集》，生活·读书·新知三联书店 2001 年版。
钱锺书：《宋诗选注》，人民文学出版社 1958 年版。
钱锺书：《谈艺录》（补定本），中华书局 1984 年版。
邱鸣皋：《陆游评传》，南京大学出版社 2002 年版。
人民文学出版社古典文学编辑室编：《中国古典文学论丛》，人民文学出版社 1985 年版。
任继愈主编：《中国哲学史》，人民出版社 1963 年版。
尚学锋等：《中国古典文学接受史》，山东教育出版社 2000 年版。
四川大学古典文学教研室选注：《宋文选》，人民文学出版社 1980 年版。
孙望、常国武主编：《宋代文学史》，人民文学出版社 1996 年版。
孙微：《清代杜诗学史》，齐鲁书社 2004 年版。
陶文鹏：《唐宋诗美学与艺术论》，南开大学出版社 2003 年版。
王岚：《宋人文集编刻流传丛考》，江苏古籍出版社 2003 年版。
王文锦译解：《礼记译解》，中华书局 2001 年版。
王运熙等主编：《中国文学批评通史》，上海古籍出版社 1996 年版。
魏景波：《宋代杜诗学史》，中国社会科学出版社 2016 年版。

吴怀东：《杜甫与六朝诗歌关系研究》，安徽教育出版社 2002 年版。
吴文治主编：《宋诗话全编》，江苏古籍出版社 1998 年版。
吴相洲：《中唐诗文新变》，台湾商鼎文化出版社 1996 年版。
萧涤非选注：《杜甫诗选注》，人民文学出版社 1979 年版。
萧涤非：《杜甫研究》，齐鲁书社 1980 年版。
谢思炜：《唐宋诗学论集》，商务印书馆 2003 年版。
许总：《杜诗学发微》，南京出版社 1989 年版。
杨胜宽：《杜学与苏学》，巴蜀书社 2003 年版。
杨松年：《中国古典文学批评论集》，香港三联书店 1987 年版。
叶嘉莹：《迦陵论诗丛稿》，中华书局 1984 年版。
游国恩等：《中国文学史》，人民文学出版社 1963 年版。
袁行霈、孟二冬、丁放：《中国诗学通论》，安徽教育出版社 1994 年版。
袁行霈主编：《中国文学史》，高等教育出版社 1999 年版。
曾祥波：《杜诗考释》，上海古籍出版社 2016 年版。
曾枣庄主编：《中国文学家大辞典》（宋代卷），中华书局 2004 年版。
詹福瑞：《中古文学理论范畴》，河北大学出版社 1997 年版。
詹航伦：《方回的唐宋诗律学》，中华书局 2002 年版。
湛芬：《张耒学术文化思想与创作》，巴蜀书社 2004 年版。
张炯等主编：《中国文学通史》，华艺出版社 1997 年版。
张岂之主编：《中国历史》，高等教育出版社 2001 年版。
张毅：《宋代文学思想史》，北京出版社 1995 年版。
张毅：《宋代文学研究》，北京出版社 2001 年版。
张忠纲编注：《杜甫诗话六种校注》，齐鲁书社 2002 年版。
张忠纲主编，张忠纲、綦维、孙微著：《山东杜诗学文献研究》，齐鲁书社 2004 年版。
张忠纲：《杜诗纵横探》，山东大学出版社 1990 年版。
章培恒、骆玉明主编：《中国文学史》，复旦大学出版社 1996 年版。
赵仁珪：《宋诗纵横》，中华书局 1994 年版。
赵睿才：《百年杜甫研究之平议与反思》，人民出版社 2014 年版。
郑庆笃等：《杜集书目提要》，齐鲁书社 1986 年版。
中国杜甫研究会编，霍松林主编：《杜甫研究论集》，中州古籍出版社

1993 年版。
周振甫：《文学风格例话》，复旦大学出版社 2005 年版。
周祖譔主编：《中国文学家大辞典》（唐五代卷），中华书局 1992 年版。
朱东润：《杜甫叙论》，人民文学出版社 1981 年版。
朱东润：《陆游传》，百花文艺出版社 2003 年版。
朱易安等编：《全宋笔记》（第二编），大象出版社 2006 年版。
邹进先：《宋代杜诗学述论》，中国社会科学出版社 2016 年版。

后　记

宋代是杜诗学发展的第一个高峰，宋代杜诗学研究也一直是学界的热点。我觉得一个时期的杜诗学研究应包括如下几个方面：一是杜诗对该时期诗歌创作的影响，二是该时期的杜诗艺术批评，三是该时期杜集的整理与研究。关于宋代杜集的研究，目前已有较多的成果。在其他两个方面，我对宋代诗人学杜的情况稍有了解，李新博士则对宋代的杜诗艺术批评有专门研究。因此，我们在2015年合作申请了北京市社会科学基金项目“宋代杜诗学研究”，该项目于2018年完成，本书就是该项目的结项成果。

宋代诗人学杜和宋代的杜诗艺术批评，是本书对宋代杜诗学进行讨论的两个维度。我拟定了全书的基本框架，撰写了本书的第一章至第六章及结论部分。这部分内容主要是结合宋诗文本探讨杜诗对宋代诗歌创作的影响，讨论宋人学杜的阶段性特征及成就与局限。需要特别说明的是，该部分内容借鉴和使用了我的博士后出站报告的内容，其中的一些内容在结项之前和结项之后亦曾作为单篇论文在学术期刊发表。将来我的博士后出站报告如果作为专著出版，在内容上会与本书有所重复。尽管该报告与本书讨论问题的角度颇有不同，其出版亦不知在何日，但这一点应提前加以说明。李新博士完成了本书的第七章至第十二章，主要是系统梳理了宋人对杜甫诗歌艺术的认识。李新博士年少才高，除学术研究外，曾在诸多全国性质的电视竞赛节目中夺冠。能与李新博士合作，我也深感荣幸。

我和李新博士曾先后跟随韩成武先生学习杜诗，本书出版之际成武师又为作序，在此也向我们的老师致以深深的谢意。本书是我参与的国家社科基金重大招标项目“唐代到北宋丝绸之路（陆路）上的驿站寺庙重要古迹与文人活动文学创作及文化传播”（项目号：18ZDA241）的前期成果。本书由中央财经大学学术著作基金资助出版，在出版过程中得到中国社会科学出版社顾世宝先生的帮助，在此一并表示感谢。书中不足和疏漏之处多有，敬请专家和读者批评指正。

左汉林

2020 年 10 月 28 日

于北京沙河高教园